DE MOED VAN HET WEESMEISJE

Ook verschenen van Anne Jacobs bij Xander Uitgevers

*Het weesmeisje* (2019)

Anne Jacobs

# De moed van het weesmeisje

XANDER

Uitgegeven door Xander Uitgevers BV
Hamerstraat 3, 1021 JT Amsterdam

www.xanderuitgevers.nl

Oorspronkelijke titel: *Die Töchter der Tuchvilla*
Oorspronkelijke uitgever: Blanvalet Verlag
Vertaling: Sylvia Wevers
Omslagontwerp: Sander Patelski
Omslagbeeld: Wendy Stevenson/Arcangel & Paolo Gallo Modena/Alamy
Auteursfoto: Marlies GbR
Zetwerk: ZetSpiegel, Best



Eerste druk 2019
Zevende druk 2020

ISBN 978 94 0161 288 3 | NUR 302

# I

## Februari 1916 tot januari 1917

# 1

DE VROEGE AVONDSCHEMERING VIEL grauw over het industriegebied van Augsburg. Her en der brandden de lichten van de fabrieken waarin ondanks de schaarste aan grondstoffen nog gewerkt werd, in andere fabrieken bleef het donker. Een paar vrouwen en oudere mannen verlieten aan het einde van de ploegendienst de textielfabriek van Melzer. Ze trokken hun kraag op en beschermden zich met een hoofddoek of pet tegen de stromende regen. Het water kolkte over het plaveisel. De mensen die geen goed schoeisel uit de vredestijd meer hadden en klompen droegen, kregen natte voeten.

In de bakstenen villa van de fabrikantenfamilie stond Paul Melzer bij het raam van de eetkamer. Hij staarde naar het zwarte silhouet van de stad, dat zich steeds meer met de schemering mengde. Uiteindelijk liet hij het teruggeschoven gordijn weer vallen en slaakte hij een diepe zucht.

'Kom nou eens bij me zitten, Paul, en drink wat!' klonk de stem van zijn vader.

Schotse whisky was momenteel een kostbaarheid als gevolg van de zeeblokkade van die verdoemde Engelsen. Johann Melzer pakte twee glazen uit de vitrinekast en schonk de aromatische, honinggele vloeistof in.

Paul wierp een snelle blik op de glazen en de fles en schudde zijn hoofd.

'Later, vader. Als we daar reden toe hebben. Zo God wil dat we er reden toe hebben.'

Op de gang klonken haastige voetstappen en Paul liep snel naar de deur. Het was Auguste, het kamermeisje, molliger dan ooit en met blozende wangen. Het witte kanten mutsje zat scheef op haar uitgezakte kapsel. Ze droeg een mand met verfrommelde witte doeken.

'Nog steeds niet?'

'Helaas niet, meneer Melzer. Het duurt nog een poosje.'

Ze maakte een knicksje en liep naar de dienstbodentrap om de was naar de waskeuken te brengen.

'Maar het duurt nu al meer dan tien uur, Auguste,' riep Paul haar na. 'Is dat normaal? Is echt wel alles in orde met Marie?'

Auguste bleef staan en verzekerde hem glimlachend dat elke bevalling anders was, de een bracht haar kind in vijf minuten ter wereld en de ander zwoegde dagenlang.

Paul knikte gekweld. Auguste moest het weten, zij was zelf moeder van twee kinderen en had het alleen aan de bijzondere edelmoedigheid van de heer en dame des huizes te danken dat ze in dienst had mogen blijven.

Vanaf de bovenste verdieping drongen onderdrukte pijnkreten door. Paul zette onwillekeurig een paar passen in de richting van de trap, maar bleef hulpeloos staan. Zijn moeder had hem ferm de slaapkamer uit gedirigeerd toen de vroedvrouw was verschenen en ook Marie had gezegd dat hij beter naar beneden kon gaan. Zijn vader, Johann Melzer, was sinds hij een beroerte had gehad ziekelijk, Paul moest zich om hem bekommeren. Het was een smoes, dat wisten ze allebei, maar Paul had geen ruzie willen maken met zijn vrouw. Al helemaal niet in haar toestand. Hij had zich er zwijgend bij neergelegd.

'Wat sta je daar nou in de gang?' mopperde zijn vader. 'Een bevalling is een vrouwenzaak. Als het zover is, zullen ze het ons wel laten weten. Neem nou eens een slok!'

Paul ging gehoorzaam aan tafel zitten en sloeg de inhoud van het glas achterover. De whisky brandde in zijn maag en hij besefte dat hij sinds het ontbijt niets meer gegeten had. Tegen acht uur 's ochtends had Marie een lichte kramp in haar rug gevoeld en hadden ze nog grapjes gemaakt over de eeuwige kwaaltjes die ze tijdens haar zwangerschap had gehad. Onbekommerd was hij naar de fabriek gelopen. Kort voor de middagpauze had zijn moeder vanuit de villa gebeld om hem te vertellen dat Marie weeën had en de vroedvrouw gehaald werd. Hij hoefde zich echter geen zorgen te maken, het ging allemaal prima.

'Toen jouw moeder ruim zevenentwintig jaar geleden jou ter wereld bracht...' zei Johann Melzer terwijl hij peinzend in zijn whiskyglas keek. '... zat ik aan de overkant in de fabriek in mijn kantoor en schreef ik facturen uit. Een man moet in zo'n situatie iets te doen hebben, anders krijgt hij het op zijn zenuwen.'

Paul knikte instemmend, maar luisterde tegelijkertijd naar elk geluidje in de gang, de voetstappen van het kamermeisje, dat net nog op de tweede verdieping liep, het slaan van de oude staande klok, de stem van zijn moeder die Else instrueerde om twee schone beddenlakens uit de linnenkamer te halen.

'Jij was geen makkie,' ging zijn vader meesmuilend verder terwijl hij Pauls glas opnieuw vulde. 'Alicia heeft de hele nacht gezwoegd. Je kostte je moeder bijna het leven.'

De woorden klonken niet bepaald geruststellend voor Paul en dat had zijn vader nu ook door. 'Maak je maar geen zorgen, de zogenaamd zwakke vrouwen zijn veel taaier en sterker dan over het algemeen aangenomen wordt.' Hij nam een flinke slok.

'Hoe zit het trouwens met het avondeten?' bromde hij en hij drukte op de elektrische bel om het personeel te roepen. 'Het is al na zessen. Loopt vandaag dan alles spaak?'

Nadat hij nog een keer op de bel gedrukt had, verscheen Hanna, het keukenmeisje, een wat schuw meisje met donker haar, dat Maries bijzondere bescherming genoot. Alicia Melzer zou de kleine meid anders allang weggestuurd hebben, want ze was niet erg geschikt voor het werk en had al meer servies gebroken dan welke voorgangster dan ook.

'Het avondeten, meneer.'

Ze balanceerde met twee borden met belegde boterhammen, zuurdesembrood, leverworst, smeerkaas met komijn en zure augurkjes uit de moestuin die Marie afgelopen herfst had laten aanleggen. Vlees, worst en vet waren intussen op rantsoen en alleen nog met een levensmiddelenkaart te verkrijgen. Als je bijzondere lekkernijen of zelfs chocolade wilde, moest je over goede relaties en de nodige middelen beschikken. In huize Melzer waren ze trouw aan de keizer en vastberaden hun vaderlandse plicht te vervullen. En daar hoorde bij dat ze bereid waren om in deze zware tijden van dingen af te zien.

'Waarom duurde het zo lang, Hanna? Wat voert de kokkin beneden uit?'

Hanna zette haastig de borden op de eettafel, waarbij twee boterhammen met leverworst en een augurk op het witte tafelkleed gleden. Ze legde het eten met haar handen terug op de borden. Paul trok zuchtend zijn wenkbrauwen op – het was nutteloos dit meisje tot de orde te roepen. Alles wat je tegen haar zei, ging het ene oor in en het andere weer uit. Humbert, de huisknecht van de villa, die zijn werk perfect en met veel toewijding had gedaan, was direct aan het begin van de oorlog opgeroepen. Arme kerel, hij was vast niet erg geschikt als soldaat.

'Het is mijn schuld,' kwebbelde Hanna zonder slecht geweten. 'Mevrouw Brunnenmayer had de borden al klaargemaakt, ik had ze met de andere gerechten naar boven gebracht en kwam er toen pas achter dat ze voor u bestemd waren.'

Het bleek dat de kokkin volop bezig was om de dames op de tweede verdieping van eten te voorzien. Vooral de vroedvrouw had een gezonde trek en dronk al het derde glas bier. Bovendien hadden mevrouw Elisabeth von Hagemann en mevrouw Kitty Bräuer aangekondigd dat ze vanavond ook hier wilden eten.

Paul wachtte tot Hanna de kamer weer uit was en schudde geïrriteerd zijn hoofd. Kitty en Elisabeth, zijn twee zussen. Alsof er niet al genoeg vrouwen in de villa rondliepen!

'Kokkin!' schreeuwde een vreemde stem vanaf een verdieping hoger. 'Een kopje bonenkoffie! Maar van echte koffiebonen, niet dat erwtenspul!'

Dat moest de vroedvrouw zijn. Paul had de vrouw nog helemaal niet gezien. Naar de stem te oordelen moest het een zeer energiek, vastberaden type zijn.

'Ze heeft haar op de tanden,' zei zijn vader afkeurend. 'Van dezelfde soort als die verpleegster die Alicia twee jaar geleden had aangesteld. Hoe heette ze ook alweer? Ottilie. Die kon een heel regiment dragonders vellen.'

Ze hoorden beneden de deurbel klingelen. Een keer, twee keer... Tegelijkertijd hoorden ze het gebonk van de smeedijzeren deurklopper, die onophoudelijk tegen het kleine metalen plaatje in de deur werd geslagen.

'Kitty,' zei Johann Melzer grijnzend. 'Dat kan alleen Kitty zijn.'

'Ik kom al, ik kom al,' riep Hanna, wier heldere stem met gemak drie verdiepingen doordrong. 'Wat een dag! Mijn hemel. Wat een dag!'

Paul sprong op en liep naar beneden naar de entreehal. Zojuist had hij het nog vervelend gevonden dat Kitty langskwam, maar nu was hij ineens blij met haar komst. Er was niets afmattenders dan passief stil te zitten en af te wachten. Kitty's wervelende vrolijkheid zou hem afleiden en de zorgen op afstand houden.

Op de trap naar de entreehal hoorde hij haar opgewonden stem al. Kitty, sinds bijna een jaar getrouwd met de bankier Alfons Bräuer, was zelf in verwachting en over een paar maanden uitgerekend. Er was nog niets aan haar te zien. Ze zag er net zo sierlijk en slank uit als altijd. Alleen als Paul goed keek zag hij een kleine welving onder haar wijde jurk.

'Mijn hemel, Hanna! Wat ben je traag! Je laat ons buiten in de regen staan. Straks worden we nog doodziek door dit hondenweer.

Ach, onze arme soldaten aan het front in Frankrijk en Rusland, wat zullen ze het koud hebben. Hopelijk worden ze niet verkouden. Elisabeth, ik vraag je, zet die hoed nou eens af. Die maakt je zo lelijk, je schoonmoeder heeft totaal geen smaak. Breng me mijn pantoffels, Hanna, die kleine met dat zijden borduursel. Is het kind er al? Nee? Godzijdank, ik vreesde al dat ik alles gemist had...'

De twee zussen waren zonder chauffeur gekomen, waarschijnlijk had Elisabeth de auto bestuurd, aangezien Kitty tot nu toe geen aanstalten had gemaakt te leren autorijden. Het was ook niet nodig, want het bankiershuis Bräuer had een paar automobielen en beschikte over een chauffeur. Terwijl Kitty haar hoed had afgezet en haar mantel en schoenen uitgetrokken had, stond Elisabeth nog voor de ovale empirespiegel. Ze bekeek zichzelf met een beledigde, gepijnigde uitdrukking.

Kitty was onbevangen, maar kon soms nogal harteloos zijn, dacht Paul. Hij riep luid: 'Ik vind dat de hoed je erg goed staat, Lisa. Hij maakt je...'

Verder kwam hij niet, want Kitty was hem om zijn nek gevlogen, kuste hem op beide wangen en noemde hem 'haar arme, arme Paultje'.

'Ik weet wel dat aanstaande vaders zich verschrikkelijk aanstellen,' zei ze giechelend. 'Nou ja, ze hebben hun plicht gedaan en zijn verder overbodig. Wat nu komt, is onze zaak, nietwaar, Lisa? Wat moet een man nou met een zuigeling? Kan hij het zogen? Voeden? Wiegen? Hij kan helemaal niks...'

'Zo is het wel genoeg, zusje,' riep Paul lachend. 'Wie zorgt ervoor dat moeder en kind een dak boven hun hoofd en wat te eten hebben?'

'Nou ja,' zei ze schouderophalend en ze liet hem los om de sierlijke pantoffeltjes aan te trekken die Hanna voor haar had klaargezet. 'Maar dat is bitter weinig, Paultje. Wist je dat er in Afrika negers zijn die een diepe wond in het been van de aanstaande vader snijden en daar zout in strooien? Het lijkt me heel verstandig als de mannen een beetje kunnen meeleven met de pijn van de bevalling...'

'Verstandig? Dat is barbaars!'

'Ach, wat ben je toch een lafaard, Paultje!' grinnikte ze. 'Maar maak je geen zorgen, in onze cultuur is die gewoonte nog niet in de mode geraakt. Waar is mama? Boven bij Marie? Hebben jullie soms die afschuwelijke oude vroedvrouw gehaald? Die mevrouw Kober? Die was bij mijn vriendin Dorothea toen zij beviel. En stel je voor, Paultje, dat mens was stomdronken toen ze het kind haalde. Het scheelde niet veel of ze had het laten vallen...'

Paul schrok. Hij kon alleen maar hopen dat zijn moeder iemand had uitgekozen die verstand had van haar vak. Terwijl hij er nog over nadacht, was Kitty's opgewonden geest alweer met andere dingen bezig.

'Kom je nou, Elisabeth? Mijn hemel, met die hoed zie je eruit als een grenadier. Grimmig en vastberaden. Hanna? Waar ben je nou? Hebben jullie iets van Humbert gehoord? Gaat het goed met hem? Schrijft hij regelmatig? Nee? Ach, wat verdrietig. Kom, Elisabeth. We moeten snel naar Marie toe, wat zal ze wel niet van ons denken als we in huis zijn en niet naar haar omkijken...'

'Ik weet niet of Marie nu tijd voor je heeft...' bracht Paul ertegen in, maar Kitty rende ondanks haar zwangerschap lichtvoetig de trap op. 'Hallo, papaatje,' riep ze door de gang, en toen was ze al een verdieping hoger, waar de slaapvertrekken lagen. Wat zich daar afspeelde kon Paul met de beste wil niet raden, maar hij vermoedde dat het Kitty gelukt was tot in het centrum van het gebeuren door te dringen. Wat hem, de aanstaande vader, volhardend verboden werd.

'Hoe gaat het met papa?' vroeg Elisabeth, die nu eindelijk besloot haar mantel uit te trekken en de hoed af te zetten. 'Hopelijk is de opwinding niet te veel voor hem.'

'Ik denk dat hij het wel aankan. Wilde je de damesploeg boven versterken of kom je papa en mij gezelschap houden?'

'Ik blijf beneden. Ik wil iets met hem bespreken.'

Paul was opgelucht dat Elisabeth bij hen in de eetkamer wilde blijven, terwijl Kitty de vroedvrouw al voor de voeten liep. O god, was het allemaal maar voorbij! Het idee dat zijn Marie zo'n pijn moest lijden was onverdraaglijk. Was hij daar zelf niet de oorzaak van? Hij, die dit kind verwekt had?

'Je kijkt alsof je kikkervisjes moet doorslikken,' zei Elisabeth grijnzend. 'Terwijl je blij moet zijn. Je wordt vader, Paul.'

'En jij wordt tante,' zei hij zonder enig enthousiasme.

In de eetkamer had Johann Melzer de krant gepakt om nog een keer de artikelen over het verloop van de oorlog te bestuderen. Als je de enthousiaste berichten mocht geloven, was Rusland zo goed als overwonnen en zou er ook gauw afgerekend zijn met de Fransen. Maar intussen was het derde oorlogsjaar aangebroken en Johann Melzer was ondanks zijn grote trouw aan de keizer ook realistisch en sceptisch. Het enthousiasme dat hen allen aan het begin van de oorlog in de greep had gehad, was allang vervlogen.

'Papa, je drinkt toch zeker niet?' zei Elisabeth boos. 'Je weet donders goed dat dokter Greiner je alcohol verboden heeft!'

'Nonsens!' antwoordde hij geïrriteerd. De bewoners van de villa hadden allang geaccepteerd dat hij nu eenmaal een eigengereide patiënt was, zelfs zijn vrouw was ermee gestopt hem lastig te vallen met voorschriften en waarschuwingen. Maar Elisabeth kon het niet laten hem te berispen. Iemand moest tenslotte op zijn gezondheid letten.

'Wat schrijft de tweede luitenant over de oorlog in het westen?' informeerde hij om nog meer verwijten te vermijden. Elisabeth was sinds ruim een jaar met majoor Klaus von Hagemann getrouwd. Ze hadden de bruiloft een paar dagen na het uitbreken van de oorlog in allerijl gevierd, want Klaus von Hagemann had met zijn cavalerieregiment aan de Slag bij de Marne deelgenomen. Begin 1915 waren ook Marie en Paul en Kitty en de bankier Alfons Bräuer in het huwelijk getreden.

'Ik kreeg toevallig vandaag een kaart van Klaus,' zei Elisabeth. Ze haalde de veldpostkaart uit haar tasje. 'Hij is met zijn regiment bij Antwerpen gelegerd, maar het ziet ernaar uit dat hij waarschijnlijk gauw het bevel krijgt naar het zuiden te marcheren. Waarheen, dat mag hij natuurlijk niet schrijven...'

'Naar het zuiden, aha,' bromde Johann Melzer. 'En gaat het nog steeds goed met jou?'

Elisabeth werd rood onder de aandachtige blik van haar vader. Haar man had in oktober van het afgelopen jaar een paar dagen verlof gehad en was zijn echtelijke plichten zeer goed nagekomen. Ze had heel erg gehoopt dit keer eindelijk zwanger te worden. Vergeefs. Helaas was ze gewoon weer ongesteld geworden, heel gemeen en keurig op tijd, en gepaard gaande met de gebruikelijke hoofdpijn en buikkrampen.

'Het gaat goed met me, papa. Dank je wel...'

Paul schoof zijn bord naar haar toe en zei dat ze mocht nemen wat ze wilde. Hij kon zelf geen hap door zijn keel krijgen.

Elisabeth kon de vette leverworst niet weerstaan. Hemel, wat stelde Paul zich aan. Natuurlijk had Marie nu geen fijne tijd, maar ze bracht een kind ter wereld, en ook Kitty was in verwachting. Alleen haarzelf was het moedergeluk onthouden, maar dat had ze van tevoren kunnen bedenken. Kitty was het zondagskind, het door het lot geliefde wezen, het schattige elfje. Alles wat zij zich wenste werd haar in de schoot geworpen. Letterlijk. Elisabeth moest zich vermannen om niet in zelfmedelijden te verzwelgen. Nou ja, ze was vastberaden om in ieder geval op een andere manier haar plicht tegenover keizer en vaderland te vervullen.

'Weet je, papa,' begon ze glimlachend, terwijl Paul alweer de gang op liep. 'Ik denk dat we gezien onze maatschappelijke positie en de ruime mogelijkheden van de villa geen andere keuze hebben. Klaus heeft mij duidelijk gezegd dat hij onze aarzelingen niet kon begrijpen, tenslotte is het onze vaderlandse plicht...'

'Waar heb je het eigenlijk over?' vroeg Johann Melzer argwanend. 'Toch niet over dat bespottelijke idee hier bij ons thuis een lazaret in te richten? Zet dat maar meteen uit je hoofd, Elisabeth.'

Ze had deze afwijzing verwacht en liet zich niet uit het veld slaan.

Mama had haar plan al min of meer goedgekeurd. Mevrouw Von Sontheim had immers ook al een lazaret ingericht, en de ouders van haar beste vriendin Dorothea hadden een van hun huizen voor dit doel ter beschikking gesteld. Alleen voor officieren uiteraard, ze wilden immers niet een stelletje onder de luizen zittende, onbeschaafde proleten herbergen.

'Beneden in de hal is plek genoeg voor minstens tien bedden, en de waskeuken zou een operatiekamer...'

'Nee!'

Ter bevestiging pakte Johann Melzer de whiskyfles en schonk hij nog een flinke slok in. Vervolgens verklaarde hij dat het beneden in de hal altijd tochtte, wat voor zieke mensen extreem ongezond was, bovendien was het er te donker, en niet in de laatste plaats zou iedereen die het huis in wilde langs de bedden moeten lopen, de hal was nu eenmaal de entree van de villa.

'Je vergeet dat er een tweede ingang vanuit de tuin is, papa, via het terras. En met dikke gordijnen kunnen we voorkomen dat het tocht. Ik denk dat de hal zeer geschikt is, hij is ruim, goed geventileerd en vanuit de werkvertrekken goed te bereiken...'

Johann Melzer dronk zijn glas leeg en zette het met een heftige beweging op tafel. 'Zolang ik hier in de villa wat te zeggen heb, gaat zoiets onzinnigs hier niet gebeuren. We hebben ook zo al genoeg monden te voeden en bovendien een hoop zorgen om de fabriek.'

Elisabeth deed haar mond open om te reageren, maar haar vader was nog niet klaar.

'Ik weet niet hoe ik mijn werknemers moet betalen en hoe lang ik ze nog werk kan verschaffen,' wond hij zich op. 'Al sinds het begin van de oorlog is er geen katoen meer, nu wordt de wol ook al schaars en mijn machines zijn niet geschikt om draad te spinnen van hennep. Dus laat me alsjeblieft met rust met dat idiote idee, anders word ik...'

Er was beroering op de gang. Ze hoorden Kitty's opgewonden stem, boven gingen diverse deuren open en dicht, en Else liep met een mand vol doeken door de gang. Elisabeth schrok toen ze zag dat de witte lakens bevlekt waren met helder bloed.

'Je hebt een dochter, Paultje,' riep Kitty van boven naar beneden. 'Een schattig, piepklein dochtertje. O, mijn god, ze is zo klein, maar ze heeft al armpjes en handjes en zelfs vingertjes en nageltjes. De vroedvrouw heeft haar aan Auguste overhandigd, zodat zij haar kan wassen...'

Paul liep de trap op om eindelijk bij Marie toegelaten te worden, maar Kitty stortte zich halverwege de trap in zijn armen en huilde tegen zijn schouder van geluk.

'Laat me nou los, Kitty...' riep hij ongeduldig terwijl hij zich probeerde te bevrijden.

'Ja, ja, zo,' snikte Kitty en ze bleef hem stevig vasthouden. 'Wacht nog even tot ze gewassen is, dan krijg je je dochter kant-en-klaar verpakt in je armen gelegd. Ach, Paultje, ze is betoverend. En Marie was zo dapper. Ik ga dat absoluut niet voor elkaar krijgen, dat weet ik nu al. Ik zal heel Augsburg bij elkaar gillen als ik zo'n pijn moet doorstaan...'

Elisabeth stond op de drempel van de eetkamer naar de gang en zuchtte geïrriteerd. Juist nu moest Marie haar kind krijgen! Ze had nog een heleboel goede argumenten in reserve die haar vader flink in het nauw gedreven zouden hebben, maar hij was opgestaan en ook de gang in gelopen.

'Een meisje,' zei hij ontevreden. 'Nou ja, als het maar goed gaat met moeder en kind.'

Hij moest opzijstappen, want Auguste kwam langs met de houten wieg waarin ooit de kleine Paul en ook zijn twee zussen hadden gelegen. De wieg kwam uit het huis van het geslacht Von Maydorn, de familietak uit Pommeren. In deze wieg was menig adellijke zuigeling in slaap geschommeld.

'Marie!' riep Paul op de bovenste verdieping. 'Marie, mijn schat. Gaat het goed met je? Laat me nou toch eindelijk bij je!'

'Hij moet wachten!' klonk de bazige stem van de vroedvrouw.

'Wat een afgrijselijk mens,' zei Kitty verontwaardigd. 'Als het bij mij zover is, wil ik die feeks in geen geval in mijn buurt hebben. Ze doet alsof de hele villa van haar is. Stel je voor, ze heeft zelfs mama lopen commanderen...'

Elisabeth besloot met tegenzin ook de eetkamer te verlaten en aan het gebeuren deel te nemen. Ze was wel heel benieuwd naar de baby. Een meisje! Net goed voor Marie. Wat was papa teleurgesteld toen hij het hoorde. Hij had op een jongen gehoopt die later de fabriek over kon nemen...

Boven klonk gefluister. Paul stond naast Kitty op de trap en ze keken allebei onthutst. Wat raar, dacht Elisabeth. Zou het soms niet goed gaan met Marie? Had ze te veel bloed verloren? Zou ze van de uitputting doodgaan?

Elisabeth voelde haar hart ineens tekeergaan en moest zich aan de leuning vasthouden terwijl ze de trap op liep. O, hemel. Een beetje koorts had ze Marie wel gegund, maar ze hoefde niet meteen dood te gaan!

De deur van de slaapkamer ging open en mama kwam naar buiten. Ze was helemaal buiten zichzelf, de arme vrouw. Haar gezicht was knalrood, op haar blouse zaten vochtvlekken en haar handen beefden toen ze een losgeraakte pluk haar achter haar oor stopte.

'Paul, mijn lieve Paul...'

'In godsnaam, mama! Wat is er gebeurd?'

Hij rende op haar af, zijn stem begaf het.

'Het is... het is ongelofelijk,' snikte Alicia Melzer. 'Je hebt een zoon.'

Niemand begreep wat ze bedoelde en Elisabeth al helemaal niet. Zojuist was het nog een dochter, nu ineens een zoon. Was de vroedvrouw dronken? Kon ze het verschil niet zien tussen een jongetje en een meisje?

'Een zoon?' stamelde Paul. 'Dus geen dochter, maar een zoon? Maar hoe is het met Marie?'

Alicia moest tegen de muur steunen. Ze sloot heel even haar ogen en legde de rug van haar hand tegen haar warme voorhoofd. Ze glimlachte.

'Je vrouw is bevallen van een tweeling, Paul. Een meisje en een jongetje. Hoe het met Marie gaat? Nou, zojuist ging het nog uitstekend met haar…'

Elisabeth bleef midden op de trap staan. Haar angst maakte terstond plaats voor een opwelling van boosheid. Een tweeling! Onvoorstelbaar! Sommige mensen konden blijkbaar niet genoeg krijgen. En gezond leek ze ook nog te zijn. Ze hoorde een baby huilen, nogal zwak en benepen, alsof het kleine wezentje vreselijk zijn best moest doen om deze geluiden voort te brengen. Plotseling trok Elisabeths hart samen en spoelde er een golf tederheid door haar heen. Die twee moesten piepklein zijn, want ze hadden de plek in het lijf van hun moeder moeten delen.

Eindelijk verscheen de vroedvrouw, een forse vrouw met grijzend haar en dikke wangen die doortrokken waren met rode adertjes. Ze droeg een vers gesteven wit schort, dat ze waarschijnlijk net pas over haar zwarte jurk had gebonden. In haar stevige armen lagen twee witte pakketjes. De baby's waren in omslagdoeken gewikkeld, alleen de roze hoofdjes waren te zien. Paul staarde met gefronst voorhoofd naar zijn kinderen, keek ongelovig, ja verbluft.

'Ze… ze zijn toch wel gezond?' vroeg hij aan de vroedvrouw.

'Ja, natuurlijk zijn ze gezond!'

'Nou ja, ik bedoel maar…' stamelde Paul.

Hij zag er niet bepaald uit als een trotse vader, zoals hij daar stond en naar de piepkleine baby's staarde. Hun gezichtjes waren vertrokken tot een grimas, de ogen smalle spleetjes, de neusjes twee gaatjes. Alleen de mondjes leken groot. Een van de twee huilde, stootte vreemd benepen, hulpeloze kreten uit.

'Welke van de twee is het jongetje?' wilde Johann Melzer weten, die eveneens naar boven gekomen was.

'Die schreeuwlelijk. Hij is lichter dan zijn zus, maar nu al vastberaden om over de toestanden op deze aardbol te klagen.'

De vroedvrouw grijnsde, zij leek in ieder geval wel tevreden met het resultaat van haar inspanningen. Ze had er nu ook niets op tegen dat Paul langs haar heen de slaapkamer in snelde.

'Marie!' hoorde Elisabeth hem halfluid roepen. 'Mijn arme, lieve vrouw. Wat heb je moeten doorstaan! Hoe gaat het met je? Ze zijn geweldig, onze kinderen... onze kinderen...'

'Vind je ze leuk?' zei Marie zachtjes grinnikend. 'Twee in één keer, als dat niet praktisch is.'

'Marie...' fluisterde Paul, en zijn stem stroomde over van tederheid. Wat hij nog meer zei, kon Elisabeth niet verstaan en was ook niet voor nieuwsgierige luisteraars bestemd. Elisabeth voelde een brok in haar keel, die steeds heftiger aanzwol. O, hemel, wat was het allemaal ontroerend. En wat zou ze graag willen dat Klaus ook eens dat soort tedere, dankbare woorden aan haar zou richten. Ze liep naar haar moeder om haar te omhelzen en merkte ineens dat ze huilde.

'Hebt u al namen voor de twee?' wilde de vroedvrouw weten.

'Zeker,' zei Alicia Melzer, terwijl ze de rug van haar dochter Elisabeth streelde. 'Het meisje zal Dorothea heten en de jongen Leopold.'

'Dodo en Leo,' riep Kitty enthousiast. 'Papaatje, je moet de champagneflessen ontkurken, ik zal inschenken. Ach, was onze goede Humbert nog maar hier. Niemand kon zo behendig inschenken en serveren als hij. Laten we gaan, laten we gaan, die twee daarbinnen hebben nu verschrikkelijk veel met elkaar te bepraten...'

Ze liepen naar de rode salon en riepen Else die de glazen moest komen brengen, terwijl Johann Melzer naar de kelder liep om de champagne te halen. Op deze vreugdevolle dag mocht ook het personeel een slokje op de nieuwe nakomelingen van de Melzers drinken. Kitty vulde de glazen en Alicia riep de kokkin en Hanna uit de keuken erbij. Else bracht een dienblad naar de slaapkamer, waar ze eerst het gelukkige echtpaar en daarna ook Auguste en de vroedvrouw de bubbelende champagne serveerde.

'Een toast op de nieuwe wereldburgers,' riep Johann Melzer uit.

'Mogen Gods heilige engelen over hen waken, net zoals ze trouw de wacht houden over ons geliefde vaderland en onze keizer...'

Ze dronken op Dodo en Leo, op Marie, de jonge moeder, op de kersverse ouders en natuurlijk op de keizer. Mevrouw Brunnenmayer verklaarde dat ze het allang geweten had dat mevrouw in verwachting was van een tweeling, omdat ze immers dikke benen had gekregen, en Hanna vroeg of ze later met de kinderen in de wagen mocht gaan wandelen. Dat werd haar beloofd, echter alleen onder begeleiding van een kindermeisje, dat ze nog moesten aannemen.

'Het is lang geleden dat ik me zo blij en opgelucht heb gevoeld,' zei Alicia toen het gezin weer onder elkaar was. Haar ogen straalden, na alle opwinding was ze al lichtelijk aangeschoten door het halve glaasje champagne. 'Ik heb het gevoel dat de oude tijden weer herleven. Toen wij tweeën nog jong waren, Johann. En onze kinderen nog klein. Herinner je je dat nog? Hun vrolijke gelach in de hal. Dat ze in het park speelden en de tuinman tot waanzin dreven...'

Johann Melzer had alleen van zijn champagne genipt. Hij zette het glas neer om zijn vrouw in zijn armen te sluiten, een gebaar dat allang niet meer gebruikelijk was tussen hen. Elisabeth zag dat haar moeder glimlachend haar ogen sloot en haar warme wang tegen zijn schouder vlijde.

'Gelukkig is degene die kan terugkijken op geluk uit het verleden,' mompelde hij. 'Dat is een schat die niemand hem af kan pakken.'

# 2

SECRETARESSE OTTILIE LÜDERS HAD al twee keer op de deur van Pauls kantoor geklopt en gevraagd of ze voor de jonge directeur nog wat hout op het vuur moest leggen. Maar Paul had grijnzend gezegd dat het niet hoefde, dat hij geen koukleum was. In de hallen, waar de arbeidsters achter de selfactoren stonden, werd ook niet gestookt. Daarop had juffrouw Lüders een diepe zucht onderdrukt en ongevraagd nog een kopje koffie op zijn bureau gezet. Omdat een mens op zo'n koude, donkere winterochtend iets warms nodig had.

'Dat is aardig van u, juffrouw Lüders.'

Paul leunde in zijn stoel achterover om zijn tekening kritisch te bekijken.

'Leefde Maries vader nog maar. Jakob Burkard zou zo'n machine met gemak hebben ontworpen.'

Hij schudde zijn hoofd en pakte een gummetje om iets te verbeteren. Hij tekende een poos met een geodriehoek en liniaal en knikte toen tevreden. Hij was geen genie, in tegenstelling tot de arme Burkard, maar wel praktisch ingesteld en geen slechte zakenman. Hij zou Bernd Gundermann uit de spinnerij vragen om de tekening te bekijken. Gundermann was jaren geleden uit Düsseldorf gekomen, waar hij bij Jagenberg had gewerkt, die destijds al vezels van papier maakten. Ze sneden enorme papierrollen in twee tot vier millimeter brede stroken, die aan de uiteinden gelijmd en tot draden verdrild werden.

Van deze papieren draden kon stof geweven worden. Het waren voornamelijk grove stoffen, die geschikt waren voor zakken, draaggordels of drijfriemen, maar als ze verfijnd werden konden er ook kledingstoffen van gemaakt worden. Dat soort textiel was uiteraard niet erg comfortabel, het kon niet zoals normale stoffen gewassen worden en als je er langere tijd mee in de regen liep, had je pech. Maar gezien het rampzalige tekort aan grondstoffen was er in het Rijk nu veel vraag naar papiervezel. De textielfabriek van Melzer stond op de rand van het bankroet, en alleen als het lukte om in zee te gaan met deze vezels…

Hij schrok op uit zijn gedachten omdat er zachtjes op de deur werd geklopt.

'Paul?'

Hij kreeg een naar voorgevoel. Waarom klopte zijn vader bij hem aan? Normaal liep hij wanneer hij maar wilde onaangekondigd het kantoor van zijn zoon in.

'Ja, vader. Moet ik naar je toe komen?'

'Nee, nee…'

De deur trilde een beetje en ging uiteindelijk helemaal open. Johann Melzer kwam binnen. Sinds zijn beroerte twee jaar geleden was hij magerder geworden, zijn haar was spierwit, zijn handen bewogen altijd onrustig. Het ging al ruim een jaar slecht met zijn fabriek en daar maakte hij zich ernstig zorgen over. Terwijl ze aan het begin van de oorlog goede zaken hadden kunnen doen. Ze hadden de katoenen en wollen stoffen voor de legeruniformen geproduceerd, wat van zo'n groot nationaal belang was dat de jonge directeur Paul Melzer om die reden voorlopig niet in dienst hoefde…

'Er is post voor je gekomen, Paul.'

Melzer reikte zijn zoon een brief aan; hij legde hem in de lichtcirkel van de bureaulamp op Pauls tekening en zette toen een stap naar achteren. Paul staarde naar de afzender. Het bestuur van de stad Augsburg. Iets in zijn binnenste verzette zich ertegen in deze grilligheid van het lot te geloven. Waarom uitgerekend nu? Net nu hij zo gelukkig was met de geboorte van zijn kinderen en zo veel hoopvolle plannen had.

'Wanneer is dit gekomen?' vroeg hij en hij hield de brief dichter bij de lamp om de poststempel te ontcijferen. Hij kon in geen geval vandaag aangekomen zijn, want het was even na acht uur en de postbode kwam pas tegen negen uur in de fabriek.

'Eergisteren,' zei zijn vader met doffe stem. 'Ik was hem door alle drukte helemaal vergeten aan je te geven.'

Een snelle blik op het ondoorgrondelijke gezicht van zijn vader deed Paul aan de waarheid van deze woorden twijfelen, maar hij zei er niets over. Hij pakte de zilveren briefopener, stak hem in de envelop, sneed die aandachtig open en trok de brief eruit. Heel even hoopte hij dat het om een simpele aanvraag van het gemeentebestuur ging betreffende de arbeiders van de fabriek. Maar nog voordat hij de brief opengevouwen had, viel zijn oog op het vetgedrukte woord OPROEPINGSBEVEL. Kort en bondig werd hem medegedeeld dat hij zich op woensdag 9 februari diende te melden voor de militaire opleiding. Het was afgelopen met zijn speciale status als directeur van de textielfabriek. Dat hij twee dagen geleden vader was geworden en zijn jonge vrouw alleen moest laten... wie interesseerde dat?

Er viel een stilte in de kamer. Noch Paul, noch zijn vader had zin om de gebruikelijke opmerkingen te maken waarmee zulk nieuws ontvangen werd.

En toch: het was nu eenmaal alleszins redelijk dat iedereen zijn vaderlandse plicht vervulde. Hij zou er beslist niet met vreugde op uit trekken om het Duitse vaderland en de keizer te verdedigen, terwijl Marie alleen met de tweeling achterbleef, maar om nou laf te proberen eronderuit te komen, terwijl anderen hun leven op het altaar van het vaderland offerden, zou een schande zijn.

'Morgen,' zei Paul zachtjes, met een vleugje galgenhumor. 'Dan heb je me die brief nog net op tijd gegeven, nietwaar?'

Zijn vader knikte en draaide zich om. Hij liep naar het raam en staarde naar beneden, naar de lege binnenplaats van de fabriek, die door vier elektrische lampen verlicht werd. Het werd nu langzaam licht, ze zouden de lampen zo meteen uitschakelen.

'Ik heb dokter Greiner gebeld. Je kunt vanmiddag bij hem langskomen.'

Paul zuchtte geïrriteerd. Wat hadden ze achter zijn rug om bekokstoofd?

'Waarvoor?'

'Hij kan een hartkwaal vaststellen. Of dat je iets aan je longen hebt. Zodat je tenminste niet naar het front gestuurd wordt. We hebben je immers nodig.'

Paul schudde zijn hoofd. Nee, als hij al te velde trok, dan goed en niet als een laffe bangerik. Bovendien stond het Duitse leger er helemaal niet zo slecht voor, in Frankrijk stagneerde het wel wat, maar Rusland stond op het punt te capituleren.

'Als je de berichten mag geloven,' zei Johann Melzer nadrukkelijk.

Paul vouwde het oproepingsbevel weer op, stopte het in de envelop en schoof die in de binnenzak van zijn jasje. Het was nu eenmaal zo. Nu kwam het erop aan er het beste van te maken. Hij was niet de enige. Duizenden jongemannen in heel Europa bewandelden dit pad – waarom zou uitgerekend hij, Paul Melzer, daarvoor gevrijwaard blijven?

'Ik zal tot vanmiddag mijn werk hier doen, vader,' zei hij met een kalmte die hemzelf verbaasde. 'De namiddag en avond wil ik met mijn vrouw en de kleintjes doorbrengen.'

Johann Melzer knikte en zei dat hij dat goed kon begrijpen. 'Maak je geen zorgen, mijn zoon. Ik heb er geen moeite mee de tent hier weer in mijn eentje draaiende te houden. Integendeel, het houdt me jong, ik verheug me er zelfs op.'

'Ik zal de opdracht geven om een papiersnijmachine te vervaardigen, vader. Volgens deze tekening. En ook een speciale spinmachine die de papieren stroken tot draden verdrilt. Kijk, zo gaat hij eruitzien...'

Paul wist heel goed dat zijn vader niets van die 'malle zakkenstofjes' moest hebben. Draden weefde je van wol, zijde, katoen of vlas, niet van papier of celstof. En Johann Melzer liet zich niet verlagen tot het weven van goedkope surrogaatstoffen, die uit elkaar vielen zodra je ernaar keek. Naar verluidt waren er in Bremen diverse ladingen met katoen uit de koloniën aangekomen. Maar die gemeneriken in het noorden hielden de grondstoffen zelf, om ze in hun eigen fabrieken te verwerken.

'We zullen zien...'

'Als de oorlog nog langer duurt, vader, is dat onze enige kans.'

Paul besloot spijkers met koppen te slaan. Zodra zijn vader zijn kantoor had verlaten, riep hij juffrouw Lüders binnen om haar een aantal brieven te dicteren. Hij wilde informeren naar de prijzen voor papier en eventueel celstof om voordelig aan de grondstoffen te komen. Ottilie Lüders stenografeerde betrouwbaar zoals altijd, typte de brieven uit en maakte ze klaar voor verzending.

'Zal ik ze op het bureau van uw vader leggen?'

Ze dacht mee. Waarschijnlijk wist ze al dat hij er morgen niet meer zou zijn. Haar collega, juffrouw Hoffmann, had vast aan de deur staan luisteren. Zoiets deed juffrouw Lüders niet. Beide secretaresses hadden een loonsverlaging moeten accepteren, net als bijna alle personeelsleden en fabrieksarbeiders. Paul vond het vooral voor hen naar dat hij zijn post moest verlaten. Hij was voor de mensen verantwoordelijk, moest orders binnen zien te halen, nieuwe manieren vinden om hen werk en brood te kunnen geven. Intussen werkten er bijna alleen nog vrouwen in de fabriek, de enkele mannen waren of te oud, of niet geschikt voor militaire dienst. De vrouwen moesten hun gezinnen onderhouden. Heel wat vrouwen waren weduwe, de anderen wisten vaak niet hoe het met hun man ging. Geen nieuws, geen veldpost – verdwenen.

Hij vermeed het om verder te denken. Hij hield van Marie, ze waren pas een jaar geleden getrouwd – God zou hem en zijn jonge gezin beschermen.

Vervolgens liet Paul Bernd Gundermann komen en liet hem zijn constructietekening zien. De arbeider was echter niet heel erg slim, hij kon zich de grote machines bij Jagenberg nog maar vaag herinneren. Misschien zou hij zo'n machine herkend hebben als die afgebouwd was en voor hem stond. Maar met een tekening kon hij niets beginnen. Hij gaf wel bereidwillig antwoord op Pauls vragen en strompelde toen opgelucht weer weg. Gundermann was bij een ongeluk alle tenen van zijn rechtervoet kwijtgeraakt, daarom was hij vrijgesteld van militaire dienst. Bovendien was hij al bijna vijftig.

Aan het eind van de ochtend ruimde Paul zijn bureau op. Hij maakte een paar notities voor zijn vader en nam afscheid van juffrouw Lüders en juffrouw Hoffmann. Beide vrouwen keken alsof ze op een begrafenis waren, maar hielden zich groot toen hij hun een hand gaf. Toen hij echter de trap af liep, hoorde hij hen snikken. Beneden op de binnenplaats kwamen er twee werknemers van de calculaticafdeling naar hem toe, en ook Mittermayer en Huntzinger uit de spinnerij wilden hem nog even de hand schudden. Vervolgens verschenen er een paar vrouwen die in de weverij de laatste wollen dekens met de hand omzoomden. Bij de poort stond warempel de oude Gruber. De tranen liepen over zijn rode wangen. Ongelofelijk hoe snel het nieuws zich door de fabriek verspreidde. En hoezeer ze allemaal op hem gesteld waren. Ondanks de ontslagen en de loonsverlagingen die hij noodgedwongen had moeten doorvoeren.

Hij liep te voet naar de villa, maakte zich niet druk om de motregen of de ijskoude wind die bijna zijn hoed van zijn hoofd blies. Aan de ene kant had de aanhankelijkheid van zijn werknemers hem ontroerd, aan de andere kant vond hij zo'n dramatisch afscheid benauwend. Hij was van plan zo snel mogelijk terug te komen. Gezond en wel. Ze hadden hem nodig.

Marie wachtte beneden in de entreehal op hem en liep hem tegemoet toen hij binnenkwam. Wat zag ze er goed uit, zo blozend… Ze had een nieuwe vorm van tederheid in haar ogen. Hij nam haar in zijn armen.

'Gaat het goed met je, mijn liefste? Je bent vandaag nog mooier dan ooit...'

Ze zweeg en vlijde zich tegen hem aan, liet hem haar lichaam voelen, dat door de zwangerschap voller, moederlijker was geworden.

'Je vader heeft het me vanochtend vroeg verteld, Paul. Het is hard, juist nu. Maar we moeten Gods wil aanvaarden.'

Hij hield haar stevig vast en was blij dat ze zo beheerst bleef, anders had hij zelf zijn tranen niet kunnen bedwingen. Om zo te voelen wat je verliest. Je geliefde vrouw tegen je borst te houden en te weten dat je haar nu voor lange tijd, misschien wel voor altijd, moet verlaten.

'Laten we naar boven gaan, schat,' zei hij zachtjes. 'Ik wil een paar minuten met je alleen zijn.'

Hand in hand liepen ze de trap op, als twee dieven slopen ze door de gang en verder naar de tweede verdieping.

Paul maakte de deur van Kitty's kamer open, die sinds haar huwelijk leegstond en als logeerkamer gebruikt werd. Uitgeput van het snelle lopen plofte Marie op Kitty's lichtblauwe sofa en Paul ging naast haar zitten. Zwijgend trok hij haar in zijn armen, hij kuste haar en kon er niet meer mee ophouden, alsof het mogelijk was alle tederheid die hij voor haar voelde in dit ene ogenblik te leggen. Beneden riep mama Auguste, ze wilde weten of de directeur en de jongeheer al thuisgekomen waren. Hij kon niet verstaan wat Auguste antwoordde en het was nu niet belangrijk.

'Ik ben trots op je, Marie,' fluisterde hij in haar oor. 'Je bent zo sterk. Zo flink. Geloof me, binnen in mij woedt een razende storm, ik kamp met het lot en zou niets liever willen dan bij jou te mogen blijven...'

'Sinds wanneer weet je het?' vroeg ze.

'Sinds een uur...'

'Ze hebben het voor ons geheimgehouden...'

Hij meende een verwijt te horen en schudde zijn hoofd.

'Dat hebben ze voor ons bestwil gedaan, Marie. Ik ben niet boos op vader.'

'Goed… je hebt waarschijnlijk gelijk…'

Licht bezorgd zag hij dat Marie haar donkere wenkbrauwen had laten zakken, wat ze altijd deed als iets haar niet beviel. Ze hield niet van de heerszuchtige aard van zijn vader, ze had hem al diverse keren tegengesproken en hij, Paul, had tussen hen beiden moeten bemiddelen. Nu zou Marie het zonder zijn steun moeten doen en hij kon alleen maar hopen dat ze slim genoeg was om zijn vader niet uit te dagen.

'Papa is zo gelukkig met zijn kleinkinderen, Marie. Je had hem geen groter plezier kunnen doen.'

'Ik?' vroeg ze en ze keek hem ondeugend aan. 'Ik denk dat jij er ook bij betrokken was…'

'Dat is waar.'

'Ook al is jouw aandeel piepklein,' beweerde ze.

'Zo klein nou ook weer niet, liefste…'

'Heel klein…'

Ze toonde met duim en wijsvinger een afstand die niet groter was dan een speldenkop. Hij legde zijn hoofd scheef en fronste zijn voorhoofd.

'Klein, maar doorslaggevend,' zei hij opschepperig.

'Een muntje dat in een automaat gestopt is…'

Wat was ze leuk, zijn schattige vrouw. Zelfs nu maakte ze hem aan het lachen, ze dwong hem haar als straf stevig te knuffelen en te kussen tot ze om genade bad.

'Hoe groot is mijn aandeel?' wilde hij weten toen ze kreunde en zei dat ze bijna stikte.

'Aanzienlijk, schat.'

'Aanzienlijk? Dat is te weinig!'

'Paul, houd op… ik krijg echt geen lucht meer… Paul… lieverd… liefste… vader van mijn kinderen…'

Ze probeerde met hem te stoeien, zette allebei haar handen tegen zijn borst om hem van haar af te duwen, wat echter niet lukte. Hij was dol op dit spel, zijn koppige Marie, zijn brutale, lieve, soms verschrikkelijk flauwe echtgenote. Hoe vaak hadden ze niet in de slaapkamer zo'n enorme chaos veroorzaakt dat ze die 's ochtends netjes weer in orde moesten brengen om noch Else, noch Auguste aanleiding te geven te gaan roddelen?

'Zeg het, anders laat ik je niet vrij...' hijgde hij terwijl hij haar stevig vasthield.

'Jouw aandeel is immens, mijn meester. Oneindig. Zo groot als de oceaan en het heelal. Is dat groot genoeg? Of wil je nog God de Vader genoemd worden?'

'Dat zou niet verkeerd zijn.'

'Dat zou je wel willen...'

Ze streek met haar vinger door het korte haar in zijn nek en hij huiverde. Deze tedere aanraking wond hem enorm op. Wat was het lot wreed, dat hem geen enkele liefdesnacht met zijn Marie meer vergund was en hij juist nu naar het slagveld gestuurd werd, nu zij nog in haar kraamperiode was. Hij zou het moeten doen met de herinnering en vreesde nu al dat zijn fantasie hem zowel geluk als pijn zou bezorgen.

'Ach, Paul,' zei ze zachtjes tegen zijn schouder. 'Wat zijn we toch dom en flauw bezig. Twee kinderen die zich verlangend aan elkaar vastklampen. Terwijl we juist nu verstandig moeten zijn. Belangrijke dingen tegen elkaar moeten zeggen. Niets mogen vergeten wat we nog tegen elkaar willen zeggen. Voor nu... en voor de toekomst...'

'En wat wil je tegen me zeggen, mijn verstandige Marie?'

Het klonk alsof ze begon te snikken, maar toen hij haar aankeek, glimlachte ze.

'Dat ik van je houd... oneindig veel... grenzeloos... voor altijd, zolang ik leef...'

'Dat is het verstandigste en belangrijkste wat je ooit gezegd hebt, mijn schat.'

Ze wilde protesteren, maar hij liet haar niet aan het woord.

'En stel je voor, Marie, mij vergaat het net zo.'

'Laten we het daar dan bij laten, liefste.'

Zwijgend hielden ze elkaar vast. Ze sloten hun ogen en luisterden naar de stilte van de onbewoonde kamer. Er tikte geen klok, alle geluiden waren verstomd, de tijd stond stil. In deze belangrijke minuten, waarin hun adem een gelijk ritme aannam en hun hart in dezelfde maat klopte, leek het volkomen onmogelijk dat ze elkaar ooit konden verliezen.

'Meneer? Bent u hierbinnen?'

Het geklop van Else verbrak de gelukzalige tijdloosheid en zette hen weer met beide benen op de grond.

'Mevrouw laat weten dat iedereen aan tafel gaat...'

Paul ving Maries geïrriteerde blik op en legde teder zijn vinger op haar lippen.

'Dank je wel, Else. We gaan naar beneden...'

Zijn ouders zaten al aan tafel, zijn vader keek hen met een lichte frons op zijn voorhoofd aan toen ze binnenkwamen en zijn moeder glimlachte begripvol en verdrietig.

'Gerstesoep?' zei Paul gemaakt vrolijk terwijl hij zijn servet uitvouwde. 'En zelfs met mergballetjes. Ik wens jullie allemaal smakelijk eten.'

Iedereen bedankte hem en Alicia pakte de soeplepel uit Elses hand om vandaag zelf de borden te vullen. Natuurlijk was zijn moeder op de hoogte, hij kon aan haar zien dat ze gehuild had. En ook het personeel wist ervan, dat was aan Elses sombere gezichtsuitdrukking te merken en aan het feit dat mevrouw Brunnenmayer blijkbaar de moeite had genomen om zijn lievelingsgerecht klaar te maken. Als kind was hij al dol geweest op mergballetjes.

'Kitty heeft aangekondigd dat ze vanmiddag komt,' zei Alicia tegen Paul. 'En ook Elisabeth wil komen. Ik hoop dat jullie dat goed vinden...'

Marie wierp Paul een opgewekte blik toe en zei dat ze zich erop verheugde om die twee te zien. Ze vond het vooral fijn om Kitty te zien, want zij bracht altijd een levendige en vrolijke sfeer mee.

'De kokkin heeft taart gebakken en maakt voor vanavond zelfs haringsalade.'

Ze hadden het over mevrouw Brunnenmayer, die zich als een ware tovenares ontpopt had en met de schaarse ingrediënten die nog verkrijgbaar waren de lekkerste gerechten bereidde. Nadat Else het hoofdgerecht – varkensgebraad met knoedels en appelmoes – geserveerd had, viel er een ongewone stilte. Enkel het geluid van het bestek op de borden was te horen. Johann Melzer hief zijn wijnglas, ze proostten zonder een woord te zeggen. Ten slotte schraapte Alicia haar keel.

'We hebben een paar spullen voor je klaargelegd, Paul. Dingen die je nodig zult hebben. Kom na het eten even kijken of we niets vergeten zijn.'

'Dank je, mama.'

Niemand kon echt genieten van het liefdevol klaargemaakte varkensgebraad. Paul kauwde er eindeloos op, maar nam een tweede portie om mevrouw Brunnenmayer geen verdriet te doen. Morgen om deze tijd zouden ze zonder hem aan tafel zitten. Waarom zou het hun beter vergaan dan alle andere families? De vader van Elisabeths vriendin Serafina, kolonel Von Sontheim, was twee weken geleden gesneuveld, evenals een van haar broers en alle drie de zoons van directeur Wiesler. Ook Herrmann Kochendorf uit het stadsbestuur was onder de wapenen geroepen. Ze hadden gehoord dat hij zwaargewond in België in een lazaret lag, al zijn geld kon hem ook niet helpen. Advocaat dr. Grünling vocht ergens in Rusland, niemand had iets van hem vernomen, wat altijd een slecht teken was. Zo veel jongemannen die twee jaar geleden op het bal dat in de villa van de Melzers was gehouden nog vrolijk gedanst hadden en de betoverende Kitty het hof hadden gemaakt, waren ergens in vijandelijk gebied gesneuveld. Hun ouders wisten niet eens waar hun graf was.

'Hebben jullie iets van Humbert gehoord?' vroeg Paul, die akelig werd van de stilte.

'O ja!' riep Marie. 'Dat was ik helemaal vergeten. Stel je voor, Paul, hij heeft mevrouw Brunnenmayer een veldpostkaart gestuurd. Hij zit bij de bevoorrading in België, moet paarden roskammen en stallen uitmesten.'

Ze moesten allemaal lachen bij dat idee. De huisknecht Humbert was verschrikkelijk fijngevoelig, als hij een spin zag begon hij al hysterisch te gillen, zijn kleding was altijd tiptop in orde, zijn schoenen altijd keurig gepoetst. Hij zou het beslist niet prettig vinden om paardenstallen uit te moeten mesten.

'Het is een vreemde vogel,' zei Johann Melzer. 'Maar hij zal zich er op de een of andere manier wel doorheen slaan, daar ben ik van overtuigd.'

Paul was blij dat het middageten voorbij was. Hij had zelfs niet echt kunnen genieten van de heerlijke vanillepudding met frambozensiroop – de sfeer aan tafel was gewoon te beklemmend. Was Kitty er maar alvast. Hij zou de namiddag en een deel van de avond met zijn ouders en zussen door moeten brengen. Daarna zou hij eindelijk met Marie alleen zijn. Met Marie en de twee kleintjes.

'Wat zei de vroedvrouw?' hoorde hij zijn moeder op de gang zachtjes vragen.

'Hij is in principe gezond,' antwoordde Marie met gedempte stem. 'Alleen erg klein. Hij moet nodig drinken.'

'Ik ben al op zoek gegaan naar een zoogster. Morgen komen maar liefst drie vrouwen zich voorstellen…'

Plotseling werd Paul overvallen door de zorgelijke gedachte dat zijn zoon zou kunnen overlijden. Hij was te klein, dronk kennelijk niet. Hoe kon hij dan overleven? Waarom liet mama de zoogster pas morgen komen? Moest de kleine vandaag niet al drinken? En waarom voedde Marie hem niet? Hij trok de deur van de rode salon open, waar Else hun echte mokka had geserveerd, en liep naar de trap die naar de slaapvertrekken leidde.

'Marie?'

Hij liep haastig de trap op. Boven kwam hij Auguste tegen, die momenteel in de positie van kindermeisje groeide. De afgelopen nacht hadden ze de tweeling aan haar toevertrouwd en er waren geen problemen geweest.

'Alles is in orde, meneer,' zei ze en ze maakte een vaag knicksje. 'Mevrouw voedt op dit moment, het is beter als u haar nu niet stoort.'

'Wat is er met het jongetje? Drinkt hij nu?'

'Vroeg of laat zal hij wel gaan drinken...'

Het antwoord stelde hem niet gerust, maar hij zag in dat hij weinig kon doen en ging weer naar beneden. Op de gang werd hij opgewacht door zijn vader, die hem zijn werkkamer in trok, waar op de bank allerlei spullen uitgestald lagen. Ondergoed, sokken, een regenjas, een zaklamp met een paar setjes batterijen, een warm vest, een goed mes aan een kettinkje, een doosje met naaigerei en reserveknopen, een pistool, suiker, chocolade, warme pantoffels, handschoenen...

'Als je iets mist, kunnen we het je sturen,' zei zijn vader.

Paul staarde naar de spullen en besefte dat hij van nu af aan zijn hele bezit op zijn rug zou dragen. Het was voorbij met de warme kachels, het zachte bed en het dagelijkse bad. Vanaf morgen zou hij niet veel hoger in rang staan dan de laagste van zijn arbeiders, want hij had geen officiersrang, hij was maar een eenvoudige soldaat. Vreemd genoeg beviel de gedachte hem wel dat hij ontberingen moest lijden en dagenlang moest marcheren. Dertig, vijftig kilometer per dag – de marsprestaties van het Duitse leger waren geducht. Het zou zwaar worden, hij zou zijn grenzen leren kennen en daaroverheen moeten gaan, maar hij trok ten strijde om zijn Duitse geboorteland en zijn familie te beschermen. Deze gedachte moest hij koesteren, die zou hem door de kogelregen en alle ontberingen helpen en hem helpen om in te zien wat de zin van zijn eigen acties en het oorlogsgebeuren was. Hij had een periode voor de boeg waarin hij zich moest waarmaken. Als hij terugkeerde – en natuurlijk was hij van plan terug te keren – zou hij iemand anders zijn.

In de gang klonk Kitty's opgewonden stem. Daarna die van Elisabeth, die ergens ontevreden mee was, en daartussen zijn moeder, die zoals altijd haar best deed om te voorkomen dat haar dochters ruzie kregen.

'Laat me met rust met dat eeuwige gepreek van jou, Lisa,' riep Kitty luid. 'Het kan me geen zier schelen wat jouw hooggewaardeerde majoor en gemaal schrijft. Zege, zege, zege en nog eens zege! En waar is die zege? Nergens. Het zijn allemaal leugens en holle frasen...'

'Hoe kun je zo respectloos praten, Kitty! Dat is verraad aan de keizer en het vaderland, je hoont alle dappere helden die op het slagveld hun leven lieten! De zege ligt voor het grijpen, dat schreef Klaus. En hij weet immers wat hij zegt...'

'Alsjeblieft, Elisabeth!' onderbrak Alicia haar. 'Wind je niet zo op. Juist vandaag zouden jullie tweeën niet moeten...'

'O, nu is het weer mijn schuld. Natuurlijk, ik had het kunnen weten.'

Paul zag dat zijn vader zijn gezicht tot een geamuseerd lachje vertrok. Hij hield van Kitty's spontane karakter, ook al gaf hij dat zelden toe.

'Het maakt me helemaal niets uit of we winnen of verliezen,' tetterde Kitty. 'Wat moeten wij nou met Frankrijk, ik heb het in ieder geval niet nodig. En dat smerige Rusland al helemaal niet. En de koloniën mogen ze wat mij betreft cadeau krijgen. Als ze mijn Paultje maar bij ons laten. Tenslotte hebben ze mijn Alfons al van me afgepakt, het zou dus alleen maar redelijk zijn om ten minste Paultje hier te laten. Houd op met je ogen te rollen, Lisa. Ja, ik houd mijn mond al, mama. Zoals beloofd zeg ik niets meer. Ik ben zo stil als een muisje. Beheerst en rustig.' Ze onderbrak zichzelf, maar ging een tel later weer door: 'Heb je een zakdoek voor me, Lisa? Ik denk dat ik de mijne verloren ben...'

Mama leidde de twee naar de wintertuin, waar ze koffie met gebak zouden nemen. Paul keek op zijn zakhorloge, het was vier uur 's middags. Hij had nog vijftien uur. Waarom verstreek de tijd zo langzaam? Al die gesprekken, al dat afscheid nemen, de dwang kalm over te komen, te doen alsof je optimistisch was… Wat was het allemaal vermoeiend. Hij herinnerde zich hoe ze afscheid hadden genomen van een paar jeugdvrienden, die zich voor een jaar als vrijwilliger hadden aangemeld. Dat was helemaal aan het begin van de oorlog geweest. Ze waren allemaal heel enthousiast geweest en hadden haast niet kunnen wachten tot ze tegen de vijand ten strijde konden trekken. Twee van zijn schoolkameraden waren vanwege lichamelijke gebreken ongeschikt verklaard, o wat waren ze daar boos over geweest. De anderen hadden de avond voordat ze in dienst gingen in een uitgelaten stemming feestgevierd. Midden in de nacht waren ze met fakkels door de straten van Augsburg gemarcheerd en hadden ze 'Die Wacht am Rhein' geblèrd. Paul had eraan deelgenomen en in de algemene roes van enthousiasme had hij het jammer gevonden dat hij niet samen met zijn kameraden te velde trok.

'Paultje!'

'Alsjeblieft, Kitty!' riep Alicia. 'We zouden ons beheersen en…'

Maar het was al te laat, Kitty's gevoelens waren sterker dan alle beloftes en goede voornemens. Paul was nog niet in de wintertuin verschenen of ze lag al snikkend tegen zijn borst.

'Ik laat je niet gaan. Ik houd je vast, Paultje. Ze moeten me doormidden scheuren als ze jou willen hebben…'

'Niet huilen, Kitty,' fluisterde hij in haar oor. 'Denk aan het kind onder je hart. Ik kom toch weer terug, zusje.'

Hij moest haar zijn zakdoek lenen en wachtte geduldig tot ze haar neus gesnoten en haar tranen gewist had. Toen nam hij haar mee naar een van de rieten stoelen waar ze zich uitgeput op liet vallen. Marie verscheen in een wijde, witte katoenen jurk met kant, ze had een wollen doek om haar schouders geslagen, haar gezichtsuitdrukking was kalm.

'Is alles in orde met de kleintjes?' wilde hij weten.

'Jonge moeders zijn in het begin altijd overbezorgd,' antwoordde Alicia in plaats van Marie. 'Het gaat allemaal prima, Paul.'

De uren kropen voorbij. Taart eten, koffie drinken, Elisabeths verhalen aanhoren over het feit dat het geliefde vaderland binnenkort zou zegevieren, Kitty's smartelijke blikken verdragen, Maries glimlach waarachter zo veel zorgen en verdriet schuilgingen. Zijn vaders optimisme binnenkort weer katoen uit de koloniën te kunnen kopen, zijn moeders bleke gezicht, haar voorbeeldige houding en pogingen om het voor hem allemaal minder verdrietig te maken. Tegen vijf uur kwam de oude Sibelius Grundig, die in de Maximilianstraat een fotostudio had. Alicia had hem laten komen om ter herinnering een gezinsfoto te maken, en ze stelden zich allemaal op zoals de fotograaf wenste. Paul tussen zijn moeder en Marie, Kitty tegen zijn vader aan gevlijd, Elisabeth aan de andere kant met een gezichtsuitdrukking waaraan iedereen kon aflezen dat ze zich het vijfde wiel aan de wagen voelde.

Tegen de avond kwam juffrouw Schmalzler hem een kort bezoekje brengen. Ze gaf Paul een hand en wenste hem Gods zegen. Ze was lang geleden met de jonge Alicia von Maydorn als haar kamenierster uit Pommeren gekomen en had zich later opgewerkt tot huisdame. Ze had alle drie de kinderen zien opgroeien, Paul was altijd haar lieveling geweest.

Na het avondeten – wilden ze hem eigenlijk vetmesten? – verzocht Paul ten slotte de resterende uren met zijn vrouw en de kleintjes door te mogen brengen. Niemand sprak hem tegen, zijn zussen kusten hem ten afscheid en Kitty liet hem beloven om hen minstens drie keer per week post te sturen.

Het was al acht uur geweest toen hij eindelijk bij Marie in de slaapkamer kwam. Ze was al naar bed gegaan. Ze zat rechtop tegen de kussens en keek hem met een ernstige blik aan.

'Kom bij me, liefste.'

Hij trok zijn schoenen en huisjasje uit en kroop bij haar onder het donzen dekbed. Hij sloeg zijn armen om haar heen en ademde haar vertrouwde geur in. Haar haar, de lavendelgeur van haar nachthemd, haar zachte huid, het kleine kuiltje onderaan haar hals dat hij zo graag met zijn lippen beroerde. Nee, het zou geen liefdesnacht worden, dat was onmogelijk, ze was pas eergisteren bevallen. Maar haar vasthouden, de kalme kracht voelen die in dit tengere lichaam huisde, dat was waar hij de hele dag naar verlangd had.

'Zo moet het tussen ons blijven, Marie,' fluisterde hij. 'Voor altijd. Jij en ik zo dicht bij elkaar. Er is niets wat ons uit elkaar kan halen...'

Vanuit de kamer ernaast klonk een zwak stemmetje. Maries lippen zochten de zijne, ze kusten elkaar, gaven zich helemaal over aan hun hartstocht en Paul vond het ontzettend jammer dat hij haar niet kon nemen. Wat was haar lichaam veranderd. Vroeger was ze meisjesachtig slank, nu was ze in een Venus veranderd.

'Je bent zo mooi, mijn schat. Ik word nog gek van begeerte...'

Hij frunnikte aan de knoopjes van haar nachthemd, om ten minste haar boezem te liefkozen, maar hij had nog maar twee knoopjes opengemaakt of ze hield zijn hand tegen.

'Wacht, liefste...'

'Wat is er?'

Ze trok zich terug en ging rechtop zitten. Ze luisterde naar het gehuil uit de kamer ernaast.

'Is Auguste niet bij de kinderen?'

'Jawel...'

Hij had zijn kinderen zojuist nog een keer bewonderd. Piepklein, twee hoofdjes, twee grote monden, vier kleine vuistjes. De kleine met het lichtblauwe mutsje was zijn zoon. Leopold, roepnaam Leo.

'Als een leeuw brult hij eigenlijk niet,' grapte hij en hij wilde haar weer tegen zich aan trekken. Maar Marie maakte zich los en stond op.

'Ik ga liever even kijken... Ben zo weer terug...'

'Ja, natuurlijk.'

Verbazingwekkend lichtvoetig haastte ze zich weg, ze sloot de deur goedbedoeld achter zich om hem niet te storen. Terwijl hij niets liever wilde dan in haar buurt zijn.

Hij bleef een tijdje in bed liggen wachten. Hij hoorde nog steeds het zachte gehuil uit de kamer ernaast, Maries moederlijke inspanningen waren blijkbaar niet erg succesvol. Ten slotte stond hij zuchtend op, ging naar het toilet, trok een pyjama aan en keerde hoopvol naar de slaapkamer terug. Het bed was leeg.

'Marie?'

Geen antwoord. Ongeduldig drukte hij de klink van de deur naar de kamer ernaast naar beneden en hij schoof de deur zo zachtjes mogelijk open. Daar, op een stoel, zat zijn mooie Marie, zijn liefste, zijn geweldige, sterke echtgenote. Haar rechterborst was ontbloot en ze deed ijverig haar best haar roze tepel in het wijd opengesperde mondje van de baby met het blauwe mutsje te schuiven.

'Ik geloof dat hij verschrikkelijk honger heeft,' zei ze bezorgd. 'Maar hij weet niet hoe hij moet drinken.'

Paul zag het met gemengde gevoelens aan. Natuurlijk was hij gelukkig dat hij een zoon had. En een dochter, die kennelijk minder onhandig was dan haar broer, want zij lag voldaan en tevreden soezend in haar wieg. Maar het was een raar gevoel dat hij Maries heerlijke lichaam, haar mooie borsten nu met zijn eigen kroost moest delen. Daar moest een man aan wennen. Zeker als hem nog maar enkele uren aan de zijde van zijn geliefde gegund waren.

'Waarom kan Auguste hem niet voeden? Zij heeft toch zelf nog een baby.'

Marie was nerveus, de kleine Leo hapte niet. Hij brulde wanhopig om eten en wist niet hoe hij daaraan moest komen. Maries antwoord klonk dan ook boos.

'Denk je dat ik mijn kinderen door Auguste laat zogen? Dat is mijn taak, Paul. Dat zal mama moeten begrijpen.'

Hij zweeg, hoewel hij er anders over dacht. Het was jammer dat deze laatste gezamenlijke nacht heel anders verliep dan hij gedacht had. Hij had zijn Marie zelden zo afwijzend meegemaakt. Maar ach, het was maar al te goed te begrijpen. De moeizame bevalling, het oproepingsbevel en nu ook nog de zorgen om de kleintjes. Hij besloot geduld te oefenen en ging weer naar bed. Bibberend rolde hij zich onder het donzen dekbed op. Het was koud in de kamer, die slechts indirect via de schoorsteen van de eronder liggende rode salon verwarmd werd.

Wat ben ik toch zwak, dacht hij. In de toekomst zal er geen donzen deken voor me zijn, en ook geen warme open haard. Naar verluidt had je in de schuilplaatsen en loopgraven hooguit een bed van stro. Als je niet op de kale grond moest slapen.

'Zo gaat het nooit lukken, mevrouw,' zei Auguste in de kamer ernaast. 'U moet de tepel stevig in uw hand nemen en erin stoppen. Zo! Dan proeft het jongetje tenminste wat eruit vloeit. Nou, kijk eens aan. Nu hapt hij, de kleine boef.'

Godzijdank, dacht Paul opgelucht, ook al vond hij dit gesprek onder vrouwen niet erg prettig om te horen. Zou het geen pijn doen bij Marie, als het jongetje in haar tedere borst 'hapte'? Nou ja, als vader moest hij blijkbaar een hoop leren. Als hij daar nog de tijd voor kreeg. Hij pakte zijn zakhorloge, dat hij op het nachtkastje had gelegd. Het was al bijna tien uur. Om zes uur moest hij opstaan. Om zeven uur het huis uit. Zijn vader had beloofd hem met de auto naar de plek te brengen waar hij zich moest melden, maar dat had hij afgewezen. Het zou er voor zijn kameraden belachelijk uitzien als hij als een rijke heer uit de auto zou stappen. Hij ging net als alle anderen voor het vaderland in dienst.

Marie was vrolijk toen ze bij hem terugkwam. Ze verontschuldigde zich voor haar botte antwoord, vlijde zich tegen hem aan en aaide zijn wangen en zijn nek.

'Je bent zo dicht bij me,' zei ze zachtjes. 'Ik wil niet geloven dat ik zonder je zal zijn. Ik zal je in de nacht voelen, liefste. Ook als je mijlenver van mij vandaan bent, zal ik je lichaam voelen en je stem horen...'

Hij was ontroerd. Alles was goed, het kleintje dronk en zou groeien.

Marie zou op hem wachten. Wellicht had Klaus von Hagemann gelijk en was de zege nabij, over een paar maanden zou alles voorbij zijn. Marie streek aandachtig met haar handen over zijn lichaam en hij gaf zich aan haar strelingen over, die hem zouden opwinden en verlossen. Wat was ze sensueel, zijn mooie vrouw. Tijdens de zwangerschap had ze al dingen gedaan waarover je nooit in het openbaar sprak, want ze waren bang geweest het kind te schaden als ze op de normale manier gemeenschap hadden gehad.

'Marie, Marie…' fluisterde hij smachtend.

Ze stopte. Vanuit de kamer ernaast klonk het zwakke stemmetje weer.

'Wat is er nu weer?'

'Wacht… wacht even…'

Ze was vliegensvlug het bed uit, liep naar de kamer ernaast en bleef oneindig lang weg. Blijkbaar had de kleine Leo nu begrepen waar de voeding vandaan kwam en was hij niet met één enkele portie tevreden. Paul draaide zich op zijn rug en probeerde tegen de wrok te vechten die hij jegens zijn zoon voelde opkomen.

Toen Marie terugkwam, was zijn hartstocht afgekoeld. Ze hielden elkaars hand vast en praatten. Over dat ze zijn vader terzijde zou staan. Dat het fabriceren van papiervezels de redding van de fabriek was, dat ze zijn vader daarvan moest overtuigen, zij was de enige naar wie hij luisterde. Marie smeekte hem nooit de held uit te hangen. Maar ook niet laf te zijn. Zich verstandig in het midden te houden. Hij glimlachte en beloofde het haar. Nog drie keer werden ze door het huilerige stemmetje gestoord, de laatste keer haalde het hen zelfs uit hun slaap. Paul had het gevoel dat zijn zoon nu harder huilde, maar Marie zei dat zijn zusje nu ook haar deel wilde.

Het laatste uur sliepen ze met hun wangen tegen elkaar aan. Ze hielden elkaars hand vast en droomden dezelfde droom. Het schelle gerinkel van de wekker haalde hen terug naar de werkelijkheid, die in de kou van de vroege ochtend onverbloemd en ruw leek. Scheiding. Ellende. Misschien de dood.

'Blijf liggen, liefste,' fluisterde Paul. 'Ik haat het om in de hal of zelfs voor de deur afscheid van je te moeten nemen.'

Het was nog donker in de kamer en ze zagen elkaar niet toen ze elkaar voor het laatst kusten. De kus smaakte zoutig van hun tranen.

# 3

*Croix, 5 maart 1916*

*Mijn lieve Marie,*

*Dank je wel voor je brief van 24-2, die mij na een hoop nare dagen nieuwe kracht en hoop heeft gegeven. Moest er nou eerst zo'n afschuwelijke oorlog uitbreken zodat ik kan ervaren wat voor een prachtige, lieve brieven mijn liefste mij kan schrijven? Nu wacht ik vol verlangen op nog meer post van je en doe ik mijn best ook jou zo vaak mogelijk te schrijven.*
*In de afgelopen dagen zijn we tot in het bezette Frankrijk doorgestoten en nu zijn we in een stilgelegde koekjesfabriek ingekwartierd. Het is belangrijk dat we uitrusten, en dat geldt vooral voor de trouwe paarden die er verschrikkelijk vermagerd uitzien. Er waren dagen dat ze ons van 's ochtends vroeg tot 's avonds laat droegen zonder dat ze gevoed of gedrenkt werden. Ook hun ruiters hadden geen fijne tijd. Eten en drinken moesten bezorgd worden, het is afschuwelijk om de ongelukkige boeren hun laatste brood af te nemen. Wat hier in het regiment nooit op raakt, is de wijn. Sekt en rode wijn vloeien als water en worden dan ook volop geconsumeerd. We hebben de alcohol leren waarderen, hij laat sombere stemmingen verdwijnen, vervangt het eten en geeft nieuwe energie.*

*We zijn nog maar zelden in geschutstelling geweest, maar de franc-tireurs, de sluipschutters die vanuit hun dekking op onze patrouilles schieten, zijn gevaarlijk. Om ons heen zien we niets anders dan vernietiging, verbrande dorpen, kapotgeschoten huizen, lege schuren. Onze regimenten hebben in dit land duidelijke sporen achtergelaten en doen dat nog steeds. Twee weken geleden dacht ik nog dat ik mij als soldaat en trouwe onderdaan van onze keizer moest bewijzen – intussen vind ik dit huishouden en vernietigen in een bezet land afschuwelijk.*
*Maar laten we vooruitkijken, mijn liefste, laten we hopen dat het niet lang meer duurt voordat we elkaar weer in de armen kunnen sluiten. Schrijf me zo vaak je kunt, benut elke vrije minuut om een paar woorden op papier te zetten en ze mij te sturen. Als ik je brieven lees, je leuke, eigenzinnige handschrift zie, dan is het alsof ik je voor me zie, alsof ik je stem kan horen. Ik houd ervan als je je hoofd schuin houdt en me met je donkere ogen ondeugend een knipoog geeft. Ik houd van je lach. Van je lichte tred. Van je voetjes en van nog veel meer aan jou, waarover ik hier niet zal schrijven, maar dat al mijn dromen vervult.*

*Duizend kusjes,*
*Jouw Paul*

*Augsburg, 10 maart 1916*

*Mijn liefste,*

*Voor een plichtsgetrouwe soldaat van onze keizer schrijf je behoorlijk warrige dingen. Wat hebben mijn kleine voeten en mijn ondeugende knipoog – zoals jij het noemt – in een veldpostbrief van het keizerlijke regiment te zoeken? Ik hoop maar dat niemand deze brieven opent en al deze onzin leest, want dan zou ik me vreselijk schamen.*
*Je kunt ons beter vertellen of de vele pakketten die we naar je gestuurd hebben intussen zijn aangekomen of dat ze onderweg verloren gegaan*

*zijn. Batterijen, regencape, ondergoed, scheerschuim, veiligheidsspelden, sokken en een paar tekeningen die ik voor je gemaakt heb. Ook blikjes met koekjes en potjes jam. Laat ons weten of alles goed bij je aankomt, liefste, want we willen er graag voor zorgen dat je je niet alleen met rode wijn en sekt hoeft te voeden.*
*Hier gaat alles zijn gangetje, onze kleine schreeuwlelijkerds drinken goed en groeien terwijl je erbij staat. Ze hebben intussen jouw plek in ons bed ingenomen, die ze pas weer zullen afstaan als jij, mijn liefste, bij ons terugkeert. Ik wist me geen raad met de eenzaamheid, dat doffe, nare gevoel in de ochtendschemering, eerst nog onbestemd en half in de droom, dat me vertelt: je zult alleen wakker worden. Hij is weg, oneindig ver weg, in vijandelijk gebied, en alleen God weet wanneer hij weer bij je zal zijn.*
*Ik vraag je innig om voorzichtig en behoedzaam met je leven om te gaan, geen gevaar op te zoeken en nooit lichtzinnig te worden. Het is oneindig droevig dat deze oorlog zo veel mensen in het onheil en de vernietiging stort, of het nu de Fransen, Serviërs, Russen of Duitsers zijn. Wees op je hoede voor franc-tireurs – en drink alsjeblieft niet te veel rode wijn. Het is belangrijk dat je helder kunt blijven denken, mijn liefste, want ik wil je gezond en wel weer bij me terug hebben.*
*Ik houd van je en denk dag en nacht aan je. Ik weet dat je me gaat uitlachen, maar ik ben ervan overtuigd dat mijn gedachten de kracht hebben jou te bereiken en je tegen al het onheil te beschermen.*
*Als ik mijn ogen sluit, hoor ik je stem en voel ik je lippen, die mij duizendmaal aanraken. Mijn hart stroomt over van tederheid die alleen voor jou bestemd is en die ik voor je bewaar tot we elkaar weerzien.*

*Met een omhelzing van,*
*Jouw Marie*

Alicia Melzer roerde die ochtend voor de derde keer in haar koffie, zette het kopje daarna eindelijk aan haar lippen en nam de eerste slok. Ze moest wennen aan deze surrogaatkoffie, maar in feite was het een kwestie van discipline, en dit brouwsel was nog gezonder ook. Vooral voor Johann, die een veel te hoge bloeddruk had en – dat had dokter Greiner onlangs duidelijk gezegd – eigenlijk helemaal geen bonenkoffie zou moeten drinken. Ze keek op de pendule van agaat op de vensterbank en slaakte een zucht. Het was al half acht. Vroeger zaten haar 'beide mannen', Johann en Paul, al even na zevenen naast haar aan de ontbijttafel en lieten haar broodjes met boter en jam voor hen smeren, terwijl zij verdiept waren in intensieve gesprekken over machines, orders, leveringen of het personeel. Maar sinds haar enige zoon, haar Paul, voor keizer en vaderland vertrokken was, zat ze meestal tot kort voor acht uur in haar eentje aan de gedekte ontbijttafel. Johann, die vroeger niets anders dan zijn fabriek gekend had en niet zelden nog laat op de avond aan de overkant in zijn kantoor had gezeten en cijfers genoteerd had, was nonchalant geworden. De ene keer ging hij tegen half negen, de andere keer pas om tien uur naar de textielfabriek. Hoe het daarmee ging, of er eigenlijk nog wel gewerkt werd, kon ze niet uit hem krijgen. Maar aangezien het 's nachts volkomen donker was in de fabriek, vreesde Alicia het ergste.

Else kwam de eetkamer binnen en bracht een stapel brieven op een zilveren dienblaadje.

'De post, mevrouw...'

'Dank je, Else. Is mijn schoondochter al op?'

Else keek bezorgd en zei van niet. Mevrouw Marie Melzer sliep nog. Maar meneer had al om schoon ondergoed en een gesteven overhemd gevraagd. Auguste was naar boven gelopen om hem de spullen te brengen. Hij had haar een paar keer uitgescholden omdat ze de verkeerde sokken had uitgezocht, maar Auguste was tenslotte geen kamenierster, maar slechts een kamermeisje, en men kon niet van haar verlangen dat ze Humberts werk deed. Zijzelf was nog maagd en niet geschikt om een volwassen man aan te kleden.

Alicia gaf Else met een hoofdknikje te verstaan dat ze haar klachten had gehoord en richtte zich op de post. Ze doorzocht haastig de stapel, trok er twee veldpostbrieven uit en stelde teleurgesteld vast dat geen daarvan Pauls handschrift had. De ene was aan juffrouw Katharina Melzer gericht. Wat vreemd. Kitty was al ruim een jaar met Alfons Bräuer getrouwd en woonde in een kleine stadsvilla die van de Bräuers was. Alicia haalde haar schouders op. Ze kende noch het handschrift, noch de afzender en legde de brief opzij. Kitty zou in de komende dagen vast wel langskomen, dan kon ze haar post meenemen. De tweede veldpostbrief was van Gustav Bliefert en aan zijn vrouw Auguste gericht. Wat fijn dat hij eindelijk schreef, de arme Auguste had zich al zorgen gemaakt. Maar Gustav was nu eenmaal niet met het potlood in de hand geboren; een brief schrijven kostte hem veel moeite. Glimlachend legde ze de veldpostbrief terug op het dienblaadje en richtte ze zich op de andere brieven.

Ze hoorde de voetstappen van haar man op de gang en luisterde even peinzend. Hij liep langzaam, een beetje onregelmatig, doordat zijn linkerbeen sinds zijn beroerte af en toe gevoelloos was. Soms bleef hij staan, snoof, kuchte en liep dan weer verder.

'Goedemorgen, Johann.'

'Goedemorgen.'

Terwijl hij langs haar liep raakte hij haar schouder aan, hij streek er meer overheen dan dat zijn hand erop rustte. Hij ging zitten en pakte de krant. Alicia schonk koffie voor hem in, deed er een beetje melk bij en roerde er suiker door.

'Hoe was je nacht? Heb je kunnen slapen?'

'Redelijk,' antwoordde hij van achter de krant. 'Is er post gekomen van Paul?'

'Vandaag helaas niet... Maar de Manzingers hebben ons uitgenodigd. En mevrouw Von Sontheim zal voor de liefdadigheidsvereniging een voordracht houden.'

Johann Melzer snoof minachtend en vroeg naar Marie. Waarom zij 's ochtends niet meer met hen ontbeet.

'Je weet toch, ze moet 's nachts een paar keer opstaan om de kleintjes te voeden. We zouden absoluut een kindermeisje in dienst moeten nemen...'

Johann Melzer legde de krant opzij en pakte het koffiekopje. De muffe smaak van de surrogaatkoffie was duidelijk niet geschikt om zijn irritatie te sussen, integendeel. Ze hadden geen kindermeisje nodig, wond hij zich op, maar een zoogster, die tegelijkertijd het werk van een kindermeisje deed. Hoezo verbeeldde Marie zich dat ze helemaal in haar eentje voor twee baby's kon zorgen? Die meid was nog maar een schaduw van zichzelf, ze was helemaal bleek en had ingevallen wangen.

'Waarom regel je dat niet? Dat is jouw taak als schoonmoeder.'

Alicia bleef kalm, hoewel ze vond dat ze zijn verwijten niet verdiend had.

'Ik heb het geprobeerd, Johann. Maar Marie heeft al mijn voorstellen afgewezen.'

'Omdat ze koppig is,' mopperde hij. 'Goed, ik zal haar aanpakken. Ik ben Paul niet die ze om de vinger kan winden.'

Alicia schrok en vreesde dat er een familieruzie op komst was. Tot nu toe had Paul zijn jonge vrouw altijd beschermd als Johann niet tevreden was met Maries gedrag. Nu zou zij, Alicia, die taak waarschijnlijk op zich moeten nemen. Ze dacht na over hoe ze hem het beste van zijn strijdlust kon afleiden. Haar blik viel op de geopende brieven.

'Aanstaande zaterdag houdt mevrouw Von Sontheim haar lezing, Johann. Het zou fijn zijn als je mij dan wilt vergezellen...'

Ze stelde het terloops voor, zoals haar aard was, een kleine opmerking, terwijl ze voor hem een snee roggebrood met boter en aardbeienjam besmeerde.

Johann Melzer had de krant alweer voor zijn neus, waarin in geuren en kleuren de overwinningen en veroveringen van het Duitse leger werden beschreven. Bij Verdun in Frankrijk zouden de moed en gevechtskracht van de Duitse regimenten nu eindelijk zegevieren, ze hadden de Fransen in een hinderlaag gelokt om hun leger tot op de laatste man te laten 'uitbloeden'. Uitbloeden – wat een woord.

Was dat de ware oorlog? Je tegenstander tot op de laatste man vernietigen? Waren ze allemaal naïef geweest toen ze dachten dat de Duitse soldaten alleen maar Parijs hoefden in te nemen om Frankrijk te verslaan? Hoe ging het met Paul, die ruim twee weken geleden naar Frankrijk was getrokken?

'Mevrouw Von Sontheim is zo'n dappere vrouw,' ging Alicia verder. 'De kolonel is gesneuveld, evenals een van haar zoons, en toch heeft ze in haar stadsvilla een laza...'

'Houd daar alsjeblieft over op, Alicia,' riep Johann Melzer boos. Hij verfrommelde de krant en smeet hem op de grond, geheel tegen zijn gewoonte in. 'Hier in mijn huis, dat ik gebouwd heb, komt geen lazaret!'

Hij sloeg zo hard met zijn rechterhand op het tafelblad dat het servies rinkelde. Alicia stopte met het smeren van het brood.

'Alsjeblieft, Johann,' zei ze zachtjes. 'Wind je niet zo op, dat is het niet waard. Niemand zal achter jouw rug om een lazaret in de villa inrichten. Ook al...'

Ze keek hem bezorgd aan, want door de woede was vast en zeker zijn bloeddruk gestegen. Aan de andere kant was ze er nu eenmaal over begonnen en zou het dom zijn haar zin niet af te maken.

'... ook al denk ik vaak dat we allemaal ontzettend blij zouden zijn als onze Paul in den vreemde behulpzame mensen zou vinden die hem zouden opnemen en verzorgen...'

'Wat heeft dat ermee te maken?' bromde Melzer. 'Paul is niet dom. Hij zal zich erdoorheen slaan en heelhuids terugkomen.'

'God zal hem beschermen, Johann.'

Ze legde de boterham met jam op zijn bord en schonk nogmaals koffie in. Ze zwegen. Johann Melzer viste de krant van de grond, streek hem weer glad en verdiepte zich in een artikel over de nieuwe oorlogsleningen.

Hij is bang, dacht Alicia benauwd. Hij is bang de waarheid onder ogen te zien. Hij wil de verwonde mannen niet zien, de arme kerels wier armen of voeten geamputeerd zijn.

Ze was opgelucht toen de deur openging en Marie voor het ontbijt verscheen.

'Goedemorgen, allemaal! Mama, ben je zo in gedachten? Papa, ben jij dat achter die gekreukelde krant?'

Marie droeg een ochtendjurk en de lichtblauwe pantoffeltjes die Kitty haar cadeau had gedaan, en had haar haar slordig gevlochten en opgestoken. Alicia vond haar een beetje gemaakt vrolijk. Ze was mager geworden en leek net zulke wallen onder haar mooie, donkere ogen te hebben als toen ze als de keukenmeid Marie Hofgartner voor de eerste keer in de villa was gekomen. Wat had deze jonge vrouw het leven in de villa veranderd. Ze had de schaduwen van het verleden bezworen en boetedoening voor het onrecht geëist dat haar ouders was aangedaan. En toch had ze tegelijkertijd met haar oprechte, dappere karakter ieders hart veroverd, niet in de laatste plaats dat van haar zoon Paul. Zo had een prachtige, grote liefde uiteindelijk alle schuld weggenomen.

'Ah!' zei Johann Melzer ironisch en hij vouwde de krant op. 'Eindelijk! Ik vreesde al dat je stiekem naar het front was getrokken.'

Marie lachte en ging zitten, trok het witte stoffen servet uit de zilveren ring en hield haar kopje voor Alicia op zodat zij koffie in kon schenken. Met een snelle blik op de post stelde ze vast dat er geen brief voor haar was gekomen. Als er een veldpostbrief van Paul was geweest zou Alicia die voor haar apart gelegd hebben.

'Naar het front? Mijn god, dat zou wel het laatste zijn dat in me op zou komen. Ik heb hier aan het zuigelingenfront genoeg te doen... Dank je, mama. Melk graag. Geen suiker.'

Johann Melzer volgde haar bewegingen met samengetrokken wenkbrauwen en zei dat hij dit alleen maar dacht omdat ze haar nauwelijks nog zagen. Herinnerde ze zich wel dat ze in een familie was getrouwd?

'Johann! Alsjeblieft zeg...' waarschuwde Alicia hem. 'Marie heeft met haar twee kinderen werkelijk genoeg te doen.'

Marie bleef rustig. Ze nam een grote slok en pakte brood, boter en een plakje van de heerlijk ruikende ham, die de kokkin flinterdun sneed zodat ze zo lang mogelijk met de gerookte ham uit Pommeren konden doen.

'Laat maar, mama. Papa heeft absoluut gelijk. Ik heb jullie schandalig verwaarloosd, het spijt me zeer.'

'Zie je wel!' zei Johann.

'Maar over een paar weken zal het allemaal anders zijn,' voegde Marie eraan toe. 'Auguste heeft me verteld dat haar kinderen al met twee maanden doorsliepen.'

Johann was niet onder de indruk. Als ze van plan was nog zes weken zo door te gaan, kon ze erop rekenen dat ze het niet zou overleven. Of ze weleens in de spiegel had gekeken?

'Johann, nu ga je echt te ver! Marie, luister niet naar hem, hij is vandaag in een slecht humeur!'

'Bemoei je er niet mee, Alicia!' wees hij haar scherp terecht. 'Ik voer een gesprek met mijn schoondochter en wens geen opmerkingen van jouw kant!'

Het kostte Alicia moeite haar kalmte te bewaren. In de vele jaren dat ze nu getrouwd waren had Johann haar nog nooit zo gekapitteld. Het was niet alleen kwetsend, het was een diepe minachting voor haar als persoon. Ach, ze voelde al lange tijd dat hij afstand van haar had genomen. Hij hield niet meer van haar, dat had ze geaccepteerd. Maar dat hij haar niet eens meer respecteerde, was onverdraaglijk.

'Als dat zo is, kan ik deze kamer beter verlaten.'

Haar hand beefde toen ze het servet op de tafel legde. Ze stond langzaam op, schoof de stoel naar achteren en liep de kamer uit. Johann Melzer maakte een hulpeloos gebaar met zijn arm, alsof hij haar tegen wilde houden, maar deed dat vervolgens toch niet.

'Mama!' riep Marie haar na. 'Mama, wacht nou even. Je mag het niet serieus nemen. Papa bedoelde het niet zo. We zijn allemaal nerveus en prikkelbaar, het komt door de oorlog...'

Ze sprong op en wilde achter Alicia aan gaan, maar Johann Melzers boze stem weerhield haar.

'Ik heb wat met je te bespreken, Marie. Ga zitten en luister naar me!'

Marie aarzelde een ogenblik, maar besloot te blijven. Alleen al omdat Johann Melzers gezicht knalrood was van de opwinding. Straks kreeg hij nog een beroerte.

'Het is jammer dat dit gesprek met een ruzie begint, vader,' zei ze, terwijl ze weer ging zitten. 'Maar vertel maar, ik luister.'

Ze liet hem geduldig uitpraten, hoewel ze al wist wat hij wilde zeggen. Een zoogster. Ze had hulp nodig. Haar kinderen kregen onvoldoende te eten. Zijzelf zag er nu al uit als een vogelverschrikster...

Ten slotte stopte hij uitgeput. Hij wilde een slok koffie nemen, maar zijn kopje bleek leeg te zijn. Marie pakte de kan op om nog wat koffie voor hem in te schenken, maar oogstte slechts een vernietigende blik.

'Ik verwacht dat je nu eindelijk besluit een zoogster aan te stellen!'

Marie glimlachte begripvol en zei dat ze erover na zou denken. Maar met die vertragingstactiek kwam ze niet ver.

'Je hebt tijd genoeg gehad om erover na te denken, Marie.'

Op dat moment klonk het welbekende gehuil uit de kinderkamer. Maries geoefende oren herkenden meteen de tweestemmigheid, de kleine Leo was wakker geworden en had zijn zus uit haar slaap gehaald.

'Het spijt me, vader,' zei ze terwijl ze opstond om naar boven te lopen. 'Je hoort het, je kleinkinderen hebben me nodig.'

'Niks daarvan! Ik wil eerst je antwoord. Spijkers met koppen!'

Marie zag dat zijn bloeddruk gestegen was: niet alleen zijn gezicht, ook zijn hals en oren waren rood. Aan de andere kant kon het toch niet zo zijn dat iedereen maar deed wat deze koppige man wilde, alleen omdat anders zijn gezondheid gevaar liep.

'Nou...' zei Marie en ze draaide zich naar hem om. 'Ik wil geen zoogster. Ik voed mijn kinderen zelf op. Punt uit!'

Johann Melzer bleef roerloos zitten en staarde naar de deur die zijn schoondochter zojuist achter zich gesloten had. Wat was dat? Punt uit? Ze weigerde. Trotseerde hem.

'De dochter van Hofgartner. Net zo koppig en niet voor rede vatbaar als haar moeder. Tot aan zelfopoffering toe...'

Hij voelde woede in hem opborrelen. Hij zou het niet dulden dat zij zichzelf en zijn kleinkinderen kapotmaakte! Hij stond op en strompelde naar de deur, waarbij hij zich onderweg aan de ladekast moest vasthouden. Uitgerekend nu had hij weer geen gevoel in zijn linkerbeen.

'Morgen wordt een zoogster aangesteld,' brulde hij door de gang. 'Of mevrouw Marie Melzer dat nu wil of niet!'

Else, die met een leeg dienblad onderweg was naar de eetkamer, bleef geschrokken staan en keek wanhopig, alsof zijn woede op haar gericht was.

'Pardon, meneer,' fluisterde ze. 'Er is bezoek gekomen.'

'Bezoek?' bromde hij. 'Wie het ook is, ik ben aan de overkant in de fabriek. Mijn mantel. De hoed. Beenkappen.'

'Zoals u wenst, meneer. Uw dochter Katharina is beneden in de hal.'

Hij wilde langs haar heen lopen, maar bleef staan en haalde diep adem. Kitty! Was er eigenlijk weleens een dag dat ze niet in de villa opdook? Blijkbaar voelde ze zich niet thuis in de villa van de Bräuers, vooral niet nu Alfons aan het front was. Maar eigenlijk was het niet zo verkeerd dat ze op bezoek kwam. Misschien kon zij wel nuttig voor hem zijn.

'Papaatje? Waar is iedereen? Waar is mama?'

Ze droeg een wijd, lichtblauw jasje over een enkellange, strakke rok. Als je niet wist dat ze in verwachting was, zou je het niet denken.

'Ah... mevrouw bankdirecteur Bräuer,' grapte hij, wetende dat ze die titel niet kon uitstaan.

'Ach, papa, ik ben nog niet binnen of je moet me alweer plagen. Ik ben niet mevrouw de bankdirecteur, ik interesseer me niet voor geld en wisselbrieven. Dat is Alfons' terrein. Ach, de arme man, in zijn laatste brief klonk hij behoorlijk ellendig. Ik geloof dat hij afschuwelijke dingen meemaakt. Is er nog wat van het ontbijt over, papaatje? Mijn baby en ik hebben heel erg honger. Terwijl we alleen maar even bij dokter Greiner zijn geweest.'

Ze viel hem om de hals en kuste hem op beide wangen. Ze vond hem verhit en zei dat hij absoluut moest uitrusten. Waar was mama nou? Boven in haar kamer?

'Ze is toch niet ziek, of wel?'

'Nee, hoor. Ze voelt zich alleen niet zo lekker, verder is er niks aan de hand. Laten we naar de eetkamer gaan, Kitty. Ik geloof dat er nog wat ham en boter is, misschien ook wel koffie. Ik zou graag even met je over Marie willen praten.'

Kitty liet zich door hem mee naar de eetkamer leiden en vertelde opgewonden dat dokter Greiner de hartslag van haar kindje had gehoord. 'Hij heeft een grote stethoscoop op mijn buik gezet en kon het geklop van een klein hartje horen. Wat is het toch geweldig, dit groeiende leven in mijn lichaam. Het kind lijkt heel veel op jou, papaatje, dat voel ik,' kletste ze, terwijl ze een sneetje brood met drie plakjes ham belegde. 'Stel je voor, elke ochtend om klokslag zeven uur begint de kleine plaaggeest in mijn buik rond te dollen. Ik geloof dat hij een aanhanger is van turnvader Jahn en ochtendgymnastiek doet.' Ze nam een hapje en ging verder: 'Heeft Paul geschreven? Nee? Ik heb helaas ook geen post van hem... Heeft mama al verteld dat de groene jurk nu ook niet meer past? Het is een ramp, binnenkort moet ik een beddenlaken om me heen wikkelen omdat alle kleren te krap zitten. Ik zal Maries kledingkast plunderen...'

Melzer liet de woordenstroom van zijn dochter over zich heen komen, hij was eraan gewend en hield van haar levendigheid. Hij wist ook dat het zinloos was antwoord te geven op haar vragen omdat ze veel te snel van de hak op de tak sprong. Maar nu ze Marie noemde, haakte hij er snel op in.

'Juist, Marie, ja, ik maak me veel zorgen om haar, Kitty. Heb je al gemerkt hoe bleek en mager ze is geworden?'

Kitty keek hem alert aan, maar gaf geen antwoord omdat ze zat te genieten van haar brood met ham en augurkjes. Ze knikte slechts, slikte en at weer door. Terwijl hij zijn ergernis over Maries koppigheid uitte en haar eraan herinnerde dat haar moeder Alicia alle drie de kinderen door een zoogster had laten voeden en bovendien een kindermeisje had gehad, bediende Kitty zich uitgebreid. Ze dronk een kop melk en bestreek een klein stukje roggebrood met een dikke laag boter en jam. Ten slotte veegde ze met een diepe zucht met het servet haar mond en handen af en leunde ze naar achteren.

'Weet je, papaatje,' zei ze, terwijl ze hem schalks een knipoog gaf. 'Dat soort dingen kun je beter aan Marie overlaten. Persoonlijk zou ik de baby niet zelf willen voeden en geen luiers willen verschonen. Maar Marie is anders. Is deze brief voor mij? Ja, inderdaad. Van wie is hij? Simon Treiber. Misschien een kennis van Alfons?'

Ze veegde het mes af aan het servet en sneed de envelop open. Met gefronst voorhoofd liet ze haar blik over de dicht op elkaar geschreven regels glijden waarna ze het blaadje ongeduldig in de envelop terugschoof.

'Weet je, papaatje, ik wilde je wat vragen. Even onder ons. En alsjeblieft, zeg in geen geval tegen Elisabeth dat ik het hier met je over heb gehad. Kun je dat beloven? Ja? Je moet het beloven, anders zeg ik niets...'

'Ik had gehoopt dat jij iets verstandigs tegen Marie kon zeggen,' probeerde hij zijn strategie te vervolgen. Maar het was vergeefs. Kitty was niet geschikt als bondgenoot en dat had hij eigenlijk kunnen weten.

'Het zit namelijk zo, papaatje,' begon ze op gedempte toon terwijl ze naar de deur keek omdat ze meende iets gehoord te hebben. 'Elisabeth was gistermiddag bij mij. We hebben gezellig met elkaar koffie gedronken en over allerlei dingen gekletst. Vooral over die actrice en danseres waar heel Augsburg het over heeft. Die heeft een patriottisch programma en treedt in een ongelofelijk provocerend kostuum op... Nou ja. Goed, we spraken dus over allerlei dingen en toen Elisabeth zich klaarmaakte om te vertrekken, vroeg ze toch werkelijk... Nee, ik kon het amper geloven. Toen vroeg ze me...'

Geheel tegen zijn gewoonte in had Johann Melzer aandachtig naar zijn dochter geluisterd. Hij knikte.

'Toen vroeg ze of ze geld van je mocht lenen, of niet soms?'

Kitty keek hem met haar blauwe ogen hulpeloos aan. Ja, inderdaad. En ze had Elisabeth natuurlijk wat gegeven. Niet veel, maar tweehonderd mark, die ze nog in haar geldkistje had gevonden. Maar het was vreselijk gênant. Ze had Elisabeth moeten zweren dat ze er tegen niemand ook maar een woord over zou zeggen...

'Maar jij bent immers mijn papaatje en voor jou heb ik geen geheimen. Vooral niet als het om van die stomme dingen als geld gaat.'

'Heb je niet gevraagd waar ze het voor nodig heeft?'

Elisabeth had verklaard dat de inkomsten van haar man door de oorlog gestagneerd waren. Doordat er op zijn landgoederen een gebrek was aan mannelijke arbeidskrachten, hadden ze een slechte oogst gehad en geen geld verdiend.

'Ze zei dat ze alles aan me terugbetaalt zodra de oorlog voorbij is. Weet je, papaatje, ik maak me absoluut geen zorgen om het geld. Ik maak me alleen zorgen dat mijn schoonouders er iets van merken.'

De oude directeur Bräuer was een 'vreselijke krent', hij gunde zichzelf niet eens een nieuw pak en vond dat zijn zoon veel te veel aan het huishouden uitgaf. Om nog maar te zwijgen van de overige wensen van zijn jonge echtgenote, zoals excentrieke meubels, dure kleren, schoenen, handtassen, hoeden, kanten handschoenen en sieraden.

Johann Melzer haalde diep adem om de opkomende benauwdheid tegen te gaan. Zijn vermoeden was dus juist geweest, de Von Hagemanns waren bankroet. Daarom had die onbetrouwbare vent, de voormalige tweede luitenant en huidige majoor Klaus von Hagemann, uiteindelijk toch de hand van zijn dochter gevraagd. Ze hadden de goede reputatie van de rijke fabrikantenfamilie Melzer, die ook nog verzwagerd was met het bankiershuis Bräuer, benut om nog iets langer kredietwaardig te zijn. Intussen had de oorlog echter alle restricties van de schuldeisers weggeveegd. Dan kon majoor Von Hagemann zich nog zozeer als officier van het keizerlijke leger voordoen en onderscheidingen binnenhalen, de landgoederen die de familie ooit in de buurt van Brandenburg bezeten had, waren allang verkocht. Elisabeth had ook Alicia om geld gevraagd en zijn vrouw was al net zo zwak geweest om haar verzoek in te willigen.

'Je moet je zus voortaan geen geld meer lenen,' zei hij.

'Dat dacht ik ook al, papa. Maar wat moet ik doen als Lisa me erom vraagt? Ze is toch mijn zus en... ik heb zo'n medelijden met haar.'

Kijk eens aan, dacht hij bijna geamuseerd. Er waren tijden geweest dat zijn dochters elkaar als megera's te lijf waren gegaan, ze hadden elkaar gekrabd en gebeten en aan elkaars haren getrokken. Maar dat was alweer twee jaar geleden. Intussen was er veel gebeurd.

'Als Lisa echt in geldnood verkeert, moet ze dat aan ons, haar familie, vertellen, en dan zullen we samen overleggen wat we moeten doen,' zei hij vastberaden. 'Ze is ons kind, net als jij en Paul. We staan achter haar. Alleen houd ik niet van dat geheimzinnige gedoe.'

Kitty knikte naarstig en leek opgelucht. Dit was wat ze van haar papaatje verwacht had. Duidelijke woorden. Hij nam de verantwoordelijkheid. Lisa hoefde hem alleen maar in vertrouwen te nemen.

'Weet je wat, papaatje?' zei ze en ze legde guitig haar hoofd opzij. 'Ik zal eens met Marie gaan praten. Als vrouwen onder elkaar, begrijp je? Het zou ook niets voor mij zijn, zoals zij het doet...'

Hij grijnsde en was blij. Zo was ze, zijn Kitty. Een duivelse meid. Ze nam hem bij de neus terwijl ze heel goed wist wat hij van haar verwachtte.

'Trouwens, wat voor indruk wekt het niet als de echtgenote van Paul Melzer haar kinderen zelf voedt als een boerin. We kunnen het ons toch werkelijk permitteren om een zoogster en een kindermeisje aan te nemen, nietwaar, papaatje?'

'Dat ook,' bevestigde hij, echter zonder echte overtuiging. Het zag er niet goed uit voor de textielfabriek. Als hij niet al een deel uit zijn privévermogen had bijgedragen, zou het bedrijf op het randje van het faillissement hebben gestaan. Geen grondstoffen, geen productie. Hij voelde weer woede opborrelen toen hij eraan dacht welke woekerwinst de staal- en machinefabrieken, die waren overgegaan op de productie van geschut en munitie, maakten. Hij had een order binnen kunnen slepen die zijn arbeidsters in ieder geval nog voor een paar weken werk verschafte. Ze moesten granaathulzen reinigen zodat die opnieuw gevuld konden worden. Het was afschuwelijk, smerig werk, maar altijd nog beter dan helemaal geen inkomsten.

'Nou, ik ga maar eens naar de fabriek,' zei hij terwijl hij moeizaam opstond. 'Anders denkt juffrouw Lüders nog dat ze de bloemetjes kan buitenzetten.'

Kitty sprong op en ondersteunde haar vader tot zijn linkerbeen weer meewerkte.

'Je kunt mijn auto nemen. Ludwig, die eigenlijk al met pensioen was maar die mijn schoonvader weer heeft aangesteld, is een uitstekende chauffeur! Hij is blij met elke meter die hij in de nieuwe automobiel mag rijden.'

Haar vader wees het aanbod af. De benzine was veel te schaars om te verspillen, bromde hij. Binnenkort zou er voor particulieren waarschijnlijk helemaal geen benzine meer zijn. En een wandelingetje zou hem goeddoen.

Kitty bleef hoofdschuddend in de eetkamer achter. Ze pakte snel het laatste plakje ham en wilde naar boven naar Marie gaan, toen haar een brief opviel die op het tapijt lag. Ach hemel, dat was die vreemde brief van – hoe heette hij ook alweer? – Simon Treiber. Ze bukte zich en terwijl ze de brief onder de stoel vandaan viste, voelde ze tot haar blijdschap haar kind in haar buik bewegen.

'Wind je niet op,' fluisterde ze en ze streelde over de welving die zo goed verborgen was onder haar jasje. 'Het is allemaal in orde, kleintje. Ook mama doet af en toe gymnastiek.'

Ze kwam kreunend overeind en ging weer op haar stoel zitten om de brief eindelijk te lezen. Wat een krullerig handschrift. Zou dit echt door een man geschreven zijn? Het leek meer op het handschrift van een meisje, met al die krullen en een rondje op de i in plaats van een punt.

*Zeer geëerde juffrouw Katharina Melzer,*

*Ik schrijf u in opdracht van een jongeman die hier in het lazaret ligt en mij innig heeft verzocht u dit bericht te doen toekomen. Ik wil u niet verhelen dat het er niet goed voor hem uitziet en dat is ook de reden waarom ik gehoor geef aan zijn verzoek. Normaal is het namelijk niet mijn gewoonte brieven te schrijven aan de familieleden van gewonde mensen die mij zijn toevertrouwd…*

Paul! Haar broer, haar Paultje! Hij lag in een lazaret in… Ze zocht de envelop die ze achteloos op de tafel had gegooid. Wat stond daar? Antwerpen. Hoezo Antwerpen? Was hij niet in Frankrijk? Ze voelde haar hoofd bonken, haar eigen hartslag deed haar hele lichaam beven. Ach, die stomme zwangerschap! Vroeger had ze dat nooit. Wat schreef deze man? Het zag er niet goed voor hem uit. O god!

Maar misschien ging het helemaal niet om Paultje, maar om Alfons? De zachtaardige, goedmoedige man met wie ze een paar maanden geleden getrouwd was, zonder dat ze echt van hem hield, en met wie ze nu, nu ze zijn kind onder haar hart droeg, van dag tot dag vertrouwder raakte. Overigens, als ze de keuze had, dan wenste ze liever dat Alfons in het lazaret lag. Niet haar Paultje. Nee, niet Paul. Alsjeblieft niet Paul.

Het duurde even tot ze weer rustiger kon ademen. Ook het kind had haar opwinding bemerkt en bewoog in haar lijf.

*Op wens van mijn patiënt zal ik zijn naam niet noemen, maar ik vermoed dat u, wanneer u de volgende regels leest, zult begrijpen wie u deze boodschap stuurt. Hier nu zijn eigen woorden:*
*Mijn liefste Kitty. Ik denk dag en nacht aan je en wens niets liever dan*

*jouw vergiffenis te mogen ontvangen. Ik heb je uit de omgeving van je familie gesleurd, zonder je een thuis, een behoorlijk leven te kunnen bieden. Ik heb op laffe wijze geaarzeld om je naar het trouwaltaar te geleiden. Ik heb me gevoegd naar de wil van mijn ouders en heb jouw levensgeluk en het mijne opgeofferd. Een offer dat zinloos bleek te zijn. Als het nu Gods wil is mij tot zich te nemen, dan vergaat het mij niet beter dan mijn kameraden, en ik heb niet het recht daartegen in opstand te komen…*

Kitty liet de brief zakken, want haar hand beefde zo erg dat ze de woorden niet kon lezen. Nee, niet Paul, godzijdank. Ook niet Alfons. Het was een ander. Ze had gedacht dat ze Gérard Duchamps allang vergeten was. De overhaaste ontvoering, haar opwindende leven in Parijs, waar ze constant van hotel en woning wisselden om niet ontdekt te worden. De fantastische liefdesnachten, alle zotte dingen, de verliefdheid, de hartstocht, de gloed… Hij zou sterven. Haar liefste lag in Antwerpen in een lazaret, zwaargewond, in het aanschijn van de dood. En het ergste was nog dat hij aan haar dacht. Gérard had haar liefde in zijn hart bewaard.

Er druppelde een traan op het papier en meteen daarna nog een. Het woord 'trouwaltaar' begon op te zwellen, de contouren van het schrift losten op en toen ze het blad bewoog trokken de tranen twee onregelmatige, lichtblauwe strepen, dwars door de regels. Waarom deed hij haar dit aan? Waarom bracht hij haar in zo'n positie? Wat hoopte hij te bereiken?

Ze knipperde en veegde met de rug van haar hand over haar natte wangen. Ze zocht in haar zakken naar een zakdoek. Waarom had ze er weer eens geen een bij zich?

*Zeer vereerde juffrouw Melzer. Zonder u te kennen waag ik het toch de vurige wens van mijn patiënt aan u over te brengen. Hij hoopt een paar korte regels van u te ontvangen, de zekerheid dat u hem vergeven hebt zou een enorme opluchting voor hem zijn. Vanzelfsprekend is het geheel aan u of u deze wens wilt beantwoorden of dat u liever wilt zwijgen. Als u echter zoals ik dagelijks met het lijden en overlijden van talloze jonge mensen geconfronteerd zou worden, zou u misschien begrijpen dat er in deze tijden geen plaats meer is voor trots en conventies.*

*Met het verzoek mij mijn vrijmoedigheid te vergeven, verblijf ik,*

*Simone Treiber*
*Vrijwillige hulpzuster in het lazaret van Antwerpen*

Kitty moest twee keer kijken voordat ze het begreep. Niet Simon, maar Simone Treiber. Een verpleegster had deze brief geschreven.

Een paar korte regels, dacht ze, en ze voelde het kind in haar buik trappelen, alsof het zich tegen haar plan wilde verzetten. Ze leunde hijgend op de stoel achterover, staarde naar het plafond, naar de ronde, gipsen rozet, waaraan in het midden de zesarmige, bronzen kroonluchter hing. Wie zou het haar kwalijk kunnen nemen als ze een paar korte zinnen aan Gérard stuurde? Had deze Simone Treiber niet gelijk? Was het niet belachelijk om in het aanschijn van de dood bang te zijn voor bepaalde conventies? En toch... was het niet oneerlijk tegenover Alfons? Gérard was tenslotte haar minnaar geweest. Hij had haar naar Parijs ontvoerd, waar ze ongehuwd hadden samengewoond. Ach, ze zou met hem getrouwd zijn, ook zonder aan haar ouders toestemming gevraagd te hebben, maar Gérard was laf geweest, hij had haar geen aanzoek gedaan en daarom had ze hem verlaten... Wat was het toch een wilde, idiote, gepassioneerde liefde geweest. Het was beter om er niet aan terug te denken. Nee, ze hield van Alfons, hij was haar steun en toeverlaat en haar liefdevolle vriend, hij was intelligent en zachtaardig en zou een goede vader zijn...

Ze kromp ineen toen Else met het dienblad binnenkwam om het ontbijtservies op te ruimen.

'Gaat het wel goed met u, mevrouw Bräuer?'

Kitty glimlachte geforceerd en verklaarde dat ze erg ontroerd was door een brief van een lieve vriendin. Tegelijkertijd vouwde ze de brief op en stopte ze hem met de envelop in haar handtasje.

'Uw moeder vraagt of u even bij haar boven wilt komen. Ze heeft helaas een lichte migraine, maar zou erg blij zijn met uw bezoek...'

Mama was de laatste persoon die Kitty nu wilde zien. Er was maar één persoon die haar in deze vreselijke situatie kon helpen en die ze helemaal vertrouwde.

'Dank je, Else...'

Ze liep de eetkamer uit, de trap op naar de tweede verdieping en klopte op Maries kamerdeur. Het was echter niet Marie die de deur opendeed, maar Auguste.

'Ik moet onmiddellijk mijn schoonzus spreken...'

Er klonk gehuil. Maries nerveuze stem. Auguste moest de bezoekster wegsturen, ze had nu geen tijd.

'Over een uur, mevrouw,' zei Auguste spijtig en ze sloot de deur weer.

Kitty was helemaal van slag. Over een uur? Wat dacht Marie wel niet? Ze had haar schoonzus nodig. Nu meteen. Ze had het recht niet om zich enkel en alleen om de baby's te bekommeren!

# 4

JOHANN MELZER HAD VAN achter het raam van zijn kantoor gezien dat de vrouwen op de binnenplaats van de fabriek bij elkaar gekomen waren. Hij kon het geschreeuw tot aan de derde verdieping horen, zelfs met gesloten ramen.

'We willen brood en geen loze beloftes!'

'Ons geduld is op!'

'We eisen het volle loon!'

De woordvoersters waren altijd dezelfde, hij kende ze al jaren, had altijd clementie betracht, want het waren goede arbeidsters. Nu had hij veel zin ze te ontslaan. Waarom zetten ze zo'n grote mond op? Verging het hun niet net zoals vele anderen die hun ellende zwijgend verdroegen? Waar zou hij het geld dat ze eisten vandaan moeten halen? De fabriek stond stil – geen productie, geen verkoop, geen opbrengst, geen lonen.

'Daarginds in de villa eten ze varkensgebraad en slagroomtaart. En onze kinderen verhongeren voor onze ogen...'

Dat was sterk overdreven. Mevrouw Brunnenmayer had inderdaad voor Alicia's verjaardag een taart gebakken, maar het was maar een heel klein taartje waar witte crème op zat. Wat nou slagroomtaart. Het meeste ervan was deeg met jam geweest. En varkensgebraad, dat waren alleen maar flinterdunne plakjes. Twee plakjes per persoon. De knoedels van geweekte broodjes die erbij geserveerd werden, smaakten verdacht veel naar zaagsel.

'Het spijt me vreselijk, meneer de directeur… Ze laten zich niet tegenhouden. U weet wel…'

Juffrouw Hoffmann had de deur van het kantoor maar half geopend, hij zag haar schichtig heen en weer schietende ogen achter de brillenglazen en schoot bijna in de lach. Waarschijnlijk was juffrouw Lüders al Pauls kantoor in gevlucht.

'Ik weet het, juffrouw Hoffmann. U kunt gerust gaan, ik regel het wel…'

Ze knikte opgelucht en verzekerde hem dat ze het allemaal uiterst onaangenaam vond. 'Wat een pech dat de jongeheer Melzer aan het front is,' zei ze. 'Hij had er altijd zo'n goed gevoel voor om problemen met het personeel te regelen…' Ze stopte omdat ze besefte dat ze zichzelf met haar geklets in een moeilijk parket bracht. Ze voegde er snel aan toe dat juffrouw Lüders en haar geringe persoontje in de kamer ernaast waren. Mocht hij hen nodig hebben, dan hoefde hij hen maar te roepen…

Ze haastte zich weg aangezien er in het trappenhuis al kabaal te horen was. Melzer ging achter zijn brede bureau zitten en schoof de papieren bij elkaar die erop uitgespreid lagen. Veel papieren waren het niet – een paar afrekeningen, twee kleine orders, rekeningen, diverse verzoekschriften.

'Waar zijn de secretaresses?' riep een luide vrouwenstem. 'Die hebben zich verscholen, de fijne dametjes. In plaats van zich aan onze kant te scharen.'

'Die horen niet bij ons. Dat zijn dames van stand!'

Het bleef even stil, Melzer hoorde gefluister en dacht er het zijne van. Hoe brutaal ze ook waren, ze durfden niet zomaar bij hem naar binnen te lopen.

'Nou, kom op…'

'Hij bijt niet.'

'Ga jij maar eerst, jij hebt anders ook altijd het hoogste woord.'

'Stil nou, allemaal. Ik doe het wel.'

Melzer zette zich schrap. Geen concessies, dat zou tot nog meer eisen leiden. Ook geen beloftes. Hij deed wat hij kon, was geen monster en probeerde te helpen. Maar hij liet zich niet beledigen. En al helemaal niet dwingen.

Er werd op de deur geklopt. In eerste instantie veel schuchterder dan hij gevreesd had, maar daarna steviger. Hij wachtte tot het geklop zo hard werd dat hij het niet meer kon negeren.

'De deur is open, dames!'

De klink ging naar beneden, waarschijnlijk vonden ze de deur erg zwaar want hij was dubbel uitgevoerd en voorzien van panelen. Daar stonden ze op de drempel, slecht gekleed, sommigen op klompen, anderen hadden niet eens een mantel tegen de voorjaarskilte. Ze staarden met een angstige, wantrouwige, boze of vastberaden blik naar de witharige man die zich achter zijn bureau verschanste. De eerste die het waagde om een stap in de kamer te zetten, was Magda Schreiner, een lange, magere vrouw met een grote neus, dunne lippen en een vooruitstekende kin, waardoor ze er een beetje uitzag als een vogel.

'We zijn hier omdat we eisen hebben.'

Hij wachtte af. Normaal intimideerde het hen als hij zweeg, dan werden ze onzeker, begonnen ze elkaar tegen te spreken en was het uiteindelijk niet moeilijk om van hen af te komen.

'U weet heel goed waar het om gaat,' zei de sierlijke Erna Bichelmayer en ze probeerde langs mevrouw Schreiner de kamer binnen te komen. Mevrouw Bichelmayer was zijn beste opsteekster geweest, zo vlug als water, had altijd de beste resultaten gehaald. Haar man, Tobias Bichelmayer, was begin vorig jaar opgeroepen. Melzer wist dat het gezin vier kinderen had, misschien wel vijf. De oudste was vlak voor de oorlog als loopjongen in de fabriek begonnen. Destijds, toen er nog werk was geweest…

'Ik kan het alleen vermoeden, dames. Ik vrees echter dat ik niet veel voor u kan doen…'

'Bespaart u zich de opsmuk,' zei mevrouw Schreiner. 'We zijn geen dames. We zijn echtgenotes en moeders, die voor hun rechten opkomen.'

'We eisen alleen wat ons beloofd is,' riep een jonge vrouw die achteraan stond. Ze droeg een hoofddoek, waardoor hij haar niet meteen herkend had. Lisbeth Gebauer, amper twintig jaar oud. Wat had ze met haar haar gedaan? Haar prachtige, kastanjebruine haar... Had ze het afgeknipt en verkocht? Vreemd genoeg deed de gedachte hem pijn. Meer dan de wetenschap dat de Gebauers honger leden en geen kolen voor hun kachel konden kopen.

'U hebt beloofd om de families van de arbeiders die als soldaat ten strijde moeten trekken, het volle werkloon uit te betalen...'

Daarin had ze geen ongelijk, dat had hij in augustus 1914 inderdaad verkondigd. Destijds, toen iedereen dacht dat deze oorlog slechts een paar maanden kon duren, deden veel bedrijven dat soort beloftes. Men plaatste ze in de krant om aan te tonen hoe patriottisch ze waren. Sommige slimme mensen waren voorzichtig geweest en beloofden slechts zestig procent van het werkloon, anderen, die nog slimmer waren, deden helemaal niet van dat soort beloftes. Helaas zouden zij gelijk krijgen, intussen waren alleen de staalfabrieken en andere fabrikanten van producten die voor de oorlog van belang waren nog in staat lonen uit te betalen zonder dat daar een werkprestatie tegenover stond. Geen wonder, daar vervingen krijgsgevangenen de arbeiders die als soldaten voor het vaderland aan het front waren.

'We eisen alleen wat ons beloofd is!'

'We hebben niets meer te eten. Geen melk. Geen brood. De aardappelen die we krijgen zijn verrot...'

'Mijn moeder is vorige week overleden. Ze is verhongerd.'

Hij liet hen schelden, gesticuleren, hun woede uiten en deed zijn best zijn kalmte te bewaren. Waarom wonden ze zich eigenlijk zo op? Ging het hun niet veel beter dan de anderen, die ontslagen waren? Profiteerden zij er niet van dat hij telkens weer een mogelijkheid vond om een paar kleine orders binnen te halen? Metalen hulzen reinigen was beslist geen fijn werk, maar het was beter dan op straat te zitten en te bedelen.

'We willen waar we recht op hebben!' krijste mevrouw Schreiner. 'Het geld waar onze mannen recht op hebben, dat u hun beloofd hebt. Iedereen heeft het in de krant kunnen lezen...'

Zijn gezicht bevroor. Vroeger zou hij dit brutale mens allang schreeuwend van woede de kamer uitgesmeten hebben. Maar sinds zijn beroerte was hij niet meer de oude. Het was inderdaad jammer dat Paul er niet was. Zijn zoon had de gave de juiste woorden en de goede toon te vinden. Hijzelf, Johann Melzer, had deze gave helaas niet.

'Het heeft inderdaad in de krant gestaan,' zei hij ten slotte om een einde te maken aan het gekijf. 'Maar als u goed gelezen hebt, moet u ook het woord "voorlopig" opgevallen zijn...'

'Hij wil zich eruit praten,' fluisterde Lisbeth Gebauer tegen mevrouw Bichelmayer, die naast haar stond.

'Ze laten altijd een achterdeurtje open, die kapitalisten.'

'Stop met dat soort woorden, dan wordt hij woedend...'

Zo, zo, dacht Melzer. Mevrouw Bichelmayer is dus een socialiste. Die vuile bende profiteerde van de ellende in het vaderland en verleidde zijn arbeidsters!

'Zelfs als ik zou willen,' zei hij luid en hij stond van zijn stoel op om beter gehoord te worden. 'Zelfs als ik zou willen, kan ik jullie het loon van jullie echtgenoten niet uitbetalen. Omdat ik het geld niet heb.'

'Dat... dat geloven we niet!'

Nu was hij bijna toch gaan schreeuwen. Hij beperkte zich er echter toe mevrouw Bichelmayer, die dit geroepen had, een nijdige blik toe te werpen. Ze was een van zijn oudste arbeidsters, een lange, knokige vrouw van ruim veertig. Dat uitgerekend zij, die zo lang trouw was geweest aan de textielfabriek, zo onbeschoft werd, had hij niet voor mogelijk gehouden.

'Hebben jullie weleens in de hallen gekeken?' begon hij te schelden.

'Is daar soms nog een selfactor in bedrijf? Er heerst doodse stilte! Er is geen wol, geen katoen. En al zou ik de grondstoffen hebben, dan heb ik amper nog kolen om de stoommachines aan te drijven!'

'Waarom maakt u geen papieren stof?' onderbrak een van de vrouwen hem.

Melzer negeerde de vraag en ging verder met verklaren dat hij alle moeite deed om ten minste een paar arbeidsplaatsen te behouden. Hadden ze weleens om zich heen gekeken? Hoe het er in Göggingen uitzag? In de spinnerij en bontweverij Pfersee? Bij de textielfabriek Bemberg AG? Overal alleen maar stilstand en lege hallen. Wie geld wilde verdienen, moest een baan zien te vinden in de machinefabrieken. Bij Epple & Buxbaum bijvoorbeeld. Daar werd tegen cao-loon gewerkt...

Hij wist heel goed dat dit theorie was, want de machinefabrieken namen geen arbeidsters aan. Nu hij stoom had afgeblazen en zijn hartslag zich langzaam weer kalmeerde, had hij medelijden met de vrouwen. Ze kwamen immers niet uit onbescheidenheid, maar waren hier puur uit ellende naartoe gekomen. De ellende en die verdoemde socialistische ideeën die hun hoofd verwarden.

'Er komen ook weer betere tijden,' probeerde hij hen te kalmeren. 'Als de oorlog eenmaal gewonnen is, moeten de verliezers bloeden en krijgen wij alle verliezen gecompenseerd.'

Ze zwegen. Magda Schreiner had haar bovenlip opgetrokken, waardoor te zien was dat ze een snijtand miste. Erna Bichelmayer hoestte en ademde luidruchtig door haar neus in. Niemand waagde te zeggen wat ze dacht, maar Melzer wist het. Stel dat – wat God moge verhoeden – het Duitse keizerrijk deze oorlog verloor? Wat zou er dan gebeuren?

'We zijn allemaal afhankelijk van God,' ging hij verder. 'Voor zover het in mijn macht ligt wil ik jullie werk verschaffen en niemand ontslaan. Dat is alles wat ik kan doen. Het spijt me.'

Ze keken zwijgend voor zich uit, het boze elan dat ze hiernaartoe gedreven had, was weggeëbd. Wie kon nou weten of de directeur gelogen had of de waarheid had gezegd? Dat de machines in de hallen stilstonden, was in ieder geval een feit.

Besluiteloos verplaatsten ze hun gewicht van de ene op de andere voet en keken ze elkaar aan. Uiteindelijk had de jongste van hen allemaal, Lisbeth Gebauer, de moed om een antwoord te geven.

'Hoe zit het met een toeslag? De prijzen voor brood zijn alweer gestegen.'

Hij fronste ongelovig zijn voorhoofd, want de overheid had immers officiële maximumprijzen vastgesteld. Hij wilde geen ruzie-maken, maar had zich ook voorgenomen geen enkele concessie te doen en geen aalmoezen te geven, anders zouden ze hier dagelijks staan en hun hand ophouden.

'Volgende week zullen we geen werktijdverkorting hebben. Er komen rugzakken en zadeldekens die gereinigd en hersteld moeten worden.'

Het was geen grootse aankondiging, maar in ieder geval betekende het uitzicht op volledig loon. Daarmee moesten ze genoegen nemen. Ze liepen langzaam de kamer uit, degene die achteraan stonden het eerst, dat waren de vrouwen die voorzichtiger waren geweest en nu blij waren dat ze niets hadden gezegd. Als laatste verliet Lisbeth Gebauer het kantoor, ze gunde Melzer een kort knicksje en mompelde daarbij: 'Neemt u het ons niet kwalijk. Het is moeilijk als de kinderen huilen van de honger.'

Hij mocht deze jonge vrouw wel en stond op het punt zijn portemonnee te trekken en haar een paar mark in de hand te drukken, maar hij deed het niet. Voorzichtigheidshalve. Want dan had hij ze allemaal wat moeten geven. Hij nam zich voor met Alicia te gaan praten. Via mevrouw Wiesler en de liefdadigheidsvereniging moest er toch iets te regelen zijn. Voor zover hij wist was Rudolf Gebauer een paar weken geleden in Rusland gesneuveld en had Lisbeth twee kleine jongens.

Toen de arbeidsters het trappenhuis in gelopen waren, waagden de twee secretaresses het weer om naar hun werkplek in het voorvertrek te gaan. Juffrouw Hoffmann keek door de kier van de deur en vroeg bezorgd of alles in orde was.

'Mag ik een kopje thee voor u zetten, meneer de directeur?'

'Koffie graag! Extra sterk!'

'Natuurlijk, meneer de directeur, komt eraan.'

Na zo'n scène had hij gewoon sterke koffie nodig, met of zonder eikels, dat maakte niet uit. Als het maar sterke koffie was. Alicia, die altijd bezorgd was om zijn gezondheid, zou het niet te weten komen. Ze kwam vrijwel nooit in de fabriek. Paul zou waarschuwend zijn wenkbrauwen opgetrokken hebben, maar niets gezegd hebben.

Hij liep naar het raam om te kijken wat zich op de binnenplaats afspeelde. De vrouwen schoolden nog samen. Ze stonden vlak bij de ingang en leken in een heftige discussie verwikkeld te zijn. Wat broedden ze verdorie nu weer uit? Was dat niet mevrouw Bichelmayer, die een heel betoog hield? Natuurlijk. Hij zou dat mens in de gaten moeten houden, ze had een slechte invloed op de anderen. Wat trok de wind hard aan hun rokken. Sommigen hadden niet eens een mantel, maar slechts een wollen doek om hun schouders geslagen die bij deze regen algauw doorweekt zou zijn. En waarschijnlijk hadden de meesten schoenen met houten zolen, dat was in het trappenhuis wel te horen geweest...

Hij schrok ineens, schoof het gordijn opzij en kneep zijn ogen tot spleetjes om het beter te kunnen zien. Dat was toch... Maar dat was niet mogelijk, hij moest zich vergissen! De jonge vrouw in de elegante lichtgrijze mantel leek sprekend op zijn schoondochter Marie. Haar gezicht was moeilijk te herkennen, want ze had haar hoed stevig vastgebonden met een brede, witte, zijden sjaal. Maar de tred, zo licht en tegelijkertijd zo doelbewust, zo recht en toch zo soepel... dat kon alleen Marie zijn.

Marie, die al meer dan zes weken niets anders deed dan haar tweeling verzorgen.

Wat deed zij hier in de fabriek? Een naar bericht? Paul? Nee, dat wilde hij niet geloven. Dan had Alicia hem geroepen, hem gevraagd naar de villa te komen…

Wat dan wel?

Geïrriteerd zag hij dat ze bij de arbeidsters bleef staan en met hen in gesprek raakte. Natuurlijk, dat was niet moeilijk voor haar. Het was immers nog maar een paar jaar geleden dat ze zelf in een fabriek had gewerkt. Overigens slechts een half jaar, daarna was ze weggelopen. Louise Hofgartners trotse dochtertje was niet iemand die tien uur per dag achter een naaimachine ging zitten.

Wat zou ze met de vrouwen bespreken? De ongedwongen manier waarop ze met hen omging beviel hem totaal niet, ze was tenslotte de echtgenote van zijn zoon, die de fabriek samen met hem leidde.

'Uw koffie, meneer de directeur. Zo sterk dat de lepel erin blijft steken.'

Hij draaide zich niet eens naar Ottilie Lüders om.

'Neemt u hem weer mee.'

'Maar… U hebt toch…'

Juffrouw Lüders was vroeger minder traag van begrip geweest. Hij bromde iets onverstaanbaars en instrueerde haar om zijn schoondochter onmiddellijk naar hem toe te sturen zodra ze in het voorvertrek verscheen. De koffie mocht juffrouw Hoffmann opdrinken.

'Uw schoondochter… O… Natuurlijk, meneer de directeur.

Aha, het kwartje was gevallen. Ottilie Lüders, altijd discreet en immer bezorgd om het welzijn van haar baas, liep het kantoor uit en nam het kopje koffie weer mee. Hij was er vrij zeker van dat ze nu in het voorvertrek bij het raam stond en juffrouw Hoffmann gebaarde te komen, zodat ze haar snel de situatie uit kon leggen. Marie zouden ze overigens niet meer zien, die was intussen door de deur van het administratiegebouw naar binnen gelopen. De arbeidsters liepen eindelijk naar de poort van de fabriek, waar de portier hen naar buiten liet.

'Meneer de directeur?'

Marie klonk opgewekt, maar ook een beetje ironisch. Nu ze in zijn kantoor kwam, noemde ze hem 'meneer de directeur'. In de villa zei ze allang 'papa' tegen hem. Hij had die aanspreekvorm na het huwelijk nogal aarzelend aangeboden en eigenlijk alleen omdat Alicia Marie gevraagd had 'mama' tegen haar te zeggen, waardoor hij niet achter had kunnen blijven.

'Zeer vereerde schoondochter,' antwoordde hij gevat en hij liep naar haar toe om haar uit haar mantel te helpen. 'Wat een gratie in mijn eenvoudige kantoor.'

Ze knoopte de zijden sjaal los en zette haar hoed af, ging met haar handen snel over haar opgestoken haar en schoof een eigenwijze lok terug op zijn plaats. Het had haar goedgedaan om even door de frisse lucht te lopen. Ze had blozende wangen en een vrolijke, ondernemende uitstraling.

'Het ruikt hier heel verleidelijk naar bonenkoffie.'

Hij ontweek haar blik en beweerde dat zijn secretaresses waarschijnlijk koffie voor zichzelf hadden gezet.

'Neem plaats, Marie,' haastte hij zich te zeggen om snel op een ander onderwerp over te gaan. 'Kom hier bij mij in de fauteuil zitten en laten we even praten. Het doet me genoegen dat je me in de fabriek opzoekt. Is Auguste bij de kinderen?'

Ze namen plaats op de fauteuils voor bezoekers en hij hoorde dat Marie besloten had toch een zoogster aan te stellen. Auguste had genoeg te doen met haar eigen kinderen en kwam intussen nog maar voor een paar uur in de villa. Maar Hanna had laten zien dat ze geschikt was als kindermeisje en bovendien zou juffrouw Schmalzler binnenkort in de villa terugkeren, die tijdelijk bij Kitty woonde om haar te helpen haar huishouden op orde te krijgen.

'Zo, zo...'

Hij sloeg zijn benen over elkaar en probeerde zijn voldoening over deze nieuwe ontwikkeling niet al te zeer te laten blijken. Eindelijk begon deze koppige vrouw haar verstand te gebruiken!

'Dat betekent dat ik van nu af aan meer tijd voor de familie heb,' zei Marie glimlachend. 'En ook voor de belangen van de fabriek.'

'Zo, zo...' zei hij, zonder goed te begrijpen wat ze met die laatste zin bedoelde. 'Wil je misschien een kopje koffie?'

Ze keek hem schalks aan en zei dat ze niets tegen een klein kopje koffie had, maar alleen als hij er ook eentje nam.

Aha, dacht hij, en hij moest grijnzen. Ze was wat van plan en wilde hem in een goede stemming brengen, die slimme meid. Maar goed. Luisteren kon nooit kwaad.

Hij riep juffrouw Hoffmann en bestelde twee kopjes koffie, extra sterk.

'Komt eraan, meneer de directeur... Wilt u er ook een koekje bij?'

Juffrouw Lüders had havermoutkoekjes gebakken en meegenomen. Heel aardig van haar, alleen smaakten ze walgelijk.

'Dat zou heel vriendelijk zijn,' zei hij echter.

Marie was intussen opgestaan en liep in het kantoor rond. Ze bekeek de ruggen van de dossiers in de kasten, slenterde toen zogenaamd terloops naar zijn bureau en pakte de brief op die boven op de stapel papieren lag. Een mededeling van het ministerie van Oorlog, waarin twee kleine 'voor de oorlog van belang zijnde' opdrachten bevestigd werden. De reparatie van tweeduizend munitiemanden en het reinigen van tachtig zakken met kardoezen.

'De arbeidsters beneden op de binnenplaats hebben tegen mij over hun ellende geklaagd,' zei ze en ze legde de brief weer terug. 'Het loon dat ze krijgen is te weinig om van te leven en te veel om van te sterven.'

'Wilde jij je soms opwerpen tot woordvoerster van mijn arbeidsters?'

Het irriteerde hem dat ze hem dingen vertelde die hij allang wist, maar waar hij niets aan kon doen. Het was al erg genoeg dat hij moest aanzien dat de fabriek die hij in de loop van al die jaren had opgebouwd, naar de knoppen ging. Het was zijn levenswerk, al zijn energie, al zijn liefde zat in deze hallen, in deze bruisende, lawaaierige bedrijvigheid van mensen en machines.

'Ach, papa!' riep ze boos. 'Je weet heel goed hoe ik het bedoel. We moeten iets doen om te zorgen dat de textielfabriek er weer bovenop komt. Dan, maar alleen dan zal het ook weer beter gaan met de arbeidsters.'

Hij zou bijna in de lach geschoten zijn als ze niet zo ernstig geklonken had. Hemel, hadden vandaag alle vrouwen van Augsburg met elkaar afgesproken om hem aan te vallen? Eerst de arbeidsters en nu ook nog dit naïeve meisje, dat blijkbaar dacht hem de les te moeten lezen. Hij had haast nog liever gehad dat ze in de kinderkamer was gebleven om voor de tweeling te zorgen.

Gelukkig kwam juffrouw Hoffmann nu binnen met twee kopjes koffie en een bordje vol ronde koekjes. Dat gaf hem tenminste de tijd om zich in alle rust voor te bereiden op de domme dingen die hij ongetwijfeld te horen zou krijgen.

'Paul vraagt mij in bijna elke brief of je nu eindelijk zijn ontwerpen hebt bekeken. De machines die hij getekend heeft.'

Melzer wist zelf ook wel dat Paul veel waarde aan die onzin hechtte. Ook hij had veldpostbrieven van zijn zoon gekregen, maar het aan Alicia overgelaten om ze te beantwoorden en er zelf slechts een korte groet en zijn naam onder gezet.

'Machines?' vroeg hij in de hoop dat Marie geen verstand van die dingen had. 'Wat voor machines?'

Helaas werkte deze tactiek niet. Hij had gedacht haar snel door middel van een paar technische details uit te schakelen. Maar Marie liet zien dat ze de dochter van haar vader was. Terwijl de geniale constructeur Jakob Burkard allang dood was. Marie had haar vader nooit leren kennen. Het inzicht in machines leek echter erfelijk te zijn bij de Burkards, de selfactoren en ringspinmachines van zijn voormalige partner waren veel beter dan de machines van de concurrenten. Dat kwam doordat Burkard een paar finesses had ingebouwd, een bedrijfsgeheim dat streng bewaakt werd.

'Doe nou niet alsof je geen idee hebt, papa!' mopperde ze. 'Paul heeft ontwerpen voor een spinmachine getekend die draden draait van papieren stroken. Deze draden kunnen vervolgens tot stof verweven worden.'

Ze wist zelfs dat Claviez AG in Adorf zulke surrogaatstoffen, die zeer belangrijk waren voor de oorlog, fabriceerde. In de Palts produceerde Claviez tien ton papiergaren per dag. Daar werd materiaal voor de lazaretten van gemaakt, tentzeil, wagenkappen, paardengasmaskers, zolen voor laarzen en touw. Maar ook uniformen en ondergoed.

'We hebben de weefmachines hier staan, papa! Als we papierdraden kunnen vervaardigen, gaan we in productie. Bij Claviez werken ze in drie ploegen, daar is iedereen aan het werk.'

Hij luisterde korzelig en vroeg zich af waar ze de wijsheid vandaan had. Van Paul? De arme jongen had aan het front vast weinig gelegenheid informatie over de economische situatie van de fabriek van Claviez in te winnen. Hij scheen ergens in Frankrijk te zijn.

'Hoe ik dit weet? Van Bernd Gundermann, die heeft namelijk familie in Düsseldorf, die bij Jagenberg werkt. Die maakt ook papiergaren en daar weten ze hoe de zaken bij de concurrentie in de Palts lopen.'

Het idee om met de arbeider Gundermann te gaan praten, kwam natuurlijk van Paul. En het leek erop dat hij zijn fantastische ontwerpen gedetailleerd aan haar uitgelegd had. Het verrassende was echter: ze had het begrepen. Jakob Burkards dochter had tot in detail begrepen hoe de onderdelen van deze verdomde machine in elkaar grepen en dat je hem in geval van nood ook met waterkracht zou kunnen aandrijven. Dus zonder stoommachine, waar hij geen kolen voor had.

'De papierfabriek van Augsburg is om de hoek, papa. We hebben dus nauwelijks transportkosten. En kleuren kunnen we de stoffen ook. Begrijp je het niet? We hoeven alleen maar iemand te vinden die de machines volgens Pauls ontwerp voor ons bouwt.'

Hij voelde het bloed naar zijn oren stijgen. Haar aanval was veel en veel heftiger dan degene die hij zojuist succesvol had afgeweerd. Wat waren twintig kwade arbeidsters tegen deze jonge vrouw, die met glanzende ogen en rode wangen voor hem zat en haar visie beschreef? Werk voor iedereen. Drie keer zo veel inkomsten. Een bijdrage aan de overwinning van het Duitse vaderland. Het bewandelen van nieuwe wegen, toekomstgericht denken. De mensen kleding en schoenen geven. Verbandmiddelen voor de vele gewonden.

'Heb je er geen moeite mee dat hier in de fabriek alle raderen stilstaan? Vroeger kon je het lawaai in de hallen amper verdragen en nu heerst er een doodse stilte. Als we in de productie van papiergaren stappen…'

Hij hief afwerend zijn handen op en voelde zijn hart heftig kloppen. Hij had die koffie toch beter niet kunnen drinken. 'Je onderkent het risico niet,' zei hij. 'Ik zou dure machines moeten laten construeren, waarvan niemand weet of ze wel werken. Stel dat Paul een fout gemaakt heeft? Wat als het garen van lagere kwaliteit is en er geen afnemer voor te vinden is? Wat als we onze goede weefgetouwen met de nieuwe draden ruïneren?' Hij haalde diep adem. 'Bovendien heb je voor zo'n productie vaklui nodig, mannen die er verstand van hebben. Met arbeidsters alleen is het in geen geval voor elkaar te krijgen.'

'Mijn hemel!' riep Marie en ze hief haar armen in de lucht. 'Waar wil je op wachten? Denk je soms dat het binnenkort katoen uit de hemel regent? Jezus Christus stapt uit de wolken en schenkt ons tien wagons ruwe wol?'

'Ik waarschuw je, Marie!' riep hij woedend. 'Bemoei je niet met zaken waar je geen verstand van hebt!'

Ze zette het koffiekopje en het schoteltje met een fel gebaar op het kleine tafeltje en staarde hem boos aan.

'Je zou erover na moeten denken, papa. In ons aller belang!'

'De kwestie is besloten en daarmee van tafel. Mijn textielfabriek zal nooit surrogaatstoffen produceren!'

'Dus je hebt liever dat we helemaal niets produceren en allemaal verhongeren?'

'Afgelopen, nu, Marie. Ik heb geluisterd en mijn mening medegedeeld. Die is onherroepelijk.'

Zonder een woord te zeggen stond ze op. Ze pakte haar mantel van de kapstok en trok hem aan. Hij deed een halfslachtige poging haar te helpen, zoals zijn gedegen opvoeding betaamde, maar ze was sneller. Ze draaide zich van hem af, zette haar hoed op en bond de zijden sjaal vast.

'We zien elkaar vanavond.'

Zwijgend liep ze naar de deur. Dit keer was hij sneller en hij deed de deur met een weids gebaar voor haar open. Als zij dacht met haar ijskoude blik iets te bereiken, had ze zich vergist. Hij zou voet bij stuk houden. Geen surrogaatstoffen in zijn fabriek.

Ze was al bijna bij de deur, toen ze zich naar hem omdraaide. Haar gelaatsuitdrukking was nu zachter, maar zeer verwijtend.

'O ja, wat betreft de arbeiders. Die worden vrijgesteld van militaire dienst. Ze worden zelfs van het front teruggehaald zodat ze in de fabriek kunnen werken. Ook Paul zullen ze weer naar ons terugsturen...'

Vervolgens deed ze de deur dicht en liet ze hem in zijn eigen sop gaarkoken.

# 5

*Courtrai, 12 april 1916*

*Mijn lieve Elisabeth,*

*We zijn hier na een dagenlange treinrit aangekomen en trekken verder naar het noorden, waar we de Engelsen terug zullen drijven die al maanden proberen ons van ons Duitse geboorteland af te snijden. In het zuiden, in Verdun, zal het tij keren, de Fransen zullen na de Duitse aanval capituleren. Ik hoop dat ik gauw daarnaartoe gestuurd word, om deel te kunnen nemen aan het grote ogenblik dat de vesting Verdun in Duitse handen valt.*
*Mijn gedachten zijn bij jou, mijn lieve vrouw. Jij bent mijn goede engel, die mij leidt en beschermt, ik heb de foto van onze bruiloft altijd bij me. Als je kunt, stuur me dan wat geld, want ik moet sokken en ondergoed kopen, bovendien is mijn horloge helaas beschadigd en zal ik een nieuwe moeten aanschaffen. Je weet, mijn schat, dat een goed werkend horloge absoluut noodzakelijk is voor een officier. Tweehonderd of liever nog driehonderd mark zal voldoende zijn. Ook een nagelvijl en rozenzeep zouden fijn zijn, en een zaklamp, batterijen, sigaretten, chocolade en een goed zakmes. Morgen zullen we misschien al in de buurt van de kust zijn. Mijn volgende brief zal ik van daaruit versturen. Doe de groeten aan je lieve ouders, aan je schoonzus Marie en je zus Kitty.*

*In trouwe liefde omhelst je,*
*Jouw Klaus*

Elisabeth las de veldpostbrief zoals altijd twee keer en haar ogen bleven secondelang hangen bij zinnen als 'mijn gedachten zijn bij jou' en 'jij bent mijn goede engel'. Veel fantasie had Klaus niet. In zijn vorige brief schreef hij: 'Je bent mijn goede geest' en verzekerde hij haar dat hij dag en nacht met smacht aan haar dacht. Over smacht had hij het nu helemaal niet, maar hij omhelsde haar 'in trouwe liefde'. Nou ja. Hij hield zich vast bezig met de zorg om zijn regiment, waardoor hij niet veel tijd had om over mooie formuleringen na te denken.

Ze vouwde het blaadje op en maakte de lade van het damesbureau open, dat ze vanuit haar ouderlijk huis naar de stadswoning had laten brengen. Vooraan lagen twee bundels veldpostbrieven, op datum gerangschikt en met een roze, zijden lintje samengebonden. Ze maakte het lint van de kleinere stapel los, legde de brief die ze zojuist gelezen had erbovenop en deed haar best een mooie strik te maken. Deze brieven zou ze beslist haar hele leven bewaren, ze zouden hen herinneren aan de moeilijke oorlogstijd waarin ze zo lang van elkaar gescheiden waren geweest en op een dag zouden – zo God wilde – hun kinderen ze aandachtig lezen. Misschien zou ze ooit wel de moeite nemen al deze brieven in het mooie boekje over te schrijven dat Kitty haar onlangs geschonken had. In groen leer gebonden en verguld op snee. Het moest een klein vermogen hebben gekost. Maar ja, Kitty was ook met Alfons Bräuer getrouwd, de enige erfgenaam van het bankiershuis Bräuer & Zoon, voor haar speelde geld geen rol.

Zijzelf was echter uit liefde getrouwd. Zij had voor haar Klaus von Hagemann gevochten, had vanwege hem geleden en had al gevreesd hem voor altijd kwijt te zijn, want hij was dol geweest op haar zus Kitty. Wat dat betreft was hij niet de enige geweest, bijna alle mannen waren verliefd op haar jongere zus. Maar dat was nu godzijdank voorbij. Kitty, die lichtzinnige meid, was onder de pannen en Klaus von Hagemann was op tijd van gedachten veranderd en had een vrouw gekozen die een trouwe en oprechte partner voor hem was. Klaus wist dat soort eigenschappen aan zijn echtgenote te waarderen, daar was Elisabeth van overtuigd. Tuurlijk, hij was een knappe man en had flink zijn best gedaan om 'zijn wilde haren te verliezen'. Maar dat moest zo zijn, dat was een 'erezaak'. Ook Paul had zich tijdens zijn studententijd in München niets laten ontgaan. Klaus had zijn jonge echtgenote in de huwelijksnacht op zeer attente wijze en met de nodige voorzichtigheid ingewijd. Elisabeth had geen reden tot klagen. Misschien, maar dat zou aan Kitty's beschrijvingen kunnen liggen, die alle perken te buiten gingen en waarschijnlijk verzonnen waren, ontbrak het Klaus een beetje aan huwelijkse hartstocht. Hoe dan ook, hij had haar verzekerd dat het huwelijk heilig voor hem was. Van nu af aan zou hij alleen van haar zijn.

De herinnering aan het moment waarop hij dat zwoer, in het huwelijksbed, vervulde haar met een gelukzalig gevoel. Ze schoof de lade weer dicht en stond op om een paar kolen op het vuur te leggen, maar ze zag dat de emmer leeg was.

'Maria?'

Juffrouw Jordan was in de kamer ernaast bezig met een naaiklusje en haastte zich niet erg om gehoor te geven aan haar oproep.

'Mevrouw?'

Elisabeth zag dat het puntje van Maria Jordans neus bijna wit was, in de andere kamer waren zeker ook geen kolen meer.

'Kijkt u eens in de keuken of er nog stookmateriaal in huis is.'

Juffrouw Jordan keek beledigd. Waarschijnlijk vond ze dat dit niet haar taak was. Maar Gertie, het kamermeisje, had haar vrije dag, en de kokkin zou algauw vertrekken, zij kookte 's avonds in een restaurant.

'Als er morgen niet genoeg kolen in de keuken zijn, zal de kokkin meteen weer vertrekken,' zei juffrouw Jordan en ze haalde haar schouders op om aan te geven dat het haar eigenlijk niets aanging. 'Dat zei ze tenminste tegen me.'

Elisabeth hoorde duidelijk het onuitgesproken verwijt en irriteerde zich aan dit doortrapte mens, dat een hoop geld van haar afgetroggeld had voor nutteloze middeltjes tegen kinderloosheid. Drie dienstmeisjes had ze al weggejaagd. Maar helaas kon ze juffrouw Jordan niet ontslaan. Ze was immers een gekwalificeerde kamenierster en werkte al heel lang voor haar familie. Als het niet zulke zware tijden waren, hadden ze zonder personeel gezeten. Elisabeth kon maar weinig loon betalen, het was al duur om het personeel de kost te geven. Gelukkig waren momenteel veel mensen bereid om alleen tegen kost en inwoning te werken.

'Haalt u een emmer kolen uit de keuken. De nieuwe levering komt morgen of overmorgen.'

Juffrouw Jordan trok haar neus op, maar besloot zonder commentaar te doen wat haar gevraagd was. Ze had het zelf verschrikkelijk koud terwijl ze het ondergoed van mevrouw herstelde.

Elisabeth zuchtte en trok het gordijn een stukje opzij om naar buiten te kunnen kijken. Het was al april, eigenlijk zou er helemaal niet meer gestookt hoeven worden. Maar het was kil, vooral 's avonds, en ze was van huis uit warme kamers gewend. Nou ja, ze had zich wel meer dingen in dit huwelijk anders voorgesteld. Zo had Klaus haar bijvoorbeeld niet verteld hoe penibel zijn financiële situatie was. Er was altijd sprake geweest van de landgoederen in Brandenburg, maar intussen had ze begrepen dat haar schoonouders helemaal geen inkomsten meer hadden. Ze moesten allemaal van de soldij van majoor Klaus von Hagemann leven, en het scheen dat het geld dat hij zijn ouders gaf gauw door de vingers ging. Ze vonden telkens nieuwe smoezen om kleine en grotere bedragen van haar te 'lenen', de ene keer was het een oude schuld die nog afgelost moest worden, de andere keer een doktersrekening, dan wilden ze weer oorlogsleningen aangaan om het vaderland te steunen. En ook Klaus had allerlei eisen, hij had middelen nodig om overeenkomstig zijn stand te leven, verlangde bijna in elke brief een betalingsmandaat. Elisabeth, die nog nooit in haar leven iets tekort was gekomen, wist vaak niet meer waarvan ze de huur en de dagelijkse levensmiddelen moest betalen. Ook had de kokkin al sinds twee maanden geen loon meer gekregen en juffrouw Jordan was ze zelfs vier maanden loon schuldig.

De deur werd opengestoten en Maria Jordan verscheen op de drempel. Haar blik was verwijtend, in haar hand hield ze een metalen emmer die voor de helft met kolen gevuld was.

'Meer is er niet, mevrouw. Moet ik de kachel aansteken?'

Elisabeth wist dat het juffrouw Jordan zeer veel zelfoverwinning kostte om die klus te doen, aangezien dat ver onder haar stand was. In de villa had het keukenmeisje de kachels moeten aansteken. Maar Maria Jordan was tenslotte uit eigen wil bij haar in dienst getreden, ze had haar daar letterlijk om gesmeekt. Omdat ze het niet kon verdragen dat Marie, die ooit als keukenmeisje in de villa was begonnen en later tot kamenierster was opgeklommen, nu de jonge bazin was.

'U kunt in uw kamer de kachel aansteken, zodat u geen koude vingers krijgt,' besloot Elisabeth. 'Ik ga zelf uit.'

Maria Jordan leek zeer tevreden met deze oplossing en haastte zich weg om mantel, hoed en straatschoenen voor haar bazin te halen.

'Mocht mijn schoonmoeder langskomen, ik ben tot vanavond in de villa.'

'Ik zal het zeggen.'

'En morgenochtend zal ik een vergadering van de liefdadigheidsvereniging bijwonen.'

'Dat zal ik haar vertellen. Moet ik koffie aanbieden?'

'Nee. Als het niet anders gaat, biedt haar dan muntthee aan. En die biscuitjes die de kokkin onlangs gebakken heeft.'

'Die zijn helaas op, mevrouw.'

'Dan alleen muntthee.'

Maria Jordan knikte ijverig. Wat dit betrof kon Elisabeth volledig op haar vertrouwen, ze zou Riccarda von Hagemann in geen geval uitnodigen langer in het huis te vertoeven of zelfs tot de avond op haar schoondochter te wachten. Maria Jordan had van begin af aan een hekel aan Elisabeths schoonmoeder gehad.

Beneden op straat waaide ondanks het opkomende lentezonnetje een ijskoude wind en Elisabeth trok de brede kraag van haar mantel op. Vorig jaar had ze nog de tram genomen om tot aan de Frauentorstraat te rijden, maar die reed intussen niet meer. Het was goed zo, Elisabeth had vandaag toch geen geld voor de rit gehad. Gelukkig waren de kolen niet geleverd. De woning in de Bismarckstraat was in feite ook veel te duur. Ze had die destijds samen met mama uitgezocht, een representatieve vierkamerwoning op de eerste verdieping, met hoge, gestuukte plafonds en smalle, ouderwetse kachels. De woning had een breed balkon dat uitkeek op de tuin, en er hoorden een kelder en twee personeelskamers op de zolder van het gebouw bij. Mama was enorm enthousiast geweest over de fantastische ligging en de hoge ramen, die zo veel licht binnenlieten. Dat het Elisabeth binnenkort moeite zou kosten de huurlasten op te brengen, had in het begin van haar huwelijk niemand uit haar familie voor mogelijk gehouden. De Von Hagemanns hadden het moeten weten, maar hadden decent gezwegen. Waarschijnlijk hadden ze gedacht dat de dochter van de rijke textielfabrikant Melzer van nu af aan alle kosten voor haar rekening zou nemen.

Ze maakte een boog om een bedelaar die op de hoek van de straat zat en schijnbaar onverschillig in de felle zon staarde terwijl hij zijn hand voor haar ophield. Arme kerel, hij had geen benen meer, alleen nog twee stompjes. Ach, die ellendige oorlog. Was Klaus maar weer gezond en wel terug!

Kitty woonde in een villa in de Frauentorstraat, die een moderne architect in neoromaanse stijl gebouwd had. Een nogal bizar bouwwerk met vakwerkgevels en kleine erkers, dat omgeven was door een goed onderhouden tuin. Het was een van de huizen die het bankiershuis Bräuer & Zoon in de loop van de jaren verworven had, op welke manier dan ook, dat wilde Elisabeth liever niet zo precies weten. Maar naar verluidt had Bräuer & Zoon nog altijd vaste voet aan de grond, terwijl het met andere bankiershuizen in het keizerrijk minder goed ging.

Ze hijgde een beetje toen ze bij de voordeur met ouderwets houtsnijwerk kwam, ze had blijkbaar te snel gelopen. Een sierlijk kamermeisje deed de deur open en glimlachte vriendelijk naar haar. Wat een aardige, jonge meid was Mizzi toch, en ze leek intussen ook goed haar taken te kennen. Vast en zeker het werk van juffrouw Schmalzler.

'Goedendag, mevrouw Von Hagemann. Mag ik uw mantel aannemen? Mevrouw heeft al naar u gevraagd.'

Elisabeth trok haar mantel uit en zette de hoed af. Het meisje kletste nog wel wat te veel, maar ze had zo'n stralende glimlach dat je het gevoel had dat iemand het licht aangedaan had.

'Mevrouw was zo onrustig de afgelopen dagen. Maar vandaag is haar schoonzus gekomen, ze zitten net samen thee te drinken.'

'O... is juffrouw Bräuer er?'

Elisabeth mocht Tilly Bräuer graag. Ze was net als haar broer Alfons geen schoonheid en een tikkeltje onhandig, maar het was wel een oprecht, sympathiek meisje. Overigens was het niet gunstig dat ze juist nu op bezoek was bij Kitty, want Elisabeth had wat geld aan haar zus willen vragen.

'Nee, niet juffrouw Bräuer. Mevrouw Melzer is er.'

Elisabeth bleef van verbazing op de drempel van de bezoekerskamer staan. Marie? Bedoelde het meisje echt Marie?

'Als u hier eventjes wilt wachten, mevrouw, dan kondig ik u aan.'

Het meisje liep snel langs een aantal half afgemaakte beelden naar de deur van de salon, waarvandaan nu Kitty's heldere stem te horen was.

'Hoe kun je zo wantrouwig zijn, Marie? Zo... kil! Ik begrijp niet hoe iemand zo harteloos kan zijn. Vergeet niet dat hij...'

Ze stopte met praten toen het kamermeisje binnenkwam.

'Wat is er, Mizzi?'

'Mevrouw Von Hagemann is gekomen.'

Er klonk een zucht van opluchting.

'Wat een geluk, nu krijg ik versterking!' klonk Kitty's stem. 'Elisabeth is heel meelevend en staat vast en zeker aan mijn kant.' Verder vond ze Marie toch al vreselijk ten nadele veranderd, wekenlang had ze geen tijd voor haar familie, en nu...

O jee, dacht Elisabeth, terwijl ze haar best deed ter begroeting een vriendelijke glimlach te produceren. Ze hadden ruzie en zij moest scheidsrechter spelen.

'Wat leuk!' riep ze en ze bleef even in de deuropening staan. 'Marie is uit haar strenge afzondering naar ons teruggekeerd. Daar ben ik heel blij mee. Jullie zijn toch niet uitgerekend nu aan het ruziën?'

Ze zaten op fauteuils die Kitty in een of andere dure antiekzaak had gevonden en tot een – naar Elisabeths smaak zeer merkwaardig – zitje had samengesteld. Twee stoelen in Lodewijk xv-stijl met goud geverfd houtsnijwerk stonden naast een zitmeubel van kersenhout met elegante, gekrulde armleuningen dat uit Engeland kwam. Bovendien was er een Mexicaanse rieten stoel, die met zijn uitnodigende rugleuning op een troon leek, en een nogal wiebelige schommelstoel van gevlochten bamboe. Het pronkstuk van de verzameling was een met donkerrood fluweel beklede récamier, waarop Kitty een heleboel gekleurde, zijden kussens had gedrapeerd.

'We maken geen ruzie, Elisabeth,' zei Marie, die op een van de Franse fauteuils had plaatsgenomen en een brief in haar hand hield.

'Nee, we maken geen ruzie,' bevestigde Kitty snel. 'Hoe kun je dat nou denken, Lisa? We hebben een klein meningsverschil, dat is alles. Zoals altijd is Marie de voorzichtige, ze wil me ervoor behoeden dat ik iets stoms doe, waardoor ik mezelf misschien in opspraak breng.

Wil je thee of koffie, Lisa? O, ik weet het al, je bent een koffieleut. Mizzi? Mizzi! Mijn god, waar is dat meisje nou weer? O, daar ben je.'

Op het kleine tafeltje met intarsia stond een Russisch theeservies met bijpassende gebaksschaal die tot aan de rand met lekkernijen gevuld was. Het rook naar een Engels theemengsel waar Kitty erg van hield, naar vanillegebak, boterkoekjes en *rumkugel*.

Elisabeth, die de antieke fauteuils niet vertrouwde, schoof de sierkussens opzij en nam op de récamier plaats. Wat was Kitty opgewonden. Of leek het maar zo? Kitty was eigenlijk altijd nogal geestdriftig, alleen had ze vandaag rode vlekken op haar wangen, terwijl haar gezicht verder erg bleek was. En dan moest ze in haar toestand uitgerekend op die rare schommelstoel zitten.

'Ze is wel een leergierig meisje,' zei Kitty, toen Mizzi de kamer uit gesneld was om koffie te halen. 'Ik had medelijden met haar, want juffrouw Schmalzler heeft haar een enorme uitbrander gegeven. Ze liet geen spaan van haar heel. Ze zou lui zijn, zat in de keuken met de chauffeur en had geen idee hoe je met waardevolle stoffen en echte tapijten omging. Nou ja, dat met die chauffeur is misschien wel waar, maar ze hebben mijn goede huisknecht Kilian al maanden geleden opgeroepen. Wie weet waar hij nu is en of hij nog leeft. Heb jij nieuws van Klaus, Lisa? Ja? Godzijdank. Ik kreeg ruim een week geleden een brief van Alfons. Ach, de arme ziel! Hij is altijd zo bescheiden, alles wat ik stuur verdeelt hij onder zijn kameraden.'

Ze moest adem halen en dat gaf Elisabeth de tijd om naar Paul te vragen.

'Er is drie weken geleden een brief gekomen,' zei Marie ernstig. 'Sindsdien niets meer. Heeft hij jou geschreven, Elisabeth?'

Ze schudde haar hoofd. Nee, daarom vroeg ze het immers. Sinds drie weken geen nieuws meer.

'Wat zijn nou drie weken?' zei Kitty. 'En ze mogen ook niet altijd post versturen. Als het om een geheime militaire actie gaat, hebben ze wekenlang geen mogelijkheid contact te zoeken met het thuisfront.'

'Dat zal wel zo zijn,' zei Marie. 'We moeten geduld hebben. Het is vooral voor mama erg moeilijk.'

Kitty zei dat mama er erg slecht uitzag. Dat was ook geen wonder, want papa deed buitengewoon onaardig tegen haar. Was het Marie niet opgevallen hoe onverschillig hij mama behandelde? 'Hoe lang zijn ze nu getrouwd?' vroeg ze zich af. 'Bijna dertig jaar. En waar is de liefde gebleven? De tederheid? Het wederzijdse respect?'

Elisabeth zei dat een huwelijk nu eenmaal ook crises en zware tijden moest doorstaan. Dat een echtpaar door zulke fases alleen maar hechter werd.

Kitty leek niet erg overtuigd, maar had blijkbaar geen zin er met Elisabeth over in discussie te gaan. In plaats daarvan slaakte ze een diepe zucht en gebaarde ze Mizzi haar zus koffie in te schenken.

'Neem wat rumkugel, Lisa,' zei ze samenzweerderig. 'Marie lust ze niet omdat ze naar jenever smaken. Haha. Ze weet gewoon niet wat lekker is. Rum is geen jenever, Marie. Rum is de warme adem van de tropen, een zoete zweem van palmen en suikerriet...'

Ze schoof de gebaksschaal dichter naar Elisabeth toe en nam zelf een boterkoekje. Terwijl ze kauwde, viel haar blik op de brief die Marie opgevouwen op de tafel had gelegd.

'Weet je, Lisa. Ik waardeer onze lieve Marie enorm. Ze was al in de villa mijn beste en allerliefste vertrouweling en nu, nu ze Paultjes vrouw is geworden en twee schattige, mollige kindjes op de wereld heeft gezet, nu heb ik haar helemaal in mijn hart gesloten. Maar ondanks alles...'

Ze boog naar voren en pakte de brief van het tafeltje. Ze hijgde van de inspanning en wreef over haar buik, terwijl de stoel flink schommelde.

'Schopt hij?' vroeg Marie meesmuilend. 'Dat is goed!'

'O ja,' zei Kitty giechelend. 'Het wordt vast een zeeman. Omdat ik altijd in deze stoel zit te schommelen. Zeg, Marie...'

Elisabeth deed haar best om begrijpend te glimlachen terwijl Kitty haar schoonzus uitgebreid ondervroeg over hoe het bij haar in de laatste maanden was geweest, of zij 's ochtends soms ook een raar trekkend gevoel had gehad en plotseling rugpijn, die net zo onverwacht ook weer verdween.

'Nee, helemaal niet,' zei Marie. 'Ik had alleen opgezette benen en pijn in mijn voeten.'

'Wat raar,' zei Kitty en ze zette zich met haar voet af om nog een beetje te schommelen. 'Mijn benen zijn normaal. Maar als ik te veel eet, heb ik het gevoel dat er in mijn maag een brand woedt.'

'Ik geloof dat we Elisabeth niet bang moeten maken,' zei Marie.

'O, nee hoor,' zei Elisabeth. 'Wisselen jullie maar ervaringen uit, het stoort me totaal niet. Integendeel, ik vind het heel interessant.'

In werkelijkheid werkte zowel het gezwets over zwangerschapskwaaltjes als Maries consideratie haar enorm op de zenuwen. Bovendien kon ze in Maries aanwezigheid moeilijk om geld vragen. Ze schaamde zich voor Marie.

Kitty had haar afwijzing bij wijze van uitzondering gemerkt en wisselde snel van onderwerp.

'Ik had het over die brief, nietwaar? Het is allemaal... wel erg intiem, maar omdat je mijn enige zus bent, Lisa... Nee, ik wil geen geheimen voor je hebben. Bovendien heb ik je raad nodig. Kijk niet zo raar, lieve Marie. Ik wil weten hoe Lisa erover denkt. Daarna wil ik pas een beslissing nemen.'

Ze vouwde de brief open, keek nog een keer met een verontschuldigende blik naar Marie en gaf hem aan Lisa.

'Lees dit. En geef dan onomwonden je eerlijke mening.'

Het duurde even voordat Elisabeth het begreep. Ene Simone Treiber, kennelijk een verpleegster, vroeg Kitty een van haar patiënten te schrijven. Die patiënt was... Gérard Duchamps! Niet te geloven! Ze hadden gehoopt nooit meer wat van die kerel te horen, die Kitty destijds naar Parijs had ontvoerd, waarmee hij de familie Melzer publiekelijk in diskrediet had gebracht. Nog afgezien van het verdriet van haar ouders, had het maar een haar gescheeld of dit schandaal had Elisabeths relatie met Klaus von Hagemann onmogelijk gemaakt.

'Wat wil je weten?' vroeg ze met een onverschillige uitdrukking terwijl ze de brief op een van de kussens naast haar legde.

Kitty had haar de hele tijd gespannen geobserveerd. Nu leek ze teleurgesteld. Lisa scheen de diepe tragiek die in deze brief doorklonk, niet te begrijpen.

'Wat zou jij doen als je mij was?'

'Niets.'

Kitty keek vragend naar Marie, die meelevend keek en haar schouders ophaalde, alsof ze zich ervoor moest verontschuldigen dat ze het met Lisa eens was.

'Maar... maar hij gaat misschien wel dood,' stamelde Kitty huilerig. 'Het is zijn laatste wens aan mij. Misschien is hij allang dood...'

'Wel, in dat geval zou een brief sowieso overbodig zijn,' zei Elisabeth.

'Hoe kunnen jullie allebei zo... zo hard zijn? Leert het christendom ons niet onze naasten te vergeven? O, ik ben ervan overtuigd dat Jezus Christus mij aangeraden zou hebben Gérard een brief te schrijven. En ook de Heilige Maagd zou...'

Elisabeth rolde met haar ogen, Kitty kraamde weer eens een hoop onzin uit. Maar Marie nam wat Kitty zei wel serieus.

'Weet je wat, Kitty? Praat er eens met dominee Leutwien over. Dat is een intelligente man die ons al vaak geholpen heeft. Het is belangrijk dat je deze beslissing met een gerust geweten kunt nemen.'

'Er valt niks te beslissen, Marie!' wond Elisabeth zich op. 'Wie is die Simone Treiber eigenlijk? Kennen jullie haar? Ze zegt dat ze een verpleegster is die een boodschap van ene Gérard Duchamps overbrengt. En ze zegt dat hij op een antwoord hoopt. Is niemand van jullie op het idee gekomen dat het ook allemaal bedrog kan zijn?'

Kitty sperde haar blauwe ogen wijd open, ze keek geschrokken. 'Nee, die gedachte is niet in me opgekomen,' zei ze beteuterd. 'Zou iemand dat soort valse brieven schrijven? Uitgerekend in een tijd waarin zo veel ongelukkige jongemannen in de lazaretten wegkwijnen? Waarom zou iemand zoiets doen?'

Elisabeth haalde haar schouders op en zei dat die Simone Treiber een bedriegster zou kunnen zijn die met behulp van een compromitterende brief van Kitty's hand de familie Melzer zou willen chanteren.

'Wát?' riep Kitty opgewonden uit. 'Je bent gestoord, Lisa. Marie, vertel haar alsjeblieft dat ze gestoord is. Wie zou het nou interesseren dat ik een paar regels aan de arme Gérard schrijf en hem vergeef?'

'Je echtgenoot bijvoorbeeld,' zei Elisabeth onverdroten. 'Alfons zou er niet erg van gecharmeerd zijn als hij zou weten dat je je exminnaar brieven schrijft.'

Kitty lachte hysterisch en verschoof haar stoel in een opgewonden schommelbeweging. Alfons zou er vast en zeker niets op tegen hebben, hij was een intelligente en meelevende man. Heel anders dan haar zus Lisa.

'Bovendien zou het kunnen dat zo'n brief in verkeerde handen terechtkomt,' ging Elisabeth verder. 'De details die jouw onzalige misstap met die fransoos betreffen, zouden zowel de goede reputatie van de Melzers als die van de Bräuers kunnen ondermijnen.'

'Zeg jij eens wat, Marie, alsjeblieft!' smeekte Kitty wanhopig. 'Zeg dat het onzin is wat Lisa zegt.'

Marie schraapte haar keel, ze dacht duidelijk na over hoe ze dit conflict tot ieders tevredenheid kon oplossen.

'Ik geef toe dat die gedachte ook bij mij is opgekomen,' zei ze in Elisabeths richting. 'Wat jij zojuist noemde, Elisabeth, daar heb ik ook al over nagedacht. Ik ben echter tot de conclusie gekomen dat zo'n bedrog zeer onwaarschijnlijk is. Het eigenlijke probleem ligt volgens mij elders.'

Kitty schommelde in haar stoel en hield haar ogen dicht. Wilde ze niet meer luisteren omdat allebei haar raadgeefsters haar niet de rugdekking gaven waarop ze gehoopt had? Elisabeth begreep dat Kitty Gérard maar al te graag een brief geschreven had.

'Stel dat Gérard Duchamps door een brief van jou aangemoedigd wordt opnieuw contact met je te zoeken? Het is immers ook mogelijk dat hij weer beter wordt – wat wij hem natuurlijk ook gunnen…'

Kitty keek Marie even aan, maar zei niets.

Elisabeth nam een slok koffie en genoot van de kruidige smaak van de echte, sterke bonenkoffie. De drank stemde haar wat milder, misschien had ze niet zo hard moeten zijn. Ach, het was oneerlijk dat zij zich deze drank al maanden niet meer kon veroorloven, terwijl Kitty koffie, thee en allerlei lekkernijen tot haar beschikking had. Om nog maar te zwijgen van de gezellige warmte van de kolenkachel.

'Mocht je dus inderdaad antwoord willen geven op deze brief…' ging Marie verder, '… dan zou je vooral moeten noemen dat je intussen gelukkig getrouwd bent en van je echtgenoot een kind…'

Ze kromp ineen want Kitty stootte een langgerekte, schelle kreet uit. Ze hield haar ogen dicht, had haar handen rond de leuningen van de stoel geklemd, haar benen uitgestrekt, haar voeten gebogen. Haar stem had een frequentie die de glazen in de vitrinekast deed rinkelen.

'Ben je gek geworden, Kitty!' riep Elisabeth. 'Houd op met die onzin. O, mijn god, ze is ook geen snars veranderd. Als ze haar zin niet krijgt, wordt ze hysterisch.'

Marie was opgesprongen en had Kitty verbijsterd aangestaard. Tegelijkertijd ging de deur open en verscheen het geschrokken gezicht van Eleonore Schmalzler. Achter haar stond het kamermeisje Mizzi die haar hals uitrekte om te zien wat er in de salon aan de hand was.

Marie was naar Kitty toe gelopen, had haar hand gepakt en aaide over haar voorhoofd.

'Heb je pijn? Zeg me waar het pijn doet? Hier? Of hier?'

Kitty spande haar hele lichaam aan, waarna ze haar ogen opende en haar handen op de armleuningen ontspande. Ze hijgde.

'Dat… dat doet verschrikkelijk pijn. Marie, Marie… ga niet weg. Ik geloof dat ik doodga.'

Elisabeth zat als versteend op de bank en voelde zich hulpeloos en overbodig. Marie betastte Kitty's buik, wreef over haar slapen, haar armen, zei allerlei onzinnige dingen om haar te kalmeren en fluisterde intussen tegen juffrouw Schmalzler dat ze zo snel mogelijk de vroedvrouw moest halen.

'Maar niet dat afschuwelijke mens… die mevrouw Kober… die wil ik niet.'

'Wind je niet op, Kitty. Het is puur uit voorzorg. Misschien heb je haar helemaal niet nodig. Het is nog te vroeg, toch?'

'Ja,' kreunde Kitty, en ze begon snel en heftig te ademen. Ze was pas over vier weken uitgerekend. Misschien duurde het zelfs nog wel langer.

'… het is de schuld van die stomme rumkugel, Marie. God, wat ben ik blij. Ik dacht al dat het kind kwam. Maar dat kan toch helemaal niet…'

Ze werd overvallen door de volgende wee en begon weer te gillen. Elisabeth had nog nooit eerder gehoord dat Kitty zulke kreten kon uitstoten. Ook verder had niemand die ze kende dat ooit gedaan.

'Schreeuw maar flink, lieve Kitty,' zei Marie en ze hield haar hand vast. 'Het helpt een beetje. Blijf heel rustig. De vroedvrouw zal er zo zijn.'

Kitty schreeuwde tot de pijn weer wegtrok, beweerde toen slechts een bedorven maag te hebben en begon te huilen. Marie probeerde haar over te halen van de schommelstoel op te staan en op bed te gaan liggen. Maar daar wilde Kitty niets van weten. Niet in bed, nee, ze was niet ziek, het was slechts indigestie. Ze wilde op de récamier gaan liggen. Heel even maar, tot ze zich beter voelde.

Eindelijk kwam Elisabeth in actie. Ze hielp Marie om de jammerende Kitty uit de schommelstoel te tillen en naar de récamier te begeleiden.

'Leg de deken eronder,' zei Marie. 'En haal de kussens weg.'

'Ik ben misselijk…' kreunde Kitty. 'Ik geloof dat ik moet…'

Er kwam wat van de rumkugel en boterkoekjes op Elisabeths rok toen Kitty overgaf, maar dat kon haar niets schelen. Ze zat er niet meer voor spek en bonen bij, ze voelde zich niet langer nutteloos en kon helpen. Een kussen onder Kitty's hoofd schuiven. Haar strak zittende schoenen uittrekken. Haar buik masseren. Haar wangen aaien. Haar gezicht met een vochtig doekje deppen.

'Wanneer komt de vroedvrouw nou eindelijk?' hoorde ze Marie fluisteren.

'Ik heb de huisknecht Ludwig er met de automobiel op uit gestuurd, mevrouw. Ze kan elk moment hier zijn. De kokkin zet thee en bereidt heet water voor. Ik heb in de bezoekerskamer een stapel handdoeken voor haar klaargelegd.'

'U bent een schat, juffrouw Schmalzler,' fluisterde Marie.

Elisabeth liet zich niet verdringen. Nu ze eindelijk iets zinvols kon doen, zou ze niet van Kitty's zijde wijken. Ze haalde witte doeken, gaf Kitty thee, masseerde haar rug, sprak haar moed in.

'Lisa, ik kan niet meer. Ik wil geen kind krijgen. Ik wil het niet. Ik houd het niet vol... Ahhh!'

'Je kunt het, lieve Kitty, het zal gauw voorbij zijn. Denk maar aan hoe blij Alfons zal zijn. Een schattig jongetje...'

'Het begint weer. Wanneer is het er nou eindelijk? Als het dan al moet...'

'Gauw, Kitty. Het duurt niet lang meer. Deze wee nog...'

De vroedvrouw kwam pas een uur later en begon meteen te schelden omdat de barende vrouw niet zoals het hoorde in haar bed lag. Op een bank... hoe verzonnen ze het?

'Houdt u op met mopperen en doet u liever uw plicht!' snauwde Elisabeth tegen haar.

Marie moest bemiddelen, anders waren ze elkaar in de haren gevlogen, want mevrouw Kober was het niet gewend tegengesproken te worden. Later, toen het kind eindelijk geboren was, hielp Elisabeth de vroedvrouw een handje en kon ze prima met haar overweg.

'Stevig en gezond,' zei mevrouw Kober, die de vuurrode, krijsende baby bij de voetjes vasthield en het kleine lichaampje naar beneden liet hangen. 'Voorzichtig wassen, zodat er niets in het mondje en neusje komt. Nog meer doeken. Kranten. De nageboorte...'

Wat voerde die vrouw al die onvoorstelbare handelingen deskundig uit. Ze had Kitty's rok tot over haar buik omhooggeschoven, haar ondergoed uitgetrokken en vakkundig haar buik betast. Ze had in Kitty's schoot gegrepen en het hoofdje van het kind gevoeld, had het kleine wezentje met haar bedreven vingers geholpen zich uit zijn donkere gevangenis te bevrijden. Ze deed dat heel rustig en als vanzelfsprekend, terwijl Elisabeth er gefascineerd en verbijsterd tegelijk naast stond en al haar aanwijzingen zonder aarzeling opvolgde.

Ze baadde de zuigeling in de schaal die voor dit doel klaarstond en voelde het nieuwe leven in haar handen. Ze voelde het kindje trappelen en vechten om dit bestaan helemaal alleen, zonder de warme bescherming van het moederlijf te volbrengen. Marie was al naar huis gegaan, haar eigen kinderen hadden haar nodig, maar Alicia was gekomen om haar dochter bij te staan.

'Een meisje,' zei Alicia liefdevol. 'Je hebt een dochter, Kitty!'

Kitty lag blozend en opgewekt op de récamier, blij dat ze het voor elkaar gekregen had.

'Wat? Een meisje?' riep ze. 'Stop het er weer in. Ik wilde een jongetje!'

*Augsburg, 10 april 1916*

*Lieve Paul,*

*Ik begrijp je niet en ik ben boos op je. Was het dan allemaal huichelarij? Je liefdevolle brieven? Je verlangen naar mij en onze kinderen? Je zorgen om de fabriek? Nou, ik moet inderdaad aannemen dat er dingen zijn die belangrijker voor je zijn. Belachelijke dingen zoals trots en soldateske kameraadschap. Je schrijft over je plicht ten aanzien van het vaderland? Die kun je ook hier in Augsburg vervullen als directeur van een fabriek die papieren stoffen produceert om onze soldaten met kleding en andere noodzakelijke dingen uit te rusten.*

*Wat verlang ik nu? Alleen dat je naar je leidinggevende gaat om een verzoekschrift in te dienen. De rest zullen we van hieruit regelen, maar het is belangrijk dat onze wens van diverse kanten gesteund wordt, zodat het kan lukken.*
*Goed, voorlopig ligt papa nog dwars, maar die zal inbinden, dat weet ik. Je vader is te intelligent om niet in te zien dat we gelijk hebben. De omschakeling op de productie van papieren stoffen zal de fabriek redden en bovendien zal het jou, mijn eigenwijze Paul, naar ons in de villa brengen. Denk niet dat ik mijn pogingen zal staken, ik wil je terug, mijn schat, en ik zal alles op alles zetten om te zorgen dat het lukt. Dus doe me dat genoegen en verzet je niet langer.*
*Zo! Ik ben zo boos dat ik het even van me af moest schrijven. Nu ben ik weer de vrolijke, schalkse Marie, je innige geliefde en slimme echtgenote. De moeder van jouw twee betoverende brulaapjes, die sinds een paar dagen door een zoogster gevoed worden. Ze heet Rosa Knickbein, een resolute en volgens mij absoluut betrouwbare vrouw, die ik samen met mama uit een reeks kandidaten heb uitgekozen.*
*Schrijf me gauw, mijn liefste, en vergeef me mijn boosheid, die puur voortkomt uit mijn innige liefde voor jou. Ik vraag je welgemeend nog eens over je afwijzing na te denken. Meer vraag ik niet van je, want de beslissing is alleen aan jou.*

*In liefde,*
*Marie*

*Noord-Frankrijk, 15 april 1916*

*Mijn allerliefste Marie,*

*Jouw laatste brief heeft mij diep geraakt en ik heb slechts één wens: dat je me vergeeft. In deze zware tijden mag er geen wrok zijn tussen ons. Ook al lopen onze ideeën en verwachtingen uiteen, ik hoop toch vurig op jouw liefdevolle begrip.*

*Een niet gering deel van alle misverstanden komt voort uit het feit dat ik in de afgelopen weken nauwelijks tijd had een uitgebreide brief te schrijven om mijn beslissing aan je toe te lichten. We hebben dagenlang in geschutstelling gelegen, maar geen enkele keer geschoten. Gisteren rukte heel plotseling de vijand – Engelsen en Fransen – in een ongelofelijk aantal voor onze positie op. Zware artillerie, machinegeweren en een hoop infanterie tegen een kleine cavaleriedivisie! Het was gruwelijk, maar het bevel luidde kort en duidelijk: 'De positie moet verdedigd worden.' Tot het uiteindelijk toch niet meer mogelijk was, als we niet als hazen afgeschoten wilden worden. Terugtrekking onder infanterievuur door een dorp, vanuit de huizen werd op ons geschoten. Schrapnels en machinegeweren dreunden in onze oren, toen het bevel: 'Halt! Rechtsomkeert! Weer terug!' We keerden om en renden door de kogelregen naar een grasveld en van daaruit naar veilige dekking. Vijf van mijn kameraden en zeven paarden hebben de overval met hun leven betaald, onze vier kanonnen zijn gered.*
*Hoe moet ik je uitleggen wat ik bij zulke belevenissen voel? Ze zijn bij mijn dagelijkse leven gaan horen, want als ik de gruwelijkheden dagelijks opnieuw zou merken, zou ik mijn verstand verliezen. 's Avonds zit je met een kameraad bij elkaar, praat je over thuis, bekijk je zijn foto's. 's Ochtends ligt hij dood in het gras, zijn schedel door geweerkogels uiteengereten. Nooit eerder heb ik zo'n hechte gemeenschap ervaren, zo'n nauwe vriendschap onder mannen als hier, waar we allemaal elke dag en elk uur met de dood geconfronteerd worden. We delen ons onderkomen en de levensmiddelen, we delen de tabak en de wijn, en we delen ook de doodsangst en de krankzinnige hoop dat we ongeschonden uit deze hel komen. En dan zou ik er laf vandoor moeten gaan, terug naar huis waar het veilig is? En de kameraden daar in de ellende alleen laten? Dat kan ik niet!*
*Ik wil niet onbillijk zijn, mijn liefste. Doe wat je denkt dat nodig is, als het lot het wil zul je succes hebben en zal ik naar jullie terugkeren. Ik persoonlijk zal er echter niet aan bijdragen.*
*Dit staat los van mijn verlangen naar jou en los van mijn oprechte en*

*innige liefde. Nee, ik ben geen huichelaar, mijn lieveling, je zou me beter moeten kennen. Schrijf me gauw dat je me kunt vergeven en dat je je liefde voor mij bewaart, ook al is jouw Paul af en toe koppig.*

*Ik kus je en omarm je,*
*Paul*

# 6

ALICIA MELZER SCHONK KOFFIE in en schoof het roomkannetje naar Marie toe. Het rook als in vredestijd, sterk en kruidig. Via directeur Wiesler hadden ze aan een zak rauwe koffiebonen kunnen komen, die de kokkin in afzonderlijke porties in een pan boven open vuur roosterde.

'Gaat het beter met Dodo?' vroeg Alicia.

Het kleintje had twee nachten voor onrust gezorgd doordat ze vaak huilde en ook een beetje koorts had.

'Sinds gisteravond is ze rustiger,' zei Marie. 'Ik hoop dat ze eroverheen is. Vanochtend vroeg heeft ze in ieder geval goed gedronken en leek ze tamelijk tevreden.'

Alicia knikte terwijl ze de stapel post doornam die Else zojuist gebracht had. Marie keek niet, ze was bezig een boterham met aardbeienjam te smeren en roerde room door haar koffie. Het was elke ochtend hetzelfde beklemmende ritueel: de hoop, het haastige zoeken, vervolgens de diepe teleurstelling. De steeds schralere pogingen elkaar te troosten. Geduld. Vertrouwen. God zal hem beschermen.

Misschien was dat de reden dat Johann Melzer sinds enige tijd weer vroeg opstond en nog voordat de post kwam naar de fabriek ging.

'Er zit niks bij,' zei Alicia zachtjes, nadat ze de stapel twee keer grondig doorzocht had. 'Dit is nu al de vierde week...'

Marie probeerde de opkomende wanhoop te verbergen en vertelde dat advocaat dr. Grünling uit Rusland teruggekeerd was en op weg naar huis was. Dat wist ze van Rosa, wier zus bij Grünlings ouders als kamermeisje werkte. Rosa Knickbein was de zoogster, een resolute vrouw die haar speciale positie in de villa energiek verdedigde tegenover het overige personeel en af en toe met de kokkin botste.

'Wat fijn,' zuchtte Alicia en ze voegde eraan toe dat ze alleen maar hoopte dat de arme dr. Grünling gezond en wel was. De oudste zoon van de Wieslers was ook uit Rusland teruggekeerd, maar doodziek en hij was na een paar dagen aan tyfus overleden. Die verschrikkelijke ziekte werd door luizen overgedragen, daarom was het belangrijk dat de soldaten zichzelf elke dag op ongedierte controleerden.

Ze zweeg omdat er op de deur werd geklopt. De zoogster verscheen. Ze droeg een wit schort en een kapje op haar blonde haar. Ze had een beetje een te grote neus en borstelige wenkbrauwen, maar een wilskrachtige gezichtsuitdrukking.

'Beide kinderen zijn voldaan en volgens mij hebben ze zin in iets leuks, mevrouw. Ik stel voor dat we vandaag voor het eerst een uitstapje in het park wagen.'

'Is het voor Dodo niet te vroeg?' vroeg Alicia bezorgd. 'De kleine was twee dagen ziek en had koorts.'

De zoogster zei dat frisse lucht nog geen enkel kind geschaad had, het zou veel gevaarlijker zijn om de kleintjes in de muffe kamerlucht bij de kachels te laten, dat kon schadelijk zijn voor hun longetjes.

'Van een "muffe kamerlucht" kan bij ons geen sprake zijn,' wees Alicia haar met een gefronst voorhoofd terecht. 'Maar ik ben immers maar de grootmoeder, Marie moet erover beslissen.'

Marie was blij met het voorstel van de zoogster, die voor de komende maanden een vrolijke afwisseling beloofde. Het was mei geworden, het park was weer groen, naar het leek zelfs groener dan vroeger, maar dat kon komen doordat de tuinman er niet was om de struiken en bomen terug te snoeien. Gustav Blieferts grootvader was her en der met een bijl en snoeischaar in de weer geweest, maar werd de weelderig groeiende takken niet meer de baas. Hij had alleen de viooltjes al keurig op een rijtje geplant en een paar vlijtige liesjes ertussen gezet. En in het bloemperk voor de ingang stonden gele narcissen en rode tulpen.

'Over een half uur, Rosa. Ik zal de wagen met Dodo duwen en u mag met onze stamhouder door het park wandelen.'

Rosa knikte tevreden en spoedde zich weg om haar beschermelingen klaar te maken voor hun eerste uitstapje. Marie hoorde haar Auguste roepen, die de opdracht kreeg de twee kinderwagens naar de hal te brengen en de kussens op te schudden. Augustes antwoord klonk mopperig, ook zij kon niet altijd overweg met het resolute karakter van de zoogster.

'Misschien ligt er morgen wel een hele bundel brieven op de ontbijttafel,' zei Marie om haar schoonmoeder een beetje op te beuren. 'Je weet dat de veldpost soms ergens blijft hangen en alles dan in één keer afgeleverd wordt...'

Ze vermeden het allebei om de andere mogelijkheid te noemen. Het overlijdensbericht. Overgebracht door een goede vriend of kort en kernachtig per post. Hoeveel van dat soort brieven waren er niet al verstuurd...

Alicia leek Maries goede bedoeling te begrijpen, ze knikte en slaakte een zucht. 'Ja, je moet erin blijven geloven. Zo God wil. Maar heb je gehoord dat de arme Humbert als vermist is opgegeven? Else vertelde het me vanochtend vroeg, ze weet het van mevrouw Brunnenmayer. Haar ogen waren rood van het huilen.'

'O jee,' zei Marie. 'Terwijl we altijd dachten dat juist Humbert zich op de een of andere slinkse wijze wel zou weten te redden. Maar vermist wil nog niet zeggen dat hij...'

'Natuurlijk niet.'

'Wil je niet meegaan, als we met de kleintjes gaan wandelen, mama? Het is zo lenteachtig in het park, ik geloof dat Bliefert zelfs hyacinten heeft geplant, blauwe en roze.'

Alicia glimlachte en leek heel even geneigd de uitnodiging aan te nemen, maar bedacht toen dat ze beloofd had bij Kitty op bezoek te gaan.

'Ze is nog steeds wat apathisch. Ik had het moeten zien aankomen, Marie. Kitty heeft de neiging melancholiek te zijn, ze is daar in het verleden bij dokter Schleicher voor in behandeling geweest.'

Kitty was na de voorspoedige geboorte van haar dochter inderdaad eerst zeer opgewonden en vrolijk geweest. Elisabeth had verteld dat ze die avond nog urenlang bij haar gezeten had. Kitty had grapjes gemaakt en allerlei onzinnige dingen gezegd. Later had Elisabeth haar 'over vroeger' moeten vertellen, over de tijd dat Kitty nog heel klein was, en ze had een hoop vragen gesteld, die Elisabeth slechts gedeeltelijk had kunnen beantwoorden. Wanneer ze had leren lopen. Wat haar lievelingseten was geweest. Of ze graag in bad ging.

De volgende ochtend had juffrouw Schmalzler zowel naar de villa als naar Elisabeth gebeld en hulp gevraagd omdat de jonge mevrouw Bräuer snikkend in haar bed lag en verklaarde dat ze ter plekke wilde sterven. Ze hadden de dokter erbij gehaald, die Kitty kalmeringstabletten had gegeven. Vervolgens had ze tot laat in de middag geslapen, en toen ze wakker was geworden, verkeerde ze in een zeer sombere stemming. Ze huilde niet meer, maar wilde haar zoon zien. Toen ze hoorde dat ze bevallen was van een dochter, was ze boos geworden en had ze juffrouw Schmalzler verweten dat die haar achterbaks beloog. Intussen was haar toestand van dag tot dag verbeterd, ze gedroeg zich weer normaal en had haar dochtertje al een paar keer in haar armen gehouden. Met Elisabeth, die dagelijks tot aan de avond bleef, had ze besproken dat de kleine Henriette moest heten, en haar schoonouders en -zus waren ook al op kraamvisite geweest.

Directeur Bräuer scheen helemaal verliefd te zijn op zijn kleindochtertje en Tilly was tot tranen bewogen omdat Kitty haar gevraagd had of ze de peettante van de kleine Henriette wilde worden. Ze hadden het meisje thuis door weleerwaarde Leutwien laten dopen, net zoals Marie met de tweeling had gedaan. De tijd was er niet naar om grote doopfeesten te organiseren, nu de vaders van de kleintjes aan het front waren.

Beneden in de hal klonk protesterend gehuil. Marie herkende het stemmetje van haar zoon Leo, dat iets helderder, maar ook luider was dan dat van zijn zus. Hij haalde – en dat was kennelijk het verschil – tussen de schreeuwaanvallen door langer adem. Ze legde haar servet neer en dronk haar restje koffie op.

'Doe Kitty maar de hartelijke groeten van mij, mama,' zei ze, en terwijl ze van haar stoel opstond, legde ze heel even haar hand op Alicia's schouder. Het was zowel een gebaar van tederheid als van optimisme, dat door Alicia met een glimlach beantwoord werd.

'Het is zo'n geluk dat we de baby's hebben,' zei ze zachtjes. 'Zolang er kinderen geboren worden en opgroeien, is de wereld nog niet helemaal uit het lood geslagen. Nietwaar?'

'Ja, mama.'

Marie had Alicia graag omhelsd, ze voelde dat Alicia die troost goed kon gebruiken. Maar ze durfde het niet. De spontane hartelijkheid waarmee Kitty en Elisabeth hun ouders omhelsden, was Marie vreemd. In het weeshuis waarin zij was opgegroeid, had ze geleerd om voorzichtig te zijn met het uiten van gevoelens, niemand in vertrouwen te nemen en alles in haar eentje op te lossen. Hoewel ze wist dat de Melzers haar zeer toegenegen waren, had ze die aangeleerde terughoudendheid nog steeds niet overwonnen.

'We zien elkaar bij het middageten,' riep ze vrolijk naar Alicia, waarna ze de trap afdaalde naar de grote entreehal van de villa, waar Auguste en Rosa al op haar stonden te wachten. De baby's in de twee kinderwagens, die grote wielen hadden, waren warm ingepakt in zachte donzen kussens. Ze hadden gebreide mutsjes op en de zoogster had ze ook nog de piepkleine wantjes aangetrokken die Kitty voor ze gehaakt had.

'Mijn hemel,' riep Marie lachend. 'Het lijkt wel of we naar Siberië gaan emigreren.'

'Ik dacht, laten we die schattige wantjes ten minste één keer gebruiken voordat ze te klein geworden zijn,' zei Rosa. Ze schommelde de kinderwagen waarin de kleine Dodo zachtjes lag te brabbelen heen en weer. Leo had zichzelf moe gehuild en had moeite zijn oogjes open te houden. Hij probeerde zijn vuistje in zijn mond te stoppen, maar de smaak van het gehaakte wantje scheen niet erg lekker te zijn. Hij spuwde en sabbelde, tot zijn ogen uiteindelijk toch dichtvielen.

'Morgen neem je Maxl en Liesel mee,' zei Marie tegen Auguste. 'Waar zijn die twee eigenlijk? Ik heb ze al weken niet meer gezien.'

Auguste maakte een knicksje en keek blij. Ze had gevreesd dat haar kinderen niet meer welkom waren in de villa, omdat de jonge mevrouw nu zelf kinderen had.

'Ze waren in de keuken, mevrouw. Zodat ze niet storen. Liesel loopt immers als een kieviet, maar Maxl is lui en wil constant gedragen worden.'

Ze maakte de voordeur van de villa open en het goudkleurige licht van de voorjaarszon viel de ruimte binnen. Buiten waren de felle kleuren van het bloemperk te zien, met daarachter de lichtgroene takken van de platanen, die allang gesnoeid hadden moeten worden.

'Mevrouw Melzer!' riep iemand. 'Mevrouw…'

Else liep buitengewoon snel door de hal, het was overduidelijk dat er iets ergs gebeurd was. Marie voelde ineens een ijzige kou door haar hele lichaam trekken. Nee, dacht ze. Lieve Heer! Laat het niet waar zijn… Niet Paul…

'Wat is er gebeurd, Else?'

Het meisje bleef voor Marie staan, ze vroeg zich ineens onzeker af of het nieuws wel zo belangrijk was dat ze de jonge mevrouw Melzer moest storen, die net met haar kinderen wilde gaan wandelen.

'Iets heel ergs, mevrouw. Er is een vrouw gekomen die zei dat Hanna's moeder dood is…'

Het was niet eerlijk om opgelucht te zijn, maar het was zo. Marie kende Hanna's aan alcohol verslaafde moeder. Ze had vroeger in de fabriek gewerkt, maar was ontslagen. De arme Hanna had telkens al haar moeizaam verdiende centen aan haar moeder moeten geven. Maar het meisje was ondanks alles aan haar moeder gehecht.

'O god,' zei Marie. 'Hoe is het gebeurd?'

'Niemand weet het, mevrouw. Het schijnt dat ze aan de alcohol is overleden...'

Ze wilde er kennelijk nog iets aan toevoegen, maar zweeg, waarschijnlijk omdat ze bedacht dat je geen kwaad mocht spreken over een dode.

'Hanna zit nu in de keuken te huilen. Omdat die vrouw zei dat Hanna zich om de dode moest bekommeren, die kon immers niet zo blijven liggen.'

Marie gebaarde Auguste te komen. Ze had besloten dat dit eerste uitstapje van haar kinderen zonder hun mama moest plaatsvinden. Hanna was nu belangrijker. Marie had zich sinds het ongeluk in de fabriek om het meisje bekommerd, had geregeld dat ze in de villa mocht werken en het ondanks alle klachten over Hanna's ongeschiktheid altijd voor haar opgenomen. Ze zou haar ook in deze moeilijke situatie helpen.

'Je kunt de kap van de wagen beter omhoogdoen,' zei ze tegen Auguste. 'Ik geloof dat de wind vrij fris is.'

Vervolgens liep ze naar de keuken. De keuken en de werkruimtes waren eigenlijk taboe voor de familie, het was het domein van het personeel. Maar Marie was hier ooit zelf in dienst geweest. De ruimtes waren haar welbekend en ze aarzelde niet er binnen te lopen.

'Hanna! Arme meid. Wat een afschuwelijk nieuws!'

Hanna zat op de kruk naast het fornuis, de kokkin was haar aan het troosten. Nu ze de stem van de jonge mevrouw Melzer hoorde, tilde ze haar hoofd op en glimlachte ze door de tranen heen.

'Marie!' zei ze, waarna ze geschrokken haar hand voor haar mond hield. 'Pardon... mevrouw, wilde ik zeggen. Het spijt me, ik ben helemaal in de war.' Marie knikte naar mevrouw Brunnenmayer en liep naar Hanna toe om haar in haar armen te sluiten. Wat raar dat ze er geen moeite mee had om dit arme meisje te omhelzen, terwijl ze tegenover Alicia zo terughoudend was.

'Ze... ze... ze zei,' snikte Hanna, en ze snoof hoorbaar, 'dat ik haar... ik moet haar laten ophalen...'

Marie aaide over haar rug en was blij dat mevrouw Brunnenmayer met een zakdoek aan kwam zetten, want ze had er zelf geen bij zich.

'Snuit eerst maar eens je neus, Hanna... Zo... En vertel me nu eens waar je moeder eigenlijk woont.'

'In het Proviantbachkwartier...'

'Goed. Dan gaan we daar nu samen naartoe. Pak je jas en trek stevige schoenen aan.'

De kokkin merkte nors op dat zij anders ook wel met Hanna mee was gegaan, maar dat zij het middagmaal moest bereiden. En als mevrouw nu met Hanna naar het Proviantbachkwartier ging, moest Else in de keuken helpen. Ze had uien en winterpeen kunnen krijgen en Hanna had de aardappels nog niet geschild.

'Zeg tegen Else dat ik haar vraag hier te komen. Het is weliswaar niet haar taak, maar dit zijn bijzondere omstandigheden...'

Het Proviantbachkwartier lag niet ver van de textielfabriek van Melzer. In de kleine nederzetting waren huurhuizen voor de arbeiders van de textielfabrieken gebouwd, sobere blokken met kleine ramen. De woningen waren klein en bestonden meestal uit slechts twee kamers, maar hadden alle voorzieningen: toilet, kachels, badkuip, keuken. Johann Melzer had aan de al bestaande wijk een paar huizenblokken toegevoegd, waarin hij zijn arbeiders behoorlijke en betaalbare woningen bood. Voor de oorlog waren er zelfs winkels gekomen, de bewoners konden boodschappen doen bij bakkers, melkboeren en slagers, bovendien financierden de fabrieken kleuterscholen en badhuizen. De woningen waren echter verbonden aan de fabrieken en werden alleen aan arbeiders verhuurd, daarom verbaasde het Marie dat Hanna's moeder er nog steeds woonde. Ze was toch ontslagen? Maar dit lot had intussen bijna alle arbeiders van de textielfabriek getroffen, waardoor waarschijnlijk niemand zich meer afvroeg wie nog het recht had in de wijk te wonen.

Terwijl ze door het park van de villa liepen, kon Marie tussen de bomen door Auguste en Rosa zien. Ze wandelden op een van de zandpaden, schoven de kinderwagens voor zich uit en kletsten. Zij kunnen het in ieder geval wel met elkaar vinden, dacht Marie.

Hanna vertelde ondertussen over de vrouw die in alle vroegte in de keuken van de villa was gekomen. Een buurvrouw van haar moeder, Hanna kende haar goed omdat ze altijd bij haar moeder was langsgekomen zodra er weer een nieuwe voorraad sterkedrank of bier was. Dan hadden ze samen gedronken en lol gehad.

'Ze zei zulke afschuwelijke dingen, die mevrouw Schuster. Wat zullen Else en mevrouw Brunnenmayer nu niet van mij denken! Ik zou me niet meer om mijn moeder bekommerd hebben en haar eenzaam en alleen hebben laten creperen. Terwijl ik haar eergisteren nog vijf mark heb gegeven. Dat was alles wat ik had en ze had me beloofd daar wat eten van te kopen en niet alleen bier.'

Marie probeerde het meisje te kalmeren. Wat er ook gebeurd was, Hanna kon er niets aan doen. Het was verdrietig, maar haar moeder was ziek geweest, daarom had ze de hele tijd moeten drinken. Niemand had haar kunnen helpen…

'Ik had het geld niet aan haar moeten geven,' zei Hanna, die helemaal van slag was. 'Met dat stomme geld heeft ze vast en zeker een hele fles drank gekocht. Het bier verdroeg ze altijd wel, maar de sterkedrank, dat was haar vijand. Dat zei ze zelf. Ach, had ik haar nou maar gewoon een mark gegeven, of vijftig pfennig, dan leefde ze nu misschien nog.'

Marie kende de armenwijk van Augsburg, waar honger, criminaliteit en prostitutie tot het leven van alledag behoorde. Maar in de arbeiderswijken die net buiten de stad lagen was het anders. Als je daar een woning kon krijgen, had je geluk, want daar heerste orde en was je zeker van een bescheiden bestaan. Hoe was het dan mogelijk geweest dat Hanna's moeder ten prooi was gevallen aan de alcohol?

Voor zover bekend waren er strenge controles – mannen die hun vrouw sloegen, zuipers en socialisten werden in de arbeiderswijken niet geduld.

Maar terwijl ze tussen de grijze, een aantal verdiepingen tellende huizenblokken door liepen, begreep Marie dat ook hier veel veranderd was. Vrouwen van allerlei leeftijden, die rond deze tijd in de fabriek aan het werk geweest zouden zijn, stonden in de steegjes te kletsen of te ruziën. In de kleine tuintjes van de arbeiders ontsproten al kruiden en de eerste groenteplantjes, her en der zag je een vrouw die onkruid wiedde. Hadden ze vroeger niet kippen gehouden? Daar was nu niets meer van te zien. Kinderen in gescheurde, vuile kleren schreeuwden, huilden en speelden in de plassen, tussen hen in liep een uitgemergelde bruine hond rond die kennelijk door niemand gevoerd werd. In een portiek stonden een paar jongens en meisjes bij elkaar, ze keken schichtig naar de goed geklede jonge vrouw aan wier zijde de dochter van mevrouw Weber liep.

Hoe oud zouden die jongens zijn? Zestien? Op hun zeventiende zouden ze soldaat worden en er waren nog altijd jongens die zich daar enorm op verheugden…

'Hier is het, mevrouw.'

Hanna was voor een van de grijze huurhuizen blijven staan en wipte besluiteloos van de ene voet op de andere.

'Wilt u echt mee naar binnen gaan, mevrouw? Het… het is er heel lelijk. Vroeger, toen mijn broertjes er nog waren, hield mama alles schoon, toen waren er ook nog bedden. Maar nu…'

'Dat deert me niet, Hanna. Laten we gaan.'

In de smalle gang op de begane grond sloeg de scherpe geur van walmende kachels hun al tegemoet. Ze liepen de trap op. Op de eerste verdieping stond een van de huisdeuren half open, door de kier zag Marie een oude man aan een tafel zitten die gulzig zijn soep oplepelde. Toen ze erlangs liepen, begon de oude man te hoesten en kwam er een vrouw aangelopen die de soep en de lepel van hem afnam.

'Daar ben je!' riep de vrouw naar Hanna. 'Ze ligt zeker al sinds gisteren daarboven en niemand wist ervan. Zorg dat ze hier eindelijk weggehaald wordt, dit is geen doen!'

'Maakt u zich geen zorgen, wij regelen alles,' zei Marie.

Ze liepen nog een trap op, die smaller was dan de eerste en eruitzag alsof er al heel lang niet meer gepoetst was. Hanna's moeder woonde in een van de vier kleine tweekamerwoningen die op de bovenste verdieping van het huis onder het dak lagen.

'Hanna, kind!'

Toen ze de krijsende vrouwenstem hoorden, bleven Marie en Hanna geschrokken op de trap staan.

'Kom boven, kleintje. Wees niet bang, het is leuk hierboven. Er zitten tienduizend rode duiveltjes tussen de planken naar ons te grijnzen.'

'Dat is mevrouw Schuster,' fluisterde Hanna benauwd. 'Ze heeft weer gedronken.'

Marie vermoedde dat de buurvrouw zich tegoed had gedaan aan de voorraden van Hanna's moeder. Wat was dit allemaal verschrikkelijk. De een was aan de alcohol overleden en de ander had niks beters te doen dan zich te bezatten. Ze pakte Hanna's hand en beklom dapper de laatste treden. In de schemerige gang was mevrouw Schuster slechts onduidelijk te herkennen, je zag haar piekerige, losse haar, de hand die de fles vasthield, de half van haar schouders afgegleden doek. Erger was de stank van muffige kleding en goedkope jenever.

'Heb je een voorname dame meegebracht?' vroeg mevrouw Schuster met een hese stem. Ze wankelde en Marie vreesde dat ze voor haar voeten zou neervallen. 'Een voorname... dame uit de... villa. Neem een slokje, Hanna, kind. Is van je moeder. Die... heeft 't niet meer nodig... Die heeft alles opgedronken... Alles gedronken... Nu is ze voldaan.'

Heel even kwam de gedachte in Marie op dat het een idiote vergissing was. Misschien sliep Hanna's moeder gewoon haar roes uit en had die gekke mevrouw Schuster in haar beschonken toestand gedacht dat ze dood was.

De vrouw strompelde een paar passen en stootte met haar voet tegen een deur, die krakend openging. Ze moest zich aan de houten deurpost vasthouden om niet om te vallen.

'Daar ligt ze,' zei ze giechelend. 'Ze ligt er sinds gisteravond en wil niet meer wakker worden. Te veel borrels...'

Ze zette de fles aan haar mond en nam een flinke slok, waarna haar benen het begaven en ze langzaam op de planken vloer gleed. Daar bleef ze in een verdraaide houding zitten, de fles nog steeds stevig in haar hand, de ogen star naar de schemering gericht alsof ze daar iets heel vreemds zag.

Marie en Hanna moesten over haar heen stappen om in de woning van Hanna's moeder te kunnen komen. Daar was niet veel te zien. Op de koude grond lagen een paar lappen, en naast de kleine potkachel lagen de resten van een stoel die iemand in stukken gehakt en waarschijnlijk verstookt had.

Hanna's moeder lag in het piepkleine kamertje ernaast, dat eerder een hok was dan een kamer. Er viel maar weinig licht door de raampjes. Er was geen bed, waarschijnlijk had dat hetzelfde lot ondergaan als de andere meubels. Het levenloze lichaam lag op een oude gewatteerde deken, op de zij, met de armen rond de buik. Het gele, wasachtige gezicht en de spitse neus lieten er geen twijfel over bestaan dat Grete Weber die nacht overleden was.

Marie legde haar arm om Hanna's schouder en wilde haar tegen zich aan trekken, maar het meisje leek wel versteend. Ze had haar ogen op de overledene gericht, alsof ze niet kon geloven wat ze zag.

'Je moeder is al ver weg, Hanna,' zei Marie zachtjes. 'Wat je ziet, is alleen het hulsel dat ze afgeworpen heeft. Maar haar ziel is rein en goed, met haar ziel heeft ze altijd van jou en je broertjes gehouden. En die onsterfelijke ziel van je moeder is nu op weg naar de hemel van God.'

Hanna verroerde zich nog steeds niet. Marie vroeg zich wanhopig af wat ze nog meer kon zeggen om de aanblik van de dode verdraaglijk te maken. Maar dat was niet nodig.

'We… we moeten haar goed leggen,' fluisterde Hanna. 'Ze moet op haar rug liggen en haar handen moeten gevouwen zijn, toch?'

'Ja, dat zouden we moeten doen, Hanna.'

Marie moest zichzelf overwinnen om naar de dode te lopen en haar aan te raken. Hanna leek er echter geen moeite mee te hebben, ze legde de handen van haar moeder op elkaar, streek het warrige haar naar achteren en drukte haar ogen dicht. Ze deed alles heel zorgvuldig en behoedzaam, wat ze op haar werk zelden deed.

'Ik zal een begrafenisonderneming inschakelen, Hanna,' zei Marie. 'Je moeder zal in een doodskist liggen en een plek op het kerkhof krijgen.'

Hanna knikte, ze had waarschijnlijk geen idee dat dat soort dingen geld kostten en dat ze dat zelf nooit zou kunnen betalen. Maar Marie dacht aan haar eigen moeder, die slechts een armenbegrafenis had gehad, en was vastberaden Hanna dat verdriet te besparen.

Toen ze de woning verlieten, sloten ze de deur af en Marie nam de sleutel mee. Op de gang zat mevrouw Schuster nog steeds op de grond, met haar rug tegen de deurpost geleund en het hoofd op de borst. Ze sliep, haar rechterhand had ze nog steeds rond de lege drankfles geklemd. Beneden in het huis huilde een kind, ze hoorden de boze stem van een oudere vrouw, er stuiterde een hard voorwerp tegen de muur.

De lucht was betrokken, er waaide een kille wind door de steegjes van de wijk, het water in de plassen rimpelde. Het was middag geworden, her en der roken ze de lucht van aardappelsoep die met knolraap verrijkt was. De kinderen waren verdwenen, alleen de bruine hond lag nog voor een ingang aan een stok te knagen. Marie en Hanna maakten haast om de wijk weer snel te verlaten.

Als het hier al zo armoedig is, dacht Marie benauwd, hoe moet het er dan in de armenwijken van de stad uitzien? Goed, de kerk verstrekte maaltijden, en ook de patriottische vrouwenverenigingen deelden levensmiddelen uit. Dominee Leutwien had bij zijn laatste bezoek aan de villa echter gezegd dat de mensen bij bosjes stierven door ziektes en epidemieën. Ze waren zo verzwakt door de honger en kou, dat oude mensen en kinderen al aan een verkoudheid overleden.

Ze liepen langs de textielfabriek en hoorden de bel die de middagpauze aankondigde. Marie ergerde zich eraan, want ze wist dat er slechts in één hal gewerkt werd. Daar was een handjevol arbeidsters bezig om munitiehulzen te reinigen, zodat ze opnieuw gevuld konden worden. Johann Melzer had tot nu toe kennelijk geen aanstalten gemaakt in de productie van papiertextiel te stappen. Paul had zijn ontwerpen voor niets getekend, zijn vader was niet bereid zijn principes opzij te zetten. In de textielfabriek van Melzer werden geen surrogaatstoffen gefabriceerd, daar werden alleen katoen en goede wol verwerkt. En anders helemaal niets.

'Is het waar dat de ziel van mijn moeder naar de hemel gaat?' vroeg Hanna.

'Ik ben ervan overtuigd dat dat zo is,' zei Marie driest.

'En kan ze me van boven zien?'

Marie voelde zich wat onbehaaglijk, want het meisje keek haar met grote ogen vol vertrouwen aan. Wat moest ze zeggen? Hanna was vijftien en geen kind meer.

'Niemand weet het precies, Hanna. Maar als je er vast in gelooft, zal het zo zijn.'

Hanna knikte en keek nadenkend naar boven, waar de wind witte en grijze wolken voortdreef.

'Ik weet niet of ik dat altijd wil,' zei ze met een gefronst voorhoofd. 'Maar soms wel… zodat ze me niet helemaal vergeet.'

# 7

ALICIA HAD HET NOG NOOIT in haar leven gewaagd om haar echtgenoot mede te delen dat ze iets had besloten en dat haar besluit vaststond. Maar vandaag, op deze prachtige dag in mei, nu het park en de paden in een heldergroen licht gedompeld waren, deed ze het. De maat was vol – en dat straalde ze uit. Ze was een Von Maydorn, een nakomelinge van een adellijk geslacht, waarvan de zonen als officieren het keizerrijk roemrijk gediend hadden.

'Ik wil het zo, Johann.'

Melzer had de krant boos op de grond gesmeten toen ze bij aanvang van het ontbijt alweer over dat belachelijke idee was begonnen. Nee, nee en nogmaals nee. Hij wilde geen lazaret in zijn huis. Dat moesten de dames van de villa – zijn vrouw en zijn dochter Elisabeth – verdorie accepteren. Hij was boos van zijn stoel opgesprongen en wilde de eetkamer verlaten, maar Alicia hield hem tegen. Niet te geloven. Ze versperde hem gewoon de weg naar de deur! Als hij erlangs wilde, moest hij haar opzijduwen.

'Wat moet dat, Alicia? Wil je in het bijzijn van je personeel een schandelijke scène maken? Is dat het waard?'

Hij stond voor haar, half woedend, half onzeker, maar waagde het niet haar te passeren of aan te raken.

'Of hier een scène wordt gemaakt of niet, is helemaal aan jou, Johann. Ik ben volkomen rustig,' zei ze met hoog opgeheven kin, terwijl de lichte trilling in haar stem haar logenstrafte. 'De kwestie is besloten, we gaan een lazaret in de villa inrichten. Ik heb de verantwoordelijke instanties al geïnformeerd.'

Zijn ogen schoten heen en weer, waarna hij zijn blik weer op haar richtte. Hij voelde dat zijn gezicht rood werd. Hij mocht zich niet opwinden, had de dokter gezegd.

'Dit is mijn huis,' zei hij met doffe stem, waarbij hij zijn lippen nauwelijks bewoog. 'Ik ben nog altijd degene die bepaalt wat hier gebeurt!'

'Je vergist je, Johann. Dit is ook mijn huis, want ik ben jouw echtgenote. En wat ik wil doen, is een gebod van naastenliefde en menselijkheid. Ik begrijp niet hoe iemand zich aan deze plicht kan onttrekken.'

Nu kwam hij in beweging. Hij tilde zijn armen op, legde beide handen op zijn achterhoofd en slaakte een diepe zucht.

'Hebben de vrome vrouwen zich dus tegen mij verenigd? Jij en je dochter Elisabeth – jullie zijn twee handen op één buik. En wie zit er in werkelijkheid achter? Nou? Heb je het nog steeds niet door? Onze fameuze schoonzoon Klaus von Hagemann is met dit absurde idee gekomen. Omdat hij daarmee een wit voetje wil halen bij zijn leidinggevende, de ambitieuze armoedzaaier.'

Alicia knipperde met haar ogen, die gedachte was blijkbaar nieuw voor haar. Ze was echter niet bereid om erop in te gaan. Ze leek vastberaden te zijn de kwestie erdoor te krijgen, wat voor argumenten Johann er ook tegen in zou brengen.

'Ik sta hier niet om er met jou over te discussiëren,' zei ze, en ze liet haar stem dalen. 'Ik heb je mijn besluit medegedeeld. En dit keer verwacht ik dat je het accepteert!'

Hij hield zijn handen nog steeds bij zijn achterhoofd, het leek alsof hij in die belachelijke houding versteend was. Wat haalde ze in haar hoofd? Waarom was ze zo koppig? Het grensde aan rebellie. Aan het socialistische gedachtegoed. Vrouwen die de straat op renden en stemrecht eisten. Echtgenotes die hun man tegenstand boden, die weigerden het gezinshoofd te gehoorzamen…

'Als je zoon je nu kon zien,' snauwde hij tegen haar. 'Hij zou zich voor zijn moeder schamen!'

Het was gemeen om dat te zeggen, daar was hij zich van bewust. Alicia liet een kort lachje horen dat schel en gemaakt klonk.

'Paul?' riep ze en ze lachte weer. 'Hij zou de eerste zijn die me zou begrijpen. Maar hij is aan het front en we hebben al zes weken niets van hem gehoord.'

'Wil je mij dat soms verwijten, Alicia?'

Ze wisten het allebei, hoewel ze er nooit een woord over gesproken hadden. Hij had Paul naar Augsburg terug kunnen laten halen. Voor de productie van materiaal dat voor de oorlog van belang was, werden vaklieden van de militaire dienst vrijgesteld. Ze hadden het kunnen proberen. Dat hij dat tot nu toe niet gedaan had, was niet alleen voor Marie, maar ook voor Alicia moeilijk te verdragen.

'Dat moet je voor jezelf bepalen, Johann! Voor jezelf en je geweten!'

Haar harde toon was kwetsend, nee, erger nog, sneed als een mes door zijn ziel. Hij liet zijn armen vallen en schudde hulpeloos zijn hoofd. Wat was er in godsnaam gebeurd? Was het niet voldoende dat de wereld om hen heen uit het lood geslagen was? Moest die noodlottige oorlog nu ook nog de villa binnendringen?

'Dan valt er tussen ons niets meer te zeggen. Behalve één ding: ik verbied je van mijn huis een lazaret te maken. Mocht je het toch willen proberen, dan kun je op felle weerstand rekenen.'

Nu deed hij het toch. Hij liep twee stappen op haar af, bereid om haar opzij te duwen als ze nog steeds de weg voor hem wilde versperren. Maar Alicia week voor hem uit, liet hem ongehinderd weglopen. Dat ze, nadat hij de deur achter zich dichtgeslagen had, op een stoel zakte en haar handen voor haar gezicht sloeg, zag hij niet.

'Auguste!'

Waar bleef ze toch? Johann liep de trap af naar de entreehal en had al besloten zelf zijn hoed en wandelstok te halen, toen hij zag dat

Auguste bij de voordeur stond en de deur openhield voor een gast die zojuist gearriveerd was.

Elisabeth! Uitgerekend Elisabeth. Hij had niet veel zin in nog een ruzie, greep haastig zijn wandelstok en knikte bij wijze van begroeting vluchtig naar zijn dochter.

'Papa!' riep ze. 'Wat fijn dat ik jou nog tref.'

Aha, dacht hij. De tweede aanval deze ochtend.

'Ik heb weinig tijd, Lisa. Ga naar mama, ze is niet in een goede stemming.'

Hij drong zich langs haar heen, stond al op de zandstenen treden die naar het voorplein leidden, toen hij haar haastige voetstappen hoorde.

'Papa! Wacht nou even. Loop niet weg.'

Met tegenzin bleef hij staan, hij had toch net gezegd dat hij haast had. Wat wilde ze nou van hem?

Haar bezorgde gezicht stemde hem verdrietig. Arme Lisa, ze had altijd de slechtere kaarten gehad en tot overmaat van ramp was ze ook nog met die adellijke armoedzaaier getrouwd, die alleen uit was geweest op haar bruidsschat. Uiteindelijk was het zijn schuld, hij was haar vader en had het niet mogen toelaten.

'Jullie hebben toch geen ruzie gehad, mama en jij?'

'Daar hoef jij je geen zorgen om te maken, Lisa.'

Tot zijn verbijstering barstte ze in tranen uit. Ze wilde in geen geval dat hij en mama vanwege dat stomme lazaret zo veel verdriet hadden. Het was haar idee geweest, zij had gehoopt iets voor de ongelukkige gewonden te kunnen doen.

'Maar niet tegen elke prijs, papa,' snikte ze. 'Ik maak me veel te veel zorgen om jou, jij mag je niet opwinden. Nee, laten we het vergeten. Ik ga met mama praten. Geen lazaret in de villa.'

Hij was overweldigd. Niet alleen door haar tranen, maar ook door het feit dat ze bereid was van het lazaret af te zien. En toen ze hem ook nog om de nek viel en haar betraande gezicht tegen het jasje van zijn pak duwde, voelde hij zich onbeschrijflijk hulpeloos en ontroerd.

'Nou, nou, Lisa. Maak er nou niet zo'n ophef van... Wat moet Auguste niet van je denken?'

Ze snoof en woelde in haar tasje naar een zakdoek. Wat raar dat er tussen al die spullen die vrouwen altijd met zich meesleepten zelden een schone zakdoek zat. Hij trok er een uit de linkerzak van zijn jasje, waar er altijd een zat, en reikte hem haar aan. Net als vroeger, toen ze nog een klein meisje was.

'Hier... veeg je gezicht af, Lisa. Zo kun je in geen geval naar mama gaan.'

'Jullie gaan toch geen ruziemaken, of wel soms?' vroeg ze terwijl ze haar wangen depte. 'Dat stomme plan is van de baan, papa. Voor eens en altijd.'

Hij ademde diep uit om zich van alle dingen te bevrijden die hij op het hart had. 'Ik kan niet begrijpen waarom ik onchristelijk en een verrader van het vaderland word genoemd. Dat kwetst mij enorm. Ik ben werkelijk geen heilige, maar ook geen monster,' zei hij.

'Ach, papa! Je weet toch dat we allemaal ontzettend veel van je houden.'

Ze had alweer tranen in haar ogen, het leek erop dat ze weer ging huilen. Hij was overwonnen. Ze zouden hem over deze kwestie toch niet met rust laten en voordat hij zichzelf dagelijks aan deze zenuwoorlog blootstelde, gaf hij liever toe.

'Ik moet nu naar de fabriek,' bromde hij. 'Als ik voor het middageten terug ben, wil ik jullie exacte plannen en ideeën horen. Bovendien verwacht ik nauwkeurig te horen wat jij en mama tot nu toe op dit gebied al ondernomen hebben.'

Daarmee liet hij haar staan en zo snel als zijn zieke been het toeliet, liep hij in de richting van de uitgang van het park. Hij liet ze gewoon in onzekerheid, dat hadden ze verdiend.

Toen hij na een half uur lopen door de poort van de fabriek liep en zoals gebruikelijk 'Goedemorgen, Gruber!' tegen de portier geroepen had, had hij in zijn hoofd het lazaret in de villa al exact uitgewerkt. Later, aan zijn bureau, tekende hij hoe de ruimtes verdeeld moesten worden en waar ze scheidingswanden moesten laten maken. Hij belde met de militaire autoriteiten en regelde bedden, matrassen, beddengoed en nachthemden voor de patiënten. Ze zeiden tegen hem dat er nauwelijks nog verbandmateriaal van katoen was, dat ze intussen papieren stoffen gebruikten.

'Dat is mij bekend,' bromde hij in de hoorn en hij hing op.

Elisabeth was tot het middageten gebleven, tot Johanns grote opluchting, want Marie leek niet erg spraakzaam en Alicia's gezichtsuitdrukking was onveranderd. Ze zei dat ze migraine had, at slechts een lepeltje rijstsoep en trok zich na het toetje, dat uit pruimencompote bestond, in haar kamer terug. Ze had in ieder geval wel een map op het bureau van zijn werkkamer gelegd, waarin behalve allerlei notities over het geplande lazaret ook een aanvraagformulier zat: een 'Vragenlijst van het landscomité voor vrijwillige ziekenverzorging in oorlogstijd'. Er moesten vijftien vragen beantwoord worden, over de bereikbaarheid van het geplande lazaret, het gebouw, de huisvesting, de artsen, het verplegend personeel en de vertrekken.

'Straks willen ze onze villa helemaal niet,' peinsde hij hardop.

Maar Elisabeth had al gepolst. De plaatselijke militaire instantie zou zeer blij zijn met een extra lazaret, ook al was het een kleine en viel het onder de verantwoordelijkheid van de liefdadigheidsvereniging. Het park van de villa bood de patiënten die herstellende waren de mogelijkheid in een rustige omgeving en in de frisse lucht wandelingetjes te maken. Daarom hadden ze ook voorgesteld om hier de gevallen onder te brengen die al aan het genezen waren.

Melzer knikte tevreden. Dat klonk nog wel acceptabel. Hij had liever mensen die al aan de beterende hand waren dan mensen die net gewond waren geraakt of een uitzichtloos geval waren. Het was belachelijk, maar hij kon niet tegen bloed en wilde ook niet het gegil van stervende mensen moeten aanhoren.

Twee dagen later verscheen de oude meubelmaker Gottfried Waser met zijn beide hulpknechten bij de villa om de maat op te nemen voor de scheidingswanden in de hal. Rond de voordeur ontstond een voorvertrek met een aantal deuren, zodat je niet meteen de ziekenzaal in liep als je vanaf het voorplein binnenkwam. De ziekenzaal bestond uit vrijwel de hele achterliggende ruimte, waar licht binnenviel door de brede terrasdeur met de vele glazen ruitjes. In de zomer zouden ze de deur opendoen en een paar bedden het terras op schuiven. De waskeuken werd als behandelkamer ingericht, drie andere werkruimtes werden omgebouwd tot privékamers voor officieren. Aangezien de familie niet meer zoals normaal vanuit de hal naar de eerste verdieping kon, waren ze genoodzaakt vanuit het park via de trap naar de wintertuin de villa binnen te gaan.

Alicia had haar koppige houding na een paar dagen laten varen. Ze leek een andere persoon, bekommerde zich om de inrichting van de drie officierskamers, onderhandelde met de kokkin, die niet erg blij was met de toegenomen hoeveelheid werk, en koos uit de schare jongedames die zich als vrijwillige ziekenverzorgsters aanboden diegenen uit die haar voor deze taak geschikt leken. Elisabeth kreeg de leiding over het verplegend personeel en ze had al overleg gehad met dokter Greiner, die voorlopig zelf de zieken zou behandelen. Later zou hij geassisteerd worden door een jonge legerarts.

Op de begane grond van de villa werd dagenlang getimmerd en gezaagd, gevloekt en gejammerd, met vochtige lappen gedweild, geschrobd, gepoetst. Auguste, Hanna en Else versjouwden nachtkastjes, stoelen en ladekasten naar de officierskamers, legden tapijten neer, hingen gordijnen op. Er werden bedden afgeleverd en in elkaar gezet, twintig daarvan stamden uit de inventaris van de militaire instantie, de overige dertig had Melzer gekocht. Er kwamen donaties binnen, de dames van de liefdadigheidsvereniging brachten beddengoed en nachthemden, handdoeken, emaillen schalen en nachtpotten. De duurste aangelegenheid was de inrichting van een wasruimte met een aantal wasbakken en een apart toilet.

'Mijn god, wat hebben jullie met onze mooie hal gedaan!' riep Kitty uit toen Elisabeth haar trots rondleidde toen het af was. 'Het ziet er afschuwelijk uit. Het lijkt wel een weeshuis. En die bedden met spijlen. Worden die arme jongens hier ook vastgebonden?'

'Wat klets je nou, Kitty!'

Hoewel Elisabeth haar zus goed genoeg kende, was ze na alle moeite die ze gedaan had toch beledigd over zo veel onterechte kritiek.

'Nou ja, ik vraag het maar, hoor,' zei Kitty terwijl ze haar schouders ophaalde. Ze ging met haar hand over het witgelakte metaal van de bedden. 'Dat hoor je toch weleens, dat sommigen hun verstand verliezen. Ze lopen rond, trekken hun kleren van hun lijf en wiebelen met hun oren.'

'Ik had gehoopt dat je misschien iets nuttigs aan ons project zou bijdragen,' zei Elisabeth ontstemd. 'Een gelddonatie bijvoorbeeld. Of moet je in zulke gevallen eerst aan je schoonouders vragen of dat mag?'

'O nee,' zei Kitty lachend. 'In mijn geldkistje, dat je immers behoorlijk goed kent, zitten altijd weer bepaalde bedragen waarover ik vrij kan beschikken. Wat vindt Marie eigenlijk van deze chaos? Het moet vreselijk onhandig zijn om de kleintjes over de smalle trap van de wintertuin te dragen als ze naar buiten gaan voor een wandelingetje. Ach, Lisa! Wist je dat mijn kleine Henni vandaag weer gelachen heeft? Ze lacht zo schattig, haar opa is helemaal weg van haar. Jou kent ze vast niet meer, jij bent immers alleen nog met dat stomme lazaret van je bezig.'

'Dank je wel, Kitty. Je hebt de gave mijn humeur grondig te verpesten.'

Kitty giechelde kinderachtig en zei dat Lisa zich niet zo moest aanstellen. Bovendien had ze goed nieuws.

'Tilly wil heel graag zieke soldaten verplegen. Denk je dat jullie het met haar kunnen proberen? Ze is een lieve meid, een beetje simpel en nogal onhandig, maar lief.'

'Ik denk dat dat wel te regelen is. Stuur haar maar naar mama, die bekommert zich daarom.'

Twee weken later, het was al juni, kwam er een afgezant van het Oorlogsministerie om het lazaret te inspecteren. Hij had kritiek op het feit dat de ziekenzaal in de winter slecht te verwarmen was, eiste dat er twaalf witte schorten en kapjes voor de ziekenverzorgsters werden aangeschaft en vroeg aan de kokkin of ze in staat was om dieetvoeding voor de patiënten te bereiden. Fanny Brunnenmayer verstrakte en zei dat ze gezien de huidige levensmiddelenschaarste al maanden niets anders deed. Waarop de afgezant haar respectvol een 'resolute dame' noemde en het 'reservelazaret' per direct in bedrijf stelde.

De eerste patiënten werden met een militaire vrachtwagen gebracht: twee soldaten die door het inademen van gifgas ziek geworden waren, een luitenant en sergeant-majoor met dysenterie en vijf officieren die aan diverse ledematen schotwonden hadden. Het lazaret ging in bedrijf en vulde de begane grond van de villa met een ongewoon levendige drukte. Niets werkte zoals Elisabeth en Alicia hadden gehoopt. De meeste ziekenverzorgsters bleken ongeschikt te zijn, de dokter had medicijnen nodig die niet voorhanden waren, ze misten kasten voor de persoonlijke spullen van de patiënten en vooral bleek één toilet voor zo veel mensen veel te weinig te zijn. Ook de patiënten deden moeilijk, ze toonden zich niet altijd even dankbaar voor de vrijwillige verpleging. De officieren ruzieden om de eenpersoonskamers, twee van hen, die aan de beterende hand waren, rookten sigaretten en bezatten zich met sterkedrank die hun bezorgde ouders naar hen gestuurd hadden. Na drie chaotische dagen organiseerde Elisabeth 's avonds een crisisberaad in de eetkamer, waaraan ook dokter Greiner en Tilly Bräuer, de enige overgebleven ziekenverzorgster, deelnamen. Het kleine zusje van Alfons Bräuer bleek tot Elisabeths verrassing een betrouwbare hulp te zijn. Net als haar broer leek ze naar buiten toe altijd een beetje onhandig en schuchter, maar als ze voor een taak stond liet ze zien dat ze over twee rechterhanden en een gezond verstand beschikte.

Dokter Greiner leek moe en zeer ontevreden, hij had eerder verkondigd dat hij zich terug wilde trekken omdat hij te oud was voor deze taak. Met een norse gezichtsuitdrukking begon hij uit zijn notitieboek voor te lezen wat er volgens hem per se per direct veranderd moest worden. Vooral de jongedames die als opgeschrikte kippen rondfladderden en bij de aanblik van een naakte man hysterisch werden, hadden hem op de zenuwen gewerkt – met zulke ziekenverzorgsters kon je niet veel. Ze hadden ervaren vrouwen met vaste principes nodig die van aanpakken wisten. Er was gebrek aan een goede organisatie van de routineklussen, zoals het wassen van de patiënten, het legen van de ondersteken, het wisselen van verband, het verschonen van beddengoed, het uitdelen van eten, het dweilen van de vloer, enzovoorts. Bovendien miste er een persoon met overwicht die die verwaande tweede luitenant op zijn nummer zette. En er moest dringend van alles worden aangeschaft: ether, pure alcohol, koolstoftabletten, verband, goede scharen, pincetten, diverse chirurgische instrumenten...

Alicia luisterde aandachtig naar zijn opsomming en maakte af en toe een bevestigende opmerking, terwijl Elisabeth zachtjes iets tegen Tilly fluisterde.

'Zeg haar dat we haar vriendelijk verzoeken te komen. We hebben haar heel hard nodig.'

Toen Tilly opstond om de kamer uit te lopen, keek de dokter geïrriteerd van zijn notities op.

'Als de dames niet in mijn uiteenzettingen geïnteresseerd zijn, dan vraag ik of ik me terug mag trekken. Ik ben een oude man en laat dit werk graag over aan een jongere...'

'Maar nee, meneer de dokter. We hebben een klein hapje geregeld.'

'O, nou ja. In dat geval...'

Tilly verscheen met een verlegen glimlach. Achter haar kwam Marie de eetkamer in. Haar gezichtsuitdrukking was zoals altijd beheerst, maar wie haar beter kende, kon wel degelijk aan haar zien dat ze Tilly's verzoek niet graag vervulde en met tegenzin aan de vergadering deelnam.

'Ik hoop dat het niet al te lastig voor je is, Marie.'

'Het gaat wel, mama. Goedenavond, dokter Greiner. Ik bewonder uw geweldige inzet.'

Dokter Greiner glimlachte gevleid en nu Else ook nog met een schaal met belegde boterhammen en een fles rode wijn binnenkwam, verbeterde zijn humeur nog meer. Ze deden natuurlijk ook hun uiterste best het vaderland dienstbaar te zijn, een prijzenswaardige actie in deze afschuwelijke tijden. Ze moesten alleen een paar zeer onaangename organisatorische obstakels uit de weg ruimen.

Marie zag Tilly's verwachtingsvolle blik en begreep dat ze erbij gehaald was omdat de kwestie van het lazaret zich kennelijk in een crisis bevond. Eigenlijk hadden Alicia en Elisabeth het aan zichzelf te danken, ze hadden het hele gebeuren vrij naïef voorbereid en nu waren er moeilijkheden. Marie zuchtte zachtjes, ze zou geen andere keuze hebben dan zich er behulpzaam mee te bemoeien.

'Wel,' zei ze vriendelijk tegen dokter Greiner en ze hief haar glas om met hem te proosten. 'Ik vermoed dat uw jonge collega binnenkort zal komen om u bij te staan.'

'Dat hoop ik ook,' zei hij en hij nam een slok. 'Want ik ben niet opgewassen tegen deze taak!'

Alicia en Elisabeth hielden hun adem in.

'Mijn beste en zeer vereerde vriend,' zei Marie. 'We weten allemaal hoe zwaar deze taak op uw schouders rust. Gelooft u mij, ik heb u in de afgelopen dagen bewonderd. En juist daarom, beste dokter, vraag ik u vriendelijk ons niet alleen te laten met deze taak.'

'Heb ik dat dan gezegd?' bromde hij. 'Ik heb alleen maar duidelijk willen maken dat het zo niet langer gaat.'

'Laten we dan nu samen overleggen wat ons te doen staat. Het moet toch wel heel raar lopen als het ons niet zou lukken een goed werkend lazaret in onze villa in te richten!'

'Fantastisch, dames!' riep hij en hij nam nog een flinke slok wijn. 'Fantastisch. Ik luister naar uw voorstellen.'

Ze spraken af dat ze er bij de keuze van de nieuw aan te stellen ziekenverzorgsters op zouden letten dat de jonge dames praktisch ingesteld waren en een sterk karakter hadden. De voorkeur ging uit naar getrouwde vrouwen. Totdat er voldoende personeel was aangesteld zou Marie zelf een paar uur per dag helpen, bovendien achtte ze Hanna geschikt voor die taak.

'We kunnen Else beter niet vragen,' zei Elisabeth, die zichzelf ook ter beschikking stelde.

'Else? O nee,' zei Alicia. 'Dan nog liever Auguste.'

'Bovendien stel ik voor om juffrouw Schmalzler te vragen in de villa terug te komen,' zei Marie. 'Ik denk dat zij over voldoende autoriteit beschikt om zelfs een majoor te verbieden om in de ziekenzaal te roken.'

'Heel goed!' vond Elisabeth, en dokter Greiner zei dat juffrouw Schmalzler volgens hem zelfs een generaal het whiskyglas uit de hand zou nemen.

'Eleonore Schmalzler is een goed idee,' zei Alicia. 'Zeker omdat ze al een paar keer gevraagd heeft of ze terug mocht komen. En ik moet toegeven dat ik haar mis.'

Alleen Tilly legde haar hoofd schuin en zei dat Kitty dan wel heel ongelukkig zou zijn. Als juffrouw Schmalzler niet meer de leiding had in haar huishouden zou het in de Frauentorstraat een bende worden.

'Nou ja,' zei Alicia licht aarzelend. 'Het komt vast door mijn opvoeding dat Kitty nog steeds niet heeft geleerd een huishouden te leiden. Ik zal haar bij de aanstelling van een geschikte huisdame adviseren.'

Vervolgens overlegden ze over de aanschaf van een paar rolstoelen en Elisabeth wilde in het ziekenhuis informeren naar een brancard. Alicia beloofde de lijst met ontbrekende medicijnen en instrumenten naar de plaatsvervangende legerarts te sturen, de belangrijkste dingen zou Else morgen in de apotheek halen.

'Dames!' Dokter Greiner hief zijn glas en keek door zijn brillenglazen tevreden om zich heen. 'Ik wil u hartelijk bedanken voor deze aangename avond. Ik denk dat we samen een belangrijke stap voorwaarts hebben gezet om de grote taak die wij onszelf gesteld hebben te volbrengen. Ook wij zullen met moed en kracht dienstbaar zijn voor ons geliefde vaderland en ervoor zorgen dat het leed van onze dappere soldaten, dat zij moeten ondergaan als gevolg van de verdediging van ons thuisland, wordt verzacht.'

Die laatste zin was een beetje hoogdravend, dacht Marie. Maar ze vergaven het hem en dronken zwijgend en met ernstige gezichten. De dokter nam afscheid en vond het jammer dat hij noch juffrouw Bräuer, noch de jonge mevrouw Von Hagemann naar huis mocht brengen, terwijl hij als arts over een bruikbare auto beschikte. Maar Tilly had nachtdienst in het lazaret en Elisabeth ging ook helpen, ze liepen alleen met hem mee naar de begane grond en liepen van daaruit naar de keuken, die ook als verblijfsruimte voor de verpleegsters diende.

Alicia was opgewekt toen ze met Marie de trap naar de tweede verdieping op liep. Ze was heel blij dat de avond zo aangenaam was verlopen. Ze had al gevreesd dat dokter Greiner zich wilde terugtrekken. Dan zou alles voorbij zijn. Maar nu konden ze vol vertrouwen de toekomst tegemoetzien. Ach, ze wist wel aan wie ze dat te danken had.

'Ik heb de beste schoondochter van de wereld,' zei ze lachend en ze omhelsde Marie.

*Augsburg, 5 mei 1916*

*Paul, mijn liefste Paul,*

*We hebben al weken geen post meer van je gehad. Waar je ook bent, je bent in mijn gedachten. Ik laat je niet los en ik weet dat zolang ik*

*maar al mijn energie en mijn hartstocht naar je stuur, er een goede geest om je heen zal zweven en je zal beschermen.*
*Het is het enige wat ik kan doen, misschien is het oneindig veel, misschien ook erbarmelijk weinig. Ik ben een vrouw, ik kan niet op een paard stappen en naar Frankrijk rijden om je daar te gaan zoeken. Ik kan niet in de loopgraven kruipen om te kijken of ik je ergens zie. En helaas heb ik ook niet geleerd een vliegtuig te besturen. O, wat haat ik het om zo passief te moeten blijven. Alleen maar wachten en hopen. Mijn houding bewaren, een vrolijk gezicht opzetten en vooral mama troosten. Papa is in zichzelf gekeerd, hij praat niet over zijn angsten.*
*Ik voeg twee tekeningen voor je bij, waarop je kunt zien hoe onze kleintjes eruitzien. Hoe schattig ze zijn als ze met een glimlach op hun gezicht heerlijk liggen te slapen. Niemand had het voor mogelijk gehouden dat dit duo ook boze brulconcerten kan geven. Ach, het is zo jammer dat je dit allemaal niet mee mag maken. Elke dag, elk uur, leren ze wat nieuws. Ze lachen en pakken de gekleurde blokken, ze mogen al een beetje pap eten, en – o, wonder – er zijn nu nachten waarin ik kan doorslapen omdat geen van de twee lieve plaaggeesten me wekt.*
*Mijn lieve Paul, ik hoop nog steeds dat ik je binnenkort terug mag laten roepen naar het thuisfront. Nee, ik heb die gedachte nog lang niet losgelaten. Maar voorlopig zal ik trouw mijn taak als moeder en schoondochter vervullen, ik hoop ook in de nabije toekomst papa in de fabriek terzijde te staan. Moge de Heer zijn engel naar je sturen om je te beschermen, mijn liefste. Mijn gedachten snellen voor hem uit, ik ben bij je, nu en de hele tijd.*

*Ik houd van je.*

*Marie*

# 8

KITTY PASTE NU AL DE derde blouse, maar ook dit kledingstuk, van lichtblauwe zijde, met pofmouwtjes en afgezet met biesjes, kon haar niet bekoren. Die blouses zaten totaal niet lekker en waren ook zo ouderwets, elke secretaresse liep in een rok en blouse. Maar ze kon ook niet kiezen welke jurk ze dan zou kunnen dragen. Bijna al haar jurken zaten na de bevalling ineens te strak. Niet zozeer rond de buik, maar meer rond haar boezem. Ze wilde eigenlijk helemaal geen borstvoeding geven, ze was tenslotte geen melkkoe, en Kitty vond het belachelijk dat Marie er zo'n ophef over had gemaakt. Maar helaas was bij haar direct na de bevalling de melk zo heftig toegeschoten, dat alle middeltjes die de dokter haar had gegeven niet gewerkt hadden. Het was gewoon onmogelijk om het voeden helemaal aan een zoogster over te laten, dan zou ze uit elkaar spatten. Zuchtend streek ze de lichtblauwe blouse glad en bekeek ze zichzelf in de wandspiegel. Het was om wanhopig van te worden – met die stomme lapjes in haar korset zag ze eruit als een matrone. Maar ze moest die lapjes erin stoppen, anders lekte ze door.

'Ik wil nooit meer een kind,' kreunde ze. 'Hoe kan een vrouw nou blij zijn dat ze zo dik wordt als een ballon en drie keer per dag gebeten en uitgezogen wordt?'

Ze slingerde kwaad de onschuldige blouse op het tapijt en trok een andere van een hangertje. Die had Marie nog voor haar genaaid, misschien zat dit lichtgele geval van katoen en chiffon beter.

'Mevrouw? U had mij geroepen?'

Mizzi, die eigenlijk als kamermeisje aangesteld was, stak haar hoofd door de kier van de deur. Kitty had eergisteren in een woedeaanval haar kamenierster ontslagen, sindsdien had ze Mizzi al een paar keer bij zich geroepen om haar te helpen met aankleden. Mizzi vond al die dure kleren, blouses en rokken, talloze schoenen en laarsjes geweldig. En dan die mooie tasjes, handschoenen, riemen, hoeden... Er was een paradijs voor het meisje opengegaan en ze deed haar best om te voorkomen dat dit gebied weer verboden terrein voor haar werd.

'Ach, Mizzi,' zei Kitty bozig. 'Nu je er toch bent, kun je me wel even in deze blouse helpen.'

'Zoals u wenst, mevrouw.'

Ze had talent, die kleine Mizzi. Ze frunnikte net zo lang aan de gele blouse tot Kitty zuchtend vond dat het er zo wel mee door kon. Ook al spande de blouse aan de bovenkant een beetje...

'Slaapt de kleine?'

'Ik geloof het wel, mevrouw. De zoogster is bij haar.'

Die zoogster had ze zich eigenlijk kunnen besparen. In ieder geval wat het voeden betrof. Verder was ze werkelijk een schat. Alwine Sommerweiler had thuis drie kleine kinderen en een vierde in de wieg. Ze verzorgde de kleine Henni met tedere liefde en de routine van een ervaren moeder.

'Zeg tegen Ludwig dat ik weg wil. En breng me de rode zomerjas, die met de witte kraag...'

Kitty paste twee paar schoenen, was pas met het derde paar tevreden en pakte een rood hoedje met een veer, dat prachtig stond bij haar donkere haar. Moest ze haar haar laten knippen? Een pagekopje zou haar geweldig staan, dacht ze terwijl ze naar de kinderkamer liep.

De kinderkamer was helemaal in wit, rosé en goud ingericht. Ze had de sierlijke meubels in een catalogus ontdekt en laten leveren, de tapijten kwamen uit een warenhuis in Augsburg. Aan de twee hoge ramen bolden de gordijnen van roze voile op, die mama nog voor de oorlog had gekocht. Alleen de zoogster vormde een donkerkleurige vlek in het lichte interieur, want ze droeg altijd een donkerblauwe jurk.

'Ze slaapt,' fluisterde Alwine Sommerweiler glimlachend toen Kitty de kinderkamer in kwam. Kitty liep op haar tenen naar het spijlenbedje waarover een mobile van roze sterren en een lichtblauwe maan hing. Ach, wat was haar kindje toch lief als ze sliep. Het schattige neusje, de licht gekrulde lipjes, de zachte schaduwlijn van haar gesloten oogleden. Haar kleine Henni! Ze was dolgelukkig met haar dochtertje. Kon Alfons Henni nou maar zien! Maar ze had al twee weken geen brief meer van hem gekregen, het scheen dat hij ergens bij de grens tussen Frankrijk en België zat. Als daar nog een grens was... Was die regio niet allang door het Duitse keizerrijk veroverd? Kitty wist het niet en het kon haar eigenlijk ook niet schelen. Papa had gelijk, wat er werkelijk aan het oostelijke en westelijke front gebeurde, stond toch niet in de oorlogsberichten in de krant. Zeker was alleen dat Italië nu ook het Duitse rijk de oorlog had verklaard.

'Ik ga voor een of twee uurtjes naar mijn ouders, Alwine. Als er iets belangrijks is, moet je me even bellen.'

De telefoon was echt heel praktisch. Wat jammer dat Lisa geen aansluiting in haar woning had. Hoewel haar zus de laatste tijd toch alleen nog in de villa te vinden was. Vanwege dat belachelijke lazaret. Alsof er niet genoeg ziekenhuizen in Augsburg waren. Ook de kloosters hadden lazaretten ingericht, waarschijnlijk ruzieden ze nu al om de patiënten.

Toen haar auto langzaam de oprijlaan naar de villa op reed, moest Kitty vaststellen dat er toch veel meer gewonde soldaten waren dan ze had gedacht. Voor de ingang van de villa stond een vrachtwagen, het zeil aan de achterkant was opzij gebonden waardoor ze naar binnen kon kijken. In de wagen lagen een aantal mannen op wollen dekens te wachten tot ze het lazaret in gedragen werden. Wat verschrikkelijk! Tot nu toe hadden ze steeds gezegd dat in hun villa alleen patiënten behandeld werden die al aan de beterende hand waren. Deze arme jongens moesten op brancards de villa in gedragen worden, ze lagen er vrij roerloos bij, sommige hadden een wit verband om hun hoofd waardoor het grootste deel van hun gezicht bedekt was. Er waren alleen gaten voor de ogen en mond uitgesneden, het zag er griezelig uit.

'Stopt u maar, Ludwig. Ik stap hier uit. U kunt de auto links op het voorplein parkeren, zodat hij niet in de weg staat.'

'Natuurlijk, mevrouw. Arme kerels. Voor keizer en vaderland... nou ja. Goed dat ik er te oud voor ben!'

Kitty had niet veel zin om de gewonde mannen van dichtbij te zien en haastte zich naar de achterkant van de villa, om via de wintertuin naar de eerste verdieping te lopen. Hemel, wat was dat onhandig! Toen ze eergisteren op bezoek was, was haar rok aan het smeedijzeren hek blijven hangen en nu zat er een roestvlek op.

'Mama? Hallo? Else! Auguste!'

Ze klopte geïrriteerd aan, want de deur was op slot. Na een poosje deed de huisdame open, wat haar stemming niet bepaald verbeterde. Maandenlang had de brave juffrouw Schmalzler geprobeerd haar wat over de huishouding te leren, ze had saaie preken gehouden, haar geleerd hoe ze een huishoudboekje moest bijhouden. Wat natuurlijk mama's idee was geweest. Maar haar pogingen waren niet erg vruchtbaar geweest.

'Ah, mevrouw, wat een fijne verrassing! U komt precies op het goede moment.'

Kitty hoorde een baby huilen, waarschijnlijk was het Leo, de kleine brulaap. Het was haar echter een raadsel waarom de huisdame er zo verhit uitzag, ze had zelfs roze vlekken op haar wangen.

'Wat is er aan de hand? Vertelt u het me, juffrouw Schmalzler. Waarom kwelt u mij zo? Er is toch niets ernstigs, of wel?'

Juffrouw Schmalzler nam haar hoed en mantel aan en verzekerde haar dat er juist goed nieuws was.

'Post!' riep Kitty uit. 'Een brief van Paul? Ja? O, echt? Heeft Paultje eindelijk geschreven? Zegt u dat het waar is, juffrouw Schmalzler. Anders draai ik uw oren eraf!'

'Maar mevrouw... juffrouw Kitty...'

Ze lachte. Niet te geloven. Eleonore Schmalzler kon lachen. Het zag er wel een beetje raar uit omdat ze haar mond maar half opende.

'Niet slechts één brief,' zei ze met bevende stem. Het klonk haast alsof ze moest huilen. 'We hebben vandaag een hele wasmand vol brieven gekregen. Hij moet haast dagelijks geschreven hebben, al die brieven waren ergens blijven hangen. Uw moeder en mevrouw Von Hagemann zijn in de eetkamer. Ik moet nu naar beneden naar het lazaret, er zijn nieuwe patiënten aangekomen.'

Ze liepen samen door de wintertuin naar de gang. De huisdame liep snel de trap af naar het lazaret, terwijl Kitty rechtdoor naar de eetkamer liep.

'Mama! Lisa!'

Elisabeth liet de brief die ze net aan het lezen was vallen en sprong op om haar zus te omhelzen. Mama kwam achter haar aan, ze legde haar armen om haar beide dochters en ze snikten alle drie alsof er een verschrikkelijk ongeluk was gebeurd.

'Hij is in Galicië geweest... Zo ver weg... En daarna in Mazurië. Maar hij komt nu terug. Hij moet naar Frankrijk, maar hoopt dat hij ons een paar dagen kan bezoeken voordat hij door moet naar het westelijke front.'

'O, mijn god!' riep Kitty uit. 'Hij komt hiernaartoe. Dat is te mooi om waar te zijn... Waar is Marie? Ze is vast helemaal waanzinnig van geluk!'

Mama zei dat Marie naar boven was gegaan en dat ze dat wel begreep. Marie wilde alleen zijn als ze Pauls brieven las.

'En hoe zit het met mij?' wond Kitty zich op. 'Heeft hij mij niet geschreven? O, Paultje, jij gemene, ontrouwe...'

'De stapel brieven naast de koffiekan,' zei Elisabeth hoofdschuddend, 'dat zijn allemaal brieven aan jou, Kitty. Wees toch niet altijd zo voorbarig met je beschuldigingen.'

'O, mijn god! Allemaal voor mij? Dat zijn wel tien, nee, vijftien brieven!'

'Dertien,' antwoordde Elisabeth. 'Ik heb er maar vijf gekregen, mama zeven. En Marie...'

Kitty had haar stapel post al gepakt en begon te tellen. Inderdaad, Lisa had gelijk. O, hemel, ze had meer brieven van Paul gekregen dan mama en Lisa bij elkaar!'

'Hoeveel brieven heeft Marie?' wilde ze weten.

'Wat zijn jullie kinderachtig,' zei Alicia lachend. 'Jullie lijken wel een stelletje kleuters!'

'Hij heeft Marie meer dan vijftig brieven en postkaarten gestuurd,' zei Elisabeth.

'Echt? Zo veel?' zei Kitty een tikkeltje jaloers. Ze was dol op Marie, er was niemand die ze haar Paultje meer gegund had dan haar vriendin Marie. Maar juist daarom had Paul zijn post wel wat gelijkmatiger tussen hen kunnen verdelen...

Mama riep Else en droeg haar op verse koffie voor Kitty te halen met iets kleins te eten erbij. Daarna werd het stil in de kamer, alle drie de vrouwen waren verdiept in de post. Slechts af en toe klonk er een zucht of een zachte kreet van verbazing, of iemand las een halve regel voor, waarop de anderen slechts kort reageerden omdat ze zelf aan het lezen waren.

*Onderweg naar het oosten, 21 april 1916*

*Mijn lieve zusje Kitty,*

*Gisteren waren we in Königsberg. De trein stopte daar in de ochtendschemering, er werd van buiten op de deur geklopt en we struikelden slaperig het perron op. Er werd eten uitgedeeld, rijst met rundvlees, goed en overvloedig. Toen stonden we in de vale schemering, er kwam een trein binnen, een goederentrein met gesloten wagons vanwaaruit getrappel en vreemde klanken klonken. Het waren Russische krijgsgevangenen, die in de wagons vervoerd en ergens naartoe gebracht werden waar ze te eten kregen. Ze zagen er bleek en mager uit, velen rookten sigaretten, hun gelaatstrekken zagen er vreemd, Mongools uit. Later zagen we ze in de kapotgeschoten dorpen puinruimen. Arme kerels, weggevoerd uit hun geboorteland en naar een vreemd land gedeporteerd. Het landschap waar we doorheen rijden is eentonig, braakliggende velden, her en der een boerderij met een houten huis met een rieten dak, waarin de mensen samen met hun vee wonen. Een andere wereld doemt voor mij op, het is alsof de tijd een paar eeuwen heeft stilgestaan. In Wilkowitz schijnen een aantal veldpostinrichtingen te zijn, ik hoop dus dat mijn post snel bij jullie aankomt en ik jullie brieven ontvang. Ik bewaar al je brieven in mijn ransel, mijn zusje, stevig bij elkaar gebonden met een elastiekje, een schat waar ik in sombere uren op teer. Als ik ze lees, zie ik je kleine hand voor me, met je gebogen wijsvinger die zo ingespannen op de vulpen drukt.*

*Kusjes voor jouw schattige Henni van mij en een omhelzing van je grote broer,*
*Paul*

'De koffie, mevrouw,' zei Else waarmee ze Kitty uit haar gedachten haalde. 'De kokkin zegt dat ze nu geen hapje eten kan regelen, omdat ze Ludwig, uw chauffeur, de chauffeur van het ziekentransport en zijn beide jonge helpers te eten moet geven. Bovendien heeft juffrouw Schmalzler Hanna bij haar weggekaapt om in het lazaret te assisteren, waardoor zij niet in de keuken kon helpen...'

'Dank je, Else,' zei Alicia vriendelijk. 'Zeg maar tegen mevrouw Brunnenmayer dat ik met juffrouw Schmalzler zal gaan praten. Je kunt hier opruimen.'

Toen Else met een dienblad vol servies de kamer uit gelopen was, legde Alicia Pauls brieven zuchtend opzij. Ze moest beneden maar eens poolshoogte nemen. Door het lazaret was de normale taakverdeling onder het personeel helaas wat in de war geraakt.

'Denk eraan dat je papa belt, Lisa. Hij moet het goede nieuws zo snel mogelijk horen.'

'Natuurlijk, mama. Ik zal het zo nog een keer proberen.'

Kitty keek met een gefronst voorhoofd op, maar wachtte met haar vraag tot mama de kamer uit was.

'Waarom belt ze zelf niet op? Hebben ze alweer ruzie?'

Elisabeth rolde met haar ogen en kreunde zachtjes. Het was amper te verdragen, zoals haar ouders elkaar het leven zuur maakten. Papa stond al dagenlang vroeg op en liep dan meteen naar de fabriek, om niet samen met mama te hoeven ontbijten. Hij kwam niet voor het middageten naar de villa en niemand wist of hij eigenlijk wel wat at. Terwijl er in de fabriek nog nauwelijks gewerkt werd en ook de twee secretaresses niet meer op kantoor verschenen.

'Mijn god, Lisa!' riep Kitty verbijsterd. 'Is onze fabriek failliet?'

Elisabeth schudde heftig haar hoofd. 'Nee, natuurlijk niet. Hoe kun je nou zoiets doms zeggen! Papa heeft als gevolg van de oorlog wel een aantal problemen, maar die lossen zich wel weer op. Hij heeft gezegd dat hij voor juli en augustus een aantal orders heeft. Ik geloof dat ze metalen hulzen reinigen en gescheurde leren riemen repareren. Ik weet het niet precies, maar daar zullen de arbeidsters wel een tijdje mee bezig zijn.'

Kitty vond dat dit soort werk eigenlijk niet in een textielfabriek thuishoorde. Maar ja, in de oorlog waren metalen hulzen en leren riemen waarschijnlijk belangrijker dan mooie kledingstoffen.

'Zeker,' antwoordde Elisabeth terwijl ze haar geringschattend aankeek. 'Vooral omdat kledingstoffen wat lastig te fabriceren zijn zonder wol en katoen.' Kitty moest toegeven dat ze daar nog helemaal niet over nagedacht had. Sommige dingen gingen volkomen langs haar heen. Vooral dingen die het leven problematisch maakten.

'Blijf maar zitten, Lisa. Ik bel papa wel,' zei ze en ze liep naar het kantoortje om zich met de textielfabriek van Melzer te laten doorverbinden. Ze bleef een poos ongeduldig wachten, trommelde met haar vingers op papa's bureau, frunnikte aan haar blouse, stelde vast dat die alweer spande rond haar borsten. Toen werd haar medegedeeld dat de telefoon niet werd opgenomen.

'Probeert u het nog een keer, alstublieft.'

De telefoniste verbond haar weer door, maar het had geen zin. Kitty wierp geïrriteerd de hoorn op de haak en liep terug naar de eetkamer om verder te gaan met het lezen van Pauls brieven.

'En? Heb je papa kunnen bereiken?'

Kitty haalde haar schouders op. Hij liep zeker ergens in de fabriek rond. Vervelend dat de secretaresses niet op kantoor waren, zij wisten altijd waar hun baas uithing.

Elisabeth zweeg en schonk peinzend koffie in. Ze deed er suiker en melkpoeder bij, roerde met het zilveren lepeltje, legde het opzij en staarde naar het tafelkleed, waar nog een paar kruimeltjes roggebrood op lagen.

'Moet jij niet naar beneden naar het lazaret, Lisa?' vroeg Kitty, die het nu toch opviel dat haar zus zich vreemd gedroeg. 'Ik dacht dat je de leidster van de ziekenverzorgsters was? Nee? O, dan heb ik dat verkeerd begrepen. Zeg, klopt het dat die jonge dokter, hoe heet-ie ook alweer, dat ben ik vergeten, zo woest aantrekkelijk is? Tilly kreeg onlangs een vuurrood hoofd toen ik haar ernaar vroeg.'

Elisabeth maakte een afwijzend handgebaar, ze had geen zin in Kitty's geroddel. Dokter Moebius was een uitstekende arts, hij deed veel meer dan alleen zijn plicht.

'Ik maak me zorgen om papa, Kitty,' zei ze somber. 'Hij is de laatste tijd zo vreselijk gespannen. Zo afwezig en nerveus. Die onenigheid met mama mondt volgens mij uit in een fikse ruzie. En je weet dat papa zich niet mag opwinden...'

'Hij is magerder geworden en erg bleek. Ik dacht dat hij zich misschien zorgen om zijn fabriek maakt,' zei Kitty naïef. 'Dat doet hij immers altijd.'

'Daar heeft hij ook alle reden toe, Kitty. Maar het bevalt me niet dat hij moederziel alleen in de lege fabriek rondloopt om zich voor mama te verstoppen. Even serieus, als daar iets zou gebeuren, is er niemand om hem te helpen. We zouden pas 's avonds naar hem gaan zoeken, dan zou hij al...'

'Mijn hemel, Lisa,' zei Kitty stuurs. 'Houd op zulke afschuwelijke dingen te zeggen. Papa is toch weer gezond.'

Elisabeth legde het lepeltje verstrooid op het tafellaken in plaats van op het schoteltje. Er verspreidde zich een lichtbruine vlek op de witte stof.

'Papa kan elk moment weer een beroerte krijgen,' zei ze zachtjes. 'Dat heeft de dokter destijds tegen ons gezegd. Kitty... ik heb er geen goed gevoel over...'

'Jij kunt werkelijk zelfs de mooiste dag bederven, zus!' klaagde Kitty. 'Net waren we nog zo blij omdat Paultje snel naar ons toe komt.'

Elisabeth stond op en liep naar de werkkamer. Kitty rolde met haar ogen en maakte een van haar brieven open. Het lukte haar echter niet om zich op de inhoud te concentreren en ze benijdde Marie die nu in alle rust boven zat en zonder gestoord te worden de ene brief na de andere las. Zou ze huilen? Of lachen van geluk? Of allebei? Paultje kon hele lieve brieven schrijven, dat was echt een wonder...

Lisa's stem drong vanuit de werkkamer tot haar door en onderbrak haar gedachten. 'Verbindt u mij nog een keer door, alstublieft... Ja, ik weet dat we dit nummer al een paar keer hebben geprobeerd te bellen...'

Hemel! Lisa liet zich helemaal meeslepen door haar angstvisioenen. Als mama het hoorde, zou ze waarschijnlijk aangestoken worden en zich ook zorgen gaan maken. Kitty vouwde de brief weer op en stopte hem terug in de envelop. Het was echt verschrikkelijk met Lisa. Kon ze niet één keer, gewoon één enkele keer, helemaal gelukkig zijn? Nee, ze moest altijd een haar in de boter vinden.

'Luister,' zei Kitty toen Elisabeth met een gekwelde gezichtsuitdrukking de eetkamer binnenkwam. 'Laten we snel naar de fabriek rijden en papa het goede nieuws zelf vertellen.'

'Dat wilde ik net voorstellen,' zei Elisabeth zachtjes. 'Wat goed dat je zelf op dat idee komt.'

Er waren donkere onweerswolken komen opzetten. Toen Kitty en Elisabeth door het park liepen, zagen ze de eerste bliksemschichten en hoorden ze de donder. Een ziekenverzorgster bracht haastig de rieten stoelen op het terras in veiligheid en sloot de openslaande deuren. Op het voorplein was het Ludwig nog gelukt om op tijd de opengeklapte kap van de auto dicht te doen voordat de eerste druppels vielen.

'Wat een geluk,' zei Kitty toen ze droog zaten. 'Mijn nieuwe mantel was bijna nat geworden. Heb je gezien hoe mooi de stof valt? Ik heb hem bij Rosenberg gekocht. Van boven wijd en naar onderen toe smal. Als een rammenas.'

Elisabeth was zo nerveus dat ze niet in staat was het dure kledingstuk te bewonderen, ze knikte slechts en staarde naar de voorruit van de auto, waar de regen in straaltjes vanaf liep. Een nieuwe donderklap deed haar sidderen.

'Het onweer is direct boven ons, mevrouw,' zei Ludwig. Op zijn grijze snor zaten een paar glinsterende druppels. 'Echt een mooi zomers onweer. Net als in vredestijd.'

'Gaat u maar rijden, Ludwig. Mijn zus is een beetje nerveus.'

'Natuurlijk, mevrouw.'

Hij reed langzaam want door de regen had hij slecht zicht. De auto had wel een ruitenwisser, maar die had een bijrijder moeten bewegen, en de dames waren allebei achterin gaan zitten. Voor de poort van de textielfabriek bleven ze staan. Ze konden niet goed in het hokje van de portier kijken, maar het was goed mogelijk dat de oude Gruber niet meer naar zijn werk ging en haar vader de poort zelf opengemaakt had. En dan had hij die vast en zeker weer achter zich gesloten.

'Nou, wat een geweldig idee om hiernaartoe te rijden,' mopperde Kitty, die in haar dunne zomerjas rilde. 'Wat doen we nu?'

Elisabeth nieste. Haar jas was aan de linkerkant doorweekt omdat de kap aan die kant niet helemaal waterdicht was.

'Toetert u alstublieft, Ludwig!'

Hij toeterde drie keer, maar er gebeurde niets. De zussen keken elkaar bedremmeld aan. Een donderklap deed het industriegebied beven, de bliksem hulde de gebouwen in een bizar blauwachtig licht.

'We zouden kunnen uitstappen en aan de bel kunnen trekken,' bedacht Elisabeth.

'Dat mag jij doen, Lisa. Ik heb geen zin mijn mantel te bederven.'

'Toetert u alstublieft nog een keer, Ludwig. En niet zo schuchter. Gewoon hard toeteren!'

Het klonk nogal zielig, vond Kitty. Als een lintworm met keelpijn. Elisabeth greep vastberaden de deurkruk om de stromende regen in te stappen, toen Kitty haar bij haar arm pakte.

'Kijk!' riep ze en ze wees met haar wijsvinger. 'Een paraplu!'

'Wat? Waar?'

Er bewoog inderdaad een uitgeklapte zwarte paraplu over het fabrieksterrein. Hij kwam maar langzaam vooruit doordat hij moest vechten tegen de wind en de regen die met bakken uit de hemel viel, maar Kitty zag nu dat de paraplu werd vastgehouden door een donker geklede man. Portier Gruber was op zijn post.

'De arme man waait bijna weg met zijn paraplu...'

'Hij stoot inderdaad tegen de lucht en zijn hoed slaat op de vlucht.'

'Houd op, Lisa. Ik haat dat boek. Als klein meisje kon ik *Piet de smeerpoets* al niet uitstaan.'

'Rijd u maar, Ludwig. Waar wacht u op?'

De portier had de twee hekken van de poort geopend en aan de zijkant vastgemaakt om te voorkomen dat ze weer dichtklapten en het voertuig beschadigden. Toen de auto langs hem reed, maakte hij een onhandige beweging met zijn paraplu. Blijkbaar was hij blij omdat de twee jongedames zo vrolijk naar hem zwaaiden.

'Die houdt het thuis vast niet uit,' zei Elisabeth hoofdschuddend. 'Buiten zijn portiershokje kan hij niet leven, de goede man.'

'Waarom zou hij ook?' vroeg Kitty verbaasd. 'De fabriek heeft toch een portier nodig?'

Ze lieten zich pal voor de ingang van het administratiegebouw afzetten en zagen tot hun blijdschap dat de deur open was. In het trappenhuis galmden hun voetstappen schrikbarend luid, verder was er geen geluidje te horen, zelfs niet het geruis en getik van de regen.

'Wordt hier helemaal niet meer gewerkt?' vroeg Kitty benauwd. 'Hier zat de boekhouding toch altijd, of niet? Die rare snuiters met mouwbeschermers en ronde brillenglazen...'

'De jongemannen zijn aan het front, Kitty.'

'O ja, dat was ik vergeten. Maar er waren toch ook oude mannen bij? Wat raar dat die niet op hun werk zijn. Papa's kantoor ligt op de tweede verdieping, toch? Ik vond het vroeger altijd spannend om hem te bezoeken. Iedereen moest wachten tot hij of zij in zijn kantoor geroepen werd. Maar ik liep gewoon naar binnen.'

In het voorvertrek bleven de zussen angstig staan. Wat was het hier stil. De twee typmachines waren met stoffen kappen afgedekt, de stoelen waren keurig onder de bureaus geschoven, op een verrijdbaar tafeltje lag een stapel dossiermappen stoffig te worden. In de prullenmand lag één eenzaam propje papier. De regen sloeg tegen de ruiten.

'Pff, wat is het hierbinnen muf. Jammer dat we door het onweer niet kunnen luchten,' zei Elisabeth.

Kitty drukte de klink van de deur naar de directiekamer naar beneden en duwde de zware deur open. Hij kraakte als in een spookkasteel. Ze wierp een blik op het bureau van haar vader. Er was niemand in het heiligdom. Maar het zag ernaar uit dat hier nog maar kort geleden iemand cognac gedronken en sigaren gerookt had.

'Ik snap er niets van!' riep Elisabeth en ze tilde de volle asbak van het bureau op om de inhoud te bekijken. 'Dat zijn minstens tien, nee, twaalf sigarenpeuken. En hier in de prullenbak zijn nog meer asresten. Terwijl dokter Greiner papa uitdrukkelijk verboden heeft te roken!'

'Aan de cognac heeft hij zich ook tegoed gedaan,' zei Kitty. 'De fles is bijna leeg. Kijk, Lisa. Papa was niet alleen.'

Op de bezoekerstafel stonden drie vuile cognacglazen en nog een asbak die eveneens vol was. De zussen keken er onthutst naar. Papa had kennelijk gasten gehad.

'Het moeten mannen geweest zijn,' zei Kitty. 'Dames zouden geen sigaren gerookt hebben.'

Elisabeth pakte een cognacglas op en bekeek nauwkeurig de afdrukken. Geen lippenstift. Ze was gerustgesteld.

'Natuurlijk waren het mannen. Wat denk je nou van papa?' zei ze verontwaardigd. 'Waarschijnlijk heeft hij met zijn zakenpartners een contract bezegeld.'

'Nou, zie je wel!'

Kitty haalde haar schouders op en zei dat ze van begin af aan geweten had dat Lisa's angst slechts een product van haar fantasie was. Zo te zien ging het uitstekend met papa.

'Ik hoop van harte dat je gelijk hebt, Kitty!'

'Waar zou papa zijn?' vroeg Kitty zich af. 'De portier zou het moeten weten.'

'Wat stom van ons!' zei Elisabeth. 'We hadden het aan hem moeten vragen.'

Ze liepen de directiekamer uit en daalden de trap weer af. Ondanks alles was het gebouw griezelig, zo stil en onbewoond. Ook een beetje vervuild. In de hoeken hadden een paar ijverige spinnen een web gesponnen. En het rook er naar leegte.

Het regende minder hard en ze besloten bij de ingang te blijven wachten terwijl Ludwig naar de portier liep. Even later kregen ze te horen dat als de directeur niet boven in zijn kantoor was, hij alleen in de spinnerij kon zijn. Hij liep er al dagenlang telkens naartoe, het was diep treurig, hij zou er nog aan kapotgaan, de arme meneer de directeur...

'Het kan toch niet zo moeilijk zijn om een paar metalen hulzen te reinigen,' zei Kitty.

'Kom mee,' beval Elisabeth. 'Ik wil het nu weten.'

Ze trok Kitty door de regen langs twee hallen, de derde was de spinnerij waar normaal gesproken op twee verdiepingen werd gewerkt. Kitty was als kind een keer een van de fabriekshallen in gelopen, maar het afschuwelijke lawaai van de vele machines had haar snel weer naar buiten gedreven.

'Haal je vingers uit je oren,' riep Elisabeth. 'Er is helemaal geen lawaai. De machines staan stil.'

'Ik haat je, Lisa,' schold Kitty. 'Door jou zitten er nu watervlekken op mijn nieuwe mantel.'

Ze keek vol ongenoegen naar de donkere, zwijgende spinmachines, die selfactoren genoemd werden. De spoelen maakten nu geen suizend en gonzend geluid, en ook het gesis als de wagens uitreden, de draden zich spanden en opgewikkeld werden ontbrak. Overigens was er wel een stampend geluid te horen, de stoommachine stond onder druk.

'Boven wordt gewerkt,' zei Elisabeth.

'Nou, mooi, dan gaan we naar boven. Wat maakt het uit als er nog een paar olievlekken op mijn mantel komen?'

Op de trap hoorden ze de bozige stem van meneer de directeur al. Papa liep te schelden, net als in de goede oude tijd.

'Het is een verdomde schroothoop! Waarom beweegt de wals niet? Waarvoor heb ik u al dat geld betaald?'

'Dat is een kleinigheid, meneer Melzer. De as moet beter gesmeerd worden. En misschien is de boring te nauw.'

'Uw hersenpan is te nauw, Hüttenberger! Dat is het. Mijn zoon heeft alles nauwkeurig getekend. U hoeft alleen maar naar de tekening te kijken!'

'Nu! Nu loopt hij!'

Elisabeth en Kitty beklommen de laatste treden rennend en stonden toen voor een immense constructie van metaal – ongetwijfeld een machine, want hij werd door een riem aangedreven.

‘Papier,’ riep Kitty en ze strekte haar arm uit. ‘Dat is een papierrol. Papa wil behang gaan maken.’

De reusachtige papierrol draaide met een hoop geknars en gepiep rond, de machine siste, pufte en maakte lawaai. Een metalen geleider schoof omhoog, daalde neer op de papierrol en er klonk een snorrend geluid alsof iemand papier sneed. Toen knarste er iets en viel de machine stil.

‘Verdorie nog an toe!’ schreeuwde Johann Melzer tegen zijn twee machinebouwers. ‘Als er nu scheuren in het papier zitten, snijd ik eigenhandig jullie oren eraf!’

# 9

*Marjampol, 10 oktober 1916*

*Mijn allerliefste Marie, mijn prachtige, lieve vrouw,*

*We zullen elkaar helaas toch niet kunnen zien, want de plannen zijn gewijzigd en ik blijf voorlopig in Rusland. Het was verdrietig nieuws dat onze eenheid vanochtend vroeg te horen kreeg, en een paar van mijn kameraden, die net als ik gehoopt hadden hun familie weer te zien, hadden moeite het te accepteren. Ook bij mij duurde het een poos tot ik de teleurstelling had verwerkt, maar we zijn allemaal soldaten van Zijne Majesteit, en dan valt er niets te jammeren en te klagen, dan zegt iedereen luid en duidelijk 'Tot uw orders!' en voor de rest moet iedereen het voor zichzelf verwerken.*
*Misschien is het Gods wil dat we hier blijven, want de situatie in Litouwen is rustig, de Russen vechten nog halfslachtig in Galicië, verder lijkt de krijgslust af te nemen. In Frankrijk, vooral bij Verdun, schijnt het er heel anders aan toe te gaan, daar staan de fronten lijnrecht tegenover elkaar, en naar verluidt zijn de verliezen aan beide kanten hoog. Ook bij de Somme wordt waarschijnlijk gevochten, daar zijn het de Engelsen die hun bondgenoten steunen.*
*Ik bedank jullie heel hartelijk voor de fijne pakketten, de chocolade, de wollen deken en de landkaarten, waar ik veel aan heb. We verblijven*

*nog steeds op de boerderij en hebben de schuur best 'gezellig' ingericht. Af en toe gaan we 's avonds naar het café in Marjampol, waarvan de waard een Duitser is en waar het dag en nacht druk is. Maar meestal drinken we thee – de Russische nationale drank. Die drinken ze hier heel sterk, met suiker en... jam! De afgelopen dagen was er vorst aan de grond, wat er aan de ene kant op duidt dat het al vroeg winter wordt, maar aan de andere kant ook zijn goede kanten heeft. De grond hier bestaat uit moeras, je kunt er alleen overheen lopen als er planken op gelegd zijn, anders zak je er tot boven je enkels in weg. Maar als het vriest, wordt de aarde hard en hebben we ook geen last van muggen. Als we patrouille rijden, kijken we uit over het wijde land dat zo kaal en onherbergzaam lijkt dat we ons afvragen wat we hier eigenlijk doen. Maar het is niet aan ons om vraagtekens te plaatsen bij de beslissingen van de legerleiding.*
*Ik denk vaak aan je, mijn lieve Marie, en aan onze twee kinderen, die ik nu al acht lange maanden niet gezien heb. Ik stuur jullie twee kleine houten poppetjes, die ik van een boerenjongen gekocht heb. Het paardje is natuurlijk voor mijn Leo, de hond is voor Dodo. Of ze er al wat mee kunnen weet ik niet, maar als je het speelgoed aan ze laat zien, lieve Marie, zeg dan tegen ze dat papa het gestuurd heeft.*
*Ook voor jou, mijn echtgenote, heb ik een mooi cadeau gekocht, ik wilde het je als verrassing geven als we elkaar weer zagen. Nu zal ik het voor je bewaren, want ik vertrouw het liever niet aan de post toe. Ik kus en omhels je, mijn lieve vrouw. Als ik je brieven lees, zie ik je voor me en verschijn je in mijn nachtelijke dromen, waar onze zielen en lichamen met elkaar verenigd zijn.*

*In liefde,*
*Paul*

Met een zachte zucht vouwde Marie de veldpostbrief op en legde hem in de leren map die ze speciaal voor Pauls brieven had gekocht. Ze had zich aangewend om elke vrije minuut haar toevlucht te nemen tot deze map, dan haalde ze een van de brieven eruit en las ze die. Het gaf haar het gevoel dat Paul dicht bij hen was, ja, ze meende hem zelfs te kunnen horen, herinnerde zich de manier waarop hij praatte. Als ze haar ogen sloot, kon ze zijn gezicht zien. Ach, die ondeugende glimlach, wat miste ze die!

Ze wilde dat de legerleiding eindelijk op haar verzoek reageerde en Paul vrijstelde van de militaire dienst. Maar het duurde allemaal eindeloos lang, de dagen verstreken, en de gedachte dat Paul uitgerekend nu iets zou kunnen overkomen beroofde Marie van haar slaap. Ze deed geïrriteerd tegen haar schoonvader, die er zo lang over had gedaan om zijn ongelijk toe te geven. Johann Melzer had haar willen bewijzen dat hij niet een man was die naar de pijpen van zijn zoon danste en al helemaal niet naar de fluit van zijn schoondochter. Nu was hij eindelijk verstandig geworden. Hij had volgens Pauls ontwerpen drie machines laten bouwen, had de kinderziektes in de constructies opgelost en was begonnen de eerste stoffen te weven. Marie liep dagelijks naar de fabriek – niet bepaald tot vreugde van haar schoonvader – om de vooruitgang te beoordelen en de kwaliteit te controleren. Ze was zelfs heimelijk begonnen om eenvoudige maar mooie drukpatronen te ontwerpen. Het was belangrijk dat de stoffen er aantrekkelijk uitzagen, de concurrentie had meer ervaring. Ze beleefde er veel plezier aan om haar ideeën in de praktijk te brengen en te weten dat ze daarmee een bijdrage leverde aan het voortbestaan van de fabriek. Was Paul maar hier…

Ach, ze was te ongeduldig! Het belangrijkste was dat ze weer hoopvol konden zijn. Ook de constant smeulende ruzie tussen haar schoonouders was gedoofd. Alicia en Johann Melzer waren het beslist niet met elkaar eens, maar ze praatten weer met elkaar en aten gezamenlijk. Maar 's avonds, als Marie en Alicia in de salon thee dronken en ook Elisabeth zich, voor zover de werkzaamheden in het lazaret dat toelieten, bij hen voegde, trok Johann Melzer zich met een boek in zijn slaapkamer terug. Hij had overdag genoeg lawaai en geklets om zich heen, zei hij grijnzend, 's avonds hechtte hij veel waarde aan zijn rust.

Er klonken voetstappen op de gang, ook beneden in de wintertuin waren geluiden te horen. Waarschijnlijk waren de eerste gasten voor het familiefeest aangekomen en liep Else naar beneden om hun jassen aan te nemen. Wat was het door de inrichting van het lazaret allemaal lastig geworden. Als het slecht weer was namen de bezoekers veel vuil mee de wintertuin in. En natuurlijk moest het uitgerekend vandaag, nu ze een klein familiefeestje georganiseerd hadden, zulk slecht weer zijn!

'Mevrouw...'

Auguste had zachtjes de deur opengemaakt en stak haar hoofd door de kier.

'Ik ben bijna klaar, Auguste. Wie is er zojuist aangekomen?'

'Baron Von Hagemann en zijn echtgenote, mevrouw. En de auto van directeur Bräuer is ook voorgereden.'

'Ik kom naar beneden. Is in de keuken alles in orde?'

'Mevrouw Brunnenmayer loopt zoals altijd te schelden en zit de arme Hanna achter de vodden. Else heeft geklaagd dat ze in de keuken moet helpen.'

'Zeg tegen haar dat ze in de rode salon de box voor de tweeling moet opbouwen. Mama wil ze erbij hebben als later de mokka geserveerd wordt.'

'Ik zal het haar zeggen, mevrouw.'

Auguste had zich voor vandaag bijzonder netjes gekleed en zelfs een schoon, gesteven kapje opgezet. Ze hadden al heel lang geen feest meer gevierd in de villa, zelfs Kerstmis hadden ze rustig en bescheiden gehouden. Maar nu was als een volkomen verrassing Alfons, Kitty's echtgenoot, tien dagen met verlof en hadden ze besloten om Alicia's verjaardag, die het vorige jaar stil voorbijgegaan was, uitgebreid in familiekring te vieren. Natuurlijk voor zover dat in deze schamele tijd mogelijk was.

Marie legde de map in de lade van het bureau en schoof die dicht.

In de kinderkamer jengelde Leo, hij was boos omdat zijn zus zich al aan de houten spijltjes van de box kon optrekken, wat hem nog niet lukte. Daarentegen had hij een goudblonde lok op zijn ronde hoofdje, terwijl Dodo nog helemaal kaal was en om die reden een kanten mutsje op kreeg.

'Gevoed, verschoond en klaar voor allerlei ondeugende dingen,' zei Rosa vrolijk toen Marie de kinderkamer in liep. 'Uw schoonmoeder kennende zal ze haar lieveling Leo met allerlei eetbaars volproppen.'

'O ja, er is taart,' zuchtte Marie en ze tilde haar dochter uit de box. Het kleintje lachte en toonde vier piepkleine, sneeuwwitte tandjes. Dodo was vrijwel altijd vrolijk, echt een zondagskind, een dikkerdje, zoals iedereen zei. Leo, de stamhouder, kon de mensen ook betoveren als hij dat nodig vond, maar was het merendeel van de tijd ontevreden. Hij huilde 's nachts omdat zijn tandjes doorkwamen, wilde opgetild worden, had honger en buikpijn of was verkouden en had koorts.

'Gaat u maar naar beneden, mevrouw,' zei Rosa. 'Ik breng de kinderen na het eten naar de rode salon.'

Marie zette Dodo op Rosa's schoot en liep de trap af naar de eerste verdieping. Daar heerste al de gebruikelijke drukte waarmee elk feestje gepaard ging. Elisabeth haastte zich buiten adem langs Marie heen naar boven, ze had tot nu in het lazaret gewerkt en moest zich nog snel omkleden.

'Heeft Else mijn jurk gestreken, Marie?'

'Ik heb het haar gisteravond nog gevraagd. Je hoeft je niet te haasten, Lisa. Mama en papa zijn in de wintertuin en ik ga nu ook naar beneden om de gasten te ontvangen. Kleed je in alle rust om.'

'Dank je wel, Marie, je bent een schat.'

Auguste passeerde Marie gehaast, ze bracht de vochtige mantels van de gasten naar boven om ze te laten drogen. Hanna kwam met rode wangen en angstig heen en weer schietende ogen uit de personeelsingang, ze droeg een zwarte jurk die Marie haar geschonken had, met een wit kanten schortje en een licht mutsje. Ze zou vandaag voor het eerst bij een gezelschap serveren en was vreselijk opgewonden.

'Denk eraan dat je de wijn heel langzaam inschenkt, Hanna. En kijk niet zo sip, meisje. Ik weet dat je het kunt.'

'Ja, mevrouw, ik zal mijn best doen.'

In de wintertuin werd sekt uitgedeeld, waar iedereen met dit onvriendelijke weer heel blij mee was. Alleen Gertrude Bräuer, Kitty's schoonmoeder, zei dat ze liever een glas warme glühwein had gehad. Er werden cadeaus overhandigd, die op een tafeltje voor de boekenkast werden gelegd, ze feliciteerden Alicia, omhelsden elkaar of gaven elkaar alleen een hand – al naar gelang de mate van verwantschap. Voor Marie was het het moeilijkst om het echtpaar Von Hagemann met gepaste beleefdheid te begroeten. Ze wist al heel lang dat die twee haar als een mesalliance beschouwden, maar Marie, die door tragische omstandigheden een onechtelijk kind was en in een weeshuis was opgegroeid, had in haar kindertijd geleerd met de minachting van anderen om te gaan en liet niets merken. Gertrude en Edgar Bräuer begroetten haar veel hartelijker. Ze waren allebei dolgelukkig dat hun enige zoon, Alfons, voor een paar dagen veilig in Augsburg was.

'Waar blijven ze toch?' wond Gertrude Bräuer zich op. 'Ach, die jongelui! Sinds Alfons weer in Augsburg is hebben we hem nog amper gezien. Hij zit de hele tijd bij zijn jonge vrouw. En hij is helemaal verliefd op de schattige Henni.'

'Dat is logisch,' zei Alicia. 'De jongelui hebben hun eigen leven en dat hebben wij ouderen maar te accepteren, nietwaar, Johann?'

Johann Melzer was vandaag bij wijze van uitzondering in een goede stemming, hij had zichzelf ook een glaasje bubbeltjeswijn gegund en leek nogal opgewekt.

'Dat de goede Alfons bij mijn dochter Kitty zit, verbaast mij niet,' grapte hij. 'Die twee moeten tenslotte voor een stamhouder zorgen.'

'Johann toch,' berispte Alicia hem lichtelijk gegeneerd.

'Moet je hem horen!' meesmuilde Edgar Bräuer.

Ook Christian von Hagemann keek geamuseerd. Riccarda von Hagemann nipte aan haar sekt en bekeek peinzend de Venetiaanse glazen in de kast. Gertrude Bräuer, die nooit een blad voor haar mond nam, zei dat je daar toch niet de hele dag voor nodig had, zoiets kon je in een paar minuten afhandelen. Waarop Riccarda von Hagemann met haar ogen rolde.

Ze maakten nog wat grapjes, lieten zich tot een tweede glaasje verleiden en begroetten toen weleerwaarde Leutwien, die de avondmis gehouden had en daarom wat later was gekomen.

'Een glaasje sekt, weleerwaarde?'

'Graag, beste vriend. De miswijn brandt als azijn in mijn maag.'

Riccarda von Hagemann zei dat de dominee eigenlijk geen wijn maar het bloed van Christus dronk, wat Leutwien met een beleefd knikje ter kennis nam. Meteen daarna vroeg hij hoe het met haar zoon Klaus was, die – als hij zich niet vergiste – immers tot majoor bevorderd was.

'Onze Klaus doet de familietraditie eer aan, weleerwaarde. Zoals u weet waren ook de beide broers van mijn man en twee van zijn neven officieren van Zijne Keizerlijke Majesteit. Onze onvergetelijke overwinning van 1871 op aartsvijand Frankrijk is voor een niet onaanzienlijk deel een verdienste van de familie Von Hagemann.'

Ze noemde nog meer roemrijke familieleden, maar niet haar echtgenoot. Aan Christian von Hagemanns officierscarrière was destijds door een rampzalig schandaal een abrupt einde gekomen. Dat wist Leutwien ook, die ijverig knikte bij haar uiteenzettingen en verder zijn mond hield.

Voor de naamkaartjes had Marie liefdevol hartjes uit wit karton geknipt, waar ze kleine tekeningetjes op had gemaakt en iets op had geschreven. Daar oogstte ze veel lof mee, vooral Edgar Bräuer vond het bewonderenswaardig dat Alfons' schoonzus Marie haar grote kunstzinnige talent als vanzelfsprekend in dienst van de familie stelde. Waarop Christian von Hagemann zei dat niet elke vrouw zo intelligent was.

'Mevrouw,' zei Auguste en vanwege de gasten maakte ze een bijzonder gedienstig knicksje. 'Mevrouw Kitty Bräuer en haar echtgenoot zijn zojuist gearriveerd.'

'Wat fijn,' zei Alicia. 'Dan wachten we met de soep tot ze hebben plaatsgenomen.'

Kitty was knapper dan ooit, vond Marie. Ze was een beetje aangekomen, maar dat stond haar fantastisch, ze leek aardser, helemaal van deze wereld en niet meer een verre toverprinses. En ze was gelukkig, dat zag je direct aan haar roze, verhitte gezicht. Wat fijn, dacht Marie. Kitty was destijds alleen met deze aardige, enigszins onhandige man getrouwd omdat ze door haar vlucht met de Fransman volledig gecompromitteerd was. Maar nu leek de aanvankelijke dankbaarheid te zijn veranderd in echte liefde.

'Mama!' riep Kitty en ze strekte haar armen naar Alicia uit. 'Laat me je een knuffel geven, mijn aller-, aller-, allerliefste mama. We zijn zo ontzettend blij dat we zo'n lieve en liefhebbende, overbezorgde en nog altijd beeldschone mama hebben. Vertel je ons hoe oud je vandaag bent geworden? Nee? Nou ja, het kan hooguit dertig zijn. Goed dan, eenendertig. Maar niet ouder. Je kunt zeggen wat je wilt, maar niemand gelooft je.'

Ze rende haast door de kamer om haar moeder te omhelzen en liep bijna Hanna omver die met de soepterrine binnenkwam. Alfons Bräuer volgde zijn vrouw. Hij glimlachte goedmoedig, wat hij altijd deed in familiekring, en was vervolgens zo vrij om de jarige eveneens te omhelzen. Hij was erg dun geworden, vond Marie. Zijn gezicht, waarop vroeger altijd een rode blos te zien was, was nu vreemd grauw en de huid leek slap.

'Het doet me zo goed om weer hier te zijn,' zei hij. 'Wat een geluk dat ik je verjaardag mag meemaken.'

Kitty begroette de overige gasten, deelde kusjes en knuffels uit, kletste over haar domme zoogster die Henni niet op tijd gevoed had, over een mislukt marmeren beeld en over het lazaret waardoor ze op de trap naar de wintertuin al twee jurken, een rok en een paar spiksplinternieuwe schoenen bedorven had.

'Als juffrouw Jordan niet zo ijverig zou naaien, zou ik er naakt bij moeten lopen.'

'Kitty!' zei Elisabeth boos. 'Beheers je een beetje!'

Terwijl Hanna in opperste concentratie de soepborden vulde, hoorde Marie Kitty vertellen dat Maria Jordan intussen drie keer in de week in de villa naaide.

'O,' zei Riccarda von Hagemann terwijl ze haar rechterwenkbrauw optrok. 'Had ze bij jou niet voldoende werk, Elisabeth? Jij wilde deze vrouw toch per se als jouw kamenierster aanstellen, nietwaar?'

Elisabeth wierp Kitty een woedende blik toe en legde uit dat ze momenteel vaker in de villa was dan in haar eigen woning.

'Natuurlijk, jouw goede werk voor onze arme gewonden,' zei Riccarda von Hagemann.

Alicia zei dat ze heel blij was dat Maria Jordan voor hen naaide. Ze had hele mooie pakjes voor de tweeling gemaakt en voor haarzelf een paar jurken veranderd.

'In deze tijden is een goede naaister goud waard,' zei Gertrude Bräuer.

'Zeker,' zei Riccarda von Hagemann. 'En ik hoorde dat onze Marie ook een groot talent heeft voor naaien. Jij maakte vroeger toch jurken voor Lisa en Kitty?'

Marie merkte dat het stil werd aan tafel en iedereen naar haar keek. Die gemene oude trut.

Johann Melzer, die tot nu toe in een gesprek met weleerwaarde Leutwien verwikkeld was geweest, legde zijn soeplepel neer en nam Riccarda von Hagemann met een lange, onvriendelijke blik op.

'Over naaien kan ik weinig zeggen,' zei hij luid, 'maar dat mijn schoondochter Marie een buitengewone en getalenteerde jonge vrouw is, kan ik alleen maar bevestigen. En dat met alle respect. Ze heeft mij onlangs nog uitgelegd hoe een machine voor het vervaardigen van papieren draden werkt. Wat dat betreft is ze helemaal de dochter van mijn oude partner Jakob Burkard, zonder wie de textielfabriek van Melzer niet bestaan zou hebben.'

Hij keek naar Marie, die verbluft en tegelijkertijd ontroerd was vanwege deze onverwachte steun en niet wist wat ze moest zeggen. Hij sprak verder over de bestemming van de vrouw in de huidige tijd. Hij was altijd tegen de blauwkousen en suffragettes geweest, maar een vrouw die een buitengewoon talent had, moest een opleiding volgen. Geen enkel land kon het zich permitteren deze vaardigheden onbenut te laten. Zeker nu er op de slagvelden zo veel jongemannen zinloos hun leven gegeven hadden.

'Het is mooi en eervol om voor het vaderland te sterven!'

Christian von Hagemann had dit op scherpe toon gezegd, hij was rood geworden van verontwaardiging en keek Melzer aan alsof die een opstandige ondergeschikte was. Maries schoonvader was sprakeloos, zo'n felle tegenspraak had hij niet verwacht. In zijn plaats nam Alfons Bräuer het woord.

'Mijn beste Christian, er zit hier aan tafel vast niemand die niet achter ons Duitse vaderland staat. Maar zoals deze oorlog zich ontwikkelt, kan ik het niet meer met je eens zijn. Wat op de slagvelden en in de loopgraven gebeurt, heeft niets, maar dan ook helemaal niets met eer of een heldendood te maken.'

Hij had nog meer willen zeggen, maar deed dat niet aangezien er dames aan tafel zaten. Hij hief zijn wijnglas en proostte zijn schoonvader toe.

'Ik zal je deze woorden niet aanrekenen, beste Alfons,' zei Von Hagemann. 'Ik zie dat je psychische schade hebt opgelopen, wat helaas met veel jongemannen gebeurt die niet militair gedrild zijn maar alleen het weke leven van een normale burger gewend zijn. Het oorlogsgebeuren, mijn beste Alfons, is keihard, dat vergt een gezonde geest en een gezond lichaam, wilskracht en discipline. Het is puur aan de discipline te danken dat het Duitse leger beter is dan alle andere legers in de wereld.'

Hij was tijdens zijn preek steeds harder gaan praten, waarbij niet alleen zijn gezicht, maar ook zijn nek rood was aangelopen. Hij stak zijn kin in de lucht, schoof zijn onderkaak naar voren en keek om zich heen om te zien of iemand hier nog tegenin durfde te gaan. Johann Melzer leunde op zijn stoel naar achteren zodat Hanna zijn lege soepbord kon afruimen, Alfons Bräuer keek strak voor zich uit. Hij leek van alles te willen zeggen, maar hij was duidelijk vastberaden om op de feestdag van zijn schoonmoeder geen familieruzie op te wekken. Maar Kitty had dat bezwaar helemaal niet.

'Vreemd,' zei ze en ze depte haar mond met de witte, gesteven stoffen servet. 'Als we zo superieur zijn, waarom hebben we dan nog steeds niet gewonnen? Ik kan dat niet begrijpen, beste Christian. Maar dat komt vast doordat ik maar een vrouw ben. Stel je voor, ik dacht destijds echt dat die stomme oorlog na drie maanden voorbij zou zijn. Maar we zijn er nu al twee jaar mee bezig.'

Von Hagemann irriteerde zich flink aan het naïeve vrouwengeklets, waar hij nu helaas ook nog beleefd op moest antwoorden, hij kon Kitty immers niet negeren of verbieden haar mond open te doen.

'De redenen daarvoor, mijn beste Kitty, zijn zeer divers en voor een vrouw niet eenvoudig te begrijpen. Daar heb je militaire kennis voor nodig.'

'Daar zul je vast gelijk in hebben,' zei Kitty, terwijl ze aan de stropdas van haar man frunnikte, die zich deze vertrouwelijke aanraking graag liet welgevallen. 'Ik geloof dat het zo zit: als een strategie gelukt is, is het zeer gemakkelijk te verklaren. Maar als het plan niet gewerkt heeft, wordt het vreselijk ingewikkeld, want dan vinden alle betrokkenen dat het de schuld van de ander is. Nietwaar, papa?'

Hierop volgde een gegeneerde stilte. Von Hagemann forceerde een welwillend lachje, terwijl Johann Melzer zijn best moest doen om niet te grijnzen.

'Mijn lieve gasten,' zei Alicia. 'Ik heb het genoegen nog twee gasten te mogen begroeten die mij komen feliciteren. Dokter Greiner en zijn collega dokter Moebius verlenen mij de eer om hun werk in het lazaret voor een uurtje te laten voor wat het is en hierboven bij ons te komen.'

De heren stonden op om de nieuwe gasten te begroeten, die niet op een beter moment hadden kunnen verschijnen want Riccarda von Hagemann had haar lippen al getuit om haar echtgenoot te steunen. Maar nu was het gesprek over de zin of onzin van de oorlog voorlopig beëindigd. Else en Auguste brachten stoelen, terwijl Hanna extra couverts neerlegde. Tegelijk met de twee artsen kwam ook Tilly binnen, die tot nu toe in het lazaret had gewerkt.

'Lieve Alicia, ik wens je veel geluk en zegeningen,' zei ze en ze kuste Alicia op haar beide wangen. 'En neem me niet kwalijk, maar het lukte me niet meer om me om te kleden.'

Ze droeg een eenvoudige donkerblauwe katoenen jurk en had alleen haar witte schort afgedaan. Ook haar schoenen pasten niet bij de feestelijke aangelegenheid. Kitty verzekerde haar echter dat ze er in deze jurk juist fantastisch uitzag omdat die een prachtig contrast vormde bij haar blonde haar.

'En trouwens, ik vind toch dat je de laatste tijd veel volwassener overkomt,' kletste Kitty verder. Ze keek naar Elisabeth, die in eerste instantie haar voorhoofd fronste, maar toen knikte.

'Je ontwikkelt je tot een verleidelijke schoonheid, mijn liefste,' zei Kitty lachend. 'Kom naast me zitten, Tilly. Je hoeft niet te blozen. Nietwaar, Marie? Tilly heeft iets weg van een kleine zeemeermin. Wil je niet eens voor mij poseren, Tilly? Ik zou je op een rots tekenen, met los haar en een vissenstaart, voor de diepblauwe zee.'

Tilly werd verlegen van de vele complimenten en was vooral van slag door de geamuseerde blik van de jonge arts. Dokter Moebius zat schuin tegenover haar, antwoordde beleefd op Gertrude Bräuers vragen over haar rugpijn en keek ondertussen telkens weer naar de jongedames. Zijn blik zweefde vooral naar Kitty, die altijd de aandacht van jongemannen trok. Maar het viel Marie op dat hij ook vaak naar Tilly Bräuer keek en aan zijn gezichtsuitdrukking kon ze zien dat hij naar Tilly luisterde.

Hij is absoluut een aantrekkelijke man, dacht Marie. Grijze ogen, die door zijn zwarte haar erg licht leken, mooi gevormde wenkbrauwen, een rechte neus, een mooi, goedverzorgd baardje. Smalle handen, als van een kunstenaar. Elisabeth had verteld dat hij een hele goede chirurg was.

Voordat de hoofdgang geserveerd werd ging Johann Melzer staan om een korte toespraak te houden. Het was een plicht die hij niet erg graag vervulde aangezien de echtelijke betrekking niet altijd harmonieus was, maar daar liet hij uiteraard niets van merken. Marie moest Hanna op haar schouder tikken, want die was zo ontroerd dat ze vergat de glazen op tijd bij te vullen.

'… dus laten we nu ondanks de oorlog en de woelige tijden het glas heffen en op deze verjaardag proosten. Moge er nog veel van dit soort vrolijke feesten in de villa zijn – op betere tijden, op vredestijd.'

Ze dronken op Alicia's welzijn, vervolgens op de keizer, op het zwaar in het nauw gebrachte vaderland en op de zege van de Duitse troepen in het oosten en het westen.

'Laten we vooral op een verlossende vrede en de gelukkige thuiskomst van onze soldaten drinken,' zei weleerwaarde Leutwien, waarmee hij vrijwel ieders diepste wens verwoordde. Marie sloot heel even haar ogen om Pauls lachende gezicht voor zich te zien en proostte hem toe. Gauw, dacht ze. Je zult weer gauw bij me zijn.

'… de zegerijke vrede,' hoorde ze Christian von Hagemann eraan toevoegen, en meteen daarop riep Kitty wijsneuzig dat het haar niet uitmaakte of het een zege of een nederlaag werd, als die oorlog nou maar eindelijk beëindigd werd.

'U hebt volkomen gelijk, mevrouw Bräuer,' zei dokter Moebius waarmee hij Von Hagemann de mond snoerde. 'Deze oorlog eist oneindig veel mensenlevens. Ik ken collega's die tegen me zeiden dat het gemakkelijker is om zelf naar het front te trekken dan constant geconfronteerd te worden met de verschrikkelijke gevolgen van deze gevechten. Het vergt het uiterste van je als arts.'

Auguste hielp Hanna met het serveren van de hoofdgang, die uit knoedels, rode kool en gebraden gans bestond. De Von Maydorns hadden voor Alicia's verjaardag een kist met levensmiddelen gestuurd. Ze waren zo slim geweest om de kostbare vracht niet per trein op te sturen, maar hadden hem met een goede kennis meegegeven die met de paardenkoets naar München reisde. Tijdens de maaltijd verstomden de gesprekken vrijwel helemaal. Vooral het echtpaar Von Hagemann stortte zich op de gebraden gans, maar ook de twee artsen en weleerwaarde Leutwien tastten flink toe.

'Dit soort gevogelte krijg je tegenwoordig niet meer vaak op je bord,' zei dokter Greiner waarderend. 'En de bereiding – ik kan alleen maar zeggen: delicaat. Veel lof voor de keuken!'

Hanna, die naast de deur op aanwijzingen stond te wachten, maakte een knicksje, alsof ze het voltallige keukenpersoneel vertegenwoordigde.

De gesprekken gingen nu over dagelijkse dingen, ze praatten over de kinderen, prezen de evenementen van de zangkring en dokter Greiner vertelde grappige belevenissen uit zijn studententijd lang geleden. Na een poosje nodigde Alicia haar gasten uit naar de rode salon te komen, waar ze van het dessert en een kopje mokka zouden genieten. Ook de herenkamer, waar gerookt mocht worden, stond tot hun beschikking, maar alleen dokter Greiner, Edgar Bräuer en Christian von Hagemann besloten de gastheer daar gezelschap te houden. Weleerwaarde Leutwien, dokter Moebius en Alfons Bräuer gaven er de voorkeur aan bij de dames te blijven, zeker nu de twee zoogsters de kinderen naar beneden brachten. Dodo was vrolijk als altijd, Leo was boos omdat ze hem gewekt hadden en de vijf maanden oude Henriette keek met pientere, verbaasde oogjes om zich heen. Haar vader nam haar op zijn schoot en stond zijn dochter de hele avond niet meer af.

'Wat nou, stamhouder!' zei hij lachend terwijl het meisje met haar kleverige vingertjes zijn bril betastte. 'Ik wil nog wel minstens twee van zulke schattige kleine meisjes. Ze moeten net zo betoverend als mijn Kitty zijn. Daarna mag er wat mij betreft ook een jongetje geboren worden.'

'O, help,' kreunde Kitty. 'Moet ik nog drie kinderen op de wereld zetten? Mijn figuur is nu al helemaal uit vorm.'

'Onzin, schat. Je bent mooier dan ooit!'

Marie keek naar Elisabeth die liefdevol met Dodo speelde. Het deed haar pijn dat juist Elisabeth niet zwanger raakte. Leo werd zoals te verwachten was door zijn oma verwend.

'Mama, alsjeblieft!' riep Marie. 'Leo mocht niet meer dan één stukje tulband!'

'Maar ik ben vandaag jarig en hij vindt het zo lekker.'

Tilly zat zachtjes met dokter Moebius te praten, ze keek hem met een ernstige blik en grote ogen aan, alsof ze op zijn beslissing wachtte. Waarschijnlijk hebben ze het over een van de patiënten, dacht Marie. Wat was Tilly toch vlijtig, ze vervulde haar plicht trouw.

'Heb je dat gezien?' fluisterde Kitty in haar oor. 'Daar ontstaat toch wat. Ik wed om mijn beste winterbontjas dat onze Tilly verliefd is op de knappe dokter.'

'Ach, Kitty!' pareerde Marie.

'Echt waar, Marie. Lisa denkt het ook. Ze heeft die twee beneden in het lazaret geobserveerd.'

Tegen negen uur namen de eerste gasten afscheid. Het echtpaar Von Hagemann wenste iedereen nog een aangename avond en ook weleerwaarde Leutwien en dokter Greiner wilden graag naar huis.

'Op onze leeftijd heb je meer slaap nodig,' grapte de dokter, die heel wat glaasjes wijn ophad. 'Dames... vereerde meneer de directeur... Eleonore Schmalzler, het was mij een waar genoegen. De terugweg in het gezelschap van een geestelijke zal mij louteren van de zonden van het geschrans en de drankzucht.'

Dokter Moebius verliet het gezelschap eveneens, hij had nachtdienst in het lazaret. Over twee uur zou Elisabeth hem volgen, ook zij had dienst. Ze bleek een goede verpleegster te zijn, die ook in ernstige situaties haar hoofd koel hield. Daar had niet iedereen haar toe in staat geacht.

'Heb je eigenlijk alle cadeaus uitgepakt, mama?' vroeg Marie.

'Ik weet het niet.'

Een tijdlang werd het weer levendig in de rode salon. Auguste moest de cadeaus halen zodat Alicia ze kon uitpakken terwijl iedereen nieuwsgierig toekeek. Het galmde weer in de ruimte van het vrolijke gelach, de bewonderende kreten en het flauwe gegiechel. Alicia kreeg mooi geborduurde zakdoeken, een zijden avondtasje, een paar kleine broches met edelstenen en allerlei snuisterijen. Het toppunt was een poppetje: een zwart ventje met een lendendoek die op een krokodil zat, het poppetje was ook als briefopener te gebruiken.

'Mijn god, wat is dat lelijk!'

'Nee, schattig juist, waarom krijg ik nooit zoiets cadeau?'

'Die kun je met Kerstmis mooi aan tante Helene geven.'

Marie moest lachen, het was een geslaagde avond geworden.

Intussen zaten Edgar Bräuer en Johann Melzer in de herenkamer. Ze verrijkten hun mokka met een glaasje Franse cognac die Alfons als cadeau had meegebracht. De twee mannen kenden elkaar al jaren, hadden samen veel zaken gedaan en ook nu had Melzer weer een lening bij de private bank van Bräuer afgesloten om de nieuwe machines te kunnen betalen.

'En? Hoe lopen de zaken?'

'Goed,' zei Melzer. 'De eerste balen liggen al klaar voor transport. Nu gaan we de stoffen nog verfijnen en bedrukken met patronen. Daarvoor moeten we echter nieuwe walsen graveren, de oude patronen passen niet goed op de papieren stoffen.'

Bräuer knikte tevreden en pakte wat lekkers. De tulband versmaadden ze allebei, ze hadden alleen wat van de suikerhartjes genomen. Melzer verklaarde enthousiast dat er een enorme markt voor papieren stof was. Al naar gelang de kwaliteit van de stof kon je er bijna alles van naaien. Van luier tot korset tot uniformen, rugzakken en gasmaskers voor paarden. Alleen kon je de spullen helaas niet wassen, alleen uitkloppen. Er was nog ruimte voor verbeteringen.

'Ik hoorde dat er nu zelfs krijgsgevangenen in de fabriek werken.'

‘Dat klopt,’ zei Melzer. Er waren een paar werkzaamheden die vrouwen en oude mannen nu eenmaal niet konden doen, zoals het tillen van de zware papierrollen en het wegbrengen van de balen stof. Ook beneden bij de stoommachine had hij liever een paar jonge kerels dan magere grijsaards staan. Het vervelende was alleen dat je ze ook te eten moest geven, en die kerels vraten ontzettend veel.

‘Bovendien heb je constant hun bewakers erbij, soldaten van het thuisfront, die opletten dat er geen gevangene vandoor gaat. Ze slapen niet hier, maar in de machinefabriek, bij de anderen.’

Bräuer knikte peinzend en zweeg een poosje. Toen boog hij naar voren en keek hij behoedzaam naar de deur of er geen dienstbode meeluisterde.

‘Luister, Johann,’ fluisterde hij. ‘Ik ben blij dat het weer beter gaat met je fabriek. Bij mij gaat het niet zo goed.’

Melzer keek hem geschrokken aan. Hij had al vaker geruchten gehoord dat het bankiershuis Bräuer niet meer zo stevig op de grond stond. Dat was ook geen wonder, veel banken waren in moeilijkheden geraakt, het oorlogsgebeuren verteerde het kapitaal, het was niet meer mogelijk handel te drijven met het buitenland, en ook in het binnenland ging het slecht met de economie.

‘Het komt wel weer goed,’ zei Melzer en hij klopte Edgar Bräuer bemoedigend op de schouder. ‘Als eerst die verdomde oorlog maar voorbij is.’

# 10

ELISABETH VON HAGEMANN zat aan de tafel aan het ontbijt, dat uit brood, surrogaatvet, een klein stukje kaas en eikeltjeskoffie bestond. Ze was niet in een beste stemming. Maria Jordan vroeg zich af of dat te maken had met de veldpostbrief die ze opgevouwen naast haar bord had gelegd. In ieder geval leek de brief nogal kort te zijn, de majoor hield niet van romantische ontboezemingen.

'Hoe ver bent u met mijn avondjurk, Maria?'

'Ik ben net begonnen de naden los te tornen, mevrouw.'

'Fijn. Ik heb hem volgende week nodig. Mijn zus en ik gaan naar de opera.'

Dat wist Maria Jordan allang. Kitty Bräuer verveelde zich stierlijk sinds haar echtgenoot weer aan het front was. Ze bezocht de evenementen van de liefdadigheidsvereniging, ging naar de opera en – dat had Else haar in vertrouwen toegefluisterd – was zelfs op een bijeenkomst van de socialisten gesignaleerd. Samen met haar schoonmoeder! Maar ach, iedereen wist wat je van Gertrude Bräuer moest vinden. Ze was nu eenmaal van eenvoudige komaf, er werd gezegd dat haar vader in een winkel met koloniale spullen gewerkt had. Het was ongelofelijk dat dat mens een dochter van de fabrikant Melzer meenam naar een bijeenkomst van de socialisten.

'Ik ben ervan overtuigd dat het werk de moeite waard is, mevrouw. U zult er fantastisch uitzien in die jurk...'

Elisabeth was niet in de stemming voor complimenten. Ze knikte verstrooid en zei tegen Marie dat de kolenhandelaar die middag zou komen, of ze op de huisbel wilde letten. De kolen moesten in de kelder opgeslagen worden, de sleutel hing aan het haakje naast de deur.

'En sluit u de kelder goed af, Maria. U weet immers dat er gedurende de nacht zomaar kolen kunnen verdwijnen.'

Maria Jordan was het intussen gewend dat ze een heleboel klusjes moest doen die niet tot de taken van een kamenierster behoorden. Maar ze had geen andere keuze dan het stilzwijgend te accepteren. Van de enkele uren die ze in de villa van de Melzers als naaister werkte, kon ze niet leven.

'Zoals u wenst, mevrouw. Komt u vanavond weer terug of overnacht u in de villa?'

Elisabeth was in de veldpostbrief verdiept, las de paar regels met gefronst voorhoofd en keek toen afwezig naar Maria Jordan op.

'Wat? O, eh, nee, ik zal de komende twee nachten in de villa blijven. Ik heb nachtdienst in het lazaret.'

'Goed, mevrouw.'

'U kunt doorgaan met naaien. Ik heb straks de zwarte fluwelen hoed met de brede rand en de mantel nodig. En ook de overschoenen, vrees ik.'

Later keek Maria Jordan uit het raam naar de straat, waar Elisabeth von Hagemann moeizaam tegen de wind vocht. Grijze herfstbladeren dwarrelden over het plaveisel. Onder een kaal boompje stond een groepje halfvolwassen kinderen die iets onder elkaar verdeelden. Misschien hadden ze in een bakkerswinkel een broodje gestolen. Het deed Maria Jordan pijn in het hart dat deze onschuldige kinderen daar in vodden gekleed en rillend van de kou stonden om gestolen waar te verdelen. Waarom?

Vanwege de honger. Wat een tijden waren dit. Wat een wereld!

Ze liet haar werk liggen en liep naar Gertie in de keuken, waar het haardvuur nog gloeide en ze haar handen kon verwarmen. Gertie had de achterkant van een commode verbrand, ander stookmateriaal was er voorlopig niet te krijgen.

'Ik houd het hier niet meer lang uit,' zei het meisje. 'Otto heeft al een paar keer gezegd dat ik ontslag moet nemen. Vooral omdat ik eeuwig op mijn salaris moet wachten. Hij wil vast wel met me trouwen als ik hier ontslag neem.'

'Weet je dat zeker?' vroeg juffrouw Jordan en ze trok ongelovig haar wenkbrauwen op. Ze had wel vaker mensen horen zeggen 'Hij gaat met me trouwen' waar dan later niks van terechtkwam. 'Zal ik niet beter nog een keer de kaarten voor je leggen?'

Gertie deed haar mond open om te antwoorden, maar op dat moment luidde de deurbel en Maria Jordan haastte zich om de deur open te doen. Godzijdank, de kolenman! Vanavond zou ze tenminste een warm kamertje hebben.

Maar toen ze de deur opendeed, bleken baron Von Hagemann en zijn vrouw op de stoep te staan. Ze waren allebei winters gekleed en roken sterk naar naftaleen, dat tegen motten gebruikt werd.

Maria Jordan maakte een klein knicksje en glimlachte zuur. Als de heer en mevrouw van plan waren zichzelf voor het middagmaal uit te nodigen, nou, dan konden ze het vergeten.

'Goedendag, mevrouw de barones, meneer de baron…'

Riccarda von Hagemann vertrok geen spier en liep langs Maria Jordan heen alsof ze lucht was. Haar echtgenoot bleef in eerste instantie op de drempel staan, zuchtte en stapte de gang in.

'Goedemorgen, juffrouw Jordan,' zei hij met een sprankje vriendelijkheid. 'Is mijn schoondochter thuis?'

'Helaas niet, meneer de baron. Mevrouw Von Hagemann heeft dienst in het lazaret. We verwachten haar overmorgen terug.' Maria Jordan had zich al op de teleurgestelde blik van de barones verheugd, maar die nam het nieuws gelaten op.

'Wel,' zei ze, terwijl ze met kritische ogen naar de ouderwetse gangspiegel keek waaronder een biedermeiercommode stond. 'Dat komt goed uit. We willen in geen geval dat Elisabeth door ons enig ongemak ervaart.'

'Natuurlijk,' zei juffrouw Jordan, zonder dat ze begreep wat de barones precies bedoelde. Blijkbaar wilden ze meteen weer gaan. Mooi.

'Johann!' riep Christian von Hagemann op een scherpe, bevelende toon. 'Je kunt de twee kisten naar boven brengen.'

'Wat staat u daar te treuzelen?' zei Riccarda von Hagemann tegen Maria Jordan. 'Gaat u naar beneden, er is een hoop bagage. Waar is het kamermeisje? Waar hangt ze uit?'

Maria Jordan stond nog steeds op dezelfde plek, ervan overtuigd dat dit een nare droom moest zijn. Kisten. Bagage. En wat voor gesnuif en gekreun hoorde ze in het trappenhuis?

'Waarom is het hier zo koud?' klaagde Christian von Hagemann, die de deur naar de woonkamer geopend had. 'Steekt niemand de kachels aan?'

Gertie gluurde door de kier van de half geopende keukendeur. Er tekende zich opkomende verbijstering af op haar smalle gezicht.

'Daar is ze!' riep Riccarda von Hagemann. 'Nou, hup, kleine. Beneden in het portiek staat een hoop bagage die naar boven gedragen moet worden. En wee je gebeente als je een doos laat vallen. Heb je me begrepen, Dorte?'

'Ik... ik heet Gertie,' stamelde het huismeisje.

'Wie interesseert het nou hoe jij heet,' snauwde de barones. 'Doe je werk. Breng die spullen boven voordat ze gestolen worden!'

Gertie keek Maria Jordan hulpzoekend aan, maar zij haalde slechts haar schouders op om aan te geven dat ze ook niet wist wat zich hier voor haar ogen afspeelde.

'U... u bent van plan langer te blijven?' vroeg Jordan voorzichtig.

Riccarda von Hagemann negeerde de vraag. Ze was al naar de werkkamer van haar zoon gelopen, waar ze zich over het stof op het bureau opwond.

'Vanaf vandaag wonen we hier, juffrouw Jordan,' legde Christian von Hagemann uit. Daarbij glimlachte hij minachtend en op een manier die duidelijk maakte dat hij geen tegenspraak duldde. Maria Jordan was geen jong meisje meer, ze wist dat het leven allerlei verrassingen in petto had. Goede en minder goede. Deze behoorde tot de hele nare.

'Het spijt me dat wij van niets wisten, meneer de baron. Mevrouw heeft ons hier niet over geïnformeerd.'

Hij was niet van plan haar antwoord te geven, maar liep de woonkamer in om de kachel te onderzoeken. Het was duidelijk: dit was een overval. De arme Elisabeth had hoogstwaarschijnlijk geen flauw idee dat deze profiteurs bij haar introkken. Maria Jordan voelde diepe solidariteit met haar jonge bazin, maar was niet in staat deze aanval af te weren. Gertie was geen steun. Juffrouw Schmalzler, zij zou de juiste persoon geweest zijn. Of mevrouw Brunnenmayer. Ook Auguste zou zich weten te verweren. Maar geen van hen allen was nu hier.

Gertie deed geen moeite een goed maal te verzorgen, tenslotte was ze geen kokkin. De heer en mevrouw moesten helaas genoegen nemen met te gaar gekookte aardappelen, wat kaas en een pot zure augurken.

Maria Jordan wachtte niet af wat het echtpaar Von Hagemann over dit sobere maal zou zeggen. Ze liep naar de zolderkamer die ze met Gertie deelde, trok haar mantel aan en zette haar hoed op. Toen ze op haar tenen de trap af liep, hoorde ze de barones tekeergaan en Gerties piepende stemmetje. Gertie sprak zachtjes, maar volhardend en was niet bereid om van angst te verstommen.

Arme Gertie, dacht Maria Jordan. Zelfs als die Otto met haar trouwde, tot wat voor goeds zou dat kunnen leiden? Maar ja, ze moest nu eerst aan zichzelf denken.

Ze had een flinke voettocht naar de villa voor de boeg, het was jammer dat de tram vanwege de oorlogsschaarste minder vaak reed. Terwijl ze langs St. Ulrich en Afra in de richting van de Jakobermuur liep, had ze harde wind tegen en motregende het. Wat stom! Ze had haar regencape om moeten doen. Maar daarvoor was het nu te laat. Was het eigenlijk wel slim, wat ze van plan was? Ze bleef heel even staan omdat haar hoed bijna van haar hoofd waaide en liep vervolgens gehaast verder. Ik moet discreet handelen, dacht ze. Haar jonge bazin zou het vast gênant vinden als iemand van het personeel of zelfs een familielid dit nieuws hoorde. Maar ik ben het haar verschuldigd, dacht Maria Jordan. Ze is niet altijd vriendelijk tegen me geweest, dat is waar. Maar ze is een Melzer en heeft mij als haar kamenierster in dienst genomen.

Toen ze de Jakoberpoort bereikte regende het zo hard dat ze in het poortgebouw bleef staan schuilen. Twee vrachtwagens ratelden langs haar heen de stad in. De lading was afgedekt, maar ze kon zien dat het rapen waren. Knolrapen, waar de mensen met aardappelen en penen een eenpansgerecht van maakten. Na een poos besloot ze ondanks de regen door te lopen. Ze was nu toch al nat en het was altijd nog beter te bewegen dan rillend in de tochtige poort te blijven staan.

Ze kwam helemaal doorweekt bij de villa aan en trok aan de bel van de personeelsingang. Ze lieten haar wachten. Net toen ze dacht dat ze helemaal verstijfd was van de kou, kwam Hanna om de deur open te maken.

'Komt u snel binnen, juffrouw Jordan. Ik moet opschieten.'

Ze liet de deur open en liep de keuken in, waar mevrouw Brunnenmayer een eenpansgerecht over een aantal soepterrines verdeelde. Aha, in het lazaret werd het middagmaal uitgedeeld. Juffrouw Jordan snoof en moest toegeven dat mevrouw Brunnenmayer echt wist hoe je van aardappelen, wortelen, selderij en een beetje spek een heerlijk gerecht kon toveren.

'Mijn hemel, u bent drijfnat, juffrouw Jordan!' zei Fanny Brunnenmayer. 'Wat doet u hier eigenlijk vandaag? Ik dacht dat u maandags, woensdags en vrijdags komt. Maar het is vandaag donderdag.'

Maria Jordan trok snel de druipende jas uit en zette haar hoed af. 'Ik help mee de schalen naar het lazaret te brengen!'

Dat verbaasde de kokkin zeer, normaal was juffrouw Jordan niet zo hulpvaardig. Ze staarde Jordan zwijgend aan, alsof ze wilde zien of ze misschien ziek was.

'Straks wordt u nog verkouden.'

'Onzin.'

Van de personeelsruimtes was er een directe toegang naar de ziekenzaal, waar Hanna al twee soepterrines op een tafel had gezet. Een van de jonge zusters vulde telkens met een soeplepel een klein kommetje met eten, stak er een lepel in en legde er een sneetje brood op. Maria Jordan zette de dampende schalen op de tafel en keek om zich heen. Hier stonden de bedden dicht op elkaar, in twee lange rijen, gescheiden door een looppad. Her en der was een tussenwand gecreeerd die bestond uit een beddenlaken dat over een gespannen draad gehangen was. Gisteren waren er weer vijftien nieuwe patiënten gebracht. Ze waren allemaal bedlegerig, sommigen waren zo zwaargewond dat het niet zeker was of ze in leven zouden blijven. Je moest psychisch wel heel sterk zijn om deze arme jonge kerels te verplegen, ze moed toe te spreken en – als hun einde nabij was – aan hun bed te zitten. Maria Jordan wist niet of ze zelf zo veel kracht zou kunnen opbrengen. Haar jonge bazin Elisabeth scheen het wel te kunnen. Wie had dat van haar gedacht?

Elisabeth kwam nu eindelijk van achter een van de opgehangen lakens tevoorschijn, met in haar handen een leeg kommetje en een beker. Ze liep naar de tafel om nog meer porties uit te delen. Ineens zag ze Maria Jordan staan en ze trok verbaasd haar wenkbrauwen samen.

'Is het vandaag al vrijdag?'

'Ik ben nu extra gekomen, mevrouw,' zei Maria Jordan zachtjes. 'Er is iets onverwachts gebeurd.'

'Later,' zei Elisabeth en ze liep met twee gevulde kommen weg.

Jordan besloot in de keuken op haar te wachten. Ze hielp Hanna de couverts voor de ziekenverzorgsters en het personeel te dekken, maar toen mevrouw Brunnenmayer haar vroeg of ze mee wilde eten, bedankte ze en liep ze terug naar de ziekenzaal.

'Wat is er dan?' vroeg Elisabeth ongeduldig.

'Ik moet u heel even kort spreken, mevrouw. Kan dat ergens onder vier ogen?'

Elisabeth zuchtte geïrriteerd, maar maakte de deur van de behandelkamer open die tijdens het middageten niet gebruikt werd.

'Nou, wat is er aan de hand? Ik heb niet veel tijd, Maria.'

Discretie was één ding, nieuws voorzichtig overbrengen was iets heel anders. Wat dat betreft was Maria Jordan nogal lomp. Ze smukte de gebeurtenis in de woning met allerlei details op die ze beter nog even achterwege had kunnen laten.

'Ze hebben de meubels verschoven? De gordijnen weggehaald? De echtelijke slaapkamer in beslag genomen?'

'Wat ik u zeg, mevrouw. Uw schoonmoeder heeft zelfs al uw ondergoed doorzocht. Ik kon het niet verhinderen. Helaas. Het maakte me nijdig, dat zweer ik u. En dan die rare bediende, die als een zombie rondloopt.'

'O, bedoelt u Johann? Die is ongevaarlijk. Hij werkt al bijna vijftig jaar voor de Von Hagemanns.'

'Hij heeft met een bijl de keukenbank in stukken gehakt.'

Elisabeth luisterde niet meer. Ze was op een kruk gaan zitten en legde haar hand op haar voorhoofd. Maria Jordan was bang dat ze ging flauwvallen.

'O, mijn god, ik had het wat voorzichtiger moeten brengen. Maar ik ben zelf zo opgewonden... Ik ga een glas water voor u halen, mevrouw.'

'Onzin!'

Elisabeth schudde energiek haar hoofd, spande haar spieren en haalde een paar keer diep adem. Ze had noch tijd, noch zin om met haar schoonouders te ruziën, zei ze.

'Als Riccarda en Christian deze woning nodig hebben, zal ik het ze niet weigeren. Maar ik ben niet bereid om daar samen met hen te wonen. Dat kan niemand van mij verlangen.'

'U hebt helemaal gelijk, mevrouw.'

'Ik hoor hier, Maria,' ging Elisabeth verder. 'Hier bij deze ongelukkige jongemannen die al hun energie en hun gezondheid voor het vaderland gegeven hebben. Ik heb nog nooit eerder in mijn leven zoiets zinvols gedaan en ik denk dat ik me hier van nu af aan helemaal aan ga wijden.'

Ze keek Maria Jordan met een triomfantelijke blik aan en Jordan haalde opgelucht adem. Blijkbaar was Elisabeth von Hagemann bijgekomen van de schrik en koos ze nu voor de vlucht naar voren.

'Dat betekent... wat?' vroeg Maria Jordan verwachtingsvol.

'Zolang mijn schoonouders in de Bismarckstraat wonen, zal ik mijn kamer in de villa weer betrekken. Zorgt u er alstublieft voor dat mijn kleren en persoonlijke spullen naar de villa gebracht worden.'

'En... mag ik met u naar de villa terugkeren?'

Elisabeth had haar hand al op de deurklink gelegd, maar ze bleef nu staan en draaide zich om.

'Dat is niet aan mij om te bepalen. U moet met mijn schoonzus gaan praten.'

# 11

'HOE KON JE!'

Marie schudde vertwijfeld haar hoofd. Ach, ze had het kunnen weten. Kitty was nu eenmaal Kitty, ze deed wat haar gevoel haar ingaf. En Kitty's gevoelens waren vaak tegenstrijdig.

'Maak er nou niet zo'n ophef over, Marie,' zei Kitty. 'Het was tenslotte geen brief. Slechts een paar woorden die ik even snel op het blad gekrabbeld had... Wat beleefde frasen... In feite niks bijzonders.'

Ze trok de wollen doek die Alicia haar uit voorzorg had gegeven strakker om zich heen. Ook in de villa deden ze zuinig met stookmateriaal, de rode salon werd alleen 's avonds kort verwarmd. Beneden in het lazaret was de open haard aangestoken, zodat de zieken het niet koud hadden, maar het vuur gaf maar weinig warmte af, terwijl het wel een hoop hout kostte. Het enige goede eraan was dat de door de schoorsteen opstijgende hitte een deel van de kamers boven verwarmde.

'Als het echt niets bijzonders was, lieve Kitty, dan had hij er toch zeker niet op geantwoord, of wel soms?'

Kitty slaakte een diepe zucht en keek naar het raam. Het was laat in de ochtend, de lucht hing als zwaar grijs fluweel boven de stad, in het park dwarrelden de eerste sneeuwvlokjes boven het grasveld. Het was bijna Kerstmis, in de stad waren de winkels al versierd, hoewel het aanbod maar beperkt was.

'Je weet toch hoe mannen zijn,' zei ze en ze haalde haar schouders op. 'Je geeft ze een vinger en ze willen meteen de hele hand... Mijn hemel, het was niet eens een vinger. Slechts een aanraking. Een vriendelijke groet. Mijn hoop dat hij geneest.'

Marie voelde zich net een strenge gouvernante, een rol die ze niet fijn vond en nooit had willen spelen. Maar Kitty, haar lichtzinnige, sympathieke schoonzus, dwong haar er gewoon toe. Kitty had een verstandig denkend persoon aan haar zijde nodig, en Alfons, die deze taak stilzwijgend en liefdevol vervuld had, was weer aan het front. In Frankrijk, had Kitty verteld. Ergens ver weg in het westen...

'Heb je Gérard ook geschreven dat je nu getrouwd bent?'

Kitty rolde met haar ogen en deed alsof dat een volkomen overbodige vraag was. 'Natuurlijk weet hij dat ik getrouwd ben.'

'Je hebt het hem dus verteld?' hield Marie vol.

'Nou, dat ziet hij toch als hij naar de afzender kijkt, of niet soms?'

Marie gaf het op. Wat Kitty ook aan Gérard Duchamps geschreven had, het was voor de jongeman de aanleiding geweest om een lange brief te schrijven, die nu in Kitty's handtas zat.

'Kijk niet zo, Marie,' mopperde Kitty en ze boog zich naar voren om voor hen beiden nog een kopje thee in te schenken. 'Nee, echt, Marie. Als je zo streng kijkt heb ik spijt dat ik de brief aan je heb laten zien. Bovendien had ik zijn brief alleen maar beantwoord omdat ik dacht dat hij dood zou gaan. Niemand kon tenslotte weten dat hij weer beter zou worden. Niet dat ik er boos om ben... Het is toch mooi als een soldaat van zijn wonden kan genezen. Zelfs als hij een Fransman is.'

'Natuurlijk,' gaf Marie toe. 'Niemand wenst Gérard iets naars. Hij moet alleen weten dat jij een getrouwde vrouw bent en dat het geen zin heeft om jou brieven te schrijven.'

Kitty deed twee lepeltjes suiker in haar thee en vertrok haar gezicht toen ze de thee proefde.

'Maar hij schrijft hele onschuldige dingen, Marie,' zei ze terwijl ze walgend het kopje wegzette. 'Je kunt het zelf lezen. De toon is vriendschappelijk en er is geen enkele toespeling op… op… op het verleden.'

Behalve dan dat hij haar op de hoogte brengt van zijn scheiding, dacht Marie en ze zuchtte. Het maakte niet uit wat je tegen Kitty zei, als ze het niet wilde horen, luisterde ze gewoon niet. Tien minuten geleden had Marie haar nog uitgelegd dat Gérard niet zomaar iemand was. Hij was haar ex-minnaar. Het feit dat hij haar deze brief via een Duitse vriend uit het Belgische lazaret had doen toekomen, was onmogelijk en voor haar echtgenoot een klap in het gezicht. Kon ze dat niet begrijpen? Wilde ze Alfons, de vader van haar kleine Henni, zo veel verdriet aandoen?

'Mijn hemel, Marie. Alfons is aan het front. Hij zal er niets van merken, dus hij kan er ook niet over piekeren. Stel je voor, ik kreeg gisteren een brief van hem. Ze vechten bij de Marne tegen de Engelsen. Dat schijnen veel betere soldaten te zijn dan de Fransen, schreef hij. Is dat niet interessant? Ik vind de Engelsen een beetje zonderling, zo stijfjes en saai…'

Marie zweeg en liet Kitty's geklets langs haar heen gaan. Nu ze er nog eens over nadacht, was het inderdaad minder erg dan ze aanvankelijk dacht. Kitty hield van Alfons, ze hadden samen een dochtertje en het was zeer onwaarschijnlijk dat Kitty iets stoms zou doen. Bovendien stond de oorlog in de weg, Gérard had geschreven dat hij in Lyon was. Hij zou niet hiernaartoe kunnen komen en ook niet nog een brief naar Duitsland kunnen smokkelen.

'Weet Elisabeth ervan? Je moeder? Iemand anders?'

'Die lelijke, stijve kostuums van surrogaatstoffen! In zo'n mantelpak zie je eruit als een gouvernante. Het enige goede is dat de rokken nu korter gedragen worden, ik heb immers smalle enkels. Bij sommige vrouwen kun je de kuiten zien! Mijn god, dat soort rokken worden altijd gedragen door degenen die het niet kunnen hebben.'

'Kitty, alsjeblieft! Verander niet van onderwerp.'

'Wat?'

'Is er nog iemand die van de brief afweet?'

'Nee, je bent de enige, Marie. Ik wilde het alleen met jou bespreken, omdat jij mijn allerbeste vriendin en vertrouwelinge bent. Je hebt helemaal gelijk dat je me uitscheldt, lieve Marie. Maar kijk, ik had er echt geen bedoelingen mee, je kent me toch?'

'Goed,' zei Marie. 'Luister dan nu naar mijn raad.' Kitty beweerde een en al oor te zijn, maar roerde verstrooid in haar kopje.

'Als ik jou was, zou ik deze brief meteen in het vuur gooien en er nooit meer over praten.'

Kitty keek haar met haar blauwe ogen verbaasd aan. Het was een kinderlijke blik, die Marie toch ook aandoenlijk vond. Een blik waarin zowel schrik als diep verdriet lag.

'Je bedoelt... verbranden?'

'Ja.'

Kitty's blik dwaalde door de salon, bleef een moment bij een schilderij hangen, een sneeuwlandschap dat in een gouden lijst op het rode behang prijkte, en keek toen naar haar met parels geborduurde handtasje dat ze op een stoel had gelegd.

'Ja,' fluisterde ze en ze slaakte een diepe zucht, die bijna als een snik klonk. 'Ja, dat zal het beste zijn... Weet je, Marie? Het is zo jammer dat je niet van twee mannen tegelijk mag houden.'

'Kitty!' riep Marie haar tot de orde. 'Laat dit vooral Lisa of mama niet horen. Zulke rare verhoudingen zie je misschien in de bohème onder kunstenaars. Maar ik denk niet dat Alfons er begrip voor zou hebben.'

'Gérard waarschijnlijk ook niet,' zei Kitty met een dromerige glimlach. 'Nee, die al helemaal niet.'

Ze pakte het tasje op, maakte het open en trok er een zakdoek met een kanten randje uit, waarin ze haar neus snoot. Daarna haalde ze een lichtblauw parfumflaconnetje tevoorschijn. Ze schroefde het goudkleurige dopje eraf, deed een druppeltje op haar pols en strekte haar arm uit naar Marie.

'Een geur als uit het paradijs, Marie. Een vleugje bergamotcitroen en amber. Ruik eens...'

Marie maakte geen aanstalten de paradijselijke geur op te snuiven en Kitty trok haar arm weer terug en pakte de opgevouwen brief uit haar handtasje.

'Doe jij het maar, Marie,' zei ze met een zielig gezicht. 'Ik kan het niet. Hij schrijft zulke aardige dingen. Ach, ik weet wel dat ik hem nooit meer zal zien. Maar ik ben toch erg blij dat hij niet overleden is.'

Ze depte haar ogen met de zakdoek, maar tot Maries opluchting huilde ze niet. Wel begon ze aan één stuk door te praten. Dat ze na de oorlog heel graag met Alfons op reis wilde naar Italië. Dat had hij haar beloofd. Milaan, Rome, Napels. Ze wilde de Vesuvius zien en naar Sicilië. Misschien zouden ze ook naar Afrika reizen. Marokko scheen een opwindend land te zijn. En natuurlijk Egypte, de piramides...

Marie pakte het corpus delicti met tegenzin aan en stond op het punt Kitty te zeggen dat ze hem zelf moest vernietigen. Maar ze was bezorgd dat Kitty de brief in haar naaikastje zou verstoppen in plaats van dat ze hem in het haardvuur zou gooien. Kitty was niet te vertrouwen, je moest haar tegen zichzelf beschermen. Marie stak de brief in haar mouw.

'Ik... ik geloof dat ik nu maar naar huis ga,' zei Kitty, die plotseling enorm opgelucht leek. 'Had ik je al verteld dat Henni zich aan alle stoelen en fauteuils optrekt? Nog een paar dagen en ze kan lopen. Ik zal meteen een lange brief aan Alfons schrijven en er ook een paar tekeningen bij doen. En ik ga foto's van onze lieve Henni laten maken...'

Ze omhelsde haar 'allerliefste Marie', verzekerde haar dat ze haar eeuwig dankbaar was en dat Marie vooral niets tegen Elisabeth mocht zeggen over de brief. Lisa was zo verschrikkelijk streng en vaderlandslievend geworden. Maar ze was de laatste tijd wel in positieve zin veranderd, vooral sinds ze weer in de villa woonde.

'Eigenlijk zou ik ook weer graag hier willen wonen,' zei ze peinzend. 'Maar zolang dit vervelende lazaret de villa ontsiert, vertoef ik toch liever in de Frauentorstraat.'

Ze was te voet gekomen omdat er naar verluidt geen benzine meer was voor privéautomobielen. Het leek haar niet te deren. Marie keek vanuit het raam van de eetkamer naar Kitty, die warm ingepakt in een met bont gevoerde mantel over de oprit door het park richting de stad liep. Ze had haar handen in een kleine mof van zwart bont gestoken en bleef telkens staan om naar de sneeuwvlokjes te kijken die op de donkere grond beland waren.

Marie voelde de brief in haar mouw en liep naar de betegelde haard, die Auguste 's ochtends had aangestoken en die nog een beetje gloeide. Ze opende het deurtje van de kachel en schoof de brief in de verbrandingskamer, blies zachtjes wat lucht naar binnen om de gloed aan te wakkeren en wachtte tot het papier helemaal verbrand was.

Zo, monsieur Gérard, dacht ze tevreden terwijl ze het deurtje sloot. Dat was het dan. In de toekomst zullen we waarschijnlijk van uw avances verschoond blijven.

Vanuit de wintertuin klonk vrolijk kindergeschreeuw. Rosa paste niet alleen op de tweeling, maar ook op Liesel en Maxl, zodat Auguste ongestoord haar werk kon doen. De oude Bliefert leed aan een hardnekkige verkoudheid en was blij dat hij op die manier ontlast werd. Van Gustav kwam slechts zelden een bericht, hij zat ergens in Rusland of Roemenië. Te oordelen naar de korte teksten van zijn brieven scheen hij het zelf niet zo goed te weten.

'Else! Is Hanna al klaar?'

Else was in de herenkamer bezig de kussens op te schudden en de sierlijke eikenhouten meubels af te stoffen. Ze verscheen met de plumeau in haar hand en haastte zich naar de dienstbodentrap om in de keuken te gaan kijken. Hanna bracht in de middagpauze de maaltijd voor de krijgsgevangenen naar de fabriek en het was een gewoonte geworden dat de jonge mevrouw Melzer met haar meeging. Officieel deed Marie het om toezicht te houden op Hanna en haar te helpen de bolderkar te trekken, maar officieus was het een goede mogelijkheid om op de hoogte te blijven van de voortgang van de productie. Johann Melzer had Marie wel voor de voltallige familie de hemel in geprezen en verteld dat ze zo veel verstand had van de techniek, maar op zijn kantoor of in de werkhallen kon hij haar niet dulden. Hij had al een paar keer gevraagd of ze niets beters te doen had dan in zijn fabriek rond te lopen en er was een stevige woordenwisseling ontstaan.

'Denk je soms dat je mijn arbeiders moet controleren?'

'Ik kom alleen een paar ontwerpen voor de stofpatronen brengen, papa.'

'En wat heb je in de stofdrukkerij te zoeken?'

'Ik heb de walsen bekeken en met de graveerder overlegd hoe je de reeds bestaande patronen op eenvoudige wijze zou kunnen veranderen.'

'Alleen ik praat verdorie met mijn graveerder en verder niemand!'

Johann Melzer had tegenstrijdige gevoelens. Hij respecteerde Marie en bewonderde haar tekentalent en het feit dat ze zo goed begreep hoe een machine werkte. Alicia had nooit enige belangstelling voor de fabriek getoond. Zij had in haar opvoeding geleerd dat het haar taak was om voor het huishouden en het welzijn van de familie te zorgen. De fabriek was voor haar altijd een ver-van-mijn-bedshow geweest, iets waar ze weinig van begreep. Marie was anders, zij bemoeide zich ermee, wilde over de fabriek praten, vroeg haar schoonvader dingen uit te leggen. Ze deed zelfs suggesties voor verbeteringen, had nieuwe ideeën. Aan de ene kant vond hij dat leuk, aan de andere kant niet. Hij verzette zich er hardnekkig tegen om op haar voorstellen in te gaan. Misschien omdat ze een vrouw was. En beslist ook omdat ze stug aan haar mening vasthield. Hij, Johann Melzer, was de directeur van de textielfabriek, hij had het voor het zeggen en zou niet aan de leiband van zijn schoondochter lopen. Zelfs niet als ze gelijk had.

Marie begreep dit allemaal heel goed. Ze moest geduld hebben, niet met de deur in huis vallen, de directeur er langzaam maar gestaag aan laten wennen dat zij ook actief mee wilde werken. Niet alleen wat de beslissingen betrof, ze wilde ook medeverantwoordelijk zijn. In het begin had ze het voor Paul gedaan, zodat zijn tekeningen niet verloren gingen maar uitgevoerd werden en iets voor de textielfabriek opleverden. Maar intussen was ze enthousiast geworden en als ze nu naar de fabriek ging, deed ze dat omdat ze haar eigen ideeën wilde aandragen.

'Hanna staat al met de bolderwagen op het voorplein, mevrouw,' zei Else, die met een knalrood hoofd terugkwam omdat ze zo snel gelopen had.

'Ik doe de grijze wollen mantel aan. Met de lichtblauwe muts en de sjaal die Tilly voor mij gebreid heeft.'

Else merkte voorzichtig op dat het misschien slimmer was de bontmantel aan te trekken want er heerste een koude decemberwind, maar Marie schudde haar hoofd. Het was niet goed om gekleed als een rijke dame in de fabriek te verschijnen terwijl veel van de arbeidsters niet eens een behoorlijke winterjas hadden.

Hanna wachtte braaf naast het ronde bloemperk, dat nu met dennentakjes was afgedekt om de tulpen- en narcissenbollen tegen de kou te beschermen. De maaltijd voor de krijgsgevangenen zat in een grote pan die met dekens omwikkeld in een houten kist stond. Om ervoor te zorgen dat het eenpansgerecht, dat van knolraap en peen gemaakt was, tijdens de hobbelige rit niet over de rand van de pan klotste, was de deksel van de pan met pakkettouw aan de hengsels vastgebonden. Toch was het goed om voorzichtig te zijn. Het eten was kostbaar. De borden met het eenpansgerecht en een sneetje brood waren waarschijnlijk de enige maaltijd die de krijgsgevangenen per dag kregen.

'In de machinefabriek is het eten veel slechter,' vertelde Hanna terwijl ze voorzichtig begonnen te lopen. 'Daar krijgen ze alleen een beetje waterige havermoutsoep en is het brood van zaagsel.'

Het was niet ver naar de fabriek, maar de twee vrouwen haastten zich met de bolderkar. Je wist maar nooit – in de stad en ook in de arbeiderswijken van de fabrieken waren mensen die voor een paar lepels eten bereid waren iemand in elkaar te slaan of zelfs te vermoorden.

'Hoe weet je dat van die havermoutsoep?'

Hanna werd een beetje verlegen en zei dat ze het van de krijgsgevangenen gehoord had. Ze waren allemaal heel blij dat ze bij Melzer mochten werken, vooral degenen die beneden bij de stoommachine werkten, want daar was het lekker warm.

Marie moest glimlachen om Hanna's naïviteit. Het kolenscheppen bij de stoommachine was zwaar werk waar niemand van de uitgehongerde krijgsgevangenen om te benijden was. Maar wie moest het anders doen? De jonge Duitsers waren aan het front, lieten zich voor het vaderland kreupel schieten, en als ze gevangengenomen werden, ploeterden ze in het vijandelijke gebied in kolenmijnen en andere mijnen tot ze erbij neervielen. Wat een waanzin!

'Praten ze dan Duits met je? Ik dacht dat ze alleen Russisch of Frans spraken?'

Hanna vertelde dat sommigen van hen een beetje Duits geleerd hadden. Het kon niet anders, ze moesten immers de Duitse bevelen begrijpen.

'Natuurlijk, daar had ik niet aan gedacht.'

In de fabriek was het leven weer teruggekeerd. Toen portier Gruber de poort voor hen opende, zag Marie een paar arbeiders op de binnenplaats die grote papierrollen naar de spinnerij droegen. Vanuit de hal drong het normale lawaai door, het gesis en geslijp, het gezoem en geknars, het gesuis van de klossen – alles vermengde zich tot een oorverdovend lawaai, dat de arbeidsters uren nadat ze klaar waren met werken nog in hun hele lichaam zouden voelen. Hanna manoeuvreerde de bolderkar naar de pakkamer, waar twee vrouwen haar zouden helpen met het uitdelen van het eten. Huntzinger, de oude voorman, zorgde ervoor dat de krijgsgevangenen rustig konden eten zonder dat de stoommachine druk verloor. De twee soldaten van het thuisfront, twee bleke jongens van nog geen achttien, waren eveneens naar de plek gekomen waar de maaltijd werd uitgedeeld, ook zij kregen een bordje eten. De andere arbeiders keken afgunstig naar de gevangenen en hun bewakers.

'Die vreten hun buik vol terwijl onze kinderen thuis verhongeren!'

Marie liet Hanna alleen om een rondje door de hallen te maken. Even later had ze de spinnerij geïnspecteerd en vastgesteld dat maar vier machines werkten, terwijl er in de vijfde een nieuwe rol werd geplaatst. Dat gaf haar de gelegenheid om de werkzaamheden te bekijken en daar conclusies uit te trekken. Het kon allemaal veel gemakkelijker als ze een wagen zouden bouwen waarmee de zware rollen naar de machine getransporteerd zouden worden. Dan hoefden de mannen die alleen nog op te tillen en op de as te steken. En waarom gebruikten ze zulke enorm grote papierrollen? Het gewicht ervan veroorzaakte problemen: in het begin was het moeilijk ze in beweging te krijgen, en als het papier eenmaal afrolde ging het veel te snel en ontstonden er onregelmatigheden. De zo ontstane draden waren voor fijnere stoffen niet te gebruiken.

Als de rollen maar half zo dik waren, zouden de machines gelijkmatig lopen en was er geen afval, dacht Marie. Overigens zou het werk dan wel vaker onderbroken moeten worden om de rollen te wisselen. Dat zou eens goed doorgerekend moeten worden...

Ze liep naar de spinnerij en zag Hanna voor de deur van de pakkamer staan. Het meisje had de wollen doek om haar schouders geslagen, haar donkere haar zat onder de sneeuwvlokjes. Ze praatte met een jongen, een krijgsgevangene die een bord met dampend eten in zijn hand had. Het was een knappe jongen, met krullend, zwart haar en fonkelende zwarte ogen. Marie moest onwillekeurig aan Gérard Duchamps denken, die had ook zulke ogen en was een ellendige verleider. Deze jongen was waarschijnlijk Russisch, hij was zo druk bezig op Hanna in te praten dat hij zelfs zijn eten vergat.

'Hanna?' riep ze over het plein.

Het meisje kromp geschrokken ineen. Haar schuldbewuste gezicht sprak boekdelen. Marie was ontzet. Hanna was nog maar net vijftien, ze was haar bijzondere protegé, en Marie was trots op haar omdat ze in de laatste maanden zowel in het huishouden als ook in het lazaret had laten zien dat ze zorgvuldig en goed kon werken. En nu flirtte ze uitgerekend met een Russische gevangene.

'Het is beter als jullie naar binnen gaan!' zei Marie.

Ze oogstte een korte, boze blik van de knappe jongen met zijn zwarte ogen en een 'Ja, mevrouw' van Hanna. Binnen, onder de alerte blik van de kameraden en de twee bewakers, zou de jonge charmeur geen kans hebben Hanna op bepaalde gedachten te brengen.

Op de stofbedrukkingsafdeling werkten slechts twee van de vele rouleaudrukmachines. Ze werden normaal door een aantal mannen bediend, maar nu hadden de vrouwen deze zware klus overgenomen. Jürgen Dessauer, de oude graveerder, zat aan een werkbank en stak een nieuw patroon in de zware metalen walsen. Het rapport – het lopende patroon op de wals – moest perfect aansluiten, anders zou je later op de stof de aanzet zien. Dessauer had het elektrische licht aangedaan want zijn ogen waren niet meer zo goed.

'Hoe gaat het?' vroeg Marie met een nieuwsgierige blik op het patroon dat ontstond. Dessauer zette zijn bril af en wreef met de rug van zijn handen over zijn ogen.

'Het gaat goed, mevrouw Melzer. Het is een mooi patroon. Echt. Een van de mooiste die ik ooit gestoken heb.'

'U overdrijft, meneer Dessauer. Ik vrees alleen dat het moeilijk te steken is vanwege al die in elkaar verstrengelde ranken met bloesems...'

Hij grijnsde en zei dat het hem veel plezier deed. Ja, het zou een meesterstuk kunnen worden, maar hij wilde het niet te hard roepen, het was immers nog niet klaar.

'En dan komt het er nog op aan hoe het er gedrukt uitziet,' zei hij. 'Als we de stof bedrukken. Dat is het moment van de waarheid, mevrouw Melzer.'

Hij zette zijn bril op, verschoof de lamp en ging weer verder met zijn werk. Marie keek gefascineerd toe hoe de sierlijke takjes en bladeren in het metaal ontstonden, in elkaar verstrengelden en bloesems kregen en langzaam, heel langzaam het gladde metalen vlak van de wals in beslag namen. Voor elk motief was er maar één kans; één verkeerde beweging, één keer met het steekijzer uitglijden en de hele wals was bedorven. Maar Jürgen Dessauer had al twintig jaar voor de fabriek patronen gestoken en ook nu, nu zijn haar en baard grijs waren geworden, zat elke steek precies op de juiste plek. Marie wierp een blik op de stofbanen die in de twee machines bedrukt werden, het waren leuke patronen, maar niets bijzonders. Kleine stipjes op een effen ondergrond, nogal saai en bedoeld voor schorten en werkkleding. De kwaliteit van de stof was goed, hij was stevig en tegelijkertijd best fijn, hoewel een beetje stijf. Niet te vergelijken met katoen dat je op allerlei manieren kon weven, van flanel tot zachte batist. Maar toch, als haar patroon er zo mooi uitzag als ze hoopte, zouden ze er jurken en blouses van maken. Ze had al een paar eenvoudige, maar geklede modellen in haar hoofd en allerlei plannen hoe je die kon uitvoeren, maar voorlopig kon ze daar maar beter niets over vertellen aan de strenge meneer de directeur.

Ze nam afscheid en liep nog een rondje door de weverij, waar intussen al drie verschillende stofkwaliteiten vervaardigd werden. Grove stoffen voor rugzakken, fijnere voor mutsen en schorten en bijzonder fijn geweven stoffen voor rokken, blouses en pakken. Natuurlijk zaten ze nog lang niet op de capaciteit van vroeger, in alle hallen stond het merendeel van de machines stil. Maar er werd gewerkt en geproduceerd, de fabriek leefde en kon heel wat mensen voeden.

Ze liep over de binnenplaats naar het administratiegebouw, waarbij ze onderweg een blik in het pakhuis wierp. Zo te zien waren de krijgsgevangenen klaar met eten, ze stonden met zijn tweeën of drieën voor de deur, strekten hun benen en ademden de frisse winterlucht in voordat ze weer naar de lawaaierige hallen of de kolenschepen gestuurd werden. Ze zag Hanna niet, waarschijnlijk waste ze met de vrouwen het servies af voordat ze de bolderkar naar de villa terugtrok. Marie nam zich voor het meisje later streng toe te spreken. Het was strikt verboden om langer dan noodzakelijk met een krijgsgevangene te praten of hem zelfs vriendelijk te bejegenen. Als Hanna inderdaad een oogje op die knappe jongen had, zou ze door haar gedrag in de gevangenis kunnen belanden.

Boven in het voorvertrek van de directeur werd Marie met een gereserveerde glimlach begroet door Henriette Hoffmann, de secretaresse. Haar collega Ottilie Lüders zat geconcentreerd op de schrijfmachine te hameren en leek de jonge mevrouw Melzer niet op te merken. Natuurlijk waren de dames – overeenkomstig de mening van hun baas – niet erg blij met Maries bezoekjes, ze vonden het vervelend dat ze gestoord werden. Wat een ondankbare kippen, dacht Marie. Weten ze eigenlijk wel wie ervoor gezorgd heeft dat ze weer mogen werken? Nee, dat weten ze niet en willen ze ook niet weten. Meneer de directeur, dat is voor hun de lieve Heer. Almachtig en alwetend. Terwijl zij, Marie, de lastige schoondochter was die zich met mannenzaken bemoeide.

'Mag ik u aanmelden, mevrouw Melzer?'

Juffrouw Hoffmann ging snel voor de deur naar het allerheiligste staan, waarschijnlijk had ze de aanwijzing gekregen het dagelijkse bezoek met een smoes af te wimpelen. De vorige dag had ze in ieder geval verklaard dat de directeur met Berlijn in gesprek was en niet gestoord mocht worden. Wat echter niet waar bleek te zijn.

'Dank u, mevrouw Hoffmann. Ik meld me zelf wel aan.'

Marie liep recht op haar af en pakte de deurklink beet. Henriette Hoffmann stapte geresigneerd opzij.

'Papa? Ik stoor toch niet?'

Hij zat achter zijn bureau. Voor zijn neus lagen een aantal opengeslagen dossiermappen en stond een glas cognac. Marie snoof onopvallend – natuurlijk had hij gerookt. Alicia had onlangs gemerkt dat de humidor in de herenkamer bijna leeg was – papa had de sigaren stiekem mee naar de fabriek genomen waar hij ze zonder lastige vermaningen kon roken.

'Storen? Hoe zou zo'n getalenteerde kunstenares mij nu kunnen storen?' zei hij korzelig terwijl hij een ordner dichtklapte. 'Dessauer is helemaal weg van jouw patronen. Kom binnen, Marie, nu je hier toch bent!'

'Dank je wel, papa. Lief dat je tijd voor me vrijmaakt.'

Ze zag aan hem dat hij haar ironie begreep, net zoals zij ook met zijn spottende en kribbige opmerkingen kon omgaan.

'Waar wil je me vandaag over uithoren?'

'Maar papa! Ik wil alleen belangstelling tonen. Je misschien wat helpen, als ik dat kan...'

Ze liep met langzame passen naar het bureau en keek glimlachend naar de chaos.

'Ik weet wel dat je de documenten ook kunt lezen als de tekst op zijn kop staat,' bromde hij. 'Gaat het om de orders uit Berlijn? Wil je weten hoe onze stofmonsters zijn ontvangen?'

Ze nam plaats in de kleine leren fauteuil en knikte. Ja, dat zou ze graag willen weten, ze had 's nachts amper een oog dichtgedaan van de spanning.

'Wel,' zei hij en hij stond op om nog een glaasje cognac in te schenken. 'We mogen voorlopig tien balen grove stof voor tenten en vijf balen voor rugzakken leveren.'

Ze keek hem vol verwachting aan, maar er kwam niet meer. Dat betekende dat de stofmonsters voor uniformen en mutsen niet geaccepteerd waren.

'Waarom niet de fijne stoffen?'

Hij vertrok zijn gezicht en dronk de cognac in één teug op. Vervolgens haalde hij zijn schouders op.

'Omdat de concurrentie betere kwaliteit kan leveren. Daarom. Je moet niet vergeten dat we nieuw zijn op deze markt, Marie. Bij Jagenberg in Düsseldorf werken ze al jaren met celstof en papier.'

Marie schudde koppig haar hoofd. Nee. Dat klopte gewoon niet. Ze hadden de stoffen van Jagenberg onderzocht en die waren beslist niet beter dan de fabricaten van Melzer.

‘Het komt gewoon doordat daar iemand werkt die iemand kent die goede relaties heeft. En die haalt zo’n order binnen,’ mopperde ze.

Hij draaide zich naar haar om, keek haar met een mengeling van ergernis en bewondering aan en grijnsde toen.

‘Slimme meid. Het zou zomaar kunnen dat je gelijk hebt. Alleen zijn wij momenteel niet in staat daar iets aan te doen. We zullen onze fijne stoffen elders moeten aanbieden.’

‘Misschien is het ook wel beter zo,’ zei ze onverzettelijk. ‘We hebben het vaderland een dienst willen bewijzen, het leger stof voor uniformen aangeboden, maar ze willen onze producten niet. Pech voor hen. We vinden wel betere afnemers. Kopers die meer betalen!’

‘En dat zal niet zo moeilijk zijn.’

De staat was inderdaad wel een betrouwbare, maar geen profijtelijke klant, ze bood niet veel voor de aangekochte stofbalen. Melzer had al diverse oude klanten aangeschreven. Marie vroeg een notitieblok en potlood en schreef de namen van een paar modehuizen, kleermakerswerkplaatsen en stofwinkels op. Dat kostte haar geen moeite want Kitty bedolf haar telkens onder de modebladen en brochures.

‘Vooral de herenconfectie,’ zei ze. ‘Maar ook mantelpakjes en jurken voor dames.’

Nu had ze toch bijna haar mond voorbijgepraat, maar haar andere plannen hield ze voor zich. Melzer pakte het blaadje uit haar hand, las snel de lijst met bedrijven door en haalde zijn schouders op.

‘Laten we het proberen. Juffrouw Lüders kan de adressen en telefoonnummers opzoeken.’

Marie was tevreden.

‘We zien elkaar vanavond, papa. Ik heb nog een paar ideeën die ik graag met je wil bespreken.’

Hij trok een grimmig gezicht en deed de dop weer op de cognacfles. Het maakte een rinkelend geluid omdat zijn hand zo onrustig was en beefde. Daarna liep hij terug naar zijn bureau. Toen hij ging zitten hijgde hij een beetje.

'Vanavond, Marie. Bij roggebrood en pepermuntthee.'

Ze liep met een triomfantelijke glimlach door het voorvertrek en was blij toen hij met luide stem 'Lüders!' brulde. Ottilie Lüders liet haar typmachine in de steek, pakte snel een blocnote en potlood en haastte zich naar het heiligdom.

Toen Marie de binnenplaats op liep, belandde ze in een sneeuwjacht. Ze bleef heel even bij de ingang staan en keek naar de dwarrelende vlokken. Op de binnenplaats en de daklijsten lag al een wit laagje. Een witte kerst, dacht ze. Wat vonden we dat destijds leuk. En nu?

Ze had al twee weken geen brief meer van Paul gekregen. Hij was in Rusland, waar de sneeuw zo hoog was dat een paard er tot aan zijn buik in wegzakte. Waar de thermometer temperaturen aangaf van twintig, ja, dertig graden onder nul. Het land waarin het leger van de grote Napoleon was doodgevroren en verhongerd.

En nog steeds was er geen antwoord gekomen op haar schriftelijke verzoek om de soldaat Paul Melzer naar Augsburg terug te roepen.

Sterk blijven, dacht ze terwijl ze wanhoop voelde opkomen. Nooit de hoop opgeven. We zullen elkaar weerzien. Dat kan niet anders… Ik weet het… Ik weet het…

# 12

IN HET HELE LAND GING het slecht. In vredestijd had men nooit gedacht dat de honger niet alleen in de arme wijken kon heersen, maar ook de welgestelden zou treffen. De aardappelen waren door de vochtige herfst op de akkers verrot, ruim de helft van de jaaroogst was verloren gegaan en dat uitgerekend in deze afschuwelijke oorlogstijd. In plaats van aardappelen werden knolrapen uitgedeeld, veevoer in normale tijden, nu de laatste strohalm voor de hongerlijdende bevolking. Meel, vet en melk waren schaars, de broodrantsoenen op de levensmiddelenbonnen werden steeds kleiner. De boeren hadden het nog het beste, die moesten weliswaar levensmiddelen afstaan, maar iedereen wist dat ze stiekem de beste stukken spek en boter voor hun eigen mensen achterhielden. Tot verdriet van de familie Melzer kwamen er nog maar zelden pakketten uit Pommeren – de post kon het niet verklaren, maar kennelijk raakten ze onderweg ergens verloren. Inrichtingen als lazaretten kregen in ieder geval wel bijzondere giften van levensmiddelen, zodat de gewonden gevoed konden worden.

Elisabeth bleef even voor de keukendeur staan. Ze keek naar het houten deurkozijn en vroeg zich af of er twee spijkers in geslagen moesten worden om de kerstguirlande op te hangen. Ineens ving ze een zin op en ze werd achterdochtig.

'Hij onvruchtbaar? Laat me niet lachen. Heb je Liesel weleens goed bekeken?'

'Liesel? O, je bedoelt het kleintje van Auguste. Nou, dat kind is drie, hoe kun je daar nou iets aan herkennen?'

Elisabeth bleef stokstijf voor de keukendeur staan, hoewel ze het niet netjes vond om het gesprek van de twee ziekenverzorgsters, die hier hun ontbijtpauze hielden, af te luisteren. Over wie hadden ze het? Vast over de tuinman Gustav Bliefert, die nu aan het front was. Augustes echtgenoot en de vader van de kleine Liesel, wat overigens haar petekind was.

'Omdat je de majoor niet zo goed kent als ik. Mijn moeder was kindermeisje bij barones Von Hagemann, daar heb ik die vlotte heer al vroeg te zien gekregen. Het scheelde overigens niet veel of mij was hetzelfde overkomen als Auguste.'

'Wat is Auguste dan overkomen?'

De jonge ziekenverzorgster – het was Herta, die gemene griet – begon zachtjes te giechelen en zei dat Auguste een hele gewiekste meid was.

'Ze heeft de arme Gustav een koekoeksei in het nest gelegd. Maar hij is een goedmoedige jongen en het stoorde hem niet.'

'Wil jij beweren dat het meisje van de majoor is?'

'Ja, natuurlijk. Die mooie Klaus heeft zijn sporen nagelaten.'

'Ah, wat een onzin. Ik zie niks aan het meisje…'

'En ik weet, wat ik weet.'

'Sst, de kokkin… Die hoort alles. Ook al doet ze altijd alsof het haar allemaal niet interesseert.'

Elisabeth was vanbinnen verdoofd. Ze draaide zich om en liep in de richting van het lazaret. Wat een gemene laster. Een vuile leugen. Ze moest die meid ter verantwoording roepen. Haar verbieden zulke kwalijke dingen te verspreiden. Ook ter wille van Auguste. Auguste… Ze had destijds beweerd dat het kind van Robert was, de voormalige huisknecht. Natuurlijk, Robert was de vader van de kleine Liesel. Hoewel hij bij hoog en laag beweerd had dat het niet zo was. En als nu toch…

Sommige gedachtes kon je beter uit je hoofd zetten. En toch. Als Auguste ook met…

‘Mevrouw Von Hagemann? Sorry dat ik u stoor. Winkler is mijn naam. Sebastian Winkler. Ik ben patiënt geweest in het lazaret, misschien herinnert u zich dat?’

Er stond een lange, stevig gebouwde man voor haar, die haar door de ronde glazen van zijn nikkelen bril verlegen aankeek en glimlachte. Hij zei dat ze destijds de *Odyssee* aan hem had uitgeleend, zowel het vertaalde boek als het Griekse origineel. Het was voor hem een openbaring geweest en hij was haar enorm dankbaar.

Elisabeth groef in haar geheugen. Waarom herinnerde ze het zich niet? Wat gênant. Ze keek naar zijn voeten en ineens wist ze het weer. Zijn rechtervoet was geamputeerd vanwege gangreen.

‘Natuurlijk,’ zei ze met een glimlach. ‘Hoe gaat het met de voet?’

Hij schoof zijn rechterbeen naar voren en trok hem weer terug. ‘Het gaat voortreffelijk met de prothese, alleen heb ik af en toe nog last van de wond. Maar dat zal na verloop van tijd vast wel overgaan.’

‘Ziet u wel,’ zei ze lachend. ‘En u vreesde nog wel dat u nooit meer zou kunnen lopen.’

‘O, ik loop als een kieviet. Alleen langzamer.’

Ze lachten allebei, zijn galgenhumor was aandoenlijk. In feite was hij er beter aan toe dan de arme jongens die hersenletsel hadden opgelopen of blind waren geworden.

‘Kan ik iets voor u doen, meneer Winkler? U moet het me niet kwalijk nemen, maar ik heb helaas maar weinig tijd. We krijgen over een paar minuten nieuwe patiënten.’

Hij spande zijn lichaam aan en trok zijn schouders op, wat zijn houding iets onderdanigs gaf. Ze begreep dat hij uit een zeer eenvoudig milieu kwam en dat in zijn ogen de echtgenote van een majoor torenhoog boven hem stond. Terwijl hij lichamelijk minstens een kop groter was dan zij.

‘Het spijt me zeer dat ik op zo’n ongelegen moment kom, mevrouw. Ik wil u in geen geval tot last zijn of te veel van uw tijd in beslag nemen. Het gaat om de kinderen…’

'Kinderen?'

Zijn gezichtsuitdrukking werd nu meer vastberaden, de kwestie leek erg belangrijk voor hem te zijn.

'Mijn weeskinderen... Excuus, ik vergat te zeggen dat ik intussen de leiding van een weeshuis overgedragen heb gekregen. Weleerwaarde Leutwien, die ons in het lazaret heeft bezocht, heeft me aan die functie geholpen, waar ik hem oneindig dankbaar voor ben. Ach, beste mevrouw Von Hagemann, u kunt zich niet voorstellen hoeveel kinderen er naar ons gebracht zijn die geen ouders meer hebben. Zeker, de kerk doet wat ze kan en ook de stad en de liefdadigheidsverenigingen helpen ons om al die kleine mondjes te vullen. Maar natuurlijk zijn we afhankelijk van donaties.'

'Ik begrijp het, meneer... meneer... Wiesler.'

Hij werd rood en zei dat hij Winkler heette, niet Wiesler. Elisabeth ergerde zich aan zichzelf omdat ze zo afgeleid was. In het achterste gedeelte van de ziekenzaal werd het onrustig, waarschijnlijk was de wagen met de gewonden aangekomen.

'Meneer Winkler, neemt u me niet kwalijk. Ik zal de kwestie met mijn familie bespreken.'

Hij begreep blijkbaar goed dat ze hem wilde afwimpelen, maar bleef volhardend.

'Dit soort zware tijden zijn juist voor de zwakste mensen bijzonder gruwelijk, mevrouw. U hebt zelf toch ook kinderen...'

Dat raakte haar. Waarschijnlijk had hij gezien dat ze met Leo en Dodo in het park speelde en had hij aangenomen dat het haar kinderen waren.

'Ik bedoelde, ja, we zullen het bespreken. Een weeshuis, zei u? Hier in Augsburg?'

Hij keek naar de ingang, waar zojuist de eerste gewonde de zaal in gedragen werd.

'Als het mag, dan kom ik voor de kerst nog een keertje langs,' zei hij. 'Doet u de hartelijke groeten aan de verpleegsters die mij zo liefdevol verzorgd hebben. En ook aan juffrouw Jordan.'

Elisabeth had al met een vriendelijk gebaar afscheid willen nemen, maar keek nu verbaasd op.

'U kent Maria Jordan?'

Hij werd alweer rood. Het kwam door zijn lichte huidskleur, die elke gemoedstoestand toonde. Waarschijnlijk vond hij het zelf heel vervelend, maar zij vond het wel leuk. Zo'n grote, stevige man en dan toch zo verlegen en onhandig.

'Kennen is een groot woord. We hebben elkaar een keer buiten op het terras ontmoet en ze vertelde me dat ze hier als kamenierster is aangesteld.'

Nou, kijk eens aan, dacht Elisabeth. Die Jordan. Die had haar situatie heel veel rooskleuriger omschreven dan die in werkelijkheid was.

'Ik zal de boodschap aan juffrouw Jordan overbrengen, meneer Winkler.'

Hij bedankte haar en maakte een beweging die vaag leek op een kleine buiging. Elisabeth glimlachte begripvol. Wat een sympathieke man. Hij had het ernstige oorlogsletsel geaccepteerd en een nieuwe levensvervulling gevonden. Wat bewonderenswaardig. Bemoedigend. Alleen beviel de gedachte dat Maria Jordan een diepe indruk op hem had gemaakt haar niet. Aan de andere kant zou het voor Jordan, in haar situatie, een buitenkans zijn als ze in een huwelijk kon vluchten. De arme vrouw pendelde nog steeds tussen de woning in de Bismarckstraat en de villa op en neer. Ze klaagde erover hoe slecht ze door de barones behandeld werd, maar durfde niet met Marie te gaan praten. In plaats daarvan liep ze in een zo groot mogelijke boog om haar heen. Ze deed zwijgend het haar opgedragen naaiwerk en zat in de keuken mee aan tafel. Mevrouw Brunnenmayer, die vroeger vaak ruzie met Jordan had gehad, had nu medelijden met haar – dat had Auguste haar verteld – en gaf haar knolraapstampot te eten. Elisabeths gedachten sloegen op hol, ze zag ineens Augustes grijnzende, blozende gezicht voor zich en ze voelde een enorme woede. Die meid was tot alles in staat. Zelfs tot zo'n enorm bedrog…

'Mevrouw Von Hagemann! We moeten opereren!'

Elisabeth schrok en haastte zich naar de behandelkamer. Vanaf de andere kant van de ziekenzaal kwam Tilly aangelopen, die eveneens verrassend had laten zien een goede operatieassistente te zijn. Er hing een nare geur van ether in de kleine ruimte. De gewonde was al op de behandeltafel gelegd. Dokter Greiner had een ethermasker over zijn gezicht gelegd, terwijl dokter Moebius met een woedende blik naar de klovende, etterende wond op de heup van de jongeman keek.

'Niet verbonden, niet verzorgd… Het wordt steeds erger,' schold hij. 'Zo'n wond moet op zijn minst met een verband beschermd worden, maar het lijkt erop dat bij de collega's het materiaal zo langzamerhand op begint te raken.'

Elisabeth pakte de hand van de jonge onbekende om zijn polsslag te voelen. Die was ongewoon snel, de arme man had koorts.

'Telt u eens, meneer de tweede luitenant… Goed hardop, zodat wij het horen…'

'Een… twee… drie… vier…'

De stem van de gewonde man klonk mat en werd ook nog gedempt door de doek. Toch had Elisabeth het gevoel dat ze deze stem eerder gehoord had.

Dokter Greiner druppelde de ether op de doek, de tweede luitenant was al bij tien in het dromenrijk, en dokter Moebius begon aan zijn moeizame werk. Er zaten meerdere granaatsplinters in de wond die er met een pincet uitgetrokken moesten worden. Het klonk metaalachtig als hij de kleine stukjes ijzer in het schaaltje liet vallen dat Tilly vasthield.

'De pols wordt zwakker,' meldde Elisabeth.

'Begint u aan het weefsel, Moebius,' zei dokter Greiner. 'We kunnen hem niet meer lang in dromenland houden, anders verliezen we hem.'

Elisabeth voelde dat ze duizelig werd. De geur van de ether, gemengd met de walgelijke stank van de etterende wond was voor elke verpleegster een zware beproeving. Niet zwak worden, dacht ze. In geen geval flauwvallen. Als ik nu flauwval, zal Herta me eeuwig uitlachen.

Ze keek naar Tilly, die heel bleek was en blijkbaar met hetzelfde probleem kampte. Dokter Greiner bromde dat hij net zo genoeg had van etterende wonden als van die hele verdomde, zinloze oorlog. Alleen dokter Moebius ging helemaal in zijn werk op, gaf de twee assistentes af en toe een korte aanwijzing en bewoog zijn vingers snel en zelfverzekerd.

'We zijn bijna klaar. U kunt nu verbinden. Losjes. Niet stevig aandrukken...'

Hij kwam overeind en liep naar de wasbak om zijn handen te wassen.

'Hoe heet hij?' vroeg hij over zijn schouder. 'Het klonk nogal Pruisisch. Von Klitzing... Von Klausewitz...'

'Von Klippstein,' zei Tilly die Elisabeth hielp het verband aan te leggen. 'Ernst von Klippstein. Hij komt uit Berlijn, geloof ik. Pruisischer is haast niet mogelijk...'

Ze keek lachend naar dokter Moebius, die zijn handen aan een zorgvuldig bewaard katoenen handdoekje afdroogde. Ze hielden heel even elkaars blik vast, verlangend en tegelijk vol berusting. Daarna richtte Tilly zich weer snel op haar werk en dokter Moebius pakte de pols van de patiënt.

'Ernst von Klippstein?' zei Elisabeth, eerder verbaasd dan geschrokken. 'Maar dat is een goede kennis van ons. Hij is zelfs familie van Klaus.'

'Echt?' zei Tilly met een frons op haar voorhoofd. 'Je hebt gelijk, Lisa. Nu herinner ik het me weer. Ik geloof dat hij zelfs op jullie verlovingsfeest is geweest.'

'Met zijn vrouw. Hoe heet ze ook alweer?'

'Adele,' antwoordde Tilly. 'Een afgrijselijk mens.'

'Sst, Tilly! Straks hoort hij ons nog...'

Dokter Greiner had de doek van het gezicht van de tweede luitenant gehaald en de twee vrouwen keken elkaar geschrokken aan. Ja, het was onbetwistbaar Ernst von Klippstein, de jonge tweede luitenant uit Berlijn, een familielid van de Von Hagemanns. Maar door de oorlog was hij nog maar een schaduw van zichzelf. Zijn gezicht en lichaam waren mager, zijn wangen ingevallen, zijn lippen kleurloos. Zijn kin en wangen werden bedekt door een korte blonde baard; net zoals veel patiënten had hij zich sinds hij gewond geraakt was niet meer kunnen scheren.

'Hij hoort u niet,' zei dokter Greiner emotieloos. 'Misschien nooit meer… Het ziet er niet goed uit, Moebius. Mogelijk trekt vriend Hein weer eens aan het langste eind.'

'Vriend Hein?' vroeg Tilly naïef.

'De dood, meisje. De enige die in deze tijd een rijke oogst binnenhaalt.'

# 13

*Litouwen, december 1916*

*Mijn lieve, innig geliefde vrouw,*

*Eindelijk, eindelijk zullen we elkaar weerzien. Ik durf het nog nauwelijks te geloven, het beeld verschijnt als een gelukzalige fata morgana voor mijn ogen dat elk moment weer kan vervagen. Maar het is waar, het moet waar zijn, want ik zou het niet verdragen om voor de tweede keer zo bitter teleurgesteld te worden.*
*Ik zal kort na kerst voor een paar dagen in Augsburg zijn. Helaas niet met kerst, dat is een beetje jammer, maar mag niets afdoen aan ons geluk. Maak je mooi voor me, mijn liefste, want ik zal een ijverige echtgenoot zijn die je geen rustige nacht zal gunnen. Ik heb er te lang naar verlangd om in jouw armen te liggen, nu word ik haast duizelig van de gedachte dat ik je heerlijke lichaam weer mag voelen en in bezit zal nemen.*
*Laat ik deze brief afsluiten voordat ik nog meer onzin op papier zet. Beloof me deze brief aan niemand te laten lezen, maar onmiddellijk te verbranden.*
*Zeg tegen iedereen dat ik me er enorm op verheug hen weer te zien en geef onze twee kleintjes een knuffel. Ik voel haast een beetje angst om ze op mijn knieën te hebben, want ze kennen hun vader niet…*

*Tot we elkaar weerzien,*
*Jouw Paul, wiens hoofd op hol is gebracht door de vreugde.*

'Jezus Maria, mevrouw! U bent drijfnat! U wordt nog doodziek in deze natte kleren. Geeft u mij uw mantel. En de hoed. Och, wat jammer, hij is helemaal geplet. En uw schoenen...'

Kitty trok de druipende mantel uit en nam het dure hoedje van haar hoofd, waarna ze Marie ontdekte die haar kwam begroeten. Ze wierp zich blij in haar armen.

'Mijn hemel, Kitty,' zei Marie lachend. 'Je bent helemaal nat. Kom, laten we snel naar boven gaan, dan kun je een van mijn jurken aantrekken.'

'Hebben we nog tijd? Ik dacht dat het al gaat beginnen.'

'Tien minuten...'

Hand in hand liepen ze de trap naar de tweede verdieping op en gingen ze Kitty's voormalige kamer in, die nu als logeerkamer werd gebruikt. Wat jammer dat ze moesten opschieten, het was zo leuk om zich door Marie te laten adviseren. Marie haalde een paar jurken, rokken en blouses, evenals zijden ondergoed en kousen en de mooie geborduurde pantoffeltjes die Kitty haar geschonken had.

'Stel je voor, al mijn kleren passen weer sinds ik geen borstvoeding meer geef,' zei Marie.

Nu had Kitty zich bijna verraden, want zij bleek aan de bovenkant alweer aangekomen te zijn. Maries lichtblauwe zijden blouse kon nog maar net dicht, terwijl de bijpassende rok prima zat. Raar eigenlijk dat je in het begin van een zwangerschap als eerste grotere borsten kreeg.

'Dominee Leutwien is net gearriveerd,' zei Marie, die door het raam de tuin in keek. 'We zullen eerst een kleine viering in het lazaret houden en daarna de geschenken voor het personeel uitdelen... Heb je de bladmuziek meegebracht?'

'Bladmuziek? Wat voor bladmuziek?'

'Ach, Kitty! Je zou toch met Lisa quatre-mains spelen. We hebben speciaal de piano naar de trapopgang geschoven zodat de patiënten in het lazaret wat kerstmuziek hebben!'

O jee, dat was ze helemaal vergeten. Altijd dat afschuwelijke lazaret! Vroeger stond er een grote dennenboom in de entreehal, die met rode en gouden ballen opgetuigd werd en waar kerstkoekjes in gehangen werden. Het was altijd zo sfeervol geweest als papa en mama de kerstcadeaus aan de personeelsleden overhandigden.

'Het spijt me heel erg, Marie. Ik ben ook zo'n sufferd!'

'Geeft niet. Ik geloof dat Tilly bladmuziek heeft meegenomen. Ga op de kruk voor de spiegel zitten, sufferd. Ik zal je haar doen.'

Alles was meteen weer goed. Marie, haar lieve Marie, kon gewoon niet geïrriteerd of zelfs beledigd zijn, wat Lisa wel vaak was. Kitty had Marie destijds al in haar hart gesloten, toen zij nog als keukenmeisje in de villa werkte, en ze was nu nog veel meer aan haar vriendin en schoonzus gehecht.

Marie trok alle speldjes uit het kapsel, kamde het vochtige haar en stak het weer op. Daarna vormde ze behendig twee pijpenkrullen die koket aan de zijkanten naar beneden hingen.

'Zal ik een pagekopje laten knippen?' vroeg Kitty zich af.

Marie haalde haar schouders op en zei dat Alfons vast zou schrikken als hij terugkeerde en zijn vrouw met kort haar aantrof.

'Alfons is zo lief,' zei Kitty teder. 'Zelfs als hij het niet leuk zou vinden, zou hij nooit gaan schelden. Ach, ik zou willen dat hij eindelijk weer bij me was, Marie. Ik weet gewoon niet wat ik zonder hem moet.'

Marie knikte, frunnikte aan Kitty's kapsel en zei toen zachtjes dat voor haar hetzelfde gold. Had Kitty trouwens gehoord dat dokter Moebius nu ook was opgeroepen?

'O jee!' riep Kitty geschrokken. 'Arme Tilly. Wat denk je, Marie, zal hij haar nog snel ten huwelijk vragen?'

Marie stond weer bij het raam, maar het was intussen zo schemerig geworden dat ze nauwelijks iets kon zien. De oude bomen in het park waren in zwarte gestalten veranderd, alleen op het terras scheen licht dat door de ruitjes van de openslaande deuren kwam.

'Ik weet het niet, Kitty,' zei ze twijfelend. 'Dokter Moebius komt uit een eenvoudig milieu en Tilly is de dochter van de rijke bankier Bräuer. Ik vraag me af of hij daar de moed voor heeft.'

'Mijn hemel,' zei Kitty zuchtend terwijl ze de pantoffeltjes aantrok. 'Ze houden van elkaar. Wie is er nou nog zo ouderwets? Zeker in deze gruwelijke oorlogstijd!'

'Ik ben het helemaal met je eens, Kitty. Maar vraag het maar eens aan mama, dan zul je een heel andere mening horen.'

Kitty maakte een afwimpelend handgebaar en controleerde haar silhouet in de spiegel. Haar buik was nog helemaal plat, maar haar borsten... Ze mocht niet te diep inademen, anders konden de knoopjes openspringen.

'Mama is nou eenmaal een Von Maydorn. Haast nog ouderwetser dan papa! Misschien moet ik eens met dokter Moebius gaan praten. Tenslotte wil hij mijn zwager worden, dan kan ik toch...'

'Ik weet niet, Kitty,' zei Marie aarzelend. 'Misschien is het niet zo slim als ze zich verloven. Hij moet nog naar het front.'

Kitty was verontwaardigd. Juist omdat dokter Moebius naar het front gestuurd werd, moest hij toch weten dat Tilly van hem hield en op hem wachtte.

Marie scheen er anders over te denken, maar leek geen zin te hebben erover te ruziën.

'Laten we naar beneden gaan. Ik hoor al pianomuziek. Straks beginnen ze nog zonder ons.'

'Vrolijk kerstfeest voor allen die hier bij elkaar zijn en ook voor allen die ver bij ons vandaan moeten zijn en aan wie wij in liefde denken!'

Applaus, tranen, bedankjes, de piano-improvisaties van de dokter... Kitty was de eerste die vervolgens de trap naar de tweede verdieping op liep, waar het toilet was. Ze had thuis niet zo veel thee moeten drinken.

'Kitty? Ben jij daarbinnen?' klonk Lisa's stem vanaf de andere kant van de deur.

'Ik ben bijna klaar. Rammel niet zo aan de deurklink!'

Lisa gehoorzaamde. Hemel, wat hadden ze vroeger vaak in zulke situaties geruzied. Een keer had Lisa zelfs de klink eraf getrokken en beweerd dat Kitty tot aan het eind van haar leven op het toilet moest blijven.

'Bezet? Ik dacht al dat ik te laat zou komen.' Dat was Marie, die de situatie wel grappig leek te vinden.

'Kitty zit erop. Dat zal hooguit een paar uur duren. Maar nu we toch onder elkaar zijn, Marie, ik moet je wat vertellen...'

Kitty stond al bij de deur, maar bleef nu uit nieuwsgierigheid stilstaan. Helaas kon ze het gesprek niet meer horen, ze waren vast een eindje van de deur vandaan gaan staan. Zachtjes drukte ze de klink naar beneden en ze gluurde door de kier. Nu verstond ze elk woord.

'Dat zal toch niet waar zijn, Lisa!' kreunde Marie. 'Ik had het haar verboden, heb haar diverse keren verteld hoe gevaarlijk het is.'

'Blijkbaar heeft dat geen indruk gemaakt.'

'Weet je het zeker?'

Lisa knikte ernstig. Mijn hemel, dacht Kitty. Over wie hadden ze het in godsnaam?

'Mevrouw Bremer is een paar keer in het lazaret geweest om haar man te bezoeken. Ze werkt als opsteekster in de spinnerij en heeft het zelf gezien. En zij niet alleen. Hanna en haar minnaar zijn erg onvoorzichtig.'

'In een kleine ruimte, zeg je? Helemaal alleen? Tjonge jonge! Dat domme, domme meisje!'

Aha, dacht Kitty teleurgesteld. Het ging vast over het keukenmeisje, dat een liefdesaffaire had. Alsof dat zo bijzonder was. Ze sloot luidruchtig de deur achter haar, waardoor Marie en Lisa verschrikt haar kant op keken.

'Ik ga alvast naar beneden,' riep ze naar hen en ze haastte zich naar de trap.

In de eetkamer had het personeel het buffet al voorbereid. Volgens de traditie aten ze op kerstavond een koude maaltijd, zodat het personeel tijd had om naar de mis te gaan en vervolgens in de keuken bij elkaar te zitten. Het buffet zag er mooi uit. Mevrouw Brunnenmayer was werkelijk een kunstenares, daar kon haar eigen kokkin niet aan tippen. Die klaagde alleen maar dat er geen kruiden waren en dat er geen behoorlijk vlees was, dat er te weinig boter en room en ook nauwelijks spek was om het gebraden vlees te larderen. Mevrouw Brunnenmayer kon zelfs van een kiezelsteentje lekkere soep maken. Wat had ze nu weer getoverd? Rundertong... hoe zou ze daaraan gekomen zijn? En aardappelsalade met hardgekookte eieren. Zelfs haringsalade met mayonaise. Wat rook die lekker! En ingemaakte rode bieten en zure augurkjes. Kitty kon de verleiding niet weerstaan, stak een van de kleine cornichons in haar mond en kauwde er genietend op. Ze moest er ineens weer aan denken dat mama haar en Paul een keer betrapt had toen ze de decoratie van de haringsalade stalen. Ach, Paultje, wat miste ze hem. Haar grote broer en beschermer! Hij had toen meteen alle schuld op zich genomen...

Ze legde het tweede augurkje snel weer terug want mama was zojuist de eetkamer binnengekomen. Ze had zich voor het familiefeest omgekleed en droeg nu een in Kitty's ogen nogal ouderwetse zijden jurk met een strakke taille en Brussels kant bij het decolleté. De jurk was ook nog donkerrood, pfff. Hij maakte mama minstens tien jaar ouder.

'Kitty, mijn schat. Laat me je omhelzen. Wat ben je bleek... Gaat het niet goed met je?'

Kitty hield de opmerking die op het puntje van haar tong lag voor zich en vlijde zich tegen haar moeder aan. Ach, mama was zo'n geweldige vrouw, ze merkte het meteen als er iets niet in orde was. Zou ze zelf ooit zo'n goede moeder worden?

'Het gaat uitstekend met me, mama. Het is zelden beter met me gegaan.'

Ze had zich bijna verraden, maar gelukkig kwamen Lisa en Marie de eetkamer in, gevolgd door papa, die ondanks de feestelijke aangelegenheid ongegeneerd zijn huisjasje had aangetrokken. Mama registreerde dit feit met een schuine blik, maar zei niets omdat ze de kerstsfeer niet wilde bederven. Ze namen allemaal plaats en proostten elkaar toe. Papa had nog een fles bourgogne in de kelder gehad, daarna zouden ze witte wijn drinken, waarschijnlijk een moezelwijn, daar hield mama zo van.

'Je gaat nu toch hopelijk geen toespraak houden, papaatje,' zei Kitty met een onschuldige blik. 'We hebben allemaal ontzettend veel trek!'

Er heerste een ontspannen sfeer, er werd gelachen, zelfs papa zei glimlachend dat hij zich kerstavond niet kon voorstellen zonder de wijsneuzerige opmerkingen van zijn jongste dochter. Ze bedienden zich van het buffet, alleen papa's bord werd door mama gevuld want hij had er een hekel aan om zelf op te scheppen. Ze praatten over de kerstviering, vonden het vertederend dat veel patiënten tot tranen toe geroerd waren en vonden het heel erg dat dokter Moebius hen al over een paar dagen zou verlaten.

'Zo'n getalenteerde jongeman,' zei Alicia zuchtend. 'En dan te bedenken dat hij een grote toekomst voor zich had...'

Ze maakte haar zin niet af, maar iedereen wist wat ze bedoelde. Toekomstplannen, die jonge mensen vroeger gesmeed hadden, waren in oorlogstijden zinloze dromerijen. Als je aan het front was, was je bezig om de dag te overleven, de komende week, de tijd tot de oorlog eindelijk voorbij was. Wanneer dat ook zou zijn.

'Tilly schijnt veel genegenheid voor hem te voelen,' zei Kitty ongegeneerd. 'Die twee zijn een perfect...'

'Lieve Kitty,' onderbrak Alicia haar met een frons op het voorhoofd. 'Je zou je schoonzus in geen geval moeten aanmoedigen zich zo'n verbintenis in haar hoofd te halen. Ik weet heel goed dat ik nu ouderwets lijk, maar Tilly Bräuer komt uit een rijk huis en is veel te knap om zich aan een arts te vergeven. Ze zou in de adellijke stand kunnen trouwen, net als onze Lisa.'

Lisa toonde een zeer zwakke glimlach, wat vreemd was, want eigenlijk zou je verwachten dat ze nu triomfantelijk zou kijken. Kitty had graag tegengeworpen dat mama's ideeën inderdaad uit de vorige eeuw stamden en dat als Alfons hier was, hij zijn zus zeer zeker zou aanmoedigen haar hart te volgen. Maar het was kerstavond, bovendien verklaarde Marie vrolijk dat ze er vast in geloofde dat een grote liefde tegen alle weerstand bestand was.

'Omdat de liefde van God komt,' zei ze met glanzende ogen. 'En omdat God iedereen beschermt die elkaar werkelijk toegenegen is.'

'Amen,' mompelde Johann Melzer. 'Lieve Alicia, zou je nog een portie aardappelsalade en een plakje tong voor me willen halen?'

Marie stoorde zich niet aan zijn opmerking, waarschijnlijk kende ze zijn kribbige aard intussen maar al te goed nu ze dagelijks naar de fabriek liep om hem, zoals ze zei, terzijde te staan. Kitty vond het weliswaar geweldig dat Marie zo veel van die machines begreep en ook van de zakelijke beslommeringen van de fabriek verstand had, maar vond het ook zonde. Marie had veel kunstzinnig talent, en wat deed ze daarmee? Ze tekende drukpatronen voor papieren stoffen. Lieve deugd! Cirkeltjes en rondjes, door elkaar lopende lijnen en dansende stipjes. In plaats van in het museum te zitten en de grote meesters te kopiëren om van hen te leren...

'Laten we naar de salon gaan, lieve schatten,' zei Alicia, waarmee ze Kittys gedachten onderbrak. 'Ik ben benieuwd welke verrassingen jullie dit jaar voor ons in petto hebben.'

Het was traditie dat de jonge mensen een kerstboom in de rode salon plaatsten, die optuigden en er cadeautjes onder legden. Vroeger was het altijd Paul geweest die het dennenboompje neerzette. Ach, Paultje. Nu moest ze weer zo sterk aan hem denken. Waar zou hij nu zijn? Zou hij wel Kerstmis kunnen vieren, daarginds in het ijskoude Rusland?

Waarschijnlijk dacht mama hetzelfde, want toen ze in de rode salon stonden en Marie de kaarsjes in het dennenboompje aanstak, had ze tranen in haar ogen. Papa keek grimmig voor zich uit, het was niet zijn aard om emotie te tonen. En Lisa zag er ook heel bezorgd uit. Wat een rare toestand, zoals ze daar allemaal met vochtige ogen naar de kerstboom stonden te staren terwijl geen van hen een woord zei. Pas toen Rosa en mevrouw Sommerweiler met de kinderen kwamen, verdween de droevige sfeer.

Het ritueel van kerstcadeautjes uitpakken begon. Ze deden het om de beurt, elk geschenk werd uitgebreid bewonderd, iedereen bedankte beleefd of enthousiast, soms zelfs verrukt als de verrassing zeer geslaagd was. Kitty kreeg een sieraad met een granaat dat mama als jong meisje had gedragen en die voor Kitty was aangepast. Van papa kreeg ze er een bijpassende ring bij, van Marie een geïllustreerd boek over middeleeuwse kunst, van Lisa een zacht kussen voor op de bank. Het was prachtig om te zien dat de kleintjes zo verwonderd naar de brandende kaarsjes in de groene kerstboom keken. Dodo kroop dapper naar het wonder toe en wilde een glimmende kerstbal pakken, Leo bleef op een veilig afstandje en sabbelde op een kleurrijk tinnen soldaatje dat Lisa hem geschonken had. De kleine Henni kraaide van plezier en knabbelde het ene na het andere kerstkoekje op. Mama's liefdevolle cadeau, een zachte, bruine haas vond ze niet interessant, in plaats daarvan zwaaide ze met het koffielepeltje en trappelde ze zo heftig dat Kitty haar niet meer op haar schoot kon houden en mama de kleine moest overnemen. Pff... ze was echt misselijk geworden van deze inspanning, misschien had ze ook wel te veel haringsalade gegeten. Ze haalde een paar keer diep adem, waarna ze minder last van haar maag had, alleen liep ze daarbij het risico dat de knoopjes van haar blouse opensprongen. Nee, ze zou de verrassing niet meer lang voor zich kunnen houden. Wat speelde mama toch lief met Henni. En, niet te geloven, papa voerde zijn jongste kleindochter koekjes. Kitty keek naar Marie, die net haar laatste geschenk uitpakte. Het was een setje olieverf, dat Kitty voor haar had gekocht, een overduidelijke hint. Marie glimlachte toen ze de kleuren bekeek en liep naar Kitty om haar te omhelzen.

'Ach, lieverd, ik zou willen dat ik de tijd had om me helemaal aan de schilderkunst te wijden. En dan zou jij weer mijn lerares kunnen zijn,' fluisterde ze in haar oor.

'Je hoeft er alleen maar mee te beginnen,' antwoordde Kitty. 'De eerste stap is altijd het moeilijkst. En iemand die voortdurend zegt dat hij geen tijd voor kunst heeft, verliest een deel van zijn leven.'

'Je bent een slimme meid, Kitty.'

'Nee, ik ben koppig en wil dat je je talent niet verwaarloost!'

Ze had Marie bijna aan Montmartre herinnerd, aan het kleine vogelnest waar ze met Marie had willen wonen en schilderen. Maar dat was nogal ongepast geweest, want ze was toen met Gérard weggelopen, waarmee ze een klein schandaal had veroorzaakt. Bovendien waren de Fransen nu hun vijanden, vooral Lisa zou zich over zo'n opmerking druk gemaakt hebben.

'Hebben we alle cadeaus uitgepakt?' vroeg mama. 'Of zijn we nog ergens een kerstverrassing vergeten?'

Dit was het juiste moment. Kitty ging rechtop zitten, ze barstte van de voorpret om de reactie die haar heugelijke nieuws teweeg zou brengen.

'Ik heb...' begon ze.

Maar Marie was sneller. Ze was opgestaan en voor de kerstboom gaan staan. En ze straalde zo enorm van geluk dat Kitty haar zin niet afmaakte.

'Ik heb een geweldige verrassing voor jullie allemaal,' zei Marie plechtig. 'En, zo gemeen als ik ben, heb ik hem de hele dag met me meegedragen, ik wilde alle vreugde voor mezelf houden. Maar nu, hier voor de kerstboom, wil ik jullie in dit geluk laten delen.'

Ze laste een korte pauze in en keek iedereen aan. Dodo sabbelde op haar duim, Leo kwijlde op Rosa's witte schort. Henni zat op mama's schoot te brabbelen, waarschijnlijk had ze buikpijn van de kerstkoekjes.

'Paul zal over een paar dagen bij ons zijn. Hij heeft vier dagen verlof gekregen.'

Het nieuws zorgde voor gejubel en tranen. Mama snikte van vreugde, papa schraapte zijn keel en mompelde dat vier dagen beter was dan helemaal niets. Lisa snoof en veegde de tranen van haar wangen. Kitty was zo blij dat ze opsprong en Marie om de hals wilde vallen, maar voelde zich ineens zo naar dat ze weer op de stoel terugzakte. Het werd haar helemaal zwart voor de ogen en haar hart ging tekeer. Hemel, kon je van pure blijdschap flauwvallen?

'Kitty!' riep Marie en ze ging op de armleuning van haar fauteuil zitten. 'Voel je je niet goed? Lisa, de waterkaraf staat naast je. Hemel, Kitty, je bent lijkbleek. Je bent toch niet zwanger?'

'Ik?' stotterde Kitty en ze nam verlegen een slok water. 'Zwanger? Wat denk je wel niet, Marie?'

De verrassing was toch al bedorven; Maries aankondiging was de grootste verrassing van vandaag. Nou ja, dan zou ze het hun met oudjaar vertellen.

# 14

TILLY HAATTE HAAR NAAM, die van Ottilie was afgeleid. Ze haatte ook het bankiershuis en de vele woonhuizen en villa's die van haar vader waren. Ze haatte het geld dat zo'n belangrijke rol in het leven van haar vader en broer speelde. Kapitaal, rente, bankrekeningen, aandelen, leningen, obligaties, hypotheken... Allemaal begrippen die Alfons en haar vader tijdens de maaltijden ongedwongen rondstrooiden, waar zij helemaal niets van begreep en die ze ook niet wilde begrijpen. Wat dat betreft leek ze meer op haar moeder, die ronduit verklaarde dat een bank een immorele instelling was omdat die meer terugvroeg dan dat die mensen uitgeleend had. Als kind had ze daarom altijd gedacht dat haar vader een oneerlijk beroep uitoefende, waar ze zich erg voor schaamde, want ze hield van haar vader, ook al had hij zelden tijd voor haar en hield hij zich meer met Alfons bezig. Ze droomde er vaak van dat hij de bank zou opgeven en een grote winkel in de Karolinenstraat of de Maximilianstraat zou openen. Het liefst een warenhuis, waar je voor weinig geld allerlei mooie spullen kon kopen. Later, toen ze ouder was, vond ze zulke dromen nogal kinderachtig en was ze blij dat ze er met niemand over gesproken had. Toen zocht ze haar toevlucht in de omvangrijke bibliotheek van haar vader, waar ze tot laat op de avond las, Goethe, Brentano, Jean Paul en Theodor Storm. Haar moeder, die weinig begrip had voor dat soort uitspattingen, noemde haar daarom een 'blauwkous'. Op kostschool werd voorspeld dat ze later een bril met dikke glazen zou moeten dragen, want het was algemeen bekend dat buitensporig veel lezen slecht was voor de ogen van jonge meisjes.

De oorlog had haar in één klap uit haar romantische schijnwereld naar de werkelijkheid gekatapulteerd. Vader had vaak gezegd dat er een oorlog aankwam, maar niemand wilde het echt geloven, tot ze er opeens middenin zaten. De strijd van de Duitse soldaten tegen de vijanden, die het land – zoals de keizer had gezegd – midden in de vrede overvallen hadden, was verheffend en verschrikkelijk tegelijk. En toch had de oorlog haar op een nieuw pad gebracht, een kracht in haar laten groeien waarvan ze niet wist dat ze die in zich had. Aanvankelijk wilde ze het werk in het lazaret alleen doen om zich op de een of andere manier nuttig te maken en ze was erg bang geweest dat zou blijken dat ze niet tegen bloed kon en er dus volkomen ongeschikt voor was. Maar het tegendeel bleek het geval te zijn. Tot haar eigen verbazing had ze er geen moeite mee om zelfs de ergste verwondingen te behandelen, de arts bij zijn werk te assisteren, de operatietafel schoon te maken en de instrumenten te reinigen. De geneeskunde was een fantastische wetenschap, de enige die echt nuttig was voor mensen, die iemands leven kon redden en hem pijn kon besparen. Als ze geen vrouw was, had ze graag medicijnen gestudeerd.

En ineens had de liefde haar overvallen. Niet als een donderslag bij heldere hemel, zoals het vaak in boeken werd beschreven, maar rustig en lankmoedig. Een glimlach die ze zonder gêne beantwoordde. Een groet in de ochtend die op een bijzonder indringende toon tegen haar gezegd werd. Zijn manier haar een compliment te geven als ze hem bij zijn werk hielp. Dat ze zo snel van begrip was. Dat ze zo handig was. Dat ze zo goed kon anticiperen. Niemand had haar ooit met zo veel respect behandeld als de jonge dokter Moebius. Soms praatte hij wat met haar, als ze de behandelkamer voorbereidden en dokter Greiner elders bezig was. Dan had ze het gevoel dat ze haar hart moest vasthouden, omdat het zo onrustig en snel klopte. Maar hij bracht haar nooit in verlegenheid, bleef altijd kalm, vriendelijk, vertelde haar dingen in vertrouwen die hij beslist niet aan iedereen vertelde, wat haar vervulde van trots. Dat zijn vader schoenmaker was, dat de dominee van zijn kleine geboortedorp ervoor gezorgd had dat hij medicijnen kon studeren. Dat hij in een zolderkamer naast een muzikant had gewoond die Beethoven op de piano speelde, en dat hij zo gefascineerd was geraakt door de muziek dat hij alles had willen opgeven om muzikant te worden... O, wat kon ze hem goed begrijpen. Zelf was ze ook bijna in haar boeken verdronken, ze had al stiekem eerste pogingen gedaan om schrijfster te worden. Maar nu was de geneeskunde haar grote passie en – wat een wonder – dokter Moebius moedigde haar aan eindexamen te doen en dan aan een universiteit te gaan studeren.

Toen hij de eerste keer haar hand pakte, schrok ze vreselijk en was ze geneigd weg te rennen. Ze herinnerde het zich nog heel goed: ze waren alleen in de behandelkamer, maar er kon elk moment een verpleegster binnenkomen, of dokter Greiner.

'U betekent oneindig veel voor me, Tilly,' zei Moebius zachtjes. 'Schrikt u alstublieft niet vanwege mijn eerlijkheid. Ik zal er nooit meer over praten als u het mij verbiedt.'

Ze stond er zwijgend bij, keek hem in de ogen en wist niet wat ze moest zeggen. Toen boog hij zich voorover en raakte hij met zijn lippen licht de rug van haar hand aan. Het was slechts heel licht, de vleugelslag van een vlinder, maar ze trilde als een espenblad, de aanraking had in haar lichaam een storm opgewekt. Toen meteen daarna de deur openging en er een gewonde de ruimte in gebracht werd, moest ze zich enorm beheersen zodat ze op normale wijze haar werk kon doen. Maar ook al had ze hem nog geen antwoord gegeven, het was het begin van een liefdesband. Van nu af aan had elke blik, elke beweging, elke glimlach tussen hen een betekenis gekregen en telkens als ze alleen waren – wat helaas veel te weinig voorkwam – praatten ze met elkaar. Verder niets. Maar het waren woorden die haar in vervoering brachten en gelukkig maakten, die haar 's nachts uit haar slaap hielden en 's ochtends mooie, beangstigende dromen creëerden.

'Ik heb onafgebroken aan u moeten denken...'

'Het is zo'n geluk dat ik u heb mogen leren kennen...'

'Ik heb zoiets nog nooit tegen een man gezegd...'

'Ik besef dat ik niet het recht heb...'

'U hebt al het recht van de wereld...'

Twee keer had hij haar hand gekust. Niet met vlindervleugels, maar met warme lippen, waardoor er een siddering door haar lijf ging. Ze verlangde naar zijn aanrakingen, wachtte met smacht op de gelegenheid met hem alleen te zijn en wist dat hij ook elke kans aangreep om heel even met haar te zijn, zonder getuigen erbij. Wanneer zou hij de moed vatten om haar te kussen? En als hij het deed, zou hij haar dan omarmen? Haar tegen zich aan trekken? Zou ze zijn hartslag voelen, zoals altijd in romans stond? Of zou ze misschien zelfs flauwvallen?

Net toen ze de mooiste verwachtingen koesterde, kwam plotseling het nieuws dat hij naar het front gestuurd werd. Het was oorlog... hoe had ze dat in haar verliefdheid kunnen vergeten? Werd ze niet dagelijks met dit feit geconfronteerd? Hoe had ze zo zeker kunnen zijn dat haar en degene van wie ze hield de verschrikkingen van de oorlog bespaard zouden blijven?

Hij had het niet haar, maar zijn collega dokter Greiner als eerste verteld. Daarna kregen juffrouw Schmalzler en Elisabeth het te horen, die het de verpleegsters vertelde. Zo kwam boven op al het onheil ook nog de stomme jaloezie, de ergernis dat ze een van de laatsten was die het nieuws vernam. Waarom had hij het haar niet onder vier ogen verteld? Had hij gevreesd dat ze in tranen zou uitbarsten en zich tegen zijn borst zou werpen? Zoiets kinderachtigs had ze nog nooit in haar leven gedaan. Maar hij zweeg en vermeed het met haar alleen te zijn. Hij leek haar bij het dagelijkse werk zelfs te ontlopen, trok andere verpleegsters voor als hij hulp nodig had bij een ingreep.

Vandaag was zijn laatste dag in het lazaret. Tilly was vroeger dan normaal naar haar werk gegaan, had de hele nacht geen oog dichtgedaan en had 's ochtends haar gezicht, dat gezwollen was van het huilen, met een koud washandje gekoeld. Dokter Moebius was al aan het werk, hij begroette haar vriendelijk, maar zonder glimlach.

'Juffrouw Bräuer? Nu u er toch al bent, zou u alstublieft de operatietafel willen voorbereiden? Er zijn drie nieuwe patiënten aangekondigd, een invalidenruil met Russische krijgsgevangenen.'

'Natuurlijk, dokter.'

Ze ordende de instrumenten, zette de fles met ether klaar, legde de doeken neer, de schalen, het verbandmateriaal... Het ruilen van zwaargewonden was een actie die het Rode Kruis organiseerde en bijna alle oorlogspartijen deden eraan mee. Het waren hopeloze gevallen, vreselijk verminkte mannen van wie er niet veel overleefden. Er werd zorgvuldig op gelet dat er geen mannen aan hun thuisland werden teruggegeven die nog in staat waren te vechten.

Achter haar ging de deur dicht, ze hoorde zijn voetstappen, maar draaide zich niet naar hem om. Dus toch. Haar handen werden ijskoud, ze huiverde.

'U bent boos op mij, nietwaar?' hoorde ze zijn stem.

Ze zweeg. Nee, ze was niet boos. Ze was verdrietig en voelde zich gekwetst.

'Ik kan het u niet kwalijk nemen, Tilly. Mijn enige verontschuldiging is dat ik me ook heb overgegeven aan een droom die niets anders dan een luchtkasteel was.'

Een luchtkasteel! Nu draaide ze zich verontwaardigd naar hem om.

'Wat bedoelt u daarmee?'

Heel even drukte zijn gezicht diepe wanhoop uit, maar daarna vermande hij zich en forceerde hij een glimlach. Die leek onnatuurlijk, als een masker waarachter hij zijn ware gevoelens verborg.

'Ik bedoel daarmee dat wij ons allebei, u en ik, blind gestaard hebben op iets wat geen toekomst heeft. Vergeeft u mij alstublieft, Tilly.

Het is helemaal mijn schuld. Ik zal het mezelf nooit vergeven dat ik hoop bij u gewekt heb die ik niet kan waarmaken…'

Hij wilde nog meer zeggen, maar iemand drukte de klink naar beneden en meteen daarna kwam Elisabeth binnen.

'Daar ben je, Tilly!' zei ze. 'Kom snel mee naar boven, er is een telefoontje voor je. U neemt het me hopelijk niet kwalijk, dokter Moebius, als Herta Tilly's plek inneemt?'

'Absoluut niet, mevrouw Von Hagemann.'

Tilly wierp hem een blik toe waarop hij schuldbewust zijn ogen neersloeg. O, ze had Elisabeth wel kunnen vermoorden omdat ze haar uitgerekend nu dwarsboomde. Hoop die hij niet kon waarmaken… Waarom niet? Waar was hij bang voor? Dat ze hem versmaadde omdat hij slechts de zoon van een schoenmaker was? Dacht hij dat ze zo laf was? Of – en dat zou nog veel erger zijn – hield hij helemaal niet van haar? Had hij alleen maar een spelletje met haar gespeeld?

'Kom snel, Tilly,' zei Elisabeth. 'Kom met mij mee naar boven. Je moet nu heel sterk zijn, meisje. We moeten allemaal sterk zijn. We mogen nooit vergeten dat oneindig veel mensen in ons Duitse vaderland ons lot delen.'

In plaats van zich te haasten, bleef Tilly midden op de trap staan. Wat zei Elisabeth nou allemaal?

'Is… is er een ongeluk gebeurd?' stamelde ze ontzet.

'Boven. Marie en mama zijn daar. We moeten elkaar nu steunen…'

Ze legde haar arm om Tilly en trok haar met zich mee de trap op, waar Else met een star gezicht een dienblad met drie kopjes en een theekan naar boven bracht.

Paul, dacht Tilly. O god, hij zou gisteren al hier aankomen. Ze haastte zich achter Elisabeth aan, die naar de rode salon liep en ineens bleef staan.

'Het is oorlog, Tilly,' zei ze. 'De tijd van de helden en de treurende vrouwen…'

'Houd op!'

In de salon stond de kleine kerstboom nog, die intussen al naalden begon te verliezen die nu op het tapijt lagen. Alicia stond bij het raam en staarde naar buiten naar het park. Op de bank zaten Marie en... Paul. Tilly slaakte een gilletje en liep naar hem toe, ze omhelsden elkaar en Paul legde uit dat hij die ochtend in alle vroegte was aangekomen.

'Gelukkig deed de nachtzuster van het lazaret open, anders had ik om vijf uur als een gek moeten aanbellen...'

Alicia liep naar haar toe, sloot haar in haar armen en liet haar toen op een stoel plaatsnemen. Elisabeth verdeelde de kopjes thee, het servies rinkelde zachtjes in haar handen.

'Wat is er in godsnaam aan de hand?'

'Je moeder belde, Tilly,' zei Alicia zacht. 'Ze hebben vandaag het bericht gekregen dat Alfons... dat hij gesneuveld is...'

Ze had er nog wat aan toe willen voegen, maar haar stem begaf het en ze hield haar zakdoek voor haar mond. Tilly verstarde, haar hersens weigerden te werken. Had iemand zojuist gezegd dat haar broer gesneuveld was? Alfons, die altijd zo stil en bedachtzaam was. Zo schuchter en tegelijkertijd zo slim. Alfons, de enige zoon. Papa's grote trots, de toekomst van het bankiershuis Bräuer. Alfons, haar grote broer. Hij was er al haar hele leven...

'Wanneer?' stamelde ze en ze was zich ervan bewust dat ze onzinnige dingen zei. 'Waar? Waar is het gebeurd?'

'We weten het niet, Tilly,' zei Marie bedroefd. 'Je moeder zei bij de Somme. Het... het is niet te bevatten dat uitgerekend hij moest sterven. Hij wilde nooit soldaat worden, hij haatte deze oorlog. Maar niemand vroeg hem om zijn mening.'

Tilly begon te snikken. Het verdriet kwam diep vanuit haar borst en baande zich een weg zonder dat ze het kon verhinderen. Alfons was dood. Keerde nooit meer terug. Lag ergens stijf en gekromd op een baar... Ze voelde armen die om haar heen gelegd werden. Marie fluisterde troostende woorden in haar oor. Streelde haar haar. Alicia knielde voor haar neer, pakte haar hand, praatte op haar in. Elisabeth zwetste iets over 'offer voor het vaderland'.

'We brengen je naar huis, Tilly,' zei Paul. 'Je ouders zullen je nu nodig hebben.'

Ze schudde haar hoofd. Nee, ze wilde niet naar huis. Niemand hoefde met haar mee.

'Maar het is geen omweg, Tilly,' drong Alicia zachtjes aan. 'Paul neemt de automobiel. We moeten naar Kitty toe.'

'Natuurlijk,' zei Tilly snel. 'Arme Kitty. En arme kleine Henni... Nee, doe geen moeite, ik blijf hier, ik heb dienst en loop niet weg. Het is beter voor me als ik wat te doen heb. Mama zal papa wel weten te troosten.'

'Deze beslissing siert je enorm, Tilly,' zei Elisabeth. 'Laten we naar beneden gaan. Ook ik wil mijn plicht doen. Mama, ik kom naar jullie toe zodra ik me vrij kan maken...'

'Zoals je wilt, Tilly,' zei Marie. 'Natuurlijk begrijp ik het dat je je werk niet in de steek wilt laten. Maar je mag jezelf niet overschatten. Neem tussendoor rust, dat moet je me beloven!'

Tilly knikte, vond een zakdoek in haar witte schort en snoot haar neus. Ze zag dat Paul en Marie elkaars hand vasthielden toen ze de salon uit liepen, en hoewel ze het heimelijk deden, vond Tilly het zeer ongepast.

Ze liep naar boven naar de badkamer en waste haar gezicht met koud water. Toen ze haar hoofd ophief en in de spiegel keek, schrok ze van de donkere kringen onder haar ogen en haar bleke gelaatskleur.

Ik ben ontzettend lelijk, dacht ze. Maar wie kan dat nou nog schelen? Alfons is dood. En mijn liefde was slechts een luchtkasteel. Het leven is voorbij. Ik hoef voor niemand meer knap te zijn.

Ze streek de losgeraakte haarplukken achter haar oren en stak het zusterskapje vast. Wat had Elisabeth gezegd? Ze moest sterk zijn. Dat zou ze zijn. Ze zou haar werk doen alsof er niets was gebeurd. Het was goed om onder de mensen te zijn en iets te kunnen doen.

Het zou veel moeilijker zijn als ze thuiskwam en de wanhoop van haar ouders moest aanzien.

Beneden in het lazaret werd al op haar gewacht. De nieuwe patiënten waren aangekomen, bovendien waren er twee jongemannen die al dagen koorts hadden. Dokter Greiner had ze van de anderen geïsoleerd omdat hij vreesde dat ze mogelijk tyfus hadden. Tilly was blij dat niemand vroeg waar ze geweest was en waarom ze haar werk had onderbroken. Ze stortte zich op haar taken, hielp bij het verwisselen van het verband, deelde het middageten uit, rolde de gewassen mitella's op. Later riep dokter Greiner haar naar de behandelkamer en assisteerde ze hem bij een paar moeilijke wondbehandelingen. Ze vroeg niet naar dokter Moebius, maar dokter Greiner, die als een vader voor haar was, vertelde ongevraagd dat zijn jonge collega moeite had met het afscheid.

'Zijn hart blijft hier, juffrouw Bräuer. Hij schijnt het definitief verloren te zijn, de arme jongen.'

'Tja, zo gaat dat in het leven,' zei ze en ze perste haar lippen op elkaar. Ze mocht in geen geval zwak worden. Het zou haar anders verscheuren.

Ze werkte als een bezetene, hielp in de waskeuken, zat aan het bed van een jongen die waanvoorstellingen had en over ratten met mensengezichten praatte. Ze las hem gedichten voor en merkte dat de klank en het ritme van de verzen hem kalmeerden tot hij eindelijk in slaap viel. Ze keek naar zijn gekwelde gezicht en voelde ineens een enorme, alles overstemmende vermoeidheid over zich heen komen.

'Juffrouw Bräuer?'

Ze keek haast onverschillig naar hem op. Wat wilde hij? Ze was uitgeput, het was tijd voor haar om naar huis te gaan.

'Hebt u nog energie voor één ingreep? Ik hoop het van harte.'

Zijn stem klonk zacht, haast liefdevol. Herta, die net met een dienblad langskwam, keek afkeurend naar hen.

'Natuurlijk,' zei Tilly.

Hij reikte haar zijn hand om haar van het bed omhoog te helpen, een gebaar dat hij zich nog nooit eerder had gepermitteerd. Ze liet het gebeuren, volgde hem naar de benauwde behandelkamer en pakte zoals ze gewend was verbandrollen en een schaar.

'U hebt uw broer verloren,' zei hij ineens. 'Dat vind ik ongelofelijk naar. Ik weet dat woorden niets betekenen, maar ik kon niet anders dan het u...'

Hij stopte met praten, want ze had zich naar hem toe gedraaid. Hun blikken kruisten elkaar, verlangen en verdriet, hoop en wanhoop vermengden zich, ze konden niet aan de magie van het moment ontkomen. Zijn omhelzing was niet teder, zoals ze gedroomd had, maar heftig, bijna pijnlijk, en zijn kus verbrandde haar lippen.

'Ik houd van je,' fluisterde hij. 'En met het oog op dit zinloze sterven is dat het enige wat telt.'

Ze lag als verdoofd in zijn armen, waagde het nauwelijks om zich te bewegen uit angst iets verkeerds te doen. Ze was opgevoed met het idee dat ze zich nooit mocht laten gaan, je mocht nooit tegen een man zeggen hoezeer je hem begeerde. En toch voelde ze dat dat precies was waar hij op hoopte.

'Waarom... waarom heb je het nooit tegen me gezegd?'

'Omdat ik een lafaard ben,' kreunde hij en hij liet zijn hoofd op haar schouder zakken. 'Omdat ik vreesde afgewezen te worden. We staan zo ver van elkaar af, hoe had ik het kunnen wagen...'

Plotseling voelde ze een enorme tederheid voor deze lieve man, die zichzelf ter wille van haar zo lang gekweld had. Ze was niet langer verstard en streelde zachtjes over zijn nek, ging met haar vingers door zijn haar.

'Het is mijn schuld, Ulrich. Ik heb je nooit aangemoedigd...'

Wat een nieuw, heerlijk gevoel om hem bij zijn voornaam te mogen noemen. Zoals ze in haar dromen al heel vaak had gedaan. Hij had zijn ogen gesloten om zich helemaal aan haar tedere aanraking over te geven. Nu pakte hij haar hand en kuste die.

'Jawel, dat heb je wel, Tilly,' zei hij glimlachend. 'Je ogen vertelden het me, ik voelde het aan ieder gebaar van je...'

Hij ging iets naar achteren en keek in haar ogen, onderzoekend en een beetje onzeker. Ze glimlachte naar hem en hij haalde opgelucht adem.

'Zeg het...' vroeg hij. 'Zeg het me, zodat ik het bij me draag als ik weg moet.'

'Ik houd van je, Ulrich. Ik zal op je wachten tot aan het eind van de oorlog en nog veel langer. Net zo lang tot we elkaar weerzien.'

Hij sloeg snel zijn armen om haar heen en drukte haar tegen zich aan, zijn kus was onhandig en zijn vingers raakten verstrikt in de banden van haar schort die op haar rug gekruist waren. Plotseling werd er hard op de deur geklopt en ze lieten elkaar verschrikt los.

'Dokter Moebius!' riep Herta. 'Komt u snel. Een bloeding...'

# 15

'HET GAAT GOED MET ME,' zei Kitty, en ze lachte verstrooid. 'Wat lief dat jullie gekomen zijn. Mizzi! Waar ben je? Breng ons thee. En een beetje gebak. Wat? Geen meel? Wat flauw. We zijn toch niet zomaar iemand...'

Marie zag dat Paul zijn ogen tot spleetjes kneep en enorm bezorgd keek. Hij kende zijn zusje, wist dat ze geneigd was tot hysterische uitbarstingen die gevolgd werden door depressieve buien. Ook Alicia zuchtte zachtjes en knikte onopvallend naar Marie. Dit vroeg om veel geduld en aandacht.

'Ach, dat ik mijn lieve Paultje weer bij me heb,' riep Kitty voor de zoveelste keer, en ze omarmde haar broer, die naast haar op de récamier was gaan zitten. 'Ik heb je zo gemist, broertje. Ik weet gewoon niet hoe ik het zonder je gered heb. Heb je mijn lieve Henni eigenlijk al gezien?'

'Alleen een foto.'

'O, laten we dan naar de kinderkamer gaan... Mevrouw Sommerweiler? Wat doet mijn kleine Henni? Slaapt ze? Haar oom Paul is gekomen.'

Ze liepen allemaal achter haar aan naar de kinderkamer, waar de zoogster in alle rust met haar breiwerkje bezig was, terwijl Henni verzadigd en tevreden in haar bedje lag te slapen.

'Maak haar niet wakker, Kitty,' vroeg Paul. 'Laat me haar gewoon alleen bekijken. Wat is ze rozig. Net alsof ze in een nestje ligt. Zo veilig en geborgen.'

Ach, hij had amper de tijd zijn eigen kinderen te zien en met ze te spelen, dacht Marie bezorgd. Wat een ongelukkig toeval. We hadden ons zo op die paar schaarse dagen met elkaar verheugd en nu loopt alles anders.

Kitty praatte aan één stuk door. Had hij de lichtblonde lokken gezien? Ze had al vier kleine muizentandjes. En de bolle wangetjes, die had ze van haar papa...

Ze brak haar zin af, de glimlach bevroor op haar gezicht terwijl ze afwezig door het raam naar buiten staarde. Er dwarrelden sneeuwvlokjes door de lucht, het was weer koud geworden en er lag een witte, spookachtige laag sneeuw over de grasvelden.

'Alfons is gesneuveld,' zei ze zachtjes, alsof ze met een geest praatte. 'Hij stierf voor ons Duitse vaderland. Net zoals vele anderen. Nietwaar, Paultje? Ik heb toch niet het recht om te jammeren omdat mij iets overkomt wat duizenden andere echtgenotes in heel Europa moeten verdragen...'

Paul knikte en keek naar Alicia, die angstig naar haar dochter keek. Marie legde haar arm om Kitty en streelde haar wang. Kitty vlijde zich tegen haar schoonzus aan. Marie was immers haar allerbeste, liefste vriendin. Marie wist altijd wat zij vanbinnen voelde. Alleen Marie kon haar begrijpen...

'Laten we de kamer uit gaan, Kitty. Er staat thee klaar. Straks maken we die lieve Henni nog wakker.'

'Ja, je hebt gelijk,' mompelde Kitty. 'Laten we theedrinken. Stomme pepermuntthee, waar je zo'n flauwe smaak van in je mond krijgt. Alfons hield niet van thee... Hij dronk altijd koffie met melk. Café au lait, zei hij altijd. En dan herinnerde hij me eraan hoe we samen door Parijs hebben gelopen. Ach, hij heeft bij Kahnweiler zulke prachtige schilderijen voor me gekocht...'

Marie leidde haar voorzichtig naar de récamier, ging naast haar zitten en schonk thee voor haar in. Kitty hield het kopje in haar hand, zonder een slok te nemen. Ze vertelde over Alfons' laatste bezoek, en dat hij zo verliefd was op zijn dochtertje, dat hij constant in zijn armen droeg. Dat hij drie of vier dochters wenste. Dat hij zo lief en teder was geweest als nooit eerder. Maar tegelijk zo in gedachten verzonken. En soms ook droevig.

'Hij had beloofd een uitgebreide kerstbrief te schrijven. Maar hij heeft alleen een kaartje gestuurd, een zielig klein kaartje met een stomme kerstboom erop...'

Toen, eindelijk, drong de gruwelijke waarheid tot haar bewustzijn door. Het kopje viel uit haar handen, Kitty viel tegen Maries borst en haar hele lichaam schokte terwijl ze huilde. Marie sloeg haar armen om haar heen en wiegde haar als een kind.

'We zijn er, Kitty,' fluisterde ze in haar oor. 'We zijn allemaal bij je. Je bent niet alleen, je bent onze enige, lieve, geliefde Kitty...'

'Godzijdank,' zei Alicia zachtjes tegen Paul, die de twee vrouwen aangedaan en gefascineerd tegelijk observeerde.

'De eerste horde is genomen. Wat vind jij, Paul? Zouden we haar niet beter met ons mee naar de villa moeten nemen?'

'Absoluut, mama. We mogen haar nu in geen geval hier alleen laten.'

Kitty huilde niet lang, ze vroeg algauw om een zakdoek, vertelde dat ze altijd, haar hele leven van Alfons zou blijven houden en wilde meteen naar haar bureau lopen om zijn brieven te lezen. Marie ging met haar mee, keek radeloos naar de chaos in Kitty's biedermeiersecretaire en stelde voor alle brieven in een doos te leggen.

'We nemen ze mee naar de villa, Kitty. Daar zullen we allemaal weer bij elkaar zijn, jij en Henni, mama en papa, Lisa, Paul en ik. En Henni vindt het heerlijk om bij Dodo en Leo te zijn.'

'Ja,' zei Kitty afwezig en ze liet de veldpostbrief die ze zojuist opengevouwen had zakken. 'Het zal weer net als vroeger zijn. Nietwaar? Maar dan mooier...'

Elisabeth kwam precies op het juiste moment om te helpen met pakken, want Kitty wilde duizend dingen meenemen waarvan negenhonderdnegentig totaal overbodig waren.

'Dan kun jij de auto besturen, Lisa,' zei Paul terwijl hij Maries hand pakte. 'Aangezien er zo veel bagage vervoerd moet worden, kunnen Marie en ik beter te voet teruggaan.'

'Maar we kunnen Kitty's bagage ook later laten ophalen,' bracht Alicia ertegen in. Toen ze echter zag dat Paul en Marie elkaars hand vasthielden, begreep ze het.

'Natuurlijk. Een goed idee, Paul. Je hebt Augsburg ook bijna een jaar niet gezien. Veel winkels zijn verdwenen en in de straten… Nou ja. Maar jullie moeten in geen geval door de steegjes van het oude centrum lopen.'

'Maak je geen zorgen, mama.'

Er lag nog wat sneeuw op de daken en kroonlijsten van de oude patriciërshuizen, die getuigden van de eeuwenlange welvaart van de oude stad van het koopmansgeslacht Fugger. Dicht op elkaar keken de oude gevels uit op het gebeuren op de straat, vastberaden ook de oorlog en rampspoed van de nieuwe tijd te doorstaan. Paul liet Maries hand niet los. Langzaam slenterden ze langs het Bürgerpad. Af en toe keken ze elkaar aan, dan glimlachten ze en voelden ze het geluk dat ze weer bij elkaar konden zijn.

'Alles staat nog op dezelfde plek,' grapte Paul en hij wees naar de spitse toren van de dom, waar ze langs liepen. 'Er zijn inderdaad een paar winkels verdwenen en de etalages zijn vrij leeg, maar verder…'

Marie was het met hem eens. Zeker, hier in het keizerrijk waren ze veilig voor de vernietigingen. Maar niet voor de honger en de kou.

'In de armenwijken heerst hongertyfus, dysenterie, longtuberculose, oedeem… Deze winter gaan baby's en kleine kinderen dood van de honger, net als oude mensen. En wij kunnen er weinig tegen doen. De aardappeloogst is verrot, ook in de villa eten we knolraap en ingemaakte groente. De rantsoenen op de levensmiddelenkaarten worden steeds kleiner en wie geen geld heeft, kan niet eens die paar dingen kopen.'

Ze beet op haar lip, want ze had eigenlijk niet willen klagen. Ze wist immers dat hij veel ergere dingen gezien en meegemaakt had. Maar daar had hij tot nu toe geen woord over gezegd, de vreugde van het weerzien had zwaarder gewogen. Hij was in de vroege ochtend de echtelijke slaapkamer in geslopen, zo zachtjes als een inbreker, want hij wilde haar niet wekken. O, wat had ze hem daarvoor op zijn kop gegeven. Twee hele uren van hun kostbare tijd samen had zij gewoon liggen slapen, weliswaar aan zijn zijde en in zijn armen, maar onbewust, zonder hem te kunnen liefkozen, zonder zijn geliefde lichaam aan te raken, haar ademhaling op hem af te stemmen, helemaal één met hem te worden. Wat ze vervolgens, toen Auguste al door de gang liep om een tafellaken uit de linnenkamer te halen, uitgebreid hadden ingehaald.

Auguste had de badgeiser aangedaan en de badkuip gevuld. Paul rustte niet voordat Marie bij hem in het warme zeepwater stapte, naakt, zoals God haar geschapen had, en ze deden daar fantastische en zeer aanstootgevende dingen, die zelfs voor een echtpaar onzedig waren. Pas toen de heer des huizes boos op de deur klopte, kwam er een einde aan het echtelijke gebadder. Ze bleven als betrapte kinderen midden in het op en neer golvende water stilzitten en giechelden.

'Ja, papa, we komen eraan!'

Het ontbijt was één gelukzalig feest van weerzien. Papa en mama gaven hun zoon een stevige knuffel, en alleen Lisa, die zich snikkend in zijn armen wierp, vroeg later of Paul misschien bepaalde 'moderniteiten' uit Frankrijk had meegebracht wat zijn badgewoontes betrof. Ze wisten immers dat de Fransen er nogal losse zeden op na hielden... Maar Paul was veel te druk bezig om zich te ergeren, want Dodo en Leo hadden onbevangen een plekje op zijn knieën veroverd.

Het telefoontje van Gertrude Bräuer had een einde gemaakt aan het vrolijke familieontbijt en zowel Paul als Marie wist dat hun nu geen geluk meer gegund was.

Misschien was dat de reden waarom Marie, nu ze door de straten van de stad liepen, alleen maar over nare dingen kon praten in plaats van hem moed te geven en hem te laten zien dat het leven in Augsburg ondanks de oorlog en de honger doorging.

'De tram rijdt zeker niet meer, of wel?' zei hij terwijl hij naar de verlaten rails keek, die allang niet meer door de wielen van de tram blank geslepen werden.

'Nog maar zelden. Soms hebben we ook in de villa geen stroom, maar dat gaat weer voorbij. Een paar weken geleden waren er in de Maximilianstraat betogingen van socialisten en andere mensen. Maar gelukkig leidden die niet tot gewelddadigheden, zoals elders.'

Paul was van mening dat dit soort onrust voor hen allen een groot gevaar vormde. Er was niets ergers dan een revolutie die de staatsmacht buiten spel zette en het gepeupel alle macht gaf. Daar leidden de zwakke en onschuldige mensen van de bevolking het meest onder. Maar de mensen hadden geen ongelijk wat hun eisen betrof, er waren veel kwalijke zaken, het kon niet zo zijn dat de een omkwam van de honger terwijl de ander varkensgebraad en knoedels op tafel had.

'Zeg dat maar niet tegen mama... Ze was zo trots op ons kerstmaal. We hebben er wekenlang levensmiddelenkaarten voor gespaard.'

Ze liepen door de Karolinenstraat en kwamen maar met moeite vooruit. In de luwte van de huizen zaten oorlogsinvaliden op gescheurde dekens te bedelen, in de schoenenzaak Max Ginsberger waren leren schoenen met houten zolen te koop, daarnaast werden twee paar laarzen met 'echte rubberen zolen' aangeboden voor buitensporig hoge prijzen. Kinderen stonden in groepjes bij elkaar en Marie wist dat sommigen van hen handige dieven waren. Ze stalen uit honger, sommigen van deze kleintjes waren vel over been.

Paul knipperde in de lage middagzon die tussen de grijze wolken door scheen. De Ulrichtoren met zijn groene, uivormige dak rees op zonder zich iets van het lot van de mensen aan te trekken en ook Hercules in de fontein zwaaide met zijn knots, alsof hij alle vijanden van het keizerrijk wilde afranselen.

'Het zou kunnen, Marie...' zei Paul zonder haar aan te kijken. 'Het zou kunnen dat er een vredesakkoord komt. Er zijn pogingen van de kant van de Amerikaanse regering, naar verluidt zijn er zelfs concrete voorstellen. We kunnen alleen maar hopen dat verstand en inkeer de overhand krijgen.'

Marie had er ook over gehoord. Johann Melzer had het verteld en eraan toegevoegd dat hij het amper kon geloven. De generaals Von Hindenburg en Ludendorff waren er veel te verbeten voor, de militairen waren er nog steeds van overtuigd dat ze deze vastgelopen strijd konden winnen. Je hoefde de kranten maar te lezen, die stonden bol van de succesverhalen over alle gevechtsfronten. Ook al bestonden die successen er alleen maar uit dat een aanval van de tegenstander afgeslagen was...

'De soldaten willen allang niet meer vechten,' zei Paul. 'Je mag het niet hardop zeggen, Marie, maar de meesten willen niets liever dan in vrede naar huis terugkeren. En niet alleen de Duitse strijders denken zo. In Frankrijk zijn relletjes geweest, ook in Italië borrelt het en in Rusland lopen de manschappen weg van hun officieren. De aarde is bedekt met bloed en lijken, ze liggen in de modder te ontbinden, geen graf, geen gedenkteken... "Vermist" heet het dan lapidair en de familieleden houden hoop hoewel er allang geen hoop meer is...'

Hij stopte met praten en schudde zijn hoofd, alsof hij iets voor zich zag wat niet te bevatten was. Marie maakte zich zorgen omdat hij zo veel dingen had meegemaakt en doorstaan die zij niet met hem kon delen. Er lag een kloof tussen hen in, een grijs land van zwijgen, waarin hij haar misschien nooit zou toelaten.

'Laten we door het oude centrum lopen,' stelde hij voor. 'Ik wil graag even bij De Groene Boom kijken en door de steegjes naar de Jakoberpoort lopen, zoals we toen deden.'

Marie stemde toe, hoewel ze weinig zin had de oude huizen en het verwaarloosde café weer te zien. Het was nu drie jaar geleden dat de jongeheer Melzer hier het keukenmeisje Marie tegen een woedende huisknecht beschermd had. Ze konden toen allebei nog niet weten dat Marie de dochter van de geniale constructeur Jakob Burkard was, aan wie Melzer de fantastische machines van zijn textielfabriek te danken had. Toen Paul vervolgens met haar meegelopen was naar de Jakoberpoort, was hij al zo verliefd, dat hij bij het afscheid bijna aan de verleiding bezweken was om haar te kussen. Maar dat had hij later pas bekend.

Hij sloeg vanuit de Maximilianstraat een van de smalle steegjes in en al na een paar passen bevonden ze zich in een andere wereld. Hier leunden lage, vervallen gebouwen tegen elkaar aan, de daken waren begroeid met mos en er zaten gaten in, in de weg zaten diepe geulen, voor de deuren van de huizen stonden mensen die de goed geklede passanten aanstaarden. Marie wist niet dat heel wat van de ontslagen textielarbeiders in deze wijk een onderkomen hadden gevonden. Vrouwen en kinderen, oude en zieke mensen woonden hier in vochtige kamertjes, de mannen waren aan het front, alleen een paar kreupelen waren teruggekeerd.

'Het ziet er veel erger uit dan vroeger,' zei Paul zachtjes tegen haar. 'Heeft papa de daken niet laten repareren en de kachels laten vernieuwen?'

Johann Melzer had destijds De Groene Boom en een paar aangrenzende gebouwen gekocht. Maar Marie betwijfelde of hij voor dat soort renovaties geld uitgegeven had. De situatie van de fabriek was beslist niet rooskleurig, dus hoe zou er dan nog geld over kunnen zijn voor zulke overbodige investeringen? Zeker omdat de bewoners nauwelijks de huur konden betalen.

'Laten we omkeren, Paul.'

Hij schudde zijn hoofd en liep door, bekeek met walging het afval dat de mensen in de steeg gegooid hadden en week uit voor een rat die uit een keldergat glipte.

'Er komt bijna nergens rook uit de schoorsteen.'

'Natuurlijk niet,' antwoordde Marie. 'Niemand heeft geld voor kolen en hout is ook duur.'

Ze sloegen een hoek om en moesten uitwijken voor een groepje jongeren, die geen aanstalten maakten voor hen opzij te gaan. Ze waren beslist niet ouder dan veertien of vijftien, droegen de jassen en mutsen van hun vaders en stonden er met hun handen in hun zakken vijandig en uitdagend bij.

'Dat is directeur Melzer. Van de textielfabriek,' zei een lange jongen met rode krullen. 'Die heeft mijn moeder meer loon beloofd. En wat heeft hij gedaan? Hij heeft haar ontslagen!'

'Houd je bek!' snauwde een klein jongetje, dat een veel te grote jas aanhad.

'Ik peins er niet over! Die vent wil de huur innen, daarom is hij hier.'

Marie voelde dat Paul wilde blijven staan, maar ze trok hem verder. Met deze ongelukkige mensen kon je niet praten. De nood had ze blind en doof gemaakt. Ze hadden haatgevoelens en wilden geen verklaringen horen.

'Je krijgt geen pfennig van ons, bloedzuiger!'

'Kom toch binnen, chic kereltje. Mijn zus heeft elke nacht drie minnaars, zodat we brood kunnen kopen. Misschien heb je ook zin even bij haar langs te gaan.'

'Houd je bek nou, Andi. Hij heeft een dame bij zich.'

Paul bleef staan om iets te zeggen, maar hij had zijn mond nog niet opengedaan of er vloog rakelings een steen langs hem heen die tegen de muur van een huis ketste. Een hond blafte, iemand deed een raam open, de krakende stem van een oude vrouw overlaadde hen met scheldwoorden.

'Scheer je weg, gapers! Luilakken! Lafaards! Zuipers en hoerenlopers...'

Het was niet helemaal duidelijk of ze de jongens of het goed geklede paar bedoelde, maar toen de jongens de emmer zagen die ze nu op de vensterbank zette, vluchtten ze de portieken in.

'Kom snel!' riep Marie nadrukkelijk en ze trok Paul met zich mee. Haastig liepen ze door de steegjes, langs nieuwsgierige bewoners die vanwege het lawaai deuren en ramen openden. Terwijl ze vlug doorliepen zag Marie hun bleke gezichten, de ingevallen wangen, de wanhopige blik in hun ogen. Kinderen huilden, er werd gescholden en nog een paar keer een steen naar hen gegooid.

Buiten adem kwamen ze weer in de Jakoberstraat. Bij de lege tramhalte bleven ze staan en probeerden ze op adem te komen.

'Vergeef me, Marie. Ik heb je in zo'n ongelukkige en gevaarlijke situatie gebracht.'

'Ik ken deze buurt nog van vroeger. De mensen waren toen ook al arm, maar door de oorlog is hun toestand nog ellendiger geworden.'

Langzaam liepen ze verder in de richting van de Jakoberpoort. Ze vonden de plek waar ze destijds waren blijven staan, maar de romantische herinneringen wilden niet meer bovenkomen. Paul was boos, voelde zich onterecht beschuldigd en ergerde zich eraan dat hij niet de gelegenheid had gekregen dingen recht te zetten. Waarom legde niemand de situatie aan deze jonge mensen uit? Hij, Paul Melzer, zou hun maar al te graag werk en brood geven, maar hij was soldaat en de fabriek kon maar met moeite overleven. Was het zijn schuld dat hij in Rusland moest vechten? Was deze afschuwelijke hongersnood zijn verantwoordelijkheid? Had hij de aardappelen laten verrotten?

Het kostte Marie moeite hem te kalmeren. Met deze ongelukkige mensen viel niet te praten, ze moesten hen helpen. Maar hoe? Het uitdelen van maaltijden aan de armen en inzamelingen van de liefdadigheids- en vrouwenverenigingen waren een druppel op een gloeiende plaat. De meeste levensmiddelen, de warme kleren, alles ging naar het front om de gevechtskracht van de soldaten te behouden. Maar in de steden ging de bevolking dood van de honger.

'Het is niet alleen in Duitsland zo,' zei Paul, die zijn handen in de zakken van zijn mantel had gestopt en licht voorovergebogen naast haar liep. 'Ook in Rusland sterven de mensen van de honger. En in de andere landen ook. Mijn god, wat verlangen we allemaal naar vrede!'

Marie zweeg. De lucht hing weer grauw en zwaar boven de stad, de zon was verdwenen, het zag ernaar uit dat het weer een koude en sombere dag zou worden. Ze had haar van de kou verstijfde handen ook in haar zakken gestoken, liep met grote stappen en keek telkens naar de gebouwen van de machinefabriek waar de smalle, hoog in de lucht oprijzende schoorstenen donkere rook naar de hemel stuurden. Hoeveel kolen daar voor de stoommachines verbrand werden. Daarvan had een groot deel van de huizen in het oude centrum verwarmd kunnen worden. Toen bedacht ze dat er ook in de textielfabriek een stoommachine werd opgestookt om papieren stoffen te produceren, en ze wist niet meer of het goed of verkeerd was, wat ze deden.

'Mijn hemel,' zei Paul ineens, toen ze al voor de grote poort voor de oprit naar de villa stonden. 'Morgen is het oudjaar. Dat was ik bijna vergeten!'

'Ja,' zei ze en ze keek hem glimlachend aan. 'Een nieuw jaar. Ik weet zeker dat 1917 een vredesjaar wordt.'

# 16

'WAT DOET U IN MIJN KAMER?'

Juffrouw Jordan schrok toen Hanna plotseling binnenkwam, maar hervond weer snel haar evenwicht.

'Jouw kamer?' vroeg ze en ze trok haar wenkbrauwen op, net zoals juffrouw Schmalzler deed als iets haar niet beviel. 'Ik heb bijna twintig jaar in deze kamer gewoond, lieverd. Als we zo gaan beginnen, dan is dit eerder míjn dan jóúw kamer.'

Hanna begreep er niets van. Het was waar dat ze deze kamer in het begin met juffrouw Jordan had moeten delen. Maar die was verhuisd naar het huishouden van de Von Hagemanns en daarna had Hanna de kamer voor zich alleen gehad.

'U... u hebt hier niets te zoeken,' riep ze boos. 'U werkt niet meer in de villa.'

Maria Jordan maakte rustig de sluiting van haar lichtblauwe reistas open en schoof de kleerhangertjes in de kast uiteen. Kwiek haalde ze een stapel lange, gesteven nachthemden tevoorschijn en legde ze op het tweede bed, dat niet gebruikt werd. Vervolgens haalde ze een etui met zakdoeken, drie paar zijden kousen, en lange onderbroeken met gestreken kant eraan uit de tas.

'U hebt het recht niet u hier te installeren,' schold Hanna en ze pakte de nachthemden om ze terug in de reistas te stoppen.

'Ik werk hier en daarom woon ik hier ook!' hield Jordan vol en ze trok aan haar nachtgoed.

‘U liegt! U komt hier maar drie keer per week om te naaien. Voor de rest bent u bij mevrouw Von Hagemann in dienst!’

‘Mevrouw Von Hagemann woont hier in de villa!’

‘Maar ze heeft een woning in de Bismarckstraat!’

‘Maar daar woont ze niet!’

‘Maar u woont daar!’ riep Hanna woedend. ‘U hebt daar een slaapkamer.’

Maria Jordan trok met een stevige ruk de nachthemden uit haar handen, waardoor er een knoop in Hanna’s handen achterbleef.

Onverdroten pakte ze Hanna’s ondergoed uit een van de laden van de ladekast om haar eigen spullen erin te leggen. Hanna keek er wanhopig en woedend naar. Wat een dag! Dit jaar kende een slecht einde, dat was een ding dat zeker was.

Beneden in de keuken was de kokkin intussen aan de laatste voorbereidingen voor het menu voor oudjaarsavond begonnen. De familie wilde het oorspronkelijk bij de Bräuers vieren, maar vanwege het overlijdensbericht bleven ze in de villa om ‘het nieuwe jaar in alle stilte te begroeten’. Hanna keek jaloers toe terwijl de kokkin drie vette, grijze karpers fileerde. Ze sneed de koppen, staarten en vinnen eraf om daar soep van te koken. Daarna pakte ze allerlei potjes met kostbare, zorgvuldig bewaarde kruiden van de planken, die alleen voor veel geld van onder de toonbank verkocht werden.

‘Haal een mand wortels uit de kelder. Vijf dikke uien. Een pan vol aardappelen… En ik heb ook hout nodig.’

Toen het feest boven begon, zei Auguste dat de jonge mevrouw Bräuer niet erg om haar echtgenoot leek te rouwen. Ze was nogal vrolijk, dronk witte wijn en voerde het hoogste woord.

‘Als mijn Gustl gesneuveld was, zou ik niet zo vrolijk rondlopen,’ zei ze afkeurend.

Intussen was ook de oude Bliefert de keuken in gekomen, die met oudjaar niet in zijn eentje in het tuinhuis wilde blijven. Hij zei dat je niet op uiterlijke schijn moest afgaan.

'Ja, natuurlijk, opa,' lachte Auguste hem uit. 'Je bent gek op de knappe Kitty. De arme weduwe erft samen met haar schoonzus het vermogen van de Bräuers. Als je het mij vraagt, is het een koud, harteloos mens.'

'Je bent gewoon jaloers!' wees de kokkin haar terecht.

Ondanks alles werd het een vrij vrolijke avond. Toen de huisdame eindelijk verscheen, gingen ze aan tafel. De maaltijd bestond uit de resten van het diner van de familie, aangevuld met goulash waarvoor ze al hun vleesbonnen hadden ingeleverd.

Na het eten, toen Hanna de vaat in de spoelbak had gezet en met de grote kroes met punch rondging, probeerde Jordan juffrouw Schmalzler over te halen om het voor deze avond goed te vinden dat ze de kaarten zou leggen. Maar omdat niemand er zin in had, liep dit voorstel op niets uit. In plaats daarvan nam juffrouw Schmalzler Maria Jordan flink onder handen. Ze vroeg haar of ze nu eindelijk met de jonge mevrouw Melzer had gepraat. Jordan draaide eromheen en zei dat ze dat het komende jaar van plan was. Juffrouw Schmalzler schudde geïrriteerd haar hoofd.

'Deze toestand bevalt me helemaal niet, juffrouw Jordan. U zit hier met het personeel van de villa in de keuken, maar behoort eigenlijk tot het huishouden van de Von Hagemanns. Hebt u op zijn minst met mevrouw Alicia Melzer gepraat?'

Nee, ook dat had Maria Jordan tot nu toe vermeden. Ze verdedigde zich met het feit dat Elisabeth von Hagemann tenslotte hier in de villa woonde en haar als kamenierster nodig had.

'Ik mag ervan uitgaan dat u in de Bismarckstraat overnacht?'

'Zeker, juffrouw Schmalzler.'

Wat kan zij goed liegen, dacht Hanna. Eigenlijk zou ik al haar spullen uit het raam moeten smijten, dat heeft ze wel verdiend.

'Als ik u was zou ik niet al te lang met dat gesprek wachten,' raadde Eleonore Schmalzler haar aan. 'Momenteel is de jongeheer met verlof en de jonge mevrouw Melzer voelt zich nu vast heel gelukkig.'

‘Dat is waar, Jordan,’ zei de kokkin. ‘U zou gebruik moeten maken van de goede stemming.’

Else merkte op dat ze niet dacht dat de jonge mevrouw Melzer nog wrok koesterde jegens Jordan. Waarop ze een hatelijke blik van Jordan moest incasseren. Hanna had allang door dat het Jordan zelf was die niet kon vergeven, die oude heks.

‘Genoeg nu!’ besloot Eleonore Schmalzler. ‘Laten we een paar leuke spelletjes doen. Wat vinden jullie van een kringspelletje?’

‘Oude tradities moet je in ere houden,’ zei Bliefert.

Ze hadden zo veel plezier dat ze bijna het moment van de jaarwisseling gemist hadden. Pas toen de familie voor Auguste belde en om de gekoelde sekt vroeg, werden ze zich ervan bewust dat het nog maar een paar minuten waren.

Iedereen bereidde zich voor, want volgens de traditie van het huis werd het personeel kort na middernacht naar boven geroepen. Er was een glaasje sekt voor ze en een korte toespraak van de heer des huizes. Bovendien kregen ze een nieuwjaarsgeschenk, meestal een klein geldbedrag.

Vandaag liep echter alles anders.

Een groepje jongelui was sleetje gaan rijden en stak niet ver van de villa een paar knallers af. Dat was niets ongebruikelijks, ook in Augsburg ging vuurwerk de lucht in. Alsof men tot in de wijde omtrek wilde verkondigen: we laten ons niet klein krijgen, nu al helemaal niet!

‘Juffrouw Schmalzler! Help! Komt u snel…’

De nachtzuster uit het lazaret had de keukendeur opengetrokken, haar gezicht was bleek en vertrokken van angst.

‘Wat is er gebeurd, Thilde?’

Het behoefde geen uitleg, want zelfs in de keuken was het gegil te horen.

‘Ze zijn helemaal gek geworden. Slaan hun medepatiënten. Slaan op tafel, op de bedden…’

Een paar patiënten hadden door het geluid van de knallers waanvoorstellingen gekregen en dachten dat ze weer aan het front waren. Een jonge soldaat trok zijn verband eraf, een ander had stuiptrekkingen en gilde: 'Aanval! Voorwaarts! Schiet op, luie lafaards. Voorwaarts!' Een pas geopereerde soldaat had het heel erg te pakken; hij was uit bed gesprongen en meteen bewusteloos in elkaar gezakt. Juffrouw Schmalzler riep Else, Hanna en de kokkin erbij, en ook de oude Bliefert probeerde te helpen. Ten slotte lukte het hun met vereende krachten en veel overredingskunst de mannen te kalmeren.

'Dat verdomde vuurwerk!' vloekte de kokkin. 'Alsof er op het slagveld niet al genoeg geschoten wordt.'

Anders dan gebruikelijk gingen de personeelsleden in kleine groepjes naar boven om hun geschenken in ontvangst te nemen, want er moesten steeds een paar mensen in het lazaret blijven voor het geval er opnieuw onrust ontstond. Hanna bleef een heel uur in de ziekenzaal, ze zat op een stoel voor de terrasdeuren. Hoewel ze haar een wollen deken hadden gegeven, had ze het verschrikkelijk koud. Nog erger was haar angst dat een van die arme gewonden weer zou gaan huilen en als een gek zou gaan ronddwalen. Maar alles bleef rustig, wat niet in de laatste plaats kwam doordat juffrouw Schmalzler op het idee was gekomen de mannen een borrel te geven. Uiteraard uit medische overwegingen.

Tegen twee uur werd Hanna door Else afgelost, die ter plekke in slaap viel zodra ze was gaan zitten. Op Hanna wachtte de vaat, het was na drieën toen ze eindelijk naar boven naar haar kamer liep. Daar stelde ze vast dat Maria Jordan al naar bed was gegaan en zich het nieuwe donzen dekbed had toegeëigend. Hanna was te moe om zich eraan te ergeren, zelfs het luide gesnurk van de voormalige kamenierster stoorde haar niet. Nog half aangekleed kroop ze in haar bed en ze rolde zich bibberend op, want het was koud in de onverwarmde kamer.

Ze viel als een blok in slaap, zweefde naar een donker rijk zonder dromen, verlost van alle zorgen en vreugde.

'Hanna! Wakker worden! Snel!'

Ze hoorde de woorden slechts onduidelijk en was er vast van overtuigd dat het een droom moest zijn. Het kon niet echt juffrouw Schmalzler zijn die op haar kamerdeur klopte.

'Hanna! Ben je wakker? Kleed je aan, je moet de dokter halen. Hij neemt de telefoon niet op...'

Ze keek knipperend rond in de schemerige kamer. Het was nog nacht of hooguit heel vroeg in de ochtend. Iemand had de deur van de kamer op een kier geopend, er was een streepje licht te zien.

'Zeg dat je opstaat, domme trien,' siste Maria Jordan in het bed naast haar. 'Snel. Voordat ze met de lamp de kamer in schijnt!'

Het was alsof er een grijze mist in Hanna's hoofd zat, ze begreep alleen dat ze midden in de nacht gewekt was. Wat was er aan de hand? De dokter halen? In de ijzige winterkou door de sneeuw lopen?

'Ik... ik kom eraan.'

'Kleed je warm aan!' beval juffrouw Schmalzler, die nu door de kier van de deur de kamer in gluurde. 'Laarzen en muts. Je moet dokter Greiner halen!'

'Ik ben zo klaar, juffrouw Schmalzler.'

De deur ging weer dicht en Hanna deed de gaslamp aan om zich aan te kleden. In het bed naast haar kwam het bleke gezicht van Jordan weer onder de deken tevoorschijn. Wat jammer dat juffrouw Schmalzler haar niet ontdekt had!

'De dokter halen,' fluisterde Jordan. 'Dan is er een ongeluk gebeurd. Straks is de oude meneer Melzer nog heengegaan.'

Hanna gunde haar geen blik waardig. Ze trok woedend haar jurk en jas aan en sloeg een wollen doek om zich heen. In haar linkerlaars zat een gat, maar daar vroeg niemand naar. Waarom moest uitgerekend zij door de duisternis lopen? Waarom niet Else of Auguste? Ach, was Humbert nog maar in de villa, dan had hij nu moeten gaan.

'Pas op dat je in het donker niet vermoord wordt,' verkneukelde Jordan zich, waarna ze zich knus op haar zij draaide om verder te slapen. Hanna hoopte dat ze een nachtmerrie zou krijgen en liep struikelend de dienstbodentrap af. In de keuken was niemand, op het fornuis stond een kan met een restje lauwwarme pepermuntthee. Ze goot een beetje in een beker en dronk het spul op, zodat ze tenminste een betere smaak in haar mond had.

'Daar ben je!'

Juffrouw Schmalzler droeg een wit nachthemd, had een geruite wollen deken om haar schouders geslagen en had een ouderwets kanten mutsje op haar hoofd. Hanna vond haar gezicht gerimpeld en haar neus leek langer en dunner dan vroeger.

'Dokter Greiner woont in de Annastraat, op nummer drieëndertig. Weet je hoe je moet lopen? Neem de lantaarn mee, het is nog donker. En haast je!'

'Wat is er aan de hand?'

'Mevrouw Bräuer is plotseling ernstig ziek geworden. Het gaat niet goed met haar.'

Zeker weer een van haar buien, dacht Hanna afgunstig. Als ik met de dokter kom, is ze er weer bovenop, daar durf ik om te wedden.

Ze trok de doek strakker om zich heen en liep door de personeelsingang het voorplein op. Ze voelde een ijskoude wind die vermengd was met sneeuwkristallen zo scherp als naalden. De elektrische verlichting was aangedaan, waardoor ze het dichtgesneeuwde ronde bloemperk kon zien en een stukje van de weg die door het park naar de straat leidde. De bomen zagen er in hun jurk van sneeuw uit als bizarre spoken, die hun knoestige armen boven hun hoofd staken en haar elk moment konden grijpen.

'Hanna!'

Ze draaide zich geschrokken om. De jonge meneer Melzer was uit de hoofdingang gekomen, hij droeg een bontmuts en mantel.

'Ja, meneer… Ik ben al onderweg.'

'Blijf hier,' zei hij. 'Ik ga zelf.'

In het licht van de buitenlampen kon ze zien dat hij er zeer bezorgd uitzag. Toch glimlachte hij kort naar haar, vervolgens haastte hij zich weg.

Toen ze de keuken weer in kwam, stond de kokkin daar. Ze stak het fornuis aan.

'Ze heeft een miskraam gehad,' zei ze. 'Het arme meisje bloedt nog dood.'

# 17

'BWWW... BA... BWWW... Baba... Bababa... Bwww...'

Dodo kraaide van plezier en produceerde een enorme bel van spuug. Leo stond in de box, hield zich met een hand vast en sloeg met zijn andere hand met een tinnen soldaatje tegen de houten rand.

'Pa... pa...' zei Paul geduldig. 'Zeg maar papa, mijn kleintje.'

'Bwww... Pfff... Bafffa...'

'Papa... Zeg papa...'

Dodo hobbelde vrolijk op zijn knie en wilde paardjerijden. Leo smeet het tinnen soldaatje tegen de witgelakte lambrisering en riep: 'Sosa! Sosa!'

Daarmee bedoelde hij Rosa Knickbein, de kinderjuffrouw. Paul nam hem op zijn schoot, liet elk kind op een knie zitten en had moeite in de wilde rit niet een van zijn kinderen te verliezen. Toen hij ten slotte ophield, begon Leo te huilen, terwijl Dodo hem stralend aankeek.

'Mama!' zei ze. 'Mama, mama, bwwwwawa...'

Hij zuchtte. In de korte tijd die hij nog had zou het hem niet meer lukken zijn lievelingetjes het woordje 'papa' te leren. Maar het was wel een compliment om 'mama' genoemd te worden.

'Mijn hemel, meneer Melzer,' zei Rosa Knickbein, die door de kier van de deur naar binnen keek. 'Ze hebben nog geen schone luier om, ik wilde ze net wakker maken en aankleden voor het ontbijt.'

Paul onderzocht zijn broekspijpen en stelde vast dat hij geluk had. Hij gaf de tweeling aan Rosa en liep de gang in om naar Kitty's kamer te gaan. Hij klopte zachtjes op de deur, maar niemand reageerde en hij waagde het om stilletjes de deurklink naar beneden te drukken. Het was schemerig in de kamer. Marie, die op een stoel naast Kitty's bed zat, tilde haar hoofd op.

'O, jij bent het,' fluisterde ze liefdevol.

Hij kwam dichterbij en kuste haar op haar wang. Wat zag ze er moe uit, ze had donkere kringen onder haar ogen.

'Hoe gaat het met haar?'

Ze keken allebei naar het brede, lichtblauwe hemelbed, waarin Kitty's lichaam verloren leek. Haar donkere haar was in een dikke staart gevlochten zodat het tijdens haar ziekbed niet helemaal in de klit raakte.

'Ze heeft doorgeslapen,' fluisterde Marie. 'Alleen wil ze niets eten. Gisteravond heeft ze alleen een beetje water vermengd met wijn gedronken...'

'Heeft ze nog koorts?'

'Sinds gistermiddag niet meer. Ik hoop dat het zo blijft.'

Paul streelde haar nek en zei dat het vast gauw beter zou gaan met Kitty.

'Ga nu slapen, Marie. Alsjeblieft.'

Ze knikte bezorgd. Ja, ze was zo uitgeput dat ze zelfs een poosje was ingedut, een of twee uurtjes slaap zou haar goeddoen.

'Ik wil je niet meer zien voordat het middag is, Marie. Niemand kan drie nachten achtereen wakker blijven. Als je nu niet slaapt, word je ziek, en daar heeft niemand wat aan!'

Hij zei het op een felle toon en had harder gepraat dan zijn bedoeling was geweest. Kitty haalde diep adem, kreunde een beetje en draaide zich op haar andere zij.

'Kom nu... Auguste kan voor haar zorgen als ze iets nodig heeft.'

Hij wachtte tot Marie was opgestaan, legde een arm om haar heen, leidde haar de kamer uit en sloot zachtjes de deur. Op de gang vonden hun lippen elkaar en hij voelde de zoete verleiding van haar warme lichaam. Wat een ellende dat ze hun gezamenlijke uurtjes zo moeizaam bij elkaar moesten sprokkelen. Hij had papa beloofd om vandaag, de laatste dag van zijn verlof, nog een keer in de fabriek langs te gaan.

'Tot later, mijn liefste… Ik zou willen dat ik niet zo moe was,' zei Marie.

'Rust goed uit, Marie. Ik ben bij je.'

'In mijn dromen altijd,' grapte ze en ze liep hun slaapkamer in. Hij onderdrukte het verlangen haar te volgen om naast haar te gaan liggen en zijn armen om haar heen te slaan. In deze nare tijden mocht hij niet egoïstisch zijn, er waren meer mensen die hem graag wilden zien.

'Goedemorgen, mama!'

Hij stapte met een vrolijk gezicht de eetkamer in, boog naar haar toe en gaf haar een kus.

'Ach, Paul,' zei ze teder. 'Ga zitten en eet rustig, jongen. Papa is al naar de fabriek, maar Elisabeth kan elk moment hier zijn. Hoe is het met Marie?'

'Ze is even gaan liggen. Het lijkt beter te gaan met Kitty.'

'Godzijdank!'

Hij pakte de lokale krant waar voor zijn gevoel steeds minder relevant nieuws in stond, maar las met interesse het artikel 'Wat krijgt een stedeling dagelijks te eten?'. Naar het scheen stond elke Augsburger tweehonderd gram meel, een half pond aardappelen, driekwart liter melk, vijfendertig gram vlees en acht gram boter ter beschikking, plus om de drie weken twee eieren. Althans volgens de levensmiddelenkaart. Als je echter geen geld had, had je ook niets aan de kaarten. Hij keek bedrukt naar de rijk gevulde ontbijttafel, waar zelfs kaas en leverworst op lag. En verse broodjes die de kokkin had gebakken.

'Ik ben blij dat het weer beter gaat met Kitty,' zuchtte Alicia. 'Lisa heeft een grafsteen voor de arme Jonathan laten maken. Ach, dat Kitty niemand verteld heeft dat ze zwanger was. Ze was al ruim vier maanden.'

Ze hadden het overleden kindje in het familiegraf van de Melzers bijgezet. Weleerwaarde Leutwien had de zege uitgesproken en hem de naam 'Jonathan' gegeven. Gertrude Bräuer was helemaal van streek geweest en haar man had haar moeten ondersteunen. Paul had de hele ceremonie nogal absurd gevonden. Zo veel rouw om een ongeboren kind, terwijl er op de slagvelden van Europa talloze mannen doodbloedden en in de armenwijken van de stad de dood rondwaarde.

Mama schonk koffie voor hem in en zei glimlachend dat ze zich deze dure drank alleen bij wijze van uitzondering gunden en normaal de gebruikelijke surrogaatkoffie van eikels dronken. Paul kreeg last van een slecht geweten. Natuurlijk hadden ze zichzelf voor hem op kosten gejaagd, terwijl er aan het front voldoende koffie en thee was. Net als sigaretten en tabak, en zelfs sterkedrank en 'buitgemaakte' Engelse whisky.

'Ik wilde het even met je over papa hebben, Paul.'

'Maak je je zorgen om hem?' vroeg hij, terwijl hij van de krant opkeek.

Ze knikte, maar zweeg omdat Else binnenkwam om de post te brengen.

'Ik moet van uw dochter zeggen dat ze pas later voor het ontbijt zal verschijnen.'

'Lisa? Ze is toch niet ziek?'

'Nee, mevrouw. Het is denk ik vanwege de post... Er was een brief voor haar.'

'Ik begrijp het. Waarschijnlijk een veldpostbrief van haar echtgenoot... Wat fijn voor haar.'

Paul schonk Else een vriendelijke glimlach, wat haar gezicht, dat hem altijd aan een sombere oude man deed denken, meteen liet stralen. De personeelsleden van de villa waren zo aardig. Ze hadden hem hartelijk begroet, mevrouw Brunnenmayer had haar ogen moeten deppen en juffrouw Schmalzler had zijn hand vastgehouden. Ze bad elke avond voor hem, had ze aan hem bekend. Wat een trouwe ziel!

'Ik zeg het niet graag, Paul,' zei Alicia met gedempte stem. 'Maar ik vrees dat papa drinkt. Ik zie dat de kelderplanken steeds leger worden. Franse cognac, Duitse gentiaan, Schotse whisky – alles wat hij daarbeneden al jaren bewaart, verdwijnt in een angstaanjagend tempo. En Marie heeft aan mij bevestigd dat er op zijn kantoor altijd gebruikte glazen staan. De flessen verstopt hij inmiddels, om te voorkomen dat Marie hem op de vingers tikt.'

Paul lachte zijn moeder uit. Hij was al een paar keer bij zijn vader in de fabriek geweest, maar het was hem nooit opgevallen dat vader te diep in het glaasje had gekeken.

'Hij bezat zich niet, Paul,' zei ze hoofdschuddend. 'Maar hij heeft constant alcohol nodig. Hier een slokje, daar een glaasje. Ook hier in de villa moet hij 's avonds per se rode wijn hebben – dat heb je zelf meegemaakt. En je weet toch dat dokter Greiner hem alle alcohol verboden heeft.'

Paul haalde diep adem om de bezorgdheid die hij voelde opkomen van zich af te schudden. Hij zei dat er vast geen reden was om bezorgd te zijn, papa had altijd al graag een cognacje gedronken, dat had hem nog nooit gedeerd.

'Hij heeft die beroerte gekregen omdat hij met iets rondliep dat hem zwaar op het hart lag, mama. Maar dat is nu godzijdank verleden tijd. Marie is mijn vrouw geworden en we zijn allebei heel erg gelukkig.'

Hij vertelde trots dat zijn Marie een hele goede zakenvrouw was geworden, dat ze zelfs in de hallen een oogje in het zeil hield en wist hoe de machines werkten. Bovendien bekommerde ze zich om de arbeidsters en probeerde ze voor hun families te zorgen.

'Zeker, Marie is een grote hulp voor papa,' zei Alicia. 'Dat geeft hij zelf toe. Toch vrees ik dat hij te veel hooi op zijn vork neemt, Paul.'

'Wil je dat ik met papa ga praten?'

'Dat zou een hele geruststelling zijn. Hij luistert niet naar mij, dat weet je toch.'

'Ach, mama! Papa luistert wel degelijk naar je, alleen laat hij dat niet merken.'

Hij was blij dat zijn opmerking een glimlach op haar gezicht toverde en bracht het gesprek op de kleinkinderen, die haar grote vreugde waren. Vooral natuurlijk Dodo en Leo, die twee schatjes. Maar ook de kleine Henni was een lieverd, ze begon zich nu al aan de spijlen van de box op te trekken, net als Kitty destijds, die kon al lopen toen ze nog geen jaar oud was... En de krulletjes, die had ze ook van Kitty. Verder was ze blond, net als haar vader. De arme Alfons, ach, hij was zo gelukkig geweest met zijn dochtertje...

Paul pakte de krant weer op om snel het nieuws van het oorlogsfront door te nemen. In het westen was er als gevolg van storm en regen niet veel gevochten, alleen aan de Ancre was artillerievuur geweest. In het oosten had veldmaarschalk prins Leopold van Beieren ten zuidwesten van Riga de Russische aanvallen afgeweerd, in Roemenië werd de vijand bij Casinu door kolonel-generaal aartshertog Jozef teruggedrongen. Daarbij waren zes officieren en negenhonderd man gesneuveld, ze hadden drie machinegeweren buitgemaakt... Wat een onnozele artikelen. Heldhaftige verdedigers van het vaderland, die hun soldaten voor niets de dood in joegen. Feit was dat de vijand zowel in het westen als in het oosten terrein won – als er niet gauw over vrede onderhandeld werd, zou het een catastrofe worden. Iedereen die aan het front vocht, had dit intussen ingezien. Maar je mocht het niet hardop zeggen.

Hij vouwde de krant op, zonder de overlijdensadvertenties te bekijken, die twee hele pagina's vulden. Er waren ongetwijfeld veel oude schoolkameraden bij, maar hij wilde het niet weten. Hij wilde ook niet aan de ongelukkige Alfons denken, het had weinig zin om je mee te laten sleuren. Morgen zou hij weer met zijn kameraden in de trein zitten. Bestemming onbekend, maar zeker niet bij de bevoorrading. Hij zou aan het front ingezet worden.

'Ach, Paul,' zuchtte zijn moeder. 'We wilden het deze paar dagen fijn voor je maken, zodat je echt eens goed kon uitrusten. Maar helaas is het allemaal anders gelopen.'

Hij nam een slok koffie en zei dat hij nooit van plan was geweest om thuis te gaan luieren. Integendeel, hij was juist erg blij dat hij in deze moeilijke tijd bij hen kon zijn.

'Ik ben zo trots op je, mijn Paul.'

Hij omhelsde haar vlug en liep toen de gang in. Hij vond zichzelf een beetje harteloos omdat hij blij was aan de moederlijke zorgen en angsten te ontkomen. Op de trap kwam hij Lisa tegen, die erg afwezig leek en hem slechts vluchtig begroette. Alsjeblieft niet nog een overlijdensbericht, dacht hij benauwd. Klaus von Hagemann was een ouwe rot, die bracht zichzelf vast niet in gevaar…

'Alles in orde?' vroeg hij gemaakt vrolijk.

'Ja, hoor.'

Hij zag aan haar dat ze loog, maar wilde niet aandringen. Als kind had Lisa haar verdriet al in haar eentje verwerkt. Ze klaagde niet, ze kwam in actie.

'Het is bewonderenswaardig zoals jij je voor de oorlogsgewonden inzet, Lisa. Het lazaret is enorm belangrijk.'

'Dank je.'

Ze was echt blij met zijn lovende woorden, maar haar gezichtsuitdrukking bleef gespannen. Waarschijnlijk was de brief niet zoals ze gehoopt had. Arme Lisa, ze wilde zo graag een kind, maar tot nu toe was ze blijkbaar nog niet zwanger geraakt.

'Kan ik heel even met Ernst von Klippstein praten? Of wordt hij nu net door jullie verpleegsters gewassen en geschoren?'

'Denk je soms dat de zusters hier hun verzorgende taken benutten voor een onzedelijke blik?' Had ze aan hem gezien dat hij medelijden met haar had? Ze haatte het als anderen haar zielig vonden, meestal werd ze dan bot.

'Heb ik dat gezegd?'

Ze beet op haar lip en hield de opmerking die ze wilde maken voor zich. Voor zover ze wist was Ernst von Klippstein in de behandelkamer om zijn verband te laten verschonen, daarna moest hij gaan liggen om uit te rusten.

'Zijn bed is daarginds. Het derde van links. Ik moet nu gaan, sorry.'

Zijn vriend Von Klippstein was gisteravond een half uurtje bij hen bovengekomen, ze hadden samen gegeten en een glaasje wijn gedronken, daarna was hij door zijn letsel gedwongen om weer in bed te gaan liggen. Arme kerel. Marie had zich over hem ontfermd, had hem een paar keer in het lazaret bezocht. Wat kon het lot toch snel keren, ze hadden allemaal gedacht dat hij een gelukkig huwelijk leidde. Maar Adele bleek verliefd te zijn op de rentmeester. Ze had de scheiding aangevraagd en wilde ook hun zoontje opeisen.

Paul keek op zijn zakhorloge en vroeg zich af waarom hij zich als een bezetene door deze dag haastte, die voorlopig de laatste zou zijn waarop hij omringd was door zijn dierbaren. Het was onmogelijk om alles in te halen wat hij de afgelopen maanden gemist had, en hij kon ook niet alvast een voorproefje nemen voor de komende tijd. Morgenochtend hoorde hij al niet meer bij hen, dan was hij een veldgrijze soldaat, een vechter voor het vaderland die dorpen afbrandde en hulpeloze mensen doodde. Als hij de oorlog overleefde, zou hij Marie en de kinderen nooit kunnen vertellen wat hij had gedaan.

Ernst von Klippstein had hem gezien toen hij uit de behandelkamer kwam. Hij zwaaide naar hem en ze gingen aan een van de tafeltjes zitten die voor de terrasdeur stonden.

'Het geneest goed,' zei Von Klippstein meesmuilend. Hij vertrok zijn gezicht toen hij plaatsnam. Paul knikte en vroeg niets meer. Hij wist dat Von Klippstein niet alleen een flink gat in zijn heup had, maar ook granaatsplinters in zijn hele lijf. In stilte verbaasde hij zich erover dat hijzelf tot nu toe zo onvoorstelbaar veel geluk had gehad. Hij had tijdens een aanval zijn rechterhand gekneusd en twee keer een paar schrammen op zijn schouder gehad. Verder niets.

'Je komt er wel weer bovenop, Ernst...'

Von Klippstein loofde de jonge arts die hem zo goed verzorgd had maar die nu helaas zelf aan het front was. Dokter Moebius heette hij. Moge God hem beschermen.

'Ik heb over je nagedacht, Ernst.'

Von Klippstein keek hem verrast aan. Hij leek het niet prettig te vinden dat Paul voor hem wilde zorgen, maar die liet zich niet van zijn idee afbrengen.

'Waarschijnlijk zul je voorlopig thuis blijven. In ieder geval tot je wonden zijn geheeld, nietwaar?'

'Waarschijnlijk wel. Tenzij ik me vrijwillig voor het front meldt.'

Dat was echt wat voor hem, de overijverige Pruis. Gelukkig zouden ze hem in dat geval eerst grondig onderzoeken, een invalide stuurden ze niet naar het front.

'Ik kreeg een idee,' zei Paul voorzichtig. Hij moest het behoedzaam brengen, zodat Ernst het niet meteen opvatte als een liefdadige poging hem weer op de been te helpen. Paul noemde als argumenten de situatie van de fabriek en het gebrek aan geschoolde krachten, met name voor het doorrekenen van offertes en bij de boekhouding, die was een tijdlang verwaarloosd. En natuurlijk misten ze een mannelijke opzichter in de fabriekshallen.

'Waar wil je naartoe, Paul?'

Von Klippstein keek hem met een half gekwelde, half ironische glimlach aan, waarschijnlijk had hij zijn vriend allang door.

'Ik kan me voorstellen dat je niet veel zin hebt naar je landgoed terug te keren. Tenzij je satisfactie wilt verlangen...'

Dat laatste was een gemene opmerking, maar het was er nu eenmaal uit. Ernst werd nog bleker dan hij al was en antwoordde alleen kort dat hij zoiets niet van plan was. Ze leefden niet meer in de negentiende eeuw en zijn vrouw heette niet Effi.

'Dat is verstandig, Ernst. Ik vraag me daarom af of je niet een poosje bij ons in de villa te gast wilt zijn. Als je zin hebt zou je je in de fabriek nuttig kunnen maken. Of je zou gewoon op de lange winteravonden de dames gezelschap kunnen houden. Er is plek genoeg.'

Zijn vriend glimlachte en Paul voegde eraan toe dat zijn ouders er helemaal achter stonden. Vooral zijn moeder vond het een heel goed voorstel.

Ernst had in de stoel naar achteren geleund gezeten, Paul moest de arme jongen helpen om naar voren te komen aangezien Ernst veel pijn had als hij zijn buikspieren aan moest spannen. Ernst zweeg een poosje, blijkbaar had hij even tijd nodig om het voorstel te verwerken.

'Heb je het ook aan je vrouw gevraagd?'

'Natuurlijk. Ze is er blij mee.'

Dat was lichtelijk overdreven. Hij had het idee aan Marie voorgelegd en ze had in eerste instantie haar voorhoofd gefronst. Maar toen ze gemerkt had dat hij het serieus meende, had ze toegestemd.

'Ik dank je zeer, Paul,' zei Von Klippstein langzaam. 'Je bent een echte vriend, misschien de beste en onbaatzuchtigste die ik ooit gehad heb. Ik zal over je voorstel nadenken.'

Paul was opgelucht. Hij hielp zijn gewonde vriend met opstaan en bracht hem naar zijn bed zodat hij kon uitrusten. Terwijl hij naar de uitgang liep, keek hij alweer op zijn horloge. Het was al bijna middag. Hij zou met zijn familie eten, daarna zou hij voor de laatste keer met zijn vader naar de fabriek gaan. Hij zou kritisch de orders bekijken, aanmerkingen maken over de boekhouding, in de hallen rondlopen, zich een vreemde voelen tussen de arbeidsters. Hij zou kijken of het goed ging bij de krijgsgevangenen die de kolen moesten scheppen en zware kisten moesten verslepen. Hij zou zorgen dat hij zo vroeg mogelijk terug was om ten minste een of twee uurtjes met Marie alleen te kunnen zijn. Zeker – meestal waren de kinderen erbij, maar die hoorden nu immers bij hen. Zijn kinderen, die nog niet eens 'papa' konden zeggen…

Terwijl hij naar de fabriek liep, voelde hij de snijdende kou nauwelijks. Marie. Hoe zou zij het allemaal in godsnaam redden? Zijn ouders, de kinderen. De fabriek. En nu ook nog Kitty. Alles kwam op haar neer. Had hij voor het trouwaltaar niet beloofd haar altijd terzijde te staan? Haar te beschermen? Haar op handen te dragen? Wat een farce! Helemaal niets kon hij voor haar doen, behalve een paar brieven schrijven. Hij had haar geen enkele nacht helemaal genomen, wat niet bepaald gemakkelijk voor hem was geweest. Maar hij wilde haar in deze nare tijden niet met nog een zwangerschap opzadelen.

Hij was soldaat, een vreemdeling in zijn eigen huis, was niet meer betrokken bij het lot van zijn dierbaren. En toch waren zij alles wat hem midden in de gruwelijke gevechten en de dood die om hem rondwaarde in leven hield.

# II

## September tot december 1917

# 18

*Mijn liefste,*

*Ik heb al vijf lange weken geen post meer van je gehad, maar we hebben al langere moeilijke perioden doorstaan, daarom wil ik erin geloven dat je al mijn brieven allang gelezen hebt en dat ik over een paar dagen ook een stapeltje post op de ontbijttafel zal vinden.*
*We hebben ons allebei vergist, want dit jaar, dat we zo vol optimisme begroet hebben, is geen vredesjaar geworden. Integendeel, het schijnt een onheilsjaar te zijn. Sinds april steunen de Amerikanen onze tegenstanders en in Rusland heeft het gepeupel de macht gegrepen. Ik koester niet veel sympathie voor de Russische tsaar, maar het lijkt me voor heel Europa een slecht voorteken dat hij gedwongen is af te treden. Overal worden de sociaaldemocraten sterker, ze hitsen de arbeiders in de fabrieken op om in opstand te komen en te gaan staken, terwijl dat juist in de huidige noodsituatie niet erg helpt.*

Marie las de laatste alinea nog eens kritisch door en schudde ontevreden haar hoofd. Waarom zou ze Paul met dit geklaag lastigvallen? Dat gejammer over stakingen in de fabrieken. Wilde ze echt dat hij zich zorgen om haar ging maken? Weg ermee.

Zuchtend maakte ze een prop van het papier. Vanuit de kinderkamer klonk Henni's gehuil, er knalde een hard voorwerp tegen de lambrisering. Henni's gebrul werd schel en boos. Ze was de jongste van de drie kleintjes, maar wist met haar energie en geluidsniveau heel goed haar zin door te drijven. Dodo, het zonnestraaltje, was goedmoedig en gaf haar bijna altijd haar zin, maar Leo verzette zich tegen de schreeuwerd en aarzelde niet gebruik te maken van het feit dat hij lichamelijk sterker was. Tot nu toe had het hem echter niet veel geholpen, want Rosa stond aan Henni's kant.

Marie wachtte tot het weer stiller werd, pakte een nieuw vel papier en begon opnieuw.

*... over ons heb ik niet veel te vertellen. De kinderen zijn gezond en groeien goed. Dodo is pas verkouden geweest, maar is weer opgeknapt. Leo heeft zijn knie opengehaald, maar de wond is gelukkig goed genezen. Mama maakt het naar omstandigheden goed, je krijgt de hartelijke groeten van haar, ook met papa gaat het goed, hoewel het werk in de fabriek erg vermoeiend voor hem is. Ik heb hem ervan overtuigd alleen nog om de dag naar de fabriek te gaan. De productie van papierstoffen loopt op volle toeren, we kunnen amper aan de vraag voldoen. Ik heb een paar nieuwe patronen bedacht en ook Kitty aangemoedigd haar ideeën op papier te zetten. Tot nu toe helaas zonder succes.*

Ze leunde naar achteren en vroeg zich af of ze wat over Kitty moest schrijven. Helaas was er niet veel positiefs over haar te melden. Kitty had na de miskraam wekenlang in een verduisterde kamer gelegen en had niemand willen zien. Ten slotte was Marie haar territorium binnengedrongen en had ze haar verwijten gemaakt. Kitty had niet het recht om zich helemaal aan haar verdriet over te geven. Ze had een kind, een dochtertje, kon haar dat nu helemaal niets meer schelen? Sindsdien verscheen Kitty in ieder geval aan de ontbijttafel, nam ze weer deel aan het familieleven en zorgde ze voor Henni. Maar ze was absoluut niet meer zo levendig en bruisend als vroeger. Kitty sloop door de villa als een schaduw van zichzelf. Ze was bleek, zei nauwelijks iets en had bijna altijd tranen in haar ogen.

*Kitty doet dapper haar best het zware verlies te dragen. Afgelopen week zijn we samen naar een bijeenkomst van de liefdadigheidsvereniging geweest, waar ze actief heeft deelgenomen aan de geplande activiteiten.*

Dat zou Paul vast een plezier doen, maar het was eigenlijk nogal overdreven. Ze had Kitty er met veel overredingskracht van weerhouden om haar haar te kortwieken om het voor de inzameling te doneren. Overal werd vrouwenhaar ingezameld om er leertjes en aandrijfriemen van te maken. Ook werden er allerlei 'liefdesgeschenken' voor de soldaten gegeven en naar het front gestuurd – van lederen borstbuidels tot wollen polswarmers, bretels, onderbroeken en bierpullen tot likeur, sigaren en chocolade.

*Vorige week kregen we een brief uit Brandenburg, van Ernst von Klippstein. Hij heeft zijn aangelegenheden daar tot ieders tevredenheid kunnen regelen, wat betekent dat zijn scheiding binnenkort wordt uitgesproken zodat Adele opnieuw kan trouwen. Aangezien Ernst wat zijn gezondheid betreft niet in staat is de leiding over een landgoed met een paardenfokkerij over te nemen, zijn ze het erover eens geworden dat hij het landgoed aan die twee overlaat. Zijn zoon is aangewezen als erfgenaam. Ernst von Klippstein schrijft niet wat zijn plannen voor de toekomst zijn, maar ik vrees dat hij zich weer bij het leger zal melden. Daarom heb ik hem nogmaals van harte uitgenodigd om naar de villa te komen.*

Ze had een slecht geweten, want ze was stiekem opgelucht geweest dat Ernst von Klippstein niet op Pauls uitnodiging was ingegaan. Natuurlijk had ze medelijden met de arme man, hij had niet alleen zwaar letsel opgelopen, maar ook zijn privégeluk verloren. Maar zijn charmante verering had haar op de zenuwen gewerkt. Nou ja, ze had haar goede wil getoond en hem nogmaals uitgenodigd. Maar ze ging er niet van uit dat hij echt zou komen.

*Tot onze grote vreugde is Gustav intussen thuisgekomen, geheel onaangekondigd stond hij op een mooie middag voor de deur. De arme jongen is zijn linkervoet door een granaat verloren. Hij heeft een houten prothese waarmee hij best goed kan lopen. De goede Auguste was dolgelukkig, ik heb haar drie dagen vrijgegeven zodat die twee het weerzien uitgebreid met elkaar konden vieren.*
*Intussen heeft Gustav samen met zijn vader het achterste deel van het park onder handen genomen, dat hij in een grote moestuin wil veranderen. Het graven gaat moeizaam, maar Humbert helpt mee, die godzijdank ook weer terug is. Behalve in de kruidentuin zal er pas aan het eind van volgende zomer geoogst kunnen worden. Dan zullen we grote hoeveelheden aardappelen, rapen, wittekool en radijsjes kunnen oogsten en als in luilekkerland leven.*

Ze glimlachte. Hij zou het leuk vinden dat Gustav zo voortvarend te werk ging. Ze dacht er even over na of ze een paar woorden over Humbert zou schrijven, maar liet het achterwege. In feite was er niets veranderd, Humbert deed zijn taken ijverig. Hij was in de oorlog aan zijn hand gewond geraakt en hoewel de drie middelste vingers van zijn rechterhand nog stijf waren, kon hij er verbazingwekkend goed mee overweg. Af en toe kreeg hij een aanval, hij kon zonder zichtbare reden op elk moment van de dag of nacht overvallen worden door waanvoorstellingen. Dan begon hij over zijn hele lijf te beven, kromde hij zich en verschool hij zich. Gustav had hem al een paar keer boven in zijn kamer onder het bed vandaan gehaald, maar meestal verstopte Humbert zich in de keuken onder de grote tafel.

Marie had met dokter Stromberger gesproken, die intussen het lazaret samen met dokter Greiner had overgenomen. Stromberger was al boven de vijftig, hij was met zijn echtgenote naar Augsburg getrokken en had een woning gehuurd waar hij naast het werk in het lazaret ook andere patiënten behandelde. Hij had Humbert broom voorgeschreven als kalmeringsmiddel, maar dat had niet erg geholpen.

*Hier thuis gaat alles dus zijn gangetje en we wensen maar één ding: dat ons zwaar beproefde vaderland eindelijk op eervolle wijze vrede kan sluiten. De oorlog woedt nu al drie lange jaren, terwijl we aanvankelijk allemaal dachten dat die na een paar maanden voorbij zou zijn. Liefste Paul, ik weet niet eens wanneer en waar je deze regels zult lezen, maar ik geloof er heilig in dat we elkaar gauw weer zullen zien. Mijn liefde voor jou is sterker dan alle ellende van deze oorlog, jij bent de mijne en ik geef je niet op. Ik vind je, waar je ook heen gaat. In mijn nachten ben je bij me, alsof je me nooit hebt verlaten. Ik voel je armen die mij omhelzen en zie de glimlach op je mond.*

*Marie*

Ze las de laatste alinea's nog een keer door en twijfelde of ze niet kinderachtig of zelfs hoogdravend klonken. Maar ze was ervan overtuigd dat Paul ze zou begrijpen. Dit was wat ze voelde, ze kon het niet anders uitdrukken, ze was tenslotte geen dichteres. Ze vouwde de brief op en stak hem in een envelop waar in vetgedrukte letters 'veldpost' op stond, schreef Pauls naam en zijn eenheid erop en plakte hem dicht. Waar Paul zich ook bevond – ooit zou hij deze brief in zijn handen hebben. Daar wilde ze stellig in geloven.

Ze stond op en keek naar de kleine slingerklok van groene jade, die Alicia haar geschonken had. Al bijna twee uur, de hoogste tijd om naar de fabriek te gaan.

'Auguste? Geef deze brief alsjeblieft aan Humbert, hij moet hem met de andere post naar het postkantoor brengen.'

Auguste zag er blozend uit, haar heupen waren breder geworden en Marie kreeg haast het gevoel dat ze alweer in verwachting was. Dat zou geen wonder zijn, Gustav was een verliefde en vlijtige echtgenoot.

'Zoals u wenst, mevrouw.'

'Het gaat toch weer goed met Humbert, of niet?'

De arme kerel had twee nachten eerder een aanval gehad en het was de kokkin pas nadat ze lang op hem had ingepraat gelukt om hem onder de keukentafel vandaan te lokken.

'Het gaat heel goed met hem, mevrouw. Maar uw schoonmoeder heeft nog steeds migraine.'

Dat was nu al de derde dag. Arme Alicia, ze was vast van slag door de brief van haar schoonzus Elvira uit Pommeren. Rudolf von Maydorn, haar enige broer die nog leefde, was ernstig ziek. Alicia was er graag heen gegaan om hem nog een keer, misschien voor de laatste keer, te zien. Maar gezien de huidige oorlogssituatie en de slechte treinverbindingen was een reis naar Pommeren niet aan te raden.

'Zeg tegen mijn schoonmoeder dat ik tegen zes uur terug zal zijn.'

Ze trok een jas aan en zette een hoed op, de kleine zwarte met de rechte rand die op een herenhoed leek. Tot de verbijstering van de oudere generatie waren de rokken een heel stuk korter geworden, het werd als modern gezien om de enkels en een stukje van de kuiten te tonen. Maar zonder hoed naar buiten gaan was nog altijd zeer ongepast.

Marie bracht inmiddels om de dag een ochtend op kantoor door en ging ook 's middags vaak naar de fabriek. Maanden geleden had ze het nog heel leuk gevonden om nieuwe stofpatronen te ontwerpen, maar intussen maakte ze zich vooral zorgen om het voortbestaan van de fabriek. Zeker, de textielfabriek van Melzer draaide nog, er werd garen gesponnen van papier en er werd stof geproduceerd. Maar wat zou er gebeuren als de arbeiders aangestoken werden door de stakingen die overal gehouden werden? Marie had die ochtend de boeken bekeken en hoewel ze de ingewikkelde dubbele boekhouding niet helemaal begrepen had, was haar wel duidelijk dat haar schoonvader de salarissen zo laag mogelijk hield.

De portier maakte de poort voor haar open, net op het moment dat Hanna met de bolderkar de binnenplaats overstak. De maaltijd voor de krijgsgevangenen werd in de keuken van de villa bereid, maar door het oorlogsministerie betaald.

‘En, Hanna? Gaat het goed met je? Je ziet een beetje bleek, meisje.’

‘Dank u wel, mevrouw. Het gaat goed met me.’

Hanna’s antwoord was kort en bondig, ze gunde Marie geen blik waardig maar liep regelrecht naar de poort. Marie ergerde zich. Natuurlijk was het meisje woedend omdat Marie ervoor gezorgd had dat de krijgsgevangene Grigory Schukov naar de machinefabriek was overgeplaatst. Terwijl Hanna haar eigenlijk dankbaar zou moeten zijn, wie weet wat er anders gebeurd was.

Marie liep naar de spinnerij om te kijken of alles op rolletjes liep en nam daarna een kijkje in de weverij. Ze was blij met de eerste balen stof die met het door haar ontworpen patroon bedrukt waren. De kwaliteit van de papieren stoffen liet helaas nog steeds te wensen over, ze waren stijf, kreukelden snel en de kleuren waren dof. En het was erg lastig om de kleren te wassen, aangezien de stof dan oploste. Daarom werd aanbevolen de spullen in de frisse lucht te hangen en er met een zachte borstel overheen te gaan.

Ze knikte vriendelijk naar Gundermann, de voorman. Het was te lawaaierig in de hal om een gesprek te kunnen voeren, maar Gundermann had toch niet veel zin om met de ‘jonge mevrouw de directeur’ te praten. Net als alle arbeiders beschouwde hij Marie als een bezoekster en als hij haar ‘de jonge mevrouw de directeur’ noemde, dan had die titel betrekking op haar echtgenoot, Paul Melzer, en niet op haarzelf. Ook de arbeidsters toonden Marie lang niet het onderdanige respect dat ze directeur Melzer toonden. Slechts enkelen van hen hadden begrepen dat het aan het doorzettingsvermogen van Marie te danken was dat de fabriek vooralsnog gered was.

Boven in het voorvertrek was de sfeer al anders. Zowel juffrouw Lüders als juffrouw Hoffmann had de nieuwe wind die nu waaide gevoeld. Als Marie hen riep om iets aan hen te dicteren, toonden ze zich vlijtig. Ze legden de brieven die klaar waren voor haar neer en brachten haar ’s ochtends zonder aarzeling de post.

‘We zijn altijd blij als u hier bent, mevrouw de directeur,’ had juffrouw Lüders onlangs gezegd. 'Dan komt alles echt op gang. Als u begrijpt wat ik bedoel.'

Marie was maar half blij met dit compliment, want het toonde nog eens aan wat ze al sinds enige tijd merkte: Johann Melzer trok zich steeds meer uit de dagelijkse gang van zaken terug. Hij liet de inkoop aan Marie over en bekommerde zich maar weinig om de afzet van de geproduceerde papieren stoffen. Ze had laten zien dat ze een voorzichtige en intelligente zakenvrouw was, dat leek hij voldoende te vinden. Voor de rest was sowieso alleen zijn handtekening geldig, elk document moest aan hem voorgelegd en door hem gefiatteerd worden.

Vandaag zat hij bij wijze van uitzondering in Pauls kantoor achter het bureau met een aantal mappen en boeken voor zich.

'Je bent weer niet voor het middageten gekomen, papa,' zei ze verwijtend. 'Waar leef je van? Van lucht en cijfers?'

Hij klapte het boek dicht en zette zijn bril af. Wat was zijn gezicht opeens verrimpeld. Zijn lichaam, dat altijd sterk was geweest, leek wel verschrompeld. Zijn jasje was ineens ook te groot.

'Waarom lees je deze boeken, Marie? Heeft het te maken met je bezetenheid om je de kunst van de dubbele boekhouding eigen te maken?'

Eigenlijk had hij er trots op kunnen zijn dat zijn schoondochter zich in zo'n droge materie als boekhouding verdiepte. Vreemd genoeg prees hij haar in het bijzijn van kennissen vaak als 'slimme zakenvrouw', maar als het erom ging iets aan haar uit te leggen, deed hij moeilijk.

'Ik heb meneer Bruckmann van de boekhouding gevraagd of ik een paar boeken van hem mocht lenen.'

Hij lachte kort maar stopte er abrupt mee omdat hij moest hoesten. De oude Bruckmann was de juiste man, die kon ze aan de leiband laten lopen.

'En? Heeft hij zijn metier aan je uitgelegd? Debet en credit? Keurig met transporteren in een piepklein handschrift? Hij schrijft heel nauwkeurig, die jongen. Als een monnik die de Bijbel kopieert.'

De oude boekhouder had een hele hoop aan haar uitgelegd. Maar omdat hij op allerlei details was ingegaan, had ze niet het gevoel gehad dat ze alles begrepen had. Daarom had ze gevraagd of ze deze boeken mocht meenemen.

'Ja, hij is een vlijtige en trouwe werknemer.'

Hun blikken troffen elkaar in het halflege glas, dat rechts naast de stapel boeken op het bureau stond en niet van haar was. Melzer schraapte zijn keel, pakte het glas met een haast koppige beweging op en dronk het leeg.

'Je wacht er zeker op dat ik de stoel voor je vrijmaak, of niet?' zei hij niet zonder ironie.

'Blijf vooral zitten, papa. Ik wilde sowieso iets met je bespreken.'

Ze zette de hoed af en trok haar jas uit, waarna ze op een van de leren fauteuils plaatsnam. Ze had bijna haar benen over elkaar geslagen en met haar tenen gewiebeld, maar deed het niet omdat ze wist dat hij dat niet kon uitstaan.

'Gaat het over je ontwerpen? Nou, als je het mij vraagt, ik houd er niet van als vrouwen zich als mannen kleden.'

Ze had mantelpakjes en jassen ontworpen, die gemakkelijk te vervaardigen waren van papieren stoffen. Het waren rechte modellen, glad en zakelijk en toch – althans, dat vond zij – met een vrouwelijke charme.

'Nee, daar gaat het niet om, papa. Ik wil met je over de salarissen praten.'

Hij trok een gezicht alsof ze Russisch had gepraat. Marie besefte dat het niet gemakkelijk zou worden.

'Daar hoef jij niet over te piekeren, Marie. Sinds deze fabriek bestaat heb ik mijn arbeiders altijd behoorlijk betaald.'

Daar dacht ze anders over. Het was echter niet handig om nu over het verleden te gaan ruziën, voor je het wist belandden ze bij onderwerpen die het gesprek bij voorbaat zouden vergiftigen.

'Als je de machine- of papierfabriek als maatstaf neemt, klopt dat,' begon ze voorzichtig. 'Ik ben echter van mening dat de arbeiders daar met een hongerloon afgescheept worden.'

Ze keek hem onderzoekend aan. Hij zat er onbeweeglijk bij, hield zijn bril aan een pootje vast en leek met spottend opgetrokken wenkbrauwen ergens op te wachten.

'Je hebt vast over de opstandjes en stakingen gelezen,' ging ze verder. 'Ik denk dat veel arbeiders uit pure nood de straat op gaan.'

'Werkelijk?' onderbrak hij haar honend. 'Kijk eens aan. Mijn schoondochter verdedigt de communisten. Ben je soms ook bij hun bijeenkomsten geweest? Heb je je vuist in de lucht gestoken en je met de spartakisten verbroederd? Daarginds in Rusland – het is godgeklaagd – hebben ze de tsaar van de troon gestoten en een radenrepubliek uitgeroepen. Een republiek waar het gepeupel de macht heeft! Dat is het einde van elke cultuur. Ze hebben kerken vernietigd, mensen vermoord. Daar veranderen vrouwen in hyena's.'

'En waarom?' riep ze boos. 'Beslist niet omdat het de mensen te goed is gegaan. Dit soort revoluties ontstaan uit honger en armoede. Heb je weleens gezien hoe de armenwijken van onze stad eruitzien?'

Hij had nu een knalrood hoofd, ze werd bang dat ze hem te veel opgewonden had. Woedend sloeg hij met zijn vuist op het bureau. Als zijn arbeiders echt zo in nood zaten, zou hij de laatste zijn om ze een loonsverhoging te weigeren. Hij had een arbeiderswijk gefinancierd. Een kleuterschool. Hij zorgde voor zijn arbeiders alsof ze zijn eigen familie waren.

'Dan zou je opslag moeten geven voordat ze op het idee komen het geld door een staking op te eisen. De levensmiddelenprijzen stijgen constant.'

'Dat is onzin. De prijzen zijn door de staat bepaald.'

Ze moest diep ademhalen om haar woede te beheersen. Wist hij echt niet dat de meeste levensmiddelen 'onder de toonbank' verkocht werden? Zo naïef kon hij toch niet zijn?

'Voor zover ik het in de boekhouding kon zien, zijn we absoluut in staat om de arbeiders en personeelsleden een loonsverhoging te geven.'

'O, zit dat zo!' zei hij honend. 'Daarom verdiep je je dus in mijn boekhouding! Lieve meid, jouw romantische ideeën van gelukkige arbeiders met meer loon staan ver af van de realiteit. Meer geld maakt de arbeiders niet tevredener. Het zorgt er alleen maar voor dat ze nog meer willen, het creëert een neerwaartse spiraal. Uiteindelijk willen ze alles pakken, de hele fabriek, de villa, ons vermogen, alles!'

Hemel, wat was hij halsstarrig. Ach, was Paul maar hier, ze was ervan overtuigd dat hij het met haar eens zou zijn. Maar Paul was ver weg, ze moest het hier alleen zien te redden.

'Wat gebeurt er met de winst die aan het eind van de maand overblijft?' vroeg ze.

'We hebben reserves nodig,' bromde hij. 'Niemand weet wat de toekomst brengt.'

'Als we willen dat de fabriek het overleeft, hebben we creativiteit, handelsgeest en vlijtige arbeiders nodig. Arbeiders die bereid zijn om voor ons door dik en dun te gaan!'

'Inderdaad,' antwoordde hij boosaardig. 'En dat is precies de reden waarom we onze mensen niet mogen verwennen. Anders zou het zomaar kunnen dat ze meer eisen dan wij kunnen betalen.'

Zo kwam ze niet verder. Ze stond woedend op, pakte de boeken bij elkaar en bracht ze naar het voorvertrek, waar ze juffrouw Hoffmann vroeg de spullen naar meneer Bruckmann van de boekhouding te brengen. De geschrokken gezichtsuitdrukking van juffrouw Hoffmann ergerde haar ook. Natuurlijk hadden de secretaresses aan de deur staan luisteren en haar nederlaag gehoord.

Toen ze terug wilde lopen naar Pauls kantoor, kwam Johann Melzer haar tegemoet, met een vage grijns op zijn gezicht. Stond hij zich om haar te verkneukelen?

'Aangezien je nu waarschijnlijk brieven wilt dicteren, ruim ik het veld voor je,' zei hij. 'Juffrouw Lüders, heb ik vandaag de map met stukken die ik moet ondertekenen al gekregen?'

'Nee, meneer de directeur,' riep juffrouw Lüders overijverig. 'Ik wilde eerst nog de brieven schrijven die uw schoondochter… Maar ik kan natuurlijk ook nu al…'

Hij liep met vreemd korte passen naar de deur van zijn kantoor. Het viel Marie op hoe stijf hij liep en dat er aan de linkerkant van zijn borst een bobbel zat. Natuurlijk, hij had een fles in zijn binnenzak gestopt.

'Het heeft geen haast,' zei hij. 'Ik heb de tijd.'

# 19

ELISABETH SCHOLD ZICHZELF uit voor domme gans, maar de hartkloppingen waar ze elke keer als ze over deze weg liep door verrast werd, waren niet te sussen. Langs de Jakobskerk, dan twee keer naar links, een pleintje oversteken en daar was het al. Niet ver van de Fuggerei, de oude sociale woningbouw, bevond zich het Weeshuis van de Zeven Martelaressen, een in een lichte kleur bepleisterd, plomp gebouw met smalle, hoge ramen. Hetzelfde weeshuis waar Marie haar jeugd had doorgebracht. Nu Elisabeth hier vaker kwam, besefte ze dat Maries kindertijd niet erg plezierig geweest moest zijn.

Ze trok aan de ouderwetse deurbel, die elke keer een vreselijk kabaal maakte, en probeerde terwijl ze wachtte vergeefs haar opwinding te kalmeren. Wat was het belachelijk. Ze was een getrouwde vrouw die hiernaartoe kwam om een vaderlandse plicht te vervullen, namelijk om een gift voor de weeskinderen te brengen. Een van de oudere meisjes, een mager, bleek kind van dertien, deed de deur open en maakte een knicksje.

‘Goedendag, Coelestina. Hoe gaat het met je?’

‘Dank u wel, mevrouw Von Hagemann. Het gaat goed met me.’

Elisabeth vond het maar niks dat sommige van de oudere kinderen zo onderdanig deden. Ze wist maar al te goed dat juist degenen die de diepste buigingen maakten, ook altijd de ergste roddelaarsters waren. Maar de voormalige leidster van dit tehuis, ene juffrouw

Pappert, moest echt een heks zijn geweest die de arme wezen met harde hand had opgevoed. Door wat Elisabeth intussen had gehoord, was haar respect voor Marie enorm toegenomen. Zij had die duivelin het hoofd geboden en daar had Elisabeth veel ontzag voor.

Elisabeth aaide het meisje zachtjes over haar gladde haar, dat in twee staartjes gevlochten was. Ze had gemerkt dat de meeste van deze kinderen het heerlijk vonden als ze aangeraakt werden. Vooral de kleintjes smeekten er haast om. Geen wonder, behalve de resolute kokkin, die een paar uur kwam, waren er maar twee vrouwen. Die waren al wat ouder en hadden goed als dragonderofficieren gedeugd. De kleintjes hadden geen enkele moederfiguur. Maar wel een liefdevolle vader: Sebastian Winkler.

Hij deed zijn werk met overgave, was enorm zorgzaam en elk kind lag hem na aan het hart. Echt een hele lieve man.

'Meneer Winkler is bij de zieken,' zei Coelestina met een wijsneuzige oogopslag. 'Clara en Julius hebben de mazelen.'

'De mazelen? O, jee.'

'Ik heb de mazelen al gehad toen ik zeven was,' zei het meisje trots. 'Dokter Greiner zei dat ik ze daarom niet meer kan krijgen.'

Elisabeth dacht even na of ze die kinderziekte zelf had gehad, maar kon het zich niet herinneren. Ze wist alleen zeker dat Kitty de mazelen had gehad, ze kon haar zusje nog horen gillen toen ze haar bespikkelde gezicht in de spiegel had gezien.

Ze liepen door de smalle, nogal donkere gang. Aan allebei de kanten werden de deuren voorzichtig geopend en verschenen de gezichten van nieuwsgierige kinderen. Kleine jongetjes die hun vinger in hun neus hadden gestopt, bleke, tengere jongens met grote ogen, meisjes in overgooiers zonder schoenen, oudere meisjes in veel te grote kleren. De allerkleinsten waren boven, waar de twee grote slaapzalen waren en waar een van de vrouwen voor hen zorgde. Elisabeth kende de kinderen intussen allemaal, ze noemde hen bij hun naam, had haar lievelingetjes en kinderen die ze minder graag mocht.

De leider van het weeshuis, Sebastian Winkler, kwam uit zijn kantoor en liep de gang op, en hoewel hij er net nog heel bezorgd had uitgezien, begroette hij haar hartelijk. Verbeeldde ze het zich nu, of straalde hij echt omdat hij blij was haar te zien?

'Mevrouw Von Hagemann! Wat fijn dat u weer bij ons langskomt. Wacht, ik moet even mijn handen wassen. We hebben helaas de mazelen. Ik heb de twee patiëntjes in mijn kantoortje ondergebracht, zodat ze de anderen niet aansteken.'

Hij sloot de deur achter zich en liep met haar naar de eetzaal, die ook als gemeenschapsruimte en klaslokaal diende. Hij pakte een stoel voor haar en haastte zich verontschuldigend weg om zijn handen te gaan wassen. Hij was ervan overtuigd dat besmettelijke ziekten alleen in te dammen waren door absolute reinheid.

Elisabeth werd meteen omringd, ze moest duizend vragen beantwoorden en kreeg allerlei verhalen te horen. De twee kleinste kinderen, een roodharig jongetje en een klein meisje met een kaal hoofd, lieten haar helemaal niet met rust en ze trok hen op haar schoot.

'Heb je chocolade voor ons meegenomen, tante Lisa?'

'Als ik groot ben, wil ik soldaat worden en op een paard rijden.'

'Vanavond eten we dikke pap met suiker, tante Lisa. Wil je blijven?'

'Ik wil ook op je schoot.'

'Tante Lisa... Ik heb heel erg keelpijn.'

'Mijn mama is een indiaan, ze woont in een kasteel en heeft een gouden kat.'

'Tante Lisa, oom Sebastian heeft altijd een rood hoofd als hij over jou praat.'

Toen hij terugkwam, bleef hij een paar tellen bij de deur staan om de drukte rond zijn gast te bekijken. Ten slotte trok hij nog een stoel bij en ging hij naast haar zitten. Hij liep een beetje mank, ze hadden hem een houten prothese aangemeten, waarmee hij – naar eigen zeggen – uitstekend 'uit de voeten kon'. Alleen deed zijn been 's avonds een beetje pijn, gaf hij toe.

'Ik heb altijd het gevoel dat ik vreselijk egoïstisch ben,' zei hij lachend. 'U hebt in het lazaret immers genoeg te doen en toch vraag ik u telkens weer om bij ons langs te komen. Het is gewoon vanwege de kinderen, ze zijn stapelgek op u!'

Elisabeth lachte gevleid en antwoordde dat ze het leuk vond om bij de kleintjes te zijn en iets voor ze te kunnen betekenen.

'Het werk in het lazaret is vaak zeer beklemmend,' bekende ze. 'Gisteren is er weer een jonge soldaat aan tyfus overleden. We konden hem niet meer helpen. Hij heeft een lange afscheidsbrief aan zijn ouders en zijn verloofde aan mij gedicteerd.'

Twee jonge jongens waren begonnen te vechten, ze scholden elkaar uit en schreeuwden woedend tegen elkaar. Sebastian sprong op om de kemphanen uit elkaar te halen.

'Jullie moeten je voor mevrouw Von Hagemann schamen! Het is al oorlog, hierbinnen wil ik dat we het tenminste vredig houden. Zorg dat jullie het weer goedmaken!'

Elisabeth zag dat de twee halfvolwassen jongens elkaar een hand gaven, terwijl ze elkaar tegelijkertijd een vijandige blik toewierpen. Deze vrede zou waarschijnlijk niet al te lang duren, dat was destijds tussen Kitty en haar niet anders geweest.

'Ik heb een paar kleinigheden meegebracht. Niets bijzonders... Maar het is beter als we de tas in de keuken uitpakken.'

Ze had tien stukken goede zeep, een paar blikjes met ingemaakt rundvlees, een zakje frambozensnoepjes en een pot bijenhoning meegebracht. Allemaal kostbaarheden die ze in de voorraadkamer van de villa had gepakt. Het was slechts een druppel op een gloeiende plaat, want er waren momenteel veertig kinderen in het tehuis, maar het was beter dan niets. Sebastian Winkler was tegenover haar aan de keukentafel gaan zitten en pakte de geschenken met zichtbare ontroering aan. Toen ze ook nog een envelop met een klein bedrag over de tafel naar hem toe schoof, hield hij eventjes haar hand vast.

'U bent een engel, mevrouw Von Hagemann. Ik weet dat deze

woorden hoogdravend en flauw klinken, maar ik vind geen andere die op u van toepassing zijn.'

Elisabeth gaf zich over aan de prettige tinteling die zijn aanraking bij haar teweegbracht. Zijn hand was warm en stevig en voelde enorm mannelijk aan. Zacht en sterk. Een beschermer en tegelijk een aanbidder. Een sympathieke man met een edel gemoed. Maar goed dat hij niet wist door wat voor aardse fantasieën zijn 'engel' momenteel geplaagd werd. Tuurlijk, ze was getrouwd. Het was nog niet zo lang geleden dat ze verliefd was geweest op Klaus von Hagemann. Intussen had ze echter een hoop teleurstellingen moeten incasseren. Nee, ze had absoluut het recht zich aan haar dromen over te geven.

'U maakt me verlegen, meneer Winkler.'

'Mag ik u een kopje thee aanbieden? Toe, doet u mij dat plezier.'

Hemel, ze waren helemaal alleen in de grote keuken, de kokkin was al vertrokken. Sebastian Winkler stond op, pakte twee kopjes uit de kast, zette ze op schoteltjes die er niet bij pasten en tilde met een ijzeren haak de ronde haardplaat op om het hout aan te vullen.

'Laat mij dat maar doen!' riep ze impulsief.

'Nooit van mijn leven,' antwoordde hij vastberaden. 'Blijft u maar zitten, ik ben echt niet zo onhandig als ik eruitzie.'

Op dat moment gleed de ronde, ijzeren deksel van de haak en viel die luid rinkelend op het fornuis. O god, dacht Elisabeth geschrokken. Ik heb echt geen flauw idee hoe je een keukenvuur op gang brengt. Waarom ben ik nooit de keuken in gegaan om het te leren? Nou ja, omdat mama het verboden zou hebben.

'Neem me niet kwalijk,' stamelde hij. 'Ik wilde u niet laten schrikken. Zoals u ziet ben ik nog een beginner in de keuken. Maar het lukt wel. Het is zo voor mekaar.'

Hij vulde het hout aan en schoof de deksel weer op zijn plek. Hij vulde de waterketel en zette hem op het fornuis. Er zaten zweetdruppeltjes op zijn voorhoofd en zijn enigszins grove gezicht was rood van de inspanning. Elisabeth betrapte zichzelf er weer op dat ze ongepaste gedachten had. Hoe zou het zijn om door die grote, sterke handen vastgepakt te worden? Echt stevig, zoals een man een vrouw die hij begeerde vastpakte?

'Ik ben heel blij dat ik u heb leren kennen,' zei hij toen hij weer bij de tafel kwam. Hij ging tegenover haar zitten en depte met een zakdoek zijn voorhoofd.

'Begrijp me niet verkeerd, mevrouw Von Hagemann. Er bestaat genegenheid tussen man en vrouw die niets met platte lichamelijkheid te maken heeft. Een verwantschap van de zielen, die al veel langer bestaat dan onze fysieke existentie. Zoals Goethe het in zijn gedicht aan Charlotte von Stein uitgedrukt heeft. "... want in vervlogen tijden was u mijn zuster, was u mijn..."'

Hij maakte het citaat niet af maar sprong verlegen op om te kijken of het water al kookte. Ze vond zijn uitspraken wat overdreven en zijn zus wilde ze nou beslist niet zijn. Maar desondanks deden zijn woorden haar goed. Het was fijn om door een man aanbeden te worden, wat dat betreft had ze inhaalbehoefte. Ook psychisch.

Hij kwam met een kan pepermuntthee terug en vertelde trots dat hij de planten samen met de kinderen in de weilanden geplukt had. Daarna ging hij over op een ander onderwerp.

'U weet toch dat mijn voorgangster uit haar ambt is ontheven? Ik heb nu van weleerwaarde Leutwien de nadere omstandigheden gehoord en moet zeggen dat ik verbijsterd ben.'

Leutwien was degene geweest die de aanzet voor het onderzoek had gegeven, dat er voor juffrouw Pappert toe geleid had dat ze ontslagen was. Leutwien had ook Winkler als haar opvolger voorgesteld.

'Stelt u zich voor, mevrouw Von Hagemann. Die vrouw heeft systematisch het geld van het consortium en ook de vele particuliere giften naar een eigen bankrekening weggesluisd. Ze heeft een vermogen bij elkaar gesjoemeld, geld dat voor de kinderen bestemd en heel hard nodig was. Toen ik hier begon, hadden de kleintjes amper een jurk aan hun lijf, vrijwel niemand had schoenen en de bedden waren in een vreselijk belabberde toestand.'

'En waar is het geld? Kan het niet geconfisqueerd worden en ten goede komen aan het kindertehuis?'

Hij snoof geërgerd en schudde zijn hoofd. Nee, dat mens was buitengewoon slim. Ze had beweerd dat ze haar hele vermogen had uitgegeven aan oorlogsleningen en in haar woning was niets gevonden.

'Het is niet onwaarschijnlijk dat ze alles naar Zwitserland heeft overgeheveld. Daar is ze namelijk kort na het uitbreken van de oorlog naartoe gegaan. Dat weten we omdat het consortium voor drie dagen een vervanger moest zoeken.'

'Wat een loeder,' zei Elisabeth. 'En wat gebeurt er nu met haar?'

'Ze is gearresteerd. De politie is bezig de zaak uit te zoeken. Blijkbaar had juffrouw Pappert een rekening bij een particuliere bank.'

'Bij het bankiershuis Bräuer soms?'

Hij legde een zeef op haar kopje en schonk thee in. De sterke geur van verse pepermunt steeg op in haar neus en deed haar denken aan de zachte, groenachtige pepermuntcrème die mevrouw Brunnenmayer vroeger voor kinderverjaardagen had gemaakt. Met een laagje chocolade, dat zo heerlijk tussen de tanden kraakte.

'Ja, bij bankiershuis Bräuer. Wat natuurlijk niet betekent dat de bank ergens schuldig aan is. Al helemaal niet uw zwager, die voor het vaderland gesneuveld is.'

Hij was uiteraard op de hoogte van de familiebanden. Elisabeth roerde in haar thee en zei dat ze van harte hoopte dat ze ten minste een deel van de verduisterde bedragen konden terugkrijgen.

'Als ze echt geïnvesteerd heeft in oorlogsobligaties...'

Hij maakte zijn zin niet af, maar ze dachten allebei hetzelfde. Niemand met een gezond verstand geloofde nog in de voorspelde zegen en de grote gebiedsuitbreiding voor het keizerrijk. Nee, het geld dat zo veel mensen in oorlogsobligaties gestoken hadden, was verloren.

'Ik heb zelf mijn geld voor keizer en vaderland gegeven,' bekende Winkler. 'Ik heb er geen spijt van, want ik heb alleen maar gedaan wat heel veel mensen deden. Uiteindelijk zijn we toch allemaal trouw aan ons Duitse vaderland, daar zullen we mee leven of mee ten onder gaan.'

Ze glimlachte en dacht erover na dat er heel veel onderdanen van de keizer waren, die tijdens deze oorlog een hoop geld verdienden. Vooral de ijzersmelterijen van Augsburg, waar motoren voor onderzeeërs en geschut voor de artillerie gemaakt werden, de munitiefabrieken en de Rumpler Werke die vliegtuigen bouwden. 'Rumplerduiven' werden die genoemd. Ook de textielfabriek van Melzer had geluk met de papieren stoffen, want in tegenstelling tot andere textielfabrieken waar alle machines stilstonden, werd er bij Melzer geproduceerd. Als dochter van een fabrikant wist ze dat in de zakenwereld altijd degenen die het vlijtigst waren het meest succesvol waren. Dat had haar vader altijd gezegd. Maar dat een arme, keurige man als Sebastian Winkler, die als invalide uit de oorlog terugkeerde, ook nog al zijn geld verloren had, vond ze onrechtvaardig.

'Hartelijk dank voor uw gastvrijheid. Ik moet helaas terug, mijn dienst in het lazaret begint over een uur.'

Hij had waarschijnlijk graag nog wat langer met haar gepraat, maar de kokkin kwam binnen en begon luid klepperend met de pannen aan de voorbereidingen voor de avondmaaltijd. Ze namen in de gang afscheid. Ze reikte hem haar hand en vond het prettig dat hij die niet naar zijn lippen trok, zoals de heren in haar omgeving plachten te doen. Het had ook niet goed bij hem gepast. Hij omsloot haar hand alleen en kneep er even in.

'Moge God u beschermen. Hebt u nieuws van uw echtgenoot? Hij is aan het front in Frankrijk, nietwaar?'

Hij keek haar trouwhartig aan en leek werkelijk bezorgd om het welzijn van majoor Von Hagemann. Ze moest zich vermannen om haar onbehagen te verbergen. Sinds een paar maanden was ze niet erg geïnteresseerd in het lot van haar man, maar dat kon ze natuurlijk moeilijk zeggen. Thuis, helemaal achter in het laatje van haar bureau, lag een brief uit België die via via bij haar was aangekomen. Daarin deelde ene Duchesse De Grignan haar mede dat majoor Klaus von Hagemann haar dochter Caroline verleid en zwanger gemaakt had. Aangezien ze aannam dat de heer majoor een man van eer was, verzocht ze hem dringend zijn verantwoordelijkheid te nemen. Anders zou haar in Frankrijk levende broer satisfactie verlangen. Dat van het duel was natuurlijk volkomen onzin, maar dat hij haar dochter verleid had vast niet. België was min of meer bezet gebied, daar waren de heren officieren niet zo preuts als het erom ging een meisje te verleiden. Zelfs niet als ze een prinses De Grignan was. Elisabeth had de brief met verbitterdheid gelezen en er niemand iets over verteld. Na de nare geruchten over Auguste was met deze aanklacht voor haar de maat vol.

'Ja, hij is bij Reims en vecht tegen de aanstormende soldaten van generaal Nivelle.'

Dit nieuws was al een paar weken oud, ze had zijn twee laatste brieven ongeopend in het laatje van het bureau gegooid. Ze kreeg zijn nieuwste heldendaden toch al van haar schoonmoeder te horen, als die weer eens in de villa op bezoek kwam omdat de huur van haar woning betaald moest worden.

'Ik zal voor u beiden bidden,' zei Sebastian Winkler bij het afscheid, en ze bedankte hem hartelijk.

Nee, er was niemand die ze in vertrouwen zou kunnen nemen. Maar ja, dat was niks nieuws.

# 20

KITTY TILDE MOEIZAAM haar hoofd op en knipperde met haar ogen. Auguste had alweer de gordijnen niet helemaal dichtgetrokken en de middagzon wierp een felle streep in de kamer.

'Kitty, lieverd,' riep mama de kamer in. 'Kom bij ons in de salon. We hebben bonenkoffie kunnen krijgen. En notengebak met honing.'

In de lichtstreep dansten stofdeeltjes, gouden vonkjes die vrolijk op en neer dwarrelden, alsof er een leuke gebeurtenis te vieren was. Kitty vertrok pijnlijk haar gezicht en legde de rug van haar hand op haar voorhoofd.

'Ik heb geen trek, mama.'

Ze kon haar moeder horen zuchten. Waarom bezorgden ze haar eigenlijk allemaal een slecht geweten omdat ze verdriet had? Dachten ze soms dat ze het leuk vond om ongelukkig te zijn? Zelfs Marie begreep haar niet: in plaats van haar te troosten, had ze haar verwijten gemaakt. Waarom zou zij niet het recht hebben zich aan haar verdriet over te geven? Omdat ze een kind had? Wat een onzin. Mevrouw Sommerweiler bekommerde zich om de kleine Henni en haar dochtertje speelde met Dodo en Leo. Als haar mama af en toe de kinderkamer in kwam, was het kind goed verzorgd.

'Maar, Kitty, laat me daar alsjeblieft niet zo alleen zitten. Marie en papa zijn in de fabriek en Lisa is in het lazaret.'

Dat kon mama goed. Nu was zij, Kitty, de slechterik, die haar arme, oude moeder eenzaam in de rode salon met koffie en notengebak liet zitten. Kitty ging rechtop in haar bed zitten en gooide geërgerd twee zijden kussentjes op de grond.

'Mama, het gaat niet goed met me. Ik wil graag alleen zijn. Begrijp dat alsjeblieft. Het heeft niets met jou te maken.'

'Natuurlijk... Beterschap, mijn schat. Slaap lekker uit. Slapen is het beste medicijn. Moet ik dokter Schleicher bellen?'

'Nee!'

Dat ontbrak er nog maar aan. Die nieuwsgierige, arrogante kwast, die haar allerlei mogelijke en onmogelijke vragen stelde. Of ze dromen had. Of ze graag in het bos wandelde. Of ze bang was voor slangen en wormen. Vroeger had ze hem bereidwillig alles verteld wat hij wilde weten, maar nu, nu het lot haar zo zwaar getroffen had, kon hij zijn belachelijke vragen voor zich houden. En zijn slaappillen hoefde ze ook niet. Dat spul mocht-ie lekker zelf slikken.

Ja, ze had dromen. Meer dan haar lief was. Ze kwamen meestal als ze al een poosje geslapen had, dan doken ze vanuit de duistere nacht als kwade geesten op en hielden ze haar in hun greep. Vaak zag ze een bergmeer voor zich, een helder, oneindig diep meertje met daarin de weerspiegeling van de met sneeuw bedekte bergtoppen en de groene dennen die langs de oever stonden. Het was een mooi gezicht, rustig en zonder enige rimpeling lagen de beelden op het oppervlak van het water. Maar als ze dichterbij kwam, kleurde het water ineens donker, het glanshaver aan de oever werd een bruine massa en de lelijke, vuile golven van het meer klotsten over haar voeten. Het ergste was dat er in het modderige water talloze beesten rondzwommen, hagedissen met lange staarten en glibberige vissen die haar met ronde ogen aanstaarden. Dan probeerde ze wanhopig weg te rennen, maar ze wist al bij voorbaat dat de dunne poten van de hagedissen haar zouden beetpakken en haar ten val zouden brengen. Wat er daarna met haar gebeurde, wist ze niet precies, maar het was in ieder geval gruwelijk. Waarschijnlijk werd ze opgevreten. Daarna werd ze wakker. Nat en bezweet van angst lag ze lang op haar rug en durfde ze niet meer te gaan slapen.

Humbert had een keer een kopje kippenbouillon naar boven gebracht en om de een of andere reden had ze hem gevraagd of hij ook zulke afschuwelijke dromen had. Misschien had ze het aan hem gezien, want de arme kerel was vreselijk mager geworden en zijn gezicht had een andere uitdrukking gekregen.

'Dromen? O ja, mevrouw. Ze komen elke nacht. Er is niets tegen te doen, weet u. Ergens in mijn hoofd is een deurtje en als dat opengaat komen ze binnen.'

Ze was gefascineerd. Dat had zij ook en ze vroeg hem waarover hij droomde.

'Vooral over ratten, mevrouw. Het zijn koddige beesten, ze zitten op hun billen, houden een stukje brood in hun pootjes en knabbelen eraan. U zou verbaasd zijn als u zag hoe behendig ze het stukje brood in hun poten draaien. En hoe hun roze neus en lange snorharen daarbij wiebelen.'

Ze vond het een opmerkelijke omschrijving. Wat was daar koddig aan? Ratten konden de pest overbrengen.

'Ik zie ook vaak zwarte golven. Dalen en heuvels van bruin moeras. Ze bewegen als een groot meer en werpen veel mensen op de oever. Grauwe mensen met grote, starre ogen liggen in het groene gras. Daar liggen ook kapotte helmen, gebroken geweren, patronen. En daartussen groeien rode klaprozen.'

Het klonk griezelig en deed haar een beetje denken aan het vreemde bergmeertje. Ze wilde weten wat Humbert deed als hij 's nachts zulke dromen kreeg.

'Ik weet het niet, mevrouw. Ik val weer in slaap. Meestal word ik later in mijn bed wakker. Maar soms zit ik ook in de keuken onder de tafel, ik zweer u dat ik dan geen idee heb hoe ik daar gekomen ben.'

'Dat is echt vreemd. Zet u de bouillon daar op de tafel, Humbert. En dank u wel...'

Hij hield het kopje in zijn linkerhand omdat hij bang was dat hij anders knoeide. Zijn rechterhand was nog stijf. Maar als hij een buiging maakte zag hij er nog net zo elegant uit als vroeger.

'Zoals u wenst, mevrouw. Ik wens u het beste. En hoop dat u fijne dromen hebt.'

Wat een vreemde vogel. Zeer sympathiek, maar een beetje eigenaardig. Dat had Alfons altijd al gezegd. Alfons... Ze voelde de bekende pijn die door haar heen schoot als ze aan Alfons dacht. Het begon in haar maagstreek, steeg dan snel naar boven en maakte dat iets in haar keel aanzwol, waardoor ze moest slikken. Meestal begon ze dan te snikken, haar hele lichaam verkrampte en pas als ze een tijdje gehuild had, ebde de pijn weer weg. Ach, er waren zo veel redenen om aan Alfons te denken. Overal in de kamer lagen kleinigheden die hij haar in hun korte verlovingstijd had geschonken. Zijden zakdoekjes, parfumflacons, een papiermes met een ivoren handgreep, een gifgroen handtasje van gekleurd slangenleer, zeven kleine olifantjes van albast. Hij had gezegd dat ze haar geluk brachten.

Ze was pas verliefd op hem geworden toen ze getrouwd waren. Wat raar eigenlijk. Wat onterecht. Ze hadden amper een maand voor de wittebroodsweken gehad, daarna trok hij ten strijde. Ze had nooit gedacht dat ze hem zo oneindig zou missen. In deze ene, gelukkige maand was hij alles voor haar geweest. Vader en broer, vriend, geliefde. Hij was haar wederhelft geworden, alles wat ze deed, alles waar ze in geloofde en waar ze op hoopte, had betrekking op hem en hij gaf haar dit vertrouwen in veelvoud terug. Wat was hij onhandig geweest in de huwelijksnacht! Nee, hij was geen ervaren minnaar geweest, maar dat had ze juist leuk gevonden. Ze was zijn lerares en hij leerde snel...

Het was dom geweest aan de nachten met Alfons te denken, nu kwam die afschuwelijke pijn weer opzetten, zo meteen moest ze weer huilen. Van huilen werd je lelijk, je oogleden zwollen op en daarna leek je op een mislukte pannenkoek. Maar wie interesseerde het nou hoe zij eruitzag? Ze was ongelukkig. Zonder Alfons wilde ze niet meer leven.

'Kitty? Kitty!'

Ze snikte zo luid dat ze Maries stem niet meteen hoorde. Ach, Marie, die was ook niet meer de lieve hartsvriendin die ze ooit geweest was. Marie bleek een harteloze vrouw te zijn en Kitty wilde niet dat ze in haar kamer kwam.

'Bla… ha… he… we… he… heg…' stootte ze tussen het gesnik door uit.

Marie leek haar niet gehoord te hebben, want ze stond al naast haar bed.

'Vind je het niet wat overdreven om op klaarlichte dag in bed te liggen en te huilen?'

Ondanks haar huilbui was Kitty verontwaardigd. Wat was Marie gemeen! Het toppunt van gevoelloosheid! O, wat was ze veranderd! Ze was een gemene heks geworden, die zich amuseerde over haar ellende.

'Mijn hemel, Kitty! We begrijpen en respecteren allemaal dat je verdrietig bent. Maar je bent niet de enige in deze oorlog die haar man verloren is. Dit lot treft vrouwen in heel Europa, ja, zelfs in Amerika, in de koloniën…'

Als antwoord smeet Kitty een zijden kussen naar haar, maar Marie was niet onder de indruk. Ze ving het kussen op en legde het op de lichtblauwe bank. Daarna liep ze naar het raam en trok ze de gordijnen open. De gouden herfstzon viel de kamer binnen, zo warm en levendig dat het een brutaliteit was.

'Doe… doe onmiddellijk… de gordijnen weer dicht.'

Kitty kon niet doorpraten omdat haar neus liep. Ze haalde een zakdoek onder het hoofdkussen vandaan.

'En… en ga… ga weg… Heks… Feeks… Kwelgeest,' snikte ze in de zakdoek.

'Ik peins er niet over!'

Kitty huilde harder, niet zozeer van verdriet maar meer uit woede.

Ze trok alle registers van wanhoop open, greep naar haar voorhoofd, naar haar hart, smeet zich in het kussen. En toen Marie nog altijd emotieloos voor haar bed stond, begon ze te krijsen.

Marie bleef staan waar ze stond en wachtte. Achter haar ging de slaapkamerdeur open en Lisa keek sprakeloos naar de scène.

'Errrruit! Allemaal eruit... Aaaaaah!'

Marie draaide zich naar Elisabeth om en die twee wisselden een lange blik uit. Kitty kon Lisa's grijnzende gezicht zien. Dat gemene mens trok haar schouders op en seinde drie woorden naar Marie, voordat ze zich terugtrok.

'Wat een aanstellerij!'

Kitty voelde zich aan het eind van haar Latijn. Straks viel ze nog flauw, dan kon Marie zien wat ze had aangericht. Ze klampte haar vingers in de deken en haalde nog een keer diep adem.

'Wat zou Alfons zeggen als hij je zo zou zien?'

Ze viel terug in de kussens, volkomen uitgeput en wanhopig.

'Hij kan me niet zien. Alfons is dood... dood... dood...' zei ze hees.

Eindelijk ging Marie op de rand van het bed zitten en nam haar in haar armen. Het deed haar zo ontzettend goed om als een kind gewiegd te worden en naar Maries zachte, troostende woorden te luisteren. Kitty vlijde zich tegen haar schoonzus aan, die ze zojuist nog voor een heks en feeks had uitgemaakt, en gaf zich helemaal over aan haar verlangen naar warmte en geborgenheid.

'Liefste, we weten toch allemaal hoeveel pijn je in je hart hebt. Maar Alfons zou niet gewild hebben dat je in een lelijke, magere zwarte kraai in rouwkleren verandert.'

Kitty slikte. Haar keel deed vreselijk zeer van het harde gekrijs. Alles was dik en gezwollen. Ze zag er vast uit als een bultige aardappelknoedel.

'Ik... ben niet mager,' zei ze met krakende stem.

Marie glimlachte en gaf haar een stevige knuffel.

'Als je zo doorgaat, zul je gauw zo eindigen. Kijk hoe je erbij loopt.

Ongekamd en in je ochtendjas… Wanneer heb je je voor het laatst echt aangekleed?'

'Een paar dagen geleden nog… of een week geleden.'

Toen waren Gertrude Bräuer en haar echtgenoot op bezoek gekomen. Ze waren allebei in diepe rouw, vooral Edgar Bräuer leek vermagerd en ze maakten zich zorgen om hem. Ze hadden de kleine Henni willen zien en een poosje met haar gespeeld. Kitty was in een blauwe huisjurk verschenen die waarschijnlijk al jarenlang in haar kast hing en eigenlijk allang niet meer geschikt was. Toen haar schoonouders haar vroegen samen met haar het graf op de Hermanbegraafplaats te bezoeken, wees ze dat af.

'Dat was laf van je, Kitty. Ze zijn zo vertwijfeld, het was jouw taak om hen te steunen.'

Kitty koelde haar wangen met een doekje waarop ze eau de cologne had gesprenkeld.

'Ik haat graven, Marie,' verdedigde ze zich huilerig. 'En bovendien ligt de arme Alfons daar helemaal niet begraven. Niemand weet waar zijn graf is. Ze hebben hem ergens in Frankrijk begraven. Waarom moet er dan een graf in Augsburg zijn?'

'Ik denk dat ze een plek nodig hebben om hun verdriet kwijt te kunnen.'

'Dan lig ik liever in mijn bed,' bromde Kitty. Maries omhelzing werd steviger, ze schudde Kitty zelfs.

'Dat is nu afgelopen!'

'Waarom?' jammerde Kitty.

'Omdat het nergens toe leidt. Het brengt Alfons niet terug als jij als een baby in je bed kruipt. Word eindelijk wakker, Kitty! Je bent nog jong, je bent knap en je hebt een talent meegekregen!'

Kitty knipperde met haar ogen en depte ze. Wat waren haar oogleden dik. Het deed pijn toen ze erover wreef.

'Wat voor een talent?'

'Vraag je dat nu echt?' riep Marie opgewonden. 'Ben je vergeten dat je een kunstenares bent? Een schilderes?'

Kitty haalde lusteloos haar schouders op, maar keek met een schuin oog naar haar schildersezel, die al maanden werkloos in de hoek stond. De gedachte een penseel op te pakken, had iets verlammends. De geur van verf. Het ongereinigde palet. Terpentine. Het lege doek.

'Ach, dat vind jij. Het is niets bijzonders. Een beetje geknoei.'

Marie pakte haar bij haar armen beet en trok haar omhoog tot ze in een zittende positie zat. Maries donkere ogen doorboorden haar. Ze had zo'n wilskracht, het was gewoon om bang van te worden!

'Je hebt niet het recht deze gave, die God je gegeven heeft, te verachten, Kitty. Vergeet nooit dat Alfons je erom bewonderd heeft. Hij wilde dat je schilderde, weet je dat niet meer?'

Dat klopte inderdaad. Ze barstte bijna weer in snikken uit, maar Maries doordringende blik weerhield haar daarvan. Alfons had zo vaak naar haar gekeken als ze geschilderd had en hij had haar altijd aangemoedigd. En hij had in Frankrijk die fantastische schilderijen voor haar gekocht.

'Ja,' mompelde ze en ze liet haar hoofd hangen. 'Je hebt wel gelijk, Marie. Dat... was ik vergeten.'

'Dus?'

Kitty slaakte een lange, diepe zucht.

'Ik kan het eens proberen.'

Maries strenge gezichtsuitdrukking ontspande, ze glimlachte en streek Kitty over het haar. Ze raadde haar aan eerst maar eens haar haren te kammen, die zaten helemaal in de klit. En ze moest ook een bad nemen. Zich mooi maken. Bij Henni gaan kijken. En dan bij mama gaan zitten, die erg eenzaam was en behoefte aan gezelschap had.

'Ja, ja...' zei Kitty.

Ze probeerde een beetje te glimlachen hoewel ze vreesde dat ze er daarbij verschrikkelijk uitzag. Zo opgezwollen en behuild. Maar het leverde inderdaad niets op om elke dag te huilen. Marie had gelijk. Je huilde tranen met tuiten en er veranderde niets door. Je kon de volgende dag opnieuw beginnen.

'Ik stuur Auguste naar je toe, zij moet een bad voor je klaarmaken en je haren kammen.'

'Ja, ja.'

Marie gaf haar nog een stevige knuffel en fluisterde in haar oor dat ze een dapper meisje en een fantastische kunstenares was. Daarna liep ze de kamer uit en Kitty hoorde haar in de gang Auguste roepen.

Langzaam schoof ze de deken van zich af. Ze schudde haar losse haar uit, krabde zich, knipperde in de felle zonnestralen. Ze vielen schuin door het raam. Herfstzon. Zouden de bladeren in het park al verkleurd zijn?

Ze liep op blote voeten door de kamer, vond toevallig haar ochtendjas en wierp hem om haar schouders. Nee, het park was nog donkergroen, alleen de eik had wat roodgele bladeren. Ze keerde zich van het raam af en liep aarzelend naar de schildersezel. Ze liep er twee keer langs, pakte weifelend een haarborstel, maar legde die meteen weer terug op de toilettafel. Toen vatte ze moed en bekeek ze het schilderij waar ze aan begonnen was. Bah... een lenteachtig landschap ergens in Italië, dat ze had nageschilderd van een foto die ze in een boek had gevonden.

Ze pakte een nieuw doek, deed twee stappen naar achteren en staarde naar het witte vlak. Daar waren ze. Ze groeiden uit de witte leegte en staarden haar aan. De hagedissen en de vissen. Ze verdrongen elkaar, met hun koppen dicht bij elkaar, ze leken naar lucht te happen. Een grijsbruine wirwar van geschubde koppen en ronde ogen die haar verwijtend aanstaarden.

Toen Auguste na een half uur de kamer in kwam om te melden dat ze een warm bad had klaargemaakt, stond Kitty achter de schildersezel en tekende ze met een potlood de contouren na.

'Ja, ja...' zei ze afwezig.

Ze draaide zich niet eens om, zozeer was ze met de schetsen bezig.

# 21

ELISABETH WAS IN HET lazaret regelmatig over dokter Moebius begonnen, maar Tilly was zwijgzaam en praatte met niemand over haar verdriet. Ze verscheen elke dag stipt op tijd en werkte net zo hard als vroeger. Dokter Stromberger had al een paar keer opgemerkt dat juffrouw Bräuer een buitengewoon talent voor chirurgie had. Als Tilly hem bij de operaties assisteerde, gaf ze hem ongevraagd de benodigde instrumenten aan. De jongedame dacht mee. Hij had een keer als grapje gezegd dat hij een sigaretje ging roken in het park en zij alvast met de operatie kon beginnen.

Elisabeth wist heel goed dat Tilly en dokter Moebius elkaar brieven geschreven hadden. Gertrude Bräuer had het verteld toen ze op bezoek was en tevens gejammerd dat een arts helemaal niet in de familie paste, tenslotte moest iemand de bank overnemen. Je kon toch niet de eerste de beste man achternalopen, alleen omdat je verliefd was. Vroeger zou Elisabeth zo'n uitspraak afgedaan hebben als 'vreselijk ouderwets'. Nu keek ze er anders tegenaan. Ook zij was tot over haar oren verliefd geweest, maar die grote liefde had haar alleen verdriet en teleurstellingen gebracht.

'Hij wordt in Rusland vermist?' zei ze tegen Tilly. 'Nou, ze zeggen dat het bij de Russen een chaos is. Ze hebben de tsaar laten verdwijnen en niemand weet hoe lang de tijdelijke regering tegen die afgrijselijke bolsjewisten zal standhouden. Ze zullen snel capituleren en hun krijgsgevangenen terug naar Duitsland sturen.'

'Dat is goed mogelijk,' zei Tilly beleefd, maar het was haar aan te zien dat ze er niet in geloofde. Er waren een paar patiënten in het lazaret die bij Riga gewond waren geraakt en wat zij over de Russen vertelden, was niet erg hoopgevend. Verbrande dorpen, gedood vee en vermoorde boeren. Sluipschutters die vanuit een hinderlaag op de Duitsers schoten. Vergiftigd water en dan die Russische winter.

'Mevrouw Von Hagemann?' zei zuster Hedwig. 'Ik geloof dat men u roept.'

Elisabeth draaide zich om omdat ze vermoedde dat dokter Stromberger haar hulp nodig had, maar die deed zijn ronde door de ziekenzaal en stond goedgehumeurd met een patiënt te praten.

'Daar. Bij de ingang.'

Ze liep door het gangpad naar buiten en voelde weer die domme, maar tevens heerlijke onrust opkomen. Het kon alleen Sebastian Winkler zijn. Ze had beloofd een paar boeken uit de bibliotheek voor hem op te zoeken, gedichten van Hölderlin, een boek van Eichendorff en verhalen van de Russische dichter Toergenjev, waar hij erg van hield. Ze had de boeken allang klaargelegd en was van plan ze 's middags naar hem te brengen, maar nu was hij dus zelf gekomen.

De man die bij de deur van de villa stond te wachten, was echter beslist niet Sebastian Winkler. Hij was slank en droeg een uniform dat hem zo perfect paste alsof het voor hem op maat was gemaakt.

'Daar ben je!' riep Klaus von Hagemann. 'Ik had gehoopt dat mijn lieve vrouw mij met tranen van blijdschap zou ontvangen. Maar het lijkt erop dat de plicht belangrijker is dan het geluk van het weerzien.'

Ze was zo verrast dat ze in eerste instantie dacht dat ze droomde. Dat ze een nachtmerrie had.

'Klaus...' stamelde ze. 'Hoe is dit mogelijk? Waarom wist ik niet...'

Ze stopte want ze besefte dat hij het nieuws van zijn verlof naar haar woning had gestuurd. Haar gemene schoonouders hadden haar er niets over verteld. Hij hield zijn hoofd schuin en nam haar onderzoekend op. Toen lachte hij en liep hij naar haar toe.

'Je lijkt niet erg enthousiast te zijn om me weer te zien, schat. Hoe moet ik dat interpreteren? Heeft een ander mijn lieve vrouw ingepikt? Laat me zien wie het is, dan kan ik hem uitdagen voor een duel.'

Hij vond zichzelf vreselijk grappig en lachte zelfs nog terwijl hij haar omhelsde. Zijn kus was echter vol passie en dat verwarde haar. Gevoelens die ze allang verdrongen had kwamen weer boven. Zijn blauwe ogen, die zo gebiedend en vol begeerte naar haar keken. Maar helaas niet alleen naar haar, dat was haar intussen duidelijk.

'Wat klets je nou voor onzin,' zei ze. 'Ik wist niet dat je kwam en ben helemaal van slag.'

Hij kuste haar nog een keer, dit keer al minder gepassioneerd maar meer als iemand die zich van zijn eigendom bedient. Vervolgens zei hij dat hij niet begreep dat ze hier in de villa woonde in plaats van in hun echtelijke woning, waar ze als zijn vrouw thuishoorde. Zijn ouders waren daar verontwaardigd over en hij kon hun wrevel goed begrijpen.

'Laten we daar later in alle rust over praten, Klaus.'

'Goed. Laten we naar boven gaan. Ik wil je moeder begroeten en een paar troostende woorden tegen de arme Kitty zeggen.'

Hij had Kitty al drie keer geschreven, maar haar zus had de brieven achteloos op de ontbijttafel laten liggen en de laatste niet eens geopend.

'Ik heb nog tot vier uur dienst.'

Ze sprak deze zin zonder bijzondere nadruk uit en ook zonder enige spijt. Een zakelijke mededeling – ze had dienst.

'Nou en?' zei hij en hij fronste ontevreden zijn voorhoofd. 'Je echtgenoot is met verlof thuis, reden genoeg om vervanging voor je te vinden.'

Plotseling viel haar op hoe bazig hij was. Waarom had haar dat vroeger nooit gestoord? Heel simpel, omdat ze verliefd was en alles wat hij deed geweldig vond. En zelfs nu was er nog een restje van haar liefde dat nog leefde, ze voelde in zijn buurt nog steeds haar hart kloppen. Maar haar hart ging niet meer tekeer en verdoofde niet meer haar brein, ze was in staat haar verstand te gebruiken.

'Voor de komende dagen zal dat ongetwijfeld geregeld kunnen worden,' zei ze vriendelijk. 'Voor vandaag is het helaas te laat. Zien we elkaar om vier uur boven in de villa?'

Hij kneep zijn mooie blauwe ogen tot spleetjes, het was duidelijk dat hij geïrriteerd en teleurgesteld was. Elisabeth kreeg een slecht geweten, want natuurlijk had er voor vandaag iets geregeld kunnen worden, ook al was dat moeilijk. Maar ze had geen zin om zich naar zijn commando's te voegen.

'Zoals je wilt,' zei hij koel en hij haalde zijn schouders op. 'Het vaderland zal je zeer erkentelijk zijn, mijn schat. Mocht je me straks niet in de villa aantreffen, ik ben van plan een paar kennissen te bezoeken.'

Ze had zijn trots gekrenkt en kreeg een koekje van eigen deeg. Elisabeth glimlachte stijfjes, knikte naar hem en ging weer aan het werk. Terwijl ze met de metalen waskom naar de bedlegerige patiënten liep om hen enigszins op te frissen, liep zuster Hedwig rond om de urineflessen op te halen en te legen.

'Was dat niet uw man? Majoor Von Hagemann?'

Het nieuwsgierige mens had door de afscheidingswand gegluurd. Hedwig was een van de vrouwen die Elisabeth niet kon uitstaan. Naar buiten toe altijd vol plichtsbesef en vroom, in werkelijkheid een perfecte intrigante.

'Ja, hij is met verlof.'

'Ach, hemel, dan hoeft u toch niet te werken, mevrouw Von Hagemann. Ik zal meteen aan Tilly vragen of ze uw werk over kan nemen.'

'Bedankt,' onderbrak Elisabeth haar, 'maar ik regel het zelf.'

Daar had je het al. Morgen zouden ze allemaal over haar roddelen. Ze bracht het waswater naar de terrasdeuren, die vanwege de koude herfstwind meestal gesloten waren. November was vochtig en onaangenaam koel, de herfstzon liet zich maar zelden zien om de laatste gekleurde bladeren op te lichten. Buiten op het terras stonden nog een paar rieten stoelen, met een zeil eroverheen om te voorkomen dat ze door de regen aangetast werden. Elisabeth kiepte het waswater in het gras, waarbij haar blik op de wintertuin viel.

Daar stond Klaus von Hagemann, het jasje van zijn uniform was aan de rechterkant omhooggeschoven omdat hij zijn hand in zijn broek gestoken had. Zijn lichaamshouding leek ongewoon afwijzend, ja, provocerend, en Lisa verscherpte haar blik om tussen de bladeren van de kamerlinde en de ficus door te kijken met wie hij stond te praten. Het was… Auguste. Ze gebaarde met haar handen, kennelijk legde ze iets heel belangrijks uit. Dat deed ze niet in haar hoedanigheid als kamermeisje, want dan had ze nooit zulke uitdagende gebaren gemaakt. Het was een privégesprek en Elisabeth had een sterk vermoeden waar het over ging. Mocht Klaus inderdaad de vader van de kleine Liesel zijn, dan zou Auguste, die gewetenloze meid, alimentatie van hem eisen. Klaus zou dat echter weigeren, zijn soldij was amper genoeg voor zijn eigen behoeften, om nog maar te zwijgen van de schulden en de weelderige levensstijl van zijn ouders.

Ik ben gek, dacht ze terwijl ze terugliep naar de ziekenzaal. Nu bedenk ik al gesprekken die waarschijnlijk helemaal niet plaatsgevonden hebben. Misschien heeft Auguste hem iets heel anders verteld.

Uiteindelijk ging ze toch op Tilly's aanbod in, die haar dienst wilde overnemen. Ze hing haar witte schort aan de haak, zette het kapje af en liep de trap naar de woonvertrekken op. Voordat ze de gang in liep, trok ze haar jurk glad. Ze was een paar kilo afgevallen, helaas niet op de plekken waar ze dat wilde, maar toch.

Humbert kwam haar met een dienblad tegemoet en maakte een lichte buiging. Elisabeth vond zijn gezichtsuitdrukking vreemd onzeker, haast schuldbewust.

'De heren en dames zitten in de eetkamer,' riep hij naar haar terwijl hij langs haar liep.

Ze had het moeten weten, maar ze was een dom schaap en deinsde geschrokken achteruit toen ze de kamer in liep. Natuurlijk waren haar schoonouders gekomen om in vertrouwde familiekring uitgebreid de heldendaden van hun zoon te vieren. Op kosten van de Melzers, zoals altijd. Er was koffie en er waren snel bereide pannenkoekjes met appel en havermoutkoekjes gevuld met jam. Er stond een bord op tafel met rookworst uit Pommeren, ham en augurkjes. Er was een pot ganzenvet, die ook uit Pommeren kwam, en zelfgebakken brood dat mevrouw Brunnenmayer met zout en komijn kruidde. Christian von Hagemann had zijn bord al volgeladen en kwam slechts half overeind toen Elisabeth binnenkwam, zijn vrouw schonk haar schoondochter een schijnheilige glimlach.

'Lisa! Eindelijk kom je!' riep Kitty verontwaardigd. 'Klaus is er al stellig van overtuigd dat je een minnaar hebt. Maar ik heb hem verzekerd dat je behalve hem maar één grote passie hebt en dat is je lazaret.'

Elisabeth dwong zichzelf te glimlachen en ging naast haar moeder zitten. Klaus, die tussen Kitty en zijn moeder in zat, maakte geen aanstalten op te staan om haar stoel uit te schuiven of zelfs naast haar te gaan zitten.

'Het verbaast me, lieve Kitty, dat je zo weinig betrokken bent bij deze zegenrijke voorziening,' zei hij. 'Alleen al jouw aanblik zou veel van deze arme jongens gezond maken.'

Was hij nog boos op haar? Hier aan tafel had hij in ieder geval alleen oog voor Kitty. Hij vond haar zo'n dapper vrouwtje. En zo'n groot talent. Hij had twee van haar werken in de gang gezien en was overweldigd door de uitstraling van die schilderijen.

'Serieus, lieve Kitty. Ik kreeg een rilling over mijn rug toen ik die mooie vissenkoppen zag. Ik herinner me nog de winkel in de binnenstad, waar we vroeger altijd de karper voor oudjaar kochten, weet je nog, mama? Daar was een bassin met vetgemeste karpers.'

Kitty staarde hem aan alsof ze hem nog nooit eerder had gezien. Vervolgens wendde ze zich af om de laatste twee pannenkoekjes op haar bord te leggen. Christian von Hagemann keek spijtig toe, hij leek volkomen uitgehongerd en kauwde met volle wangen.

'Ik vind het erg jammer dat Marie er niet is,' zei Riccarda von Hagemann. 'Ik heb gehoord dat ze veel tijd in de fabriek doorbrengt.'

'Zeker,' zei Alicia, die de spanning aan tafel duidelijk waarnam en al de eerste symptomen van migraine voelde. 'Mijn man is erg blij met haar steun. Marie heeft veel verstand van productie en verkoop.'

Riccarda von Hagemann keek haar zoon aan, alsof ze wilde zeggen: moet je horen!

'Tja, wat dat betreft ben ik ouderwets,' zei Klaus en hij schonk Elisabeth een zwakke glimlach. 'Mijn vrouw zal haar werkkring tot het huishouden beperken, ik houd helemaal niet van buitenshuis werkende of zelfs gestudeerde vrouwen. Ik kan alleen maar hopen dat Paul er anders over denkt.'

'Paultje is erg trots op Marie,' mengde Kitty zich in het gesprek. Ze balanceerde triomfantelijk een stukje pannenkoek op haar vork en zei dat een derde van de studenten op de Duitse universiteiten vrouw was. Dat had dokter Stromberger verteld, die een broer had die aan de Goethe-universiteit in Frankfurt studeerde.

Natuurlijk viel het stukje pannenkoek van haar vork, het plonsde in Klaus' kopje en zijn koffie stroomde over. Klaus deinsde snel achteruit, anders was het bruine brouwsel op zijn uniformjasje gekomen.

'Nog steeds zo bruisend en onbezonnen, lieverd?' zei hij glimlachend tegen Kitty. 'Je weet dat je daarmee alle mannenharten gebroken hebt, niet in de laatste plaats het mijne.'

'Ja, er waren een paar domkoppen die dachten dat ze hartstochtelijk verliefd op me waren,' antwoordde Kitty. 'Maar wat ware liefde is, heb ik pas in mijn huwelijk met Alfons ervaren. Het is iets ongelofelijk kostbaars, zo'n groot geluk, dat het voor de rest van mijn leven voldoende zal zijn.'

Klaus keek zwijgend toe terwijl zijn moeder het stukje pannenkoek uit zijn koffiekopje viste en op het bordje van haar echtgenoot legde. Elisabeth was voor de eerste keer in haar leven onder de indruk van haar zusje. Wat had ze dat mooi gezegd! En wat moest het geweldig zijn om zo'n liefde te mogen ervaren. Ook al was het maar voor korte tijd.

'Wat vind je ervan, schat...' zei Klaus tegen Elisabeth, '... als we dit aangename gezelschap zo verlaten om ons in onze eigen woning terug te trekken? Dat nemen jullie ons toch niet kwalijk, of wel?'

Kitty haalde haar schouders op en zei dat ze toch nog dingen te doen had, en Alicia verzekerde hen dat ze het volkomen begreep.

'Jullie hoeven wat ons betreft niet onbeleefd te zijn,' zei Klaus tegen zijn ouders, die aanstalten maakten eveneens afscheid te nemen. 'Jullie kunnen rustig nog even hier blijven, zodat Alicia niet zo alleen is. Het zou jammer zijn van de heerlijke koffie en de rookworst.'

Hij lachte en schoof snel nog een stukje worst in zijn mond, kauwde en zei toen dat hij al jaren niet meer zulke goede worst gegeten had. Op beukenhout gerookt, zoals het hoorde.

'Ach, ja, het landleven,' zuchtte hij terwijl hij opstond. 'De uitgestrekte velden en bossen. Het grazende vee. En dan in de herfst als de jachthoorns geblazen worden. Benijdenswaardig!'

'Zeker,' zei Kitty ironisch. 'En dan die mesthoop onder het raam van je slaapkamer. En de vliegen. En de stank van de koeienstallen.'

Humbert kreeg de opdracht de majoor met zijn bagage en echtgenote naar de Bismarckstraat te rijden.

'Natuurlijk, mevrouw,' zei hij en hij maakte een diepere buiging dan nodig was. 'Ik geef u alleen in overweging dat er maar weinig brandstof is en we een noodrantsoen moeten hebben voor als er iets is...'

'Ik weet het, ik weet het,' wimpelde Alicia zijn bezwaar af. 'Doet u alstublieft wat ik u opdraag.'

'Zoals u wenst, mevrouw.'

Elisabeth had zich zojuist nog aan Klaus geïrriteerd, maar nu, nu hij overduidelijk echtelijke bedoelingen had, begon haar bloed te ruisen. Ja, ze wilde hem. Ze verlangde ernaar zijn mannelijkheid te voelen. O god, had ze vanochtend nou maar een bad genomen. Haar haren gewassen. Mooi ondergoed aangetrokken en een paar druppels parfum in haar nek en op haar pols gesprenkeld. Maar daar was het nu te laat voor, bovendien was er in haar woning vast geen hout om de badoven te stoken.

'Wat fijn om je gezond en wel terug te zien, beste Humbert,' zei Klaus toen ze in de auto stapten. 'De oorlog heeft niet alleen mooie kanten, nietwaar? Er zijn ook belevenissen die wij in ons eentje moeten verwerken, is het niet?'

Humbert hield het portier voor Elisabeth open en ze vond dat zijn glimlach ongewoon stijfjes was. Had hij soms een terugval?

Op de achterbank legde Klaus zijn arm om haar schouders en kuste hij begerig haar wang. Humbert reed langzaam door het centrum van Augsburg, waar veel voetgangers en fietsers waren. Her en der kwamen ze een vrachtkar tegen. Behalve zijzelf was er nog slechts een andere automobiel onderweg, daar zat meneer Von Wolfram in, de burgemeester van de stad. Klaus von Hagemann begroette hem met een vriendelijk hoofdknikje, maar die groet werd niet beantwoord door de oude man, misschien had hij hem niet herkend. Vlak voor hun woning hield de motor ermee op en het laatste stuk moesten ze te voet afleggen. Humbert, die de bagage droeg, werd door Klaus von Hagemann met een flinke fooi beloond.

'Dat was niet nodig, Klaus. Hij is onze huisknecht.'

Ze beet op haar tong en wilde dat ze het niet gezegd had. Humbert was de deur nog niet uit of Klaus snauwde tegen haar dat ze hem de wet niet hoefde voor te schrijven.

'Ik heb zelden iemand meegemaakt die zo gierig is!'

Ze was vreedzaam gestemd, alleen al omdat ze op een tedere vereniging hoopte, maar het verwijt was onterecht en ergerde haar. Had hij niet haar bruidsschat – die niet bepaald klein was geweest – al in het eerste jaar van hun huwelijk opgemaakt? En waarvoor? Ze was er nog steeds niet achter gekomen, want hij en zijn ouders hadden nog steeds schulden.

'Ik ben niet gierig, Klaus. Maar in mijn familie zijn we gewend om alleen de middelen uit te geven die we hebben.'

'O ja?' zei hij spottend.

Hij keek toe terwijl het kamermeisje haar hoed en jas aannam en de spullen aan de kapstok hing. Zodra Gertie de keuken in gegaan was, ging hij verder met mopperen.

'Mijn ouders hebben niet eens een kokkin, laat staan een huisknecht of een kamenierster. Het is een schande! Mijn moeder heeft vaak over je geklaagd!'

Ze zweeg om hem niet nog bozer te maken, maar dat kostte haar moeite.

'Alsjeblieft, Klaus, laten we daar later rustig over praten.'

'Nou, goed dan. Maar het krenkt me zeer dat je zo weinig respect voor mijn ouders hebt.'

Hij trok het jasje van zijn uniform uit en droeg Gertie op het te borstelen en zorgvuldig op een kleerhangertje te hangen. Daarna liet hij een korte, geringschattende blik over Elisabeth glijden. Haar hart begon te bonken. Wat er ook tussen hen in stond, hij was haar echtgenoot en ze begeerde hem. Ze verlangde er plotseling heftig naar om al die beschamende en gênante dingen met hem te doen waar een vrouw niet eens met haar beste vriendin over sprak.

'Je bent afgevallen,' stelde hij vast. 'Hopelijk niet bij je boezem, dat zou jammer zijn. Maar bij je heupen mag er nog wel wat van af.'

Ze giechelde en vond zichzelf vreselijk dom. Maar wat betekende het nou? Hij begeerde haar. En hij was niet iemand die een blad voor de mond nam. Zonder omhaal liep hij voor haar uit naar de slaapkamer. Hij trok de gordijnen dicht en knoopte zijn hemd open.

'Kleed je uit, schat,' beval hij. 'Helemaal. Ik heb geen zin de knoopjes van je korset open te frummelen.' Hij trok zijn hemd over zijn hoofd en begon zijn broek open te knopen. Wat had hij een haast. Elisabeth beefde van hunkerende verwachting. Langzaam begon ze de haakjes van haar jurk open te maken, die vervelend genoeg op haar rug zaten. Normaal hielp Jordan haar daarbij, die was daar heel handig in, maar zijzelf...

'Het bed had weleens verschoond mogen worden.'

Ze stopte met waar ze mee bezig was en keek naar het echtelijke bed dat ze in de schemering nog niet goed had waargenomen. De haartjes in haar nek stonden recht overeind. Het bed was alleen vlug gladgestreken, op het hoofdkussen lag het verfrommelde nachtgewaad van haar schoonmoeder. Daarnaast een ouderwets herennachthemd, dat allang gewassen had moeten worden. Voor het bed stond een paar grijze, vilten pantoffels, naast de po van geëmailleerd metaal.

Haar schoonouders hadden haar echtelijke slaapkamer in beslag genomen! Elisabeth voelde zo'n walging dat ze zich moest afwenden.

'Waar je maar wilt,' zei ze haastig. 'Maar niet hier. Niet op het laken waarop je ouders gelegen hebben.'

Ook hij vertrok zijn gezicht, maar zei toen dat ze zich niet zo moest aanstellen.

'Het is tenslotte jouw schuld. Waarom ben je uit deze woning getrokken? Het is maar al te begrijpelijk dat mijn ouders de voorkeur aan deze kamer hebben gegeven boven de logeerkamer.'

'Het kan me niet schelen wat jouw ouders doen, maar ik ga niet in dit bed liggen. Voor geen goud.'

Ze merkte dat haar stem schel werd, maar ze had zichzelf niet meer onder controle. Hoe kon hij dat van haar verlangen? Had hij dan helemaal geen gevoel? Of was hij aan het front zo afgestompt dat het hem niet kon schelen of hij met zijn vrouw in een fris opgemaakt bed sliep of op een mesthoop?

'Houd op met dat gekijf, verdomme. Dan moet Gertie het bed gewoon snel verschonen,' zei hij woedend en hij knoopte zijn broek weer dicht.

'Gertie!' brulde hij in de richting van de salon. 'Wat is dit voor zwijnenstal? Schoon beddengoed, en wel meteen.'

Elisabeths vingers waren haast verlamd, het lukte haar gewoon niet de haakjes op haar rug weer te sluiten. In de gang klaagde Gertie dat er geen schoon beddengoed was. Het tweede setje was in de wasserij, maar de wasvrouw had het niet gewassen.

'Waarom niet?' vroeg Klaus.

'Ik geloof...' fluisterde Gertie en stopte toen.

'Wat geloof je? Nou, kom op, zeg het maar, ik vreet je niet op.'

'Ik geloof dat ze geen geld heeft gekregen. Toen heeft ze het geweigerd. Omdat het al de derde keer was.'

'En voor de rest is er geen beddengoed? Hoe is dat mogelijk?'

'Dat... dat weet ik niet, meneer.'

Elisabeth begreep dat haar schoonouders zich in de woning bediend hadden. O, hemel, hoe had ze zo naïef kunnen zijn. Ze hadden haar tafel- en beddenlakens verkocht. Waar was de mooie kleine commode die in de slaapkamer had gestaan? En het bureau met inlegwerk dat in de salon stond?

Ze trok de deur open en staarde naar de plek waar het meubelstuk had gestaan. Een grijze rand in het tapijt toonde nog de contouren. Ze keek naar de vitrinekast en zag dat ook het Meissner-servies, het huwelijkscadeau van haar zus Kitty, verdwenen was.

'Heb je mijn ouders niet eens geld voor de wasserij gegeven?' zei hij boos. 'Als bedelaars hebben ze hier geleefd. Is dat het respect dat je mij en mijn familie toont?'

Nu was haar hoofd helder en haar hartslag verbazingwekkend rustig. Er was geen sprake meer van begeerte. Ze was niet zomaar iemand. Ze was een Melzer en liet zich niet behandelen als een of andere ondergeschikte.

'Jouw ouders hebben zich mijn spullen toegeëigend. Het zilver, het Meissner-servies, mijn bureau met inlegwerk... Om maar een paar dingen te noemen die ze zonder mijn medeweten verkocht hebben!'

Hij was een moment lang verbluft, dat had hij waarschijnlijk niet verwacht. Maar als hij zich eraan ergerde, liet hij dat niet zien.

'Dat zijn niet jouw, maar onze spullen,' stelde hij vast. 'Het is zeer spijtig dat mijn ouders gedwongen waren die te verkopen. Ik stuur elke maand een flink bedrag en vraag me af wat je daarmee doet!'

Wat een ongelofelijke onbeschoftheid! Het geld dat hij haar stuurde was amper voldoende voor de huur. Al het andere, ook de spullen die ze hem moest sturen, had ze van het geld van haar ouders betaald.

'Vertel me liever wat jij met mijn geld doet, Klaus,' snauwde ze. 'Gaat het op aan alimentatie? Had je het nodig voor Auguste?'

Wat kon zijn normaal knappe gezicht er lelijk uitzien als het vertrokken was van schrik en woede.

'Wat zeg je?' fluisterde hij dreigend. 'Waar beschuldig je mij van?'

Ze wist het bijna zeker, alleen de schrik op zijn gezicht sprak al boekdelen.

'Jij bent de vader van Augustes dochter! Dat weet intussen iedereen in de villa. En die slet heeft de brutaliteit mij als peettante van het kind te vragen en jouw onechtelijke kind naar mij te vernoemen!'

Als ze gehoopt had dat hij nu als een betrapte zondaar voor haar zou staan, had ze zich vergist.

'Nou vraag ik je, Elisabeth! Dat soort dingen gebeuren overal. Dacht je nou echt dat er sprake was van gevoelens tussen mij en Auguste? Een kamermeisje, mijn hemel. En bovendien gebeurde het voor ons huwelijk.'

Het was dus echt waar! Ondanks deze bittere zekerheid werd ze onzeker, want zijn toon was veranderd. Hij klonk nu zachter, zocht haar begrip, deed een beroep op haar grootmoedigheid. En hij had ook gelijk, het was voor haar huwelijk, zelfs voor haar verloving gebeurd.

'Ik ben een man en spring weleens uit de band. Maar dat betekent niet dat ik daarom minder van je houd.'

Ze kende die instelling. Oom Rudolf had eveneens volgens dit motto geleefd en ook haar moeder was zo opgevoed. Mannen gingen nu eenmaal vreemd, een goede echtgenote moest dat accepteren. Maar toch...

'En wat als mij zoiets zou overkomen?'

Hij sperde zijn ogen wijd open en staarde haar aan alsof ze een geestverschijning was.

'Dan zou je een hoer zijn!' bracht hij uit.

Zo was dat. Hij ging vreemd omdat hij een man was. Als zij hetzelfde deed, was ze een hoer.

Hij kwam dreigend op haar af en pakte haar stevig bij haar schouders beet.

'Je hebt me toch niet bedrogen?' zei hij hijgend van opwinding. 'Je met een ander geamuseerd terwijl ik mijn leven voor keizer en vaderland opgeofferd heb?'

Wat gedroeg hij zich belachelijk. Ze probeerde zich uit zijn greep te bevrijden, maar hij hield haar zo stevig vast dat het zeer deed. Ze kreeg zin hem tot het uiterste te irriteren.

'En wat als dat zo is?'

Hij liet een woedend gegrom horen en stootte haar met alle kracht van zich af. Ze tuimelde een paar stappen naar achteren en knalde tegen de muur.

'In dat geval rest voor jou alleen de schande. En de scheiding!'

Ze was met haar achterhoofd tegen de muur geslagen, maar ze voelde geen pijn, alleen de brandende vernedering dat hij het gewaagd had zijn hand tegen haar te verheffen. Tot haar eigen verrassing was haar stem rustig en haar toon kil.

'Kalmeer, Klaus. Ik heb nog nooit iets dergelijks gedaan. Maar met een scheiding ga ik akkoord!'

# 22

'DOET U ER NOG WAT kolen bij, Humbert,' zei Alicia. 'En dan kunt u zich terugtrekken. Het is al laat.'

'Zoals u wenst, mevrouw.'

Het stormde buiten, je hoorde de oude bomen kraken en de luiken voor de ramen klepperen. Humbert zette de kolenemmer neer. Terwijl hij een paar scheppen kolen in de kachel in de eetkamer deed, beefden zijn handen.

'Is alles in orde, Humbert?' vroeg Marie bezorgd.

'Dank u dat u het vraagt... het is alleen de storm... en die geluiden... Maar dat gaat weer over, mevrouw.'

'Ga maar naar bed en stop je oren met watten dicht,' raadde Kitty hem aan. 'Dan hoor je niets en slaap je als een marmot.'

Humbert sloot het deurtje van de kachel en legde de kolenschep geruisloos in de emmer terug. Hij glimlachte en kwam op hen allen een beetje hulpeloos over. Terwijl hij wel aan de beterende hand was, hij had al weken geen aanval meer gehad.

'Bedankt voor uw goede raad, mevrouw Bräuer. Ik zal het proberen. Dan wens ik u nu allen een goede nacht. Welterusten.'

Hij maakte een buiging en liep de kamer uit. Zijn bewegingen hadden zoals altijd een waardige elegantie, dat gaf in ieder geval hoop.

'Heb je Else geïnformeerd?'

'Ja, mama,' zei Marie. 'Ook Hanna en mevrouw Brunnenmayer weten dat we ze vanavond niet meer nodig hebben. En Auguste is allang in het tuinhuis.'

Dan bleef alleen juffrouw Schmalzler nog over, die in het lazaret dienst had en hun waarschijnlijk later nog goedenacht zou wensen. Maar zij was nu al meer dan veertig jaar nauw met de familie verbonden, ze konden erop vertrouwen dat zij discreet was.

Elisabeth had haar nieuws tijdens het avondeten verkondigd en Alicia was zo verbijsterd geweest dat ze haar verzocht had om pas over deze netelige kwestie te praten als het personeel naar bed was gegaan. Ze voegden zich hiernaar, hoewel Johann Melzer geërgerd gebromd had dat hij geen zin had om vanwege zo'n wissewasje de halve nacht op te blijven.

'Het spijt me zeer,' zei Elisabeth. 'Ik zou echt willen dat ik dit ons allen had kunnen besparen...'

'Schenk alsjeblieft nog een kopje van die afgrijselijke pepermuntthee voor me in, Alicia,' onderbrak Johann Melzer haar. 'En voor het geval iemand waarde hecht aan mijn mening, dit is de beste beslissing die je sinds lange tijd genomen hebt, Lisa. Alleen jammer dat je überhaupt met die vent getrouwd bent. Heeft ons een hoop geld gekost, die bruidsschatjager met zijn gierige familie!'

Het was een tijdje stil, want zelfs Kitty wist niets aan deze duidelijke woorden toe te voegen. Ze hoorden hoe de thee uit de porseleinen kan in het kopje vloeide, daarna zette Alicia de kan weer op het stoofje en reikte ze Johann het kopje aan. Hij roerde er twee klontjes suiker door en keek misnoegd om zich heen.

'Nou? Zijn jullie allemaal je tong verloren? Kitty? Alicia? Marie? Waar blijft jullie protest?'

Kitty hernam zich als eerste.

'Je hebt helemaal gelijk, papa,' zei ze en ze glimlachte vrolijk naar Alicia. 'Hoewel je het, zoals altijd, een beetje drastisch uitdrukt. Klaus von Hagemann heeft zich heel slecht gedragen tegenover Lisa, en zijn ouders... Mijn hemel! Wat zal ik blij zijn dat ik van dat tuig verlost ben!'

'Kitty! Alsjeblieft!' zei Alicia. 'Als papa dat soort woorden in de mond neemt, moet hij dat zelf weten. Maar jij mag niet vergeten dat je een dame bent.'

'Pardon, mama. Ik wilde zeggen: die adellijke familieleden die bij elk familiefeest op onze kosten hun buik vol eten en ideeën verspreiden die nog uit de vorige eeuw stammen.'

Ze verzweeg dat haar zus telkens weer geld van haar geleend had om het aan haar schoonouders te geven en daar was Elisabeth blij om. Kitty had haar immers beloofd er nooit iets over te zeggen.

'Wel… We leven niet meer in de negentiende eeuw,' zei Marie. 'Als een huwelijk voorbij is, dan zou een vrouw niet moeten aarzelen om de scheiding te verlangen. Overigens…'

Ze stopte en keek Elisabeth twijfelend aan.

'Wat bedoel je met "overigens"?' vroeg Lisa koppig. 'Denk je dat die beslissing gemakkelijk voor me was? Ik weet heel goed wat er op me afkomt. Maar ik denk dat ik hier in de familie nog iets tegoed heb, nietwaar, Kitty?'

Het klonk vrij provocerend en deed sterk denken aan de tijd dat Kitty en Lisa constant ruzie hadden, toen Kitty met haar Franse minnaar Gérard weggelopen was en naar Parijs was gegaan.

'Je bedoelt dat jij ook recht hebt op een schandaal,' zei Kitty geamuseerd. 'Ik vind het prima. Ik heb er toch genoeg van het zwarte schaap van de familie te zijn.'

Elisabeth was zeer gevoelig, dat begreep iedereen hier aan tafel. Ze was in de vroege middag te voet naar de villa teruggekeerd. Haar haren zaten in de war door de storm, haar hoed was bedorven, haar jas en rok waren kleddernat. Ze had zich in haar kamer opgesloten en Auguste had gezegd dat mevrouw Von Hagemann op haar bed lag en tranen met tuiten huilde. Dat wist ze omdat ze Elisabeth een kan warme kamillethee had moeten brengen. Later had majoor Von Hagemann haar een paar keer gebeld, maar zijn echtgenote was niet bereid geweest aan de telefoon te komen. De majoor was niet persoonlijk naar de villa gekomen.

'Begrijp me niet verkeerd,' pakte Marie de draad weer op. 'Ik wil alleen voorkomen dat je een overhaaste beslissing neemt waar je later misschien spijt van krijgt. Jullie hebben ruzie gehad, nietwaar? Zou het niet slim zijn om er een paar dagen overheen te laten gaan, voordat je deze stap neemt, Lisa? Als jouw beslissing juist is, dan speelt het toch geen rol of je morgen of pas over een paar weken actie onderneemt...'

Alicia knikte instemmend. Marie had de spijker op de kop geslagen.

'Het is oorlog, Lisa,' zei ze zachtjes. 'Jullie hebben samen nog nauwelijks de gelegenheid gehad aan elkaar te wennen. Jullie hebben nu jullie eerste ruzie gehad, mijn hemel. Als ik na elke ruzie de scheiding had aangevraagd, zaten we nu niet met zijn allen hier.'

Elisabeth rolde met haar ogen. Zo meteen zou mama vertellen dat een echtgenote moest leren haar egoïstische behoeften op de tweede plaats te zetten. Je moest grootmoedig zijn en je kunnen beheersen om een goed huwelijk te leiden. Mannen hadden nu eenmaal hun eigen wil, maar een vrouw was slim en stelde zich meegaand op om ten slotte toch haar zin door te drijven...

'Ik hoef er niet meer over na te denken,' zei Elisabeth. 'En mocht je het nog niet weten, Marie, ik denk niet pas sinds vanmiddag na over een scheiding. De maat is vol!'

Nu deed ze het toch. Ze haalde de brief uit België tevoorschijn, legde hem op de tafel en schoof hem naar mama toe, die echter eerst haar bril moest zoeken. In plaats van haar moeder pakte haar vader de brief op, en aangezien zijn bril in de zak van zijn jasje zat, had hij geen moeite.

'Zo, zo... Hij wil satisfactie verlangen, die broer. Nou, graag! Hoe eerder, hoe beter!'

'Dat is niet de enige reden,' zei Elisabeth, terwijl haar moeder de brief las. 'Maar het is de druppel die de emmer deed overlopen.'

Alicia legde de brief terug op de tafel en schudde bezorgd haar hoofd. Kitty las de regels snel en gaf de brief door aan Marie. Elisabeth beet op haar lippen, het was niet prettig om het onderwerp van medelijden te zijn. Maar het was helaas noodzakelijk.

'En als het helemaal niet waar is?' vroeg Alicia onzeker. 'Misschien is het een valse beschuldiging.'

'Mama!' riep Kitty verontwaardigd. 'Dat meen je toch zeker niet serieus, of wel?'

Alicia slaakte een diepe zucht en wierp Marie een hulpzoekende blik toe. Marie haalde haar schouders op. Ze had haar mening gegeven, meer kon ze niet doen.

'Het was in mijn tijd niet gebruikelijk dat een jonge vrouw de scheiding aanvroeg,' zei Alicia bezorgd. 'Al helemaal niet in adellijke kringen.'

'We overleven het wel, Alicia,' zei Johann en hij legde troostend zijn hand op haar arm. 'Financieel gezien kunnen we er alleen maar op vooruitgaan.'

'En menselijk ook!' riep Kitty. 'Ik sta aan Lisa's kant. Stuur die voorname meneer maar naar de duivel, zus. Hij heeft een vrouw als jij niet verdiend. En een schoonzus als ik ook niet!'

Elisabeth was diep geraakt door zo veel zusterlijke solidariteit. Terwijl ze eerder steun van Marie dan van Kitty had verwacht. Ze omhelsde Kitty en huilde op haar schouder van dankbaarheid.

'Als je echt vastberaden bent, Lisa,' zei Marie, 'dan vind ik dat we allemaal achter je moeten staan. Ook jij, mama.'

'Zo is het!' riep Kitty. 'Lisa is een Melzer, ze hoort bij ons en we laten haar niet in de steek. Nietwaar, papa? Kom op, mamaatje. Zet je bezwaren opzij. Zo erg is een scheiding nou ook weer niet. Er kan ook iets goeds uit voortkomen.'

Alicia hield haar handen over haar oren en zei dat Kitty's uitspraken haar op een dag nog eens tot waanzin zouden drijven. Toen stond ze op en nam ze Lisa in haar armen.

'Natuurlijk steun ik je, mijn kind. Mijn Lisa. Ach, dat jij het altijd zo zwaar hebt in het leven… Johann, we zouden dr. Grünling met deze kwestie moeten belasten, hij is weer genezen en heeft een advocatenpraktijk.'

*15 december 1917*

*Mijn liefste,*

*Jouw korte bericht uit Vlaanderen hebben we allemaal met grote opluchting gelezen. Ik bid elke avond dat het lot altijd met ons is en je bij me terug zult komen. Ach, je weet dat ik veel liever aan jouw zijde zou zijn dan passief hier te zitten en niets anders te kunnen doen dan te wachten. Waarom heb ik geen vleugels om naar je toe te kunnen gaan? Waarom kan de vlucht van mijn gedachten me niet naar je toe dragen? Genoeg, ik beheers me, oefen mijn geduld, net zoals duizenden andere vrouwen moeten doen.*
*Vandaag stond in de krant dat de vredesonderhandelingen met Rusland worden voortgezet. Zo heeft de verschrikkelijke revolutie in het Russische rijk ook een goede kant, de nieuwe machthebbers willen deze oorlog niet tot het bittere einde uitvechten. Misschien zullen nu ook andere naties zich bezinnen en een einde maken aan het zinloze doodbloeden van een hele generatie op de slagvelden.*
*Hier thuis bereiden we ons voor op het kerstfeest, dat nu voor de vierde keer een oorlogskerstmis zal zijn. Ik heb hard met je vader moeten strijden, maar heb er uiteindelijk een loonsverhoging voor onze arbeiders door kunnen krijgen. De zaken lopen nog steeds naar tevredenheid, het is alleen jammer dat de capaciteit van onze machines beperkt is en we niet aan alle vraag kunnen voldoen. Voor onze arbeiders (het zijn bijna zeventig procent vrouwen) is de dagelijkse warme maaltijd, die sinds enkele weken wordt uitgedeeld, waarschijnlijk nog veel belangrijker dan de loontoeslag. Ook dat heb ik er met veel overredingskunst bij je vader door gekregen. Zeker, het is slechts warme soep, meestal alleen van aardappelen en penen, met heel weinig vlees en nauwelijks vet. Maar veel vrouwen sparen die maaltijd op, ze heb-*

*ben een pan bij zich waar ze de soep in doen, zodat ze die thuis aan hun kinderen kunnen geven.*
*In de villa gaat gelukkig alles goed. Kitty heeft zichzelf weer onder controle, ze gaat helemaal op in haar schilderkunst. Haar werken hebben een nieuwe dimensie gekregen, misschien heeft het leed dat ze ervaren heeft je zusje tot een serieuze kunstenares laten rijpen.*
*Ook Elisabeth is veranderd en ik vrees dat je zult schrikken van de beslissing die zij genomen heeft. Ze is vastberaden van Klaus te scheiden. De redenen daarvoor zijn veelvuldig, wij allen, zelfs mama, staan echter achter Lisa's besluit, en ik denk dat jij het ook zult begrijpen als je de nadere omstandigheden hoort. Aangezien majoor Von Hagemann momenteel in Ieper vecht, kan de scheiding pas uitgesproken worden als hij weer thuis is. Lisa werkt nog steeds in het lazaret, dat overvol is. In feite hebben we meer ruimtes nodig, maar die hebben we niet. Bovendien heeft Lisa het plan opgevat om een opleiding tot lerares te volgen en les te gaan geven op een lagere school. Uiteraard pas als de oorlog voorbij is. Je kunt je voorstellen dat mama dat plan maar niks vindt, dus daar is het laatste woord nog niet over gesproken. Wie weet wat deze oorlog nog voor ons in petto heeft, het is vast niet slim om bij voorbaat plannen te smeden waar later mogelijk niets van terecht zal komen.*
*Verder moet ik melden dat onze Hanna erg ziek is geweest, maar nu gelukkig aan de beterende hand is. Maria Jordan, die bij Lisa als kamenierster was aangesteld en in de villa naaiwerk verrichtte, heeft ontslag genomen. Ze schijnt via Lisa een baan als begeleidster in het weeshuis gevonden te hebben, wat vast niet overeenkomt met wat ze wil, maar in ieder geval een inkomen biedt. Onze Humbert is nu weer net zo vrolijk als vroeger. Vaak vermaakt hij het keukenpersoneel door bepaalde personen na te doen, kennelijk is hij geboren met dat talent. Maar als het stormt of onweert kan het gebeuren dat hij een terugval krijgt. Hij is ook heel gevoelig voor geluiden, gisteren liet de kokkin de deksel van een pan vallen en schrok de arme man zich haast dood.*

*Onze tuin, die Gustav en zijn grootvader zo liefdevol aangelegd hebben, is nu bedekt met een dun laagje sneeuw. Ook nu ik deze regels aan jou schrijf, dwarrelen er witte vlokken rond de villa, ze vormen kussentjes op de richels van de ramen en veranderen de oude bomen in het park in bizarre sprookjesreuzen. In het voorjaar wil Gustav een kas bouwen om groente en verse kruiden te verbouwen. Dan zal Auguste ook bevallen van haar derde kind.*
*Wat beleven we allemaal een hoop plezier aan onze drie kleintjes! Helaas heeft mevrouw Sommerweiler ons moeten verlaten, de kinderen worden nu alleen door Rosa verzorgd. Maar mama is met Elses steun een ijverige, hoewel ietwat overbezorgde grootmoeder. De kleintjes hebben allang de drie verdiepingen van de villa ontdekt, klauteren de trappen op en af, onderzoeken gordijnen en afhangende tafellakens en hebben onder Liesels aanvoering de keuken veroverd. Onze Dodo heeft nu – nadat ze lang kaal is geweest – dikke blonde krullen gekregen en lijkt sprekend op haar broer. Ook Henriette is blond – wat hebben de vaders een stempel gedrukt! Ik voeg twee tekeningen bij die ik heb gemaakt terwijl mama en Rosa met de kleintjes speelden. Het zijn slechts snel geschetste momentopnames met potlood. Ik heb niet de tijd om ze goed uit te werken. Maar papa heeft een paar nieuwe foto's gemaakt, die wil hij laten ontwikkelen en naar je sturen.*
*Tot slot nog een nieuwtje, dat je vast zal verblijden. Afgelopen week kregen we een brief van je vriend Ernst von Klippstein. Hij heeft een poosje in Berlijn bij familie doorgebracht en is van plan in de villa op bezoek te komen. Hij schijnt zich hier graag nuttig te willen maken, maar alleen als wij dat ook fijn vinden. Ik heb hem geschreven dat we ons op zijn bezoek verheugen. Voor de rest zien we dan wel hoe dat loopt.*
*Lieve Paul, ik hoop dat ik je niet verveel met al die overbodige dingen. Ik verlang ernaar dat je weer bij me bent, maar ook dat heb ik al talloze keren geschreven. Is het niet zo dat in deze tijden de brieven van alle echtgenotes op elkaar lijken? Duizenden vrouwen vervloeken deze oorlog, die het liefste van hen afpakt dat ze op aarde hebben. En toch*

*dulden wij deze toestand, accepteren we het zwijgend als ons aller lot en vertrouwen we erop dat de machtige figuren van Europa, of het nu Ludendorff of Hindenburg is, de keizer, de Britse minister van Buitenlandse Zaken Balfour of de Franse minister-president Clemenceau, hun verstand gebruiken.*
*Ben ik een rebel? Ik heb veel zin om door de straten te lopen en luidkeels om vrede en gerechtigheid te roepen. Maar maak je geen zorgen, dat zal ik niet doen. Ik zal hopen en wachten. Ik wil er met al mijn energie aan bijdragen dat de textielfabriek van Melzer behouden blijft, tot je weer bij ons bent.*

*Een lieve knuffel voor jou, mijn geliefde, van je trouwe Marie*

# III

## November 1918 tot januari 1920

# 23

HET HAD DIE NACHT hard geregend, waardoor de smalle paden tussen de graven wel een moeras leken. De ochtendzon kwam slechts kort tussen de donkere wolken tevoorschijn, daarna kletterde de volgende plensbui op het kleine groepje bezoekers van de begraafplaats. Paraplu's werden uitgeklapt, hoeden over het voorhoofd getrokken, kragen van mantels opgezet.

'Ik haat begraafplaatsen,' zei Kitty. 'En al helemaal 's ochtends vroeg.'

'Mag ik u mijn arm aanbieden?' vroeg Ernst von Klippstein, de immer hulpvaardige vriend van de familie.

'Bedankt, Klippi. Mijn schoenen zijn toch al bedorven. Misschien kunt u beter Marie steunen, zij ging nog even bloemen kopen.'

Ernst von Klippstein bleef staan om op Marie te wachten, die nu met een bloemstuk van klimop en witte lelies bij de poort van de begraafplaats stond. Bloemen waren duur in dit jaargetijde, maar de Melzers hadden besloten ook in slechte tijden hun vrienden en familieleden te steunen. Het ooit zo machtige bankiershuis Bräuer bestond niet meer. Om een beschamend faillissement te voorkomen had Edgar Bräuer het aanbod van de Bayerischen Vereinsbank om te fuseren geaccepteerd. Een week geleden had hij de contracten ondertekend. In de nacht daarop had hij zichzelf doodgeschoten.

'Ik veroordeel hem niet,' had weleerwaarde Leutwien gezegd. 'Maar de kerk kent wetten waar ik me aan moet houden. Ook al valt me dat ongelooflijk zwaar...'

Ze hadden de kist in alle vroegte in de aarde laten zakken, in een afgelegen hoekje van de Hermanbegraafplaats, waar de armen en de zelfmoordenaars begraven werden. Het was een concessie van de kerk, vroeger moesten degenen die eigenhandig een einde aan hun leven maakten voor de poorten van de stad begraven worden.

Ondanks het vroege tijdstip – het was even voor negen uur – hadden ze het graf al dichtgegooid. Er lag nu een grijsbruine, langwerpige aarden heuvel. Geen kruis, geen naam. De bezoekers moesten door de modder lopen die rond het haastig dichtgeworpen graf lag. Het donderde, de regen tikte op de paraplu's en liep er in stroompjes vanaf.

'Rust in vrede, Edgar Bräuer!'

Johann Melzer sprak luid, zodat iedereen het kon horen. Als zijn vriend al niet door een dominee naar zijn laatste rustplaats begeleid werd, dan zou hij aan zijn graf een toespraak houden.

'God de Heer kijkt in ons hart, hij weet de rechtvaardige mensen van de huichelaars te onderscheiden. Wij allen, die hier bijeengekomen zijn, weten hoe zwaar het onheil je belastte, je kon het niet meer verdragen. Niemand begrijpt dat beter dan wij, die in liefde en vriendschap met jou verbonden zijn. Moge God je genade schenken en de eeuwige vrede...'

Tilly moest haar moeder steunen, die bij de aanblik van de kale grafheuvel in tranen uitbarstte. Kitty kampte met een niesbui, Elisabeth stond bij haar vader om de paraplu boven hem te houden. Marie legde het bloemstuk op de heuvel, ook Tilly had bloemen meegenomen. Daarna kwamen anderen naar voren die bloemstukken en kransen hadden meegebracht. De vrouw van directeur Wiesler, die drie zonen in de oorlog verloren had, het echtpaar Manzinger, dokter Greiner, advocaat Grünling en een paar personeelsleden van de bank die hun directeur trouw bleven. Of ze bij de Münchense bank konden blijven werken, was nog maar de vraag.

Slechts enkelen namen de uitnodiging van de Bräuers om samen in restaurant Bij De Witte Zwaan te ontbijten aan. De mensen waren doorweekt en wilden liever snel naar huis om geen longontsteking op te lopen. Alleen de Melzers hielden Gertrude en Tilly gezelschap. Marie had het geniale idee gehad om Ernst von Klippstein met de auto naar de villa te sturen om droge kleren, kousen en schoenen te halen.

'Klippi is echt de goede ziel van de villa,' zei Kitty. 'Hoe hebben we het vroeger zonder hem gered? Hij helpt met de boekhouding, maakt zich nuttig in het lazaret, koopt olieverf en nieuwe penselen voor me, heeft verstand van fruitteelt en tuinbouw en staat ook nog altijd klaar om zijn geliefde en zeer vereerde Marie tot dienst te zijn...'

Marie vertrok haar gezicht, ze vond Kitty's geklets een beetje ongepast gezien de ernst van de situatie, maar Tilly glimlachte opgelucht en zei dat Kitty een zonnestraaltje was op een sombere dag. Ze ging naast haar schoonzus zitten en ze raakten verwikkeld in een gesprek over Kitty's schilderijen.

'Ik ben telkens weer enthousiast, Kitty. Het is prachtig en angstaanjagend tegelijk, wat je schildert.'

'Het spijt me als ze je angst aanjagen, Tilly. Maar ik kan niet anders, begrijp je dat? Deze beelden duiken in mijn hoofd op en ik kan ze alleen loslaten als ik ze schilder.'

'Het is kunst, lieve Kitty. Daar ben ik van overtuigd. Je moet je werken tentoonstellen.'

Kitty was zichtbaar gevleid, maar beweerde dat ze alleen voor zichzelf schilderde.

'Het is raar, Tilly. Het zijn net mijn kinderen, die schilderijen. Ze zijn nu nog allemaal van mij. Als ik ze tentoonstel, is het net alsof ik ze verlies.'

Tilly schudde haar hoofd.

'Wil je er dan niet ooit geld mee verdienen?' vroeg ze zachtjes, zodat Alicia het niet hoorde.

'Geld? Nou ja, dat zou... dat zou niet verkeerd zijn.'

Kitty had wel het huis in de Frauentorstraat, dat Alfons haar geschonken had, plus wat schilderijen en waardevolle spullen, maar het grootste deel van haar erfenis was in het bankiershuis Bräuer gebleven en nu voor altijd verloren.

'Misschien moet je klein beginnen,' bedacht Tilly. 'Een privé-expositie bij goede vrienden...'

'Denk je dat echt, Tilly? O, ik zou er niets op tegen hebben om een beroemde schilderes te worden. Weet je, als ik er goed over nadenk, vind ik mijn schilderijen ook heel goed. Nee, echt, ze zijn geweldig... Misschien, maar dat is echt maar héél misschien, zou ik ook wel van een enkel schilderij afscheid kunnen nemen. Als ik daar iemand gelukkig mee kan maken...'

In een zijkamer was voor het rouwgezelschap een tafel gedekt, er werd warme moutkoffie met suiker geserveerd en vers brood, jam, surrogaatboter en een paar plakjes kaas. Geen sober maal, maar van de immense rijkdom van het bankiershuis was niet veel meer overgebleven. Momenteel waren een aantal advocaten bezig om schulden en bezittingen te verrekenen, maar het zag er niet goed uit voor de erfgenamen. Het ging al een aantal jaar slecht met het bankiershuis, en het afgelopen oorlogsjaar en de ineenstorting van het keizerrijk hadden de toch al aangeschoten bank de genadeslag gegeven.

'Het was niet gebeurd als Alfons nog geleefd had,' zei Gertrude Bräuer verbitterd. 'Ik hoop alleen maar dat jullie Paul gezond en wel thuiskomt. Hij schijnt in Russische krijgsgevangenschap te verkeren. De Russen zijn onberekenbaar, uiteindelijk sturen ze hem naar Siberië om steen te houwen.'

Het nieuws dat Paul in Russische krijgsgevangenschap verkeerde, had de villa na lange ongewisheid ruim een maand geleden bereikt en zeer tweeslachtige gevoelens opgewekt.

'Ik ben blij en gelukkig dat hij nog leeft,' had Marie gezegd. 'Al het andere is nu niet belangrijk. We hebben weer hoop en die zullen we vasthouden.'

De Melzers waren vastberaden Gertrudes woorden niet op een goudschaaltje te leggen. Ze had vroeger al geen blad voor de mond genomen. Nu het onheil haar zo hard getroffen had, moesten ze heel voorzichtig met haar omspringen.

'Er zijn al soldaten uit Russische krijgsgevangenschap teruggekeerd,' zei Alicia vriendelijk. 'We rekenen er elke dag op dat Paul bij de villa aanklopt.'

'Wat leven we toch in een bizarre tijd!' riep Gertrude, die helemaal niet naar Alicia geluisterd had. 'De overheid heeft zich teruggetrokken en het gepeupel grijpt de macht. Werkonderbrekingen, rellen, verzet, algemene staking... Wat denken die mensen nou? Dat je rijk wordt zonder te werken?'

'Rustig maar, mama,' zei Tilly en ze pakte haar handen. 'Er zitten ook goede kanten aan die stakingen. Ze hebben de wapenstilstand mogelijk gemaakt.'

'Wat praat je nou voor onzin?' schold Gertrude zachtjes. 'Wat is er goed aan een staking?'

In de afgelopen maanden waren er in de machinefabriek telkens werkonderbrekingen geweest. De arbeiders wilden geen militaire goederen meer produceren die de zinloze oorlog in stand hielden. Zelfs Johann Melzer, voor wie een staking normaal gelijkstond aan een doodzonde, had gezegd dat de mensen eindelijk verstandig waren geworden. Marie verdacht hem ervan dat hij MAN de problemen gunde – in tegenstelling tot de textielfabrieken hadden de machinebouwers en staalfabrieken flink aan de oorlog verdiend.

'Wat goed dat er in ieder geval bij jullie nog gewerkt wordt,' zei Gertrude luchtig. 'Maken jullie nog steeds van die lelijke papieren stoffen?'

'Zeker,' antwoordde Johann Melzer kortaf. Hij boog naar voren om uit het raam te kijken. De regendruppels hadden een ingewikkeld patroon op de ruiten getekend dat leek op een wirwar van door elkaar lopende wegen.

'Niets tegen jullie stoffen,' zei de onvermoeibare Gertrude. 'Maar bij dit weer zou dat spul algauw uit elkaar vallen, of niet? Er gaat toch niets boven goede wol en katoen.'

Melzer zweeg koppig en ook Marie zei er niets over. Er waren maar weinig mensen die wisten hoe slecht de textielfabriek van Melzer er momenteel voor stond. De handel in papieren stoffen zou binnenkort ten einde zijn, na een vredesakkoord zou de concurrentie uit Engeland en Frankrijk de markt met hun stoffen overspoelen. Om mee te kunnen komen zouden ze moeten investeren, grondstoffen moeten kopen, de machines die zo lang stilgestaan hadden weer op gang moeten brengen en met lagere prijzen moeten wedijveren. Daarvoor hadden ze te weinig reserves, ze zouden een kredietverstrekker moeten vinden en de Bayerischen Vereinsbank, die het bankiershuis Bräuer had overgenomen, bood lang niet zulke gunstige condities als Edgar Bräuer vroeger had gedaan. Daar kwam bij dat Klaus von Hagemann enorme geldbedragen eiste, zonder welke hij niet bereid was met de scheiding akkoord te gaan; ze zouden het voor het gerecht moeten brengen. En het zag ernaar uit dat zowel Kitty als Lisa geen eigen middelen meer hadden en in de villa zouden blijven, en misschien hadden ook Tilly en haar moeder de hulp van de Melzers nodig. Het enige lichtpuntje in deze trieste situatie was Ernst von Klippstein. Pauls vriend, die een woning in Augsburg gehuurd had, een eigen auto had en overal waar ze hem nodig hadden een handje hielp. Hij scheen over financiën te beschikken, misschien konden ze hem overhalen in de textielfabriek van Melzer te investeren...

'Mijn hemel!' riep Kitty en ze wees naar het raam. 'Het lijkt wel of we gaan emigreren!'

Ernst von Klippstein had de huisknecht van het restaurant te hulp geroepen om de volle reiskoffers naar binnen te dragen. De dames kregen een zijvertrek ter beschikking gesteld als 'kleedkamer', terwijl Johann Melzer alleen zijn schoenen en sokken wisselde en stellig beweerde dat zijn vochtige broekspijpen vanzelf droogden.

'Je voelt je meteen veel prettiger,' zei Elisabeth toen ze ten slotte in droge kleren bij elkaar zaten. 'Meneer Winkler vertelde gisteren dat er in het weeshuis al vier kinderen griep hebben. Geen wonder in deze koude, vochtige herfst.'

Ze praatten een poosje over de treurige situatie van de weeskinderen, prezen het werk van meneer Winkler en ten slotte vroeg Gertrude of het waar was dat Elisabeth een opleiding tot lerares wilde doen.

'Jazeker. Ik wil mijn eigen geld verdienen en van niemand afhankelijk zijn!'

Die dappere uitspraak werd zeer verschillend ontvangen. Alicia zuchtte alleen, Johann Melzer nam een flinke hap van zijn boterham met jam en Gertrude Bräuer rolde met haar ogen. Kitty en Marie vonden echter dat Elisabeth volkomen gelijk had. De tijden dat een vrouw uit goeden huize thuis zat en zakdoekjes borduurde, waren definitief voorbij.

'Net als de lange rokken en die ouderwetse vlechten!' riep Kitty strijdlustig en ze hield haar koffiekopje omhoog. 'Ik ben een kunstenares en ben van plan mijn schilderijen te verkopen. Want waarom niet? Dat doen anderen ook!'

'Mijn hemel,' kreunde Gertrude. 'Denk je echt dat iemand daar geld voor betaalt? Wat vindt u ervan, meneer de tweede luitenant? Zou u het prettig vinden als uw vrouw geld verdiende als een arbeidster?'

Ernst von Klippstein voelde zich in het nauw gedreven, want hij wilde het niet graag bij de dames verbruien.

'Tja, aangezien ik er momenteel niet aan denk een huwelijk aan te gaan, kan ik er weinig over zeggen, mevrouw...'

'Ach, lafaard! Mijn Tilly zal zich in ieder geval niet onder de arbeidsters en secretaresses scharen.'

Tilly had zwijgend geluisterd, maar waagde het nu een wens te uiten.

'Ik heb er wel over gedacht om een beetje aan ons budget bij te dragen, mama. De post biedt jonge vrouwen van goeden huize de mogelijkheid als telefoniste...'

Gertrude haalde hoorbaar adem. Dat was uitgesloten.

Telefoniste... De vogelvrijverklaarde voor de mannelijke ambtenaren van de post.

'Niet zolang ik leef! O, hemel, als je vader dat gehoord had. Maar zo was hij nu eenmaal. Altijd alleen maar met zijn bank bezig, de problemen in het gezin kwamen voor mijn rekening. En nu heeft hij ons definitief alleen gelaten...'

Ze begon te snikken. Het verdriet dat ze zo energiek had verdrongen, overviel haar nu arglistig.

'Maar zo is dat met de mannen,' snikte ze. 'Ze trekken ten strijde of zitten achter hun bureau. En als je ze nodig hebt...'

'Het is al goed, mama,' zei Tilly teder. 'Rustig maar. Wij tweeën blijven elkaar steunen. We kunnen het ook alleen.'

Gertrude depte met een zakdoek haar gezicht en streelde de arm van haar dochter.

'Maar je gaat niet naar de post, Tilly. Dat verbied ik je.'

'Zoals je wilt, mama. Het was maar een idee.'

Er werd nog een kan moutkoffie gebracht, met een mand met koekjes die met notencrème en jam gevuld waren. Het bleek dat Ernst von Klippstein de heerlijkheden besteld en ook betaald had.

'Dat is echt heel lief van u,' zei Marie.

'Ik ben blij dat ik jullie allen een plezier kan doen.'

Kitty wisselde een vermetele blik met haar schoonzus – wat een trouwe ridder. Ze genoten van de zoete koekjes en spraken over het vredesverdrag waarover zo moeizaam onderhandeld werd en dat zeer ongunstig voor Duitsland zou zijn.

'*Vae victis*, wee de overwonnenen!' zei Johann Melzer. 'Wie verliest, betaalt.'

Ernst von Klippstein sprak dat tegen. Duitsland was op militair vlak nog lang niet uitgespeeld, ze hadden nog kunnen vechten om een betere uitgangspositie te krijgen.

'Hoeveel mensen moeten er dan nog sterven?' riep Marie verontwaardigd. 'Ze hadden juist allang vrede kunnen sluiten. Jaren geleden al. En het zou nog beter geweest zijn als ze helemaal niet aan deze ellendige oorlog begonnen waren.'

Von Klippstein gaf haar slechts gedeeltelijk gelijk. Zeker, als ze het vredesvoorstel van de geallieerden vorig jaar hadden aangenomen, stond Duitsland er nu beter voor. En toch…

'Nu is het kalf verdronken,' bromde Johann Melzer en hij spoelde zijn koekje met een slok moutkoffie weg. 'We zullen herstelbetalingen moeten verrichten. En dat jarenlang. Iedereen zal zijn hand ophouden, eerst de fransozen, maar ook de Russen, de verdomde Engelsen, de Polen en de Italianen… Om nog maar te zwijgen van de Amerikanen.'

'Maar dat ze alleen ons land de schuld van deze oorlog willen geven, dat is onterecht en mag niet zo zijn!' wond Von Klippstein zich op. 'Dan moeten ze eerst eens naar Oostenrijk gaan. En naar de Serven, die hebben deze oorlog ontketend. Die achterbakse moord in Sarajevo…'

'We moeten ons nu niet zo opwinden,' zei Marie, die een eindeloze discussie vreesde. 'Ik geloof dat het langzaamaan tijd is om uit elkaar te gaan.'

Von Klippstein bood meteen aan om mevrouw Bräuer naar huis te brengen, wat dankbaar aanvaard werd. Ook voor het echtpaar Melzer was nog plek in de auto.

'Als u nog een poosje geduld hebt, dames… Ik kom natuurlijk terug om ook u met droge voeten naar de villa te brengen.'

'Dat is alleraardigst,' zei Kitty met een verleidelijke oogopslag. 'Maar wij vier meisjes willen graag te voet gaan.'

'O ja?' zei Lisa.

Ze voelde dat de hak van de schoen van haar zus zich in haar tenen boorde en zei snel dat ze inderdaad frisse lucht nodig had. Ze namen afscheid, trokken de vochtige mantels aan en zetten de hoeden op.

'Niet verkouden raken, meisjes!' riep Alicia door het raampje van de auto.

'Mama! We zijn volwassen.'

'O ja. Dat vergeet ik af en toe…'

Kitty giechelde. Toen de automobiel in de richting van het centrum wegreed, haakte ze bij Marie in en zei ze dat nu eindelijk het leuke gedeelte van de dag kwam. Of beter gezegd, het spannende deel.

'Wat bedoel je daarmee?' vroeg Marie, die Kitty's spontane ingevingen kende en enigszins bezorgd was. Ook Lisa stak haar nieuwsgierigheid niet onder stoelen of banken, alleen Tilly zweeg.

'Jullie zullen het wel zien,' zei Kitty geheimzinnig. 'Ik garandeer jullie een opwindend schouwspel. Maria Stuart is daar niks bij!'

Ze liepen met zijn vieren naast elkaar, waardoor tegemoetkomende passanten op de weg moesten stappen om langs hen heen te kunnen.

'Maria Stuart werd onthoofd,' zei Elisabeth.

'Zoiets ben ik ook van plan.'

'Ze is niet goed wijs,' zei Elisabeth tegen Marie.

Ze liepen door een paar zijstraatjes en kwamen in de Annastraat uit. Marie, Lisa en Tilly deden allerlei gissingen. Speelde Kitty heimelijk mee in een toneelstuk? Nee? Had ze hier een atelier gehuurd waar ze naakte mensen tekende? Nee? Een nieuwe film? Nee? Een minnaar? Maar nee!

'Jullie zijn allemaal dom... dom... dom...' zong Kitty. Toen bleef ze zo abrupt voor een winkel staan dat Tilly, die zich bij haar had ingehaakt, bijna struikelde.

'Hier!' verkondigde ze.

'Hier? En wat is dit?'

Marie begreep het als eerste. Daarna Tilly. Bij Elisabeth viel het kwartje het laatst.

'Dit... dit is een kapper...'

Kitty stapte dapper de kleine winkel in. De eigenaar, een kleine man met ronde, bruine ogen en zwarte wenkbrauwen, liep haast over van beleefdheid. Hij begeleidde haar naar een stoel en wreef in zijn handen alsof hij die voor het grote gebeuren soepel moest maken.

Aarzelend en met bonkend hart volgden de andere vrouwen Kitty de winkel in. Ze bleven bij de deur staan en keken elkaar bezorgd aan.

'Je weet dat mama flauw gaat vallen,' zei Lisa benauwd. 'En papa...'

'Ze overleven het wel. Begint u alstublieft. Een pagekopje, echt kort. Met een pony.'

'Zoals u wenst. Wel een beetje zonde van uw prachtige haar...'

Hij maakte Kitty's haar los en de glanzende, donkere lokken vielen over haar schouders en rug.

'Waar wacht u op? Dat het er vanzelf af valt?'

Elisabeth liet een zachte, van pijn vervulde zucht horen toen de kapper de eerste haarstrengen afknipte. Het klonk alsof hij glasdraad doorknipte.

'Wil jij niet ook, Marie?' vroeg Kitty, die de procedure enthousiast in de spiegel gadesloeg. 'Het zal je heel goed staan.'

Nee, Marie wilde in geen geval haar lange haar opofferen. Wat zou Paul zeggen als hij terugkwam? Ach, het zou nu na de wapenstilstand vast niet lang meer duren tot ze elkaar weer zagen. Het kon niet lang meer duren, het mocht niet lang meer duren... Hoop kon pijn doen.

'En jij, Tilly? Een blond pagekopje zou een droom...'

Tilly was van mening dat haar moeder al genoeg verdriet had, daar hoefde zij niet nog meer aan toe te voegen. Later misschien, want ze stond er niet afwijzend tegenover. En het was ook praktisch. Kitty blies de afgeknipte haren uit haar gezicht en keek verbaasd naar haar nieuwe pony. Geweldig. Ze kon haast niet wachten tot de kapper eindelijk tevreden was met het kapsel.

'Het staat u fantastisch, mevrouw. Alsof dit kapsel speciaal voor uw gezicht is ontworpen...'

Hij had gelijk. Kitty's haar viel precies zoals de mode het voorschreef, het voegde zich losjes en met een leuke slag rond haar hoofd en vormde twee betoverende lokken over de oren. De pony liet de vorm van haar blauwe ogen heel verleidelijk uitkomen.

'En? Wat vinden jullie ervan?' riep ze triomfantelijk. Ze schudde haar hoofd en ging met haar handen door haar haren.

'Het is prachtig!' zuchtte Tilly.

'Niet verkeerd,' was Maries oordeel.

Elisabeth zweeg. Ze liep dichter naar Kitty toe. Ging met haar handen door Kitty's haar, plukte eraan, veegde een paar afgeknipte haartjes van de donkere cape die de kapper om Kitty's schouders had gelegd.

'Voor mij alstublieft hetzelfde!' zei ze luid en duidelijk.

# 24

'DE HEER IS OPGESTAAN! Halleluja! Gaat heen in vrede!'

De paasboodschap schalde door de volle kerk, waarna het orgel het postludium inzette. De kerkgangers stonden van de banken op en drongen naar de uitgang.

De familiebank van de Melzers bevond zich vrij vooraan, vlak bij het altaar, een privilege dat vooraanstaande families genoten. Bij het verlaten van de kerk werd echter de vrome spreuk bewaarheid dat de eerste de laatsten zouden zijn, want als de koster de zijdeur niet opendeed, moesten de Melzers lang wachten tot ze eindelijk naar buiten konden. Ze wachtten geduldig, begroetten vrienden en kennissen en wensten elkaar een vrolijk paasfeest. Rosa Knickbein moest haar best doen de tweeling in een goed humeur te houden. Vooral Dodo begon regelmatig te huilen zodra de eerste wierookslierten door de kerk waaiden. Kitty had ervoor gekozen niet met Henni naar de paasmis te gaan omdat het meisje koorts had.

'Waar is onze trouwe ridder gebleven?' vroeg Johann Melzer met lichte ironie.

'Klippi heeft zich een weg door de menigte gebaand omdat hij de auto tot vlak voor de kerkdeur wilde rijden,' zei Elisabeth. 'Hij is bang dat we verkouden kunnen raken.'

'Hij is zo'n schat,' zuchtte Alicia. 'Ongelofelijk dat die Amanda die arme jongen zo schandelijk bedrogen heeft.'

'Adele, mama. Ze heette Adele,' zei Elisabeth.

'O ja, Adele. O, mijn god, Lisa. Je moet je haar weer laten groeien.'

'Mama, alsjeblieft!'

Elisabeth droeg een donkere potvormige hoed, waaronder haar korte haar uitstak. Nee, zo goed als Kitty stond het moderne kapsel haar niet, vond Marie. Ook Sebastian had blijkbaar aarzelend gereageerd. Hoewel hij voor de vooruitgang van de mensheid en het regentschap van het volk streed, was hij in privézaken uitermate conservatief. Een vrouw zou zich niet 'mondain' moeten gedragen, maar heel 'natuurlijk' moeten blijven. Lang haar, lange rok, een zachtaardig karakter. Roken mocht een vrouw al helemaal niet, dat was vulgair. Ook het gebruik van lippenstift en nagellak wees hij af.

'We proberen alvast of we erdoorheen komen,' zei Marie, die de huilende Dodo op haar arm droeg. 'Mijn meisje heeft frisse lucht nodig.'

'Wat heeft ze nodig?' vroeg Johann Melzer, die haar door de harde orgelmuziek slecht kon verstaan.

'Frisse lucht!' riep Marie met een luide stem.

Precies op dat moment stopte de orgelmuziek en haar woorden echoden door de kerk. Ze keek geschrokken om zich heen en zag dat de mensen haar geamuseerd aankeken. Mevrouw Wiesler vroeg of het kleintje ziek was.

'Nee, hoor… Het is alleen de wierook. Elke keer als…'

Marie stopte met praten omdat er vooraan bij de kerkdeur onrust was ontstaan. De mensen drongen langs de twee misdienaren heen zonder op de opgehouden collectezak te letten. Ze stroomden naar buiten, maar anderen leken terug naar binnen te willen.

'Zoek dekking! Zoek allemaal dekking!' schreeuwde iemand.

Een vrouw gilde omdat ze tegen een pilaar geperst werd. Kinderen huilden, buiten blaften honden.

'Wat is er aan de hand?' stamelde Alicia.

Tilly en haar moeder stonden al in het gangpad en bleven angstig staan.

'Horen jullie dat?' riep Tilly naar Marie. 'Ik geloof dat er buiten geschoten wordt.'

'Ah, wat een onzin,' zei Johann Melzer geïrriteerd.

Op dat moment klonk het geluid van een ontploffing en de mensen raakten in paniek.

'De regeringstroepen… Ze schieten iedereen neer!'

'Blijf in de kerk, hier zijn we veilig!'

'Ga opzij. Onze kinderen zijn alleen thuis… Laat ons er nou door!'

Het geduw en getrek voor de uitgang werd heftiger, een kind sloeg tegen de grond en huilde wanhopig, vrouwen scholden luidkeels en de koster kwam vanuit de sacristie aanrennen met een dikke sleutelbos in zijn hand.

'Laten we rustig blijven, lieve geloofsgenoten,' klonk de stem van weleerwaarde Leutwien. 'Wie naar buiten wil, moet langzaam lopen en niemand omverstoten. Wie hier in het godshuis wil blijven, moet opzijgaan om de anderen erdoor te laten.'

'Hij maakt de zijdeuren open,' fluisterde Elisabeth tegen haar moeder. 'Snel, we gaan naar buiten.'

Ze waren niet de enigen die de actie van de koster hadden opgemerkt. Er vormden zich direct mensenmenigten voor de geopende zijdeuren. Toch lukte het de Melzers min of meer ongeschonden op het kerkplein te komen. Daar stond advocaat Grünling opgewonden met het echtpaar Manzinger en met dokter Greiner te praten.

'Gaat u snel naar huis!' riep dokter Greiner naar hen. 'De regeringstroepen zijn Augsburg binnengemarcheerd. Ze zijn tegelijk vanuit het noorden en zuiden gekomen. Er zijn gevechten in Lechhausen…'

Marie werd bleek. In Lechhausen. Dat was slechts een paar kilometer ten noorden van het industriegebied waar hun villa stond.

'Zouden ze het huis gaan beschieten? De bewoners arresteren?' riep haar schoonmoeder.

'Maar hoe kan dat nou?' wond haar schoonvader zich op. 'Ze hebben toch onderhandeld. De Radenrepubliek is ontbonden. Alle voorwaarden van de regering Hoffmann zijn vervuld…'

De advocaat haalde zijn schouders op. Wie kon het weten? Vijf dagen lang had de Radenrepubliek standgehouden, maar de oude regering, die naar Bamber was gevlucht, had een levensmiddelensanctie tegen Augsburg uitgevaardigd, waardoor men uiteindelijk wel had moeten onderhandelen. Alles leek geregeld, ze waren tot een akkoord gekomen, Augsburg stond weer open voor de bestaande regering. Wat wilden die troepen dan nu?

'Ze zijn onderweg naar München en nemen ons op de weg daarnaartoe mee.'

'Het schijnt dat ze de Augsburgers niet vertrouwen en hen liever met wapengeweld op de knieën willen dwingen.'

'Dat is schandelijk!'

'De oorlog is amper voorbij of wij Duitsers beginnen elkaar onderling te vermoorden!'

'Ach, zo erg zal het niet worden.'

'Met Gods hulp, meneer Grünling!'

Marie was met de kleine Dodo op haar arm om de kerk heen naar de hoofdingang gelopen en zwaaide nu opgewonden naar de anderen. Von Klippstein wachtte met de auto op hen. Ze moesten voortmaken om te zorgen dat ze thuiskwamen voordat de soldaten de binnenstad afsloten. De Melzers haastten zich om aan Maries oproep gehoor te geven. Ook Tilly en Gertrude Bräuer liepen zo snel mogelijk naar de hoofduitgang van de St. Maximilian-kerk. De kleine Leo brulde woedend over het hele kerkplein, hij wilde zelf lopen in plaats van door Rosa gedragen te worden.

'Wat is er met jou, Lisa?'

Tilly draaide zich naar Elisabeth om, die de groep niet gevolgd was. Lisa maakte een afwimpelende handbeweging in Tilly's richting en zei vervolgens iets tegen dokter Greiner. Die maakte een buiging en knikte drie keer, waarna hij met snelle passen achter de Melzers aan liep. Blijkbaar had ze hem een plek in de auto aangeboden. Tilly maakte zich van haar moeder los en liep terug naar Lisa.

‘Waarom kom je niet mee? Je wilt toch zeker niet hier in de stad blijven? Heb je niet geluisterd? De troepen zullen de binnenstad bezetten, het Raadhuis, het station. Er kunnen gevechten ontstaan…’

Elisabeth kwam zeer vastberaden over, wat mogelijk door haar korte haar kwam dat onder haar hoed uitstak. In tegenstelling tot Kitty, die er met dit kapsel alleen maar nog verleidelijker uitzag, gaf het pagekopje Lisa iets vermetels.

‘Ik blijf, Tilly. Maak je geen zorgen en loop nu snel naar de anderen.’

Tilly staarde haar secondelang aan, tot het kwartje bij haar viel. Ook al was ze af en toe wat wereldvreemd, ze was een slim meisje.

‘Je wilt de heer Winkler waarschuwen?’

Lisa zei niets, maar de lichte blos die over haar gezicht trok, sprak boekdelen. Natuurlijk maakte ze zich zorgen om Sebastian Winkler. Ze ruilden boeken, dronken samen thee, hij had haar op het idee gebracht een opleiding tot lerares te gaan volgen…

‘Maar hij zal het allang weten, Lisa. Je kunt hem niet helpen.’

‘Hij moet zich verstoppen, Tilly. Als ze hem vinden, sluiten ze hem op. Hij was immers betrokken bij die rampzalige Radenrepubliek.’

Dat zag Tilly in. ‘Wat ben je van plan?’

‘Hij moet oude kleren aantrekken, dan loop ik met hem door de zijstraatjes en steek de Lech over. We verstoppen hem in de villa tot de nachtmerrie voorbij is. Als patiënt in het lazaret zal niemand hem herkennen.’

Dat klonk avontuurlijk. Tilly aarzelde even, maar toen Lisa wegliep in de richting van de Jakoberstraat, liep ze achter haar aan.

‘Ik ga met je mee, Lisa.’

‘Maar je kunt me niet helpen, Tilly.’

‘Het is niet goed als een jonge vrouw helemaal alleen door de steegjes loopt.’

Elisabeth was het niet met haar eens, tenslotte was ze al vaak genoeg in haar eentje naar het weeshuis gegaan om Sebastian te bezoeken. Maar dit was niet het moment om over conventies te discussiëren. Ze liep stevig door en hoewel Tilly goed kon lopen, had ze moeite haar bij te houden. Overal in de stad was ophef, het nieuws van de oprukkende soldaten had zich razendsnel van mond tot mond verspreid en de mensen waren bang. Er stond nog een oude man te wachten met een mand vol narcissen die hij aan de kerkgangers had willen verkopen. Hij begreep er niets meer van want iedereen rende nu opgewonden langs hem heen. In de Jakoberstraat waren de winkeliers bezig hun etalages met planken dicht te spijkeren, anderen haalden hun koopwaar uit de winkel en borgen het in het magazijn op omdat ze bang waren voor plunderingen. Talloze nieuwsgierige mensen hingen uit de ramen om te kijken of de soldaten er al aankwamen.

'Waarom zouden ze een weeshuis binnenvallen?' vroeg Tilly, die buiten adem was van het snelle lopen. 'Hij hoeft zich toch alleen maar stil te houden, dan zal hem vast niets overkomen...'

Elisabeth stond echter al bij de deur van het Weeshuis van de Zeven Martelaressen en trok aan de bel.

'Zijn naam en functie zijn toch bekend, domoor,' zei ze tegen Tilly. 'Hij zat in de onderhandelingsdelegatie. Ze zullen hem hier gaan zoeken.'

Tilly betwijfelde dat maar zweeg om Lisa niet nog kwader te maken.

'Doe nou open! Ik ben het, mevrouw Von Hagemann...'

Op Elisabeths ongeduldige gebel en geklop ging op de bovenste verdieping een raam open. Het hoofd van een blonde knaap verscheen, geflankeerd door twee enorme zeiloren.

'We zijn een weeshuis,' piepte hij. 'We hebben niets met de raden te maken.'

Elisabeth keek naar de bengel op en zette haar armen in haar zij.

'Thomas Benedictus! Herken je me niet?'

De jongen rekte zijn hals uit om de mensen die onder het raam stonden beter te zien, maar hij was nogal klein en Elisabeth en Tilly vreesden dat hij nog uit het raam viel.

'We hebben niets met de raden te maken,' herhaalde hij de uit zijn hoofd geleerde zin.

'Potverdorie!' schold Elisabeth. 'Hier zijn geen soldaten! Zeg tegen meneer Winkler dat hij zonder vrees de deur open kan maken!'

Nu verscheen er nog een gezicht bij het raam en Tilly herkende de spitse kin van Maria Jordan. Ze had een bril op om de bezoekers beter te kunnen herkennen.

'O, u bent het, mevrouw Von Hagemann! We vreesden al dat de soldaten voor de deur stonden omdat er zo hard aan de bel getrokken werd.'

Elisabeth rolde met haar ogen. Tot nu toe was er nergens een soldaat te bekennen, Jordan moest zich niet zo aanstellen.

'Ik kom eraan,' zei Maria Jordan. 'U moet het begrijpen, ik ben immers alleen met de kinderen en kan niet voorzichtig genoeg zijn en wil niet...'

'Bent u alleen?' riep Elisabeth geschrokken. Vervolgens dempte ze haar stem, zodat niet alle buren mee konden luisteren. 'Is directeur Winkler er niet?'

'Wanneer is die er nou?' kijfde Jordan vanuit het raam. 'Die houdt zich alleen nog met zijn vergaderingen bezig, gaat naar de arbeidersbijeenkomsten en voert daar het hoogste woord. En ik moet hier al het werk...'

'En waar is hij nu?'

Maria Jordan was net lekker op dreef en vond het vast jammer dat ze onderbroken werd. Zeker omdat ze heel goed wist waarom mevrouw Von Hagemann zich zo opwond.

'Waar zal hij zijn? Waarschijnlijk in het Raadhuis. Als ze hem niet al met de andere leden hebben afgevoerd en opgehangen.'

'Wat zegt u nou allemaal, juffrouw Jordan?' vroeg Elisabeth terwijl ze bleek werd. 'Waarom zouden ze de gekozen vertegenwoordigers afvoeren of zelfs... berechten?'

'Weet ik veel?' zei Jordan schouderophalend. 'De grafdelver van hiernaast zei dat de regeringstroepen in Augsburg en München alle mannen ophangen die bij de Radenrepubliek betrokken zijn geweest. Hij heeft al uitgerekend dat hij dan goed kan verdienen, die geldwolf...'

Tilly legde haar arm om Lisa heen en trok haar van de voordeur van het weeshuis weg de steeg in. Het werd de hoogste tijd, de geweerschoten klonken steeds dichterbij, waarschijnlijk zouden de regeringstroepen de binnenstad snel bereiken.

'Kom nu, Lisa. Als hij in het Raadhuis is, kunnen we niets doen. Je helpt hem niet door jezelf in gevaar te brengen.'

Maar Elisabeth maakte zich van haar los en haastte zich weg in de richting van Perlachberg. Tilly kon niets anders doen dan achter haar aan lopen om te voorkomen dat ze ondoordachte dingen ging doen.

'Wees nou verstandig, Lisa... Alsjeblieft... Denk aan je ouders. Als jou iets overkomt...'

'Ik heb je niet gevraagd mij te volgen!' zei Lisa geïrriteerd en ze begon nog harder te lopen. Buiten adem haastten ze zich door de stegen de heuvel op, langs opgewonden mensen, snel gebarricadeerde voordeuren, honden zonder baasjes.

'Mevrouw Von Hagemann!' riep iemand uit een raam. 'Juffrouw Bräuer! Waar wilt u naartoe? In godsnaam, blijft u hier!'

Ze sloegen de hoek van een huizenblok om en bleven als versteend staan. Daar waren ze. De troepen hadden het Raadhuisplein volledig ingenomen. Eenheden te paard reden in kleine groepen de stegen in, infanteristen hadden het Raadhuis en de omliggende gebouwen afgesloten, vanuit de Maximilianstraat naderde een artillerie-eenheid die meerdere kleine kanonnen meevoerde.

'Te laat!' zuchtte Lisa wanhopig en ze leunde met haar rug tegen de muur van een huis. 'O, mijn god, ze zullen hem arresteren. Maar hij heeft het alleen maar gedaan omdat hij gerechtigheid voor alle mensen wilde. Omdat hij zich voor de armen en de mensen zonder rechten wilde inzetten. O, Tilly, daarvoor mag iemand toch niet opgehangen worden...'

Er klonken schoten over het plein, verderop, in de Karolinenstraat was tumult ontstaan. Het leek erop dat er gevochten werd, maar het was vanaf een afstandje moeilijk te zeggen wie er tegen de oppermachtige regeringstroepen vocht. Tilly trok Lisa het dichtstbijzijnde portiek in – een groepje bereden soldaten was de steeg in gekomen. Ze reden in draf, de hoefijzers klakten op het plaveisel, de soldaten droegen nog de uniformen van het keizerlijke leger, hoewel ze enigszins versleten waren en niet altijd meer compleet. Ze waren met geweren en bajonetten bewapend en hielden de portieken en ramen scherp in het vizier. De twee jonge vrouwen, die angstig tegen elkaar aan stonden, leken hun ongevaarlijk. Af en toe grijnsde een van de ruiters in uniform naar hen, boog het hoofd alsof hij hen wilde groeten en reed verder.

'Dat zijn dezelfde soldaten die voor keizer en vaderland hebben gevochten,' zei Tilly boos. 'Nu schieten ze op hun eigen mensen.'

Ook Elisabeth was kwaad. Was er niet al genoeg bloed vergoten? Het leek erop dat er nog steeds mannen waren die van het beroep van soldaat hielden en er niet mee konden ophouden. Of ze nu in Frankrijk, Rusland of thuis vochten, het leek hen eender te zijn.

Steeds meer ruiters kwamen de steeg in. De gevechten aan de andere kant van het plein breidden zich uit, Tilly kon nu zien dat het waarschijnlijk jonge arbeiders waren die een zijstraatje met barricades hadden afgesloten. Ze verdedigden zich fel tegen de soldaten, er werd heftig geschoten, ze hoorde snerpende bevelen, de kanonnen werden in stelling gebracht.

'Ze gaan toch zeker geen granaten afvuren,' kreunde Elisabeth. 'Toch niet midden in ons mooie Augsburg. Er zijn alleen maar mensen in de straatjes die er niets mee te maken hebben. Vrouwen en kinderen...'

Achter hen werd een sleutel in het slot omgedraaid, iemand deed de voordeur op een kier open. In het schemerige licht van de gang herkende Elisabeth een dunne mannelijke gestalte met een bleek gezicht met een puntige baard.

'Mevrouw Von Hagemann, juffrouw Bräuer, kom snel binnen. Ik ben het maar, Sibelius Grundig. Voordat ze beginnen te schieten...'

Tilly had geen idee wie de man was, maar Elisabeth kende hem goed. Hij was de fotograaf met wie papa vroeger vaak gewerkt had. Hij had talloze familiefoto's voor de Melzers en brochures voor de fabriek gemaakt...

'Meneer Grundig? Neemt u me niet kwalijk, ik had u eerst niet herkend in het donker. Dank u wel...'

Hij leidde hen door een smalle gang zijn atelier in, vroeg hen te gaan zitten en riep zijn vrouw en dochter om de dames te helpen.

'Het is verschrikkelijk... In Oberhausen schijnen al tien doden te zijn,' zei Grundig, die zijn winkel eveneens dichtgespijkerd en vergrendeld had.

'Als het hier begint, dan zij God ons genadig,' jammerde mevrouw Grundig. 'Ze zullen alles kort en klein slaan.'

Elisabeth had medelijden met de Grundigs. De oude Sibelius was een vlijtige man, een Jood die welvarend was geworden en gehoopt had dat zijn zoon het atelier zou overnemen. Maar die was bij de Marne voor het vaderland gevallen. Nu hadden ze alleen nog een dochter, Elise, maar die was door een kinderziekte blind geworden.

'U moet door de tuin gaan en over de muur klimmen,' zei het blinde meisje. 'Dan de heuvel af tot aan de stadsmuur. Bij de St. Ursula over het smalle bruggetje en de weiden in...'

Lisa keek verbaasd naar haar. Het meisje had haar hoofd een stukje opgetild en glimlachte. Ze had haar ogen tot spleetjes geknepen, haar bleke pupillen waren zichtbaar.

'Ik heb die weg vaak gelopen toen ik klein was,' zei ze zachtjes. 'Ik zie nog elk huis en elke straatsteen voor me. Ook de groene weiden en de beekjes...'

'Ze heeft gelijk, mevrouw,' zei Sibelius Grundig. 'De troepen zullen de binnenstad gauw afsluiten, dan komt u niet meer terug in de villa. We verlenen u uiteraard graag onderdak, maar we weten zelf niet of ze ons zullen ontzien...'

Tilly wierp Lisa een aanmoedigende blik toe. Die aarzelde nog, twijfelde of ze niet bij het Raadhuis wilde proberen te komen om zich voor Sebastian Winkler in te zetten. Ze was tenslotte een Melzer. Maar de Münchense officieren kenden de Augsburgse notabelen misschien helemaal niet…

'Waar wacht je nog op, Lisa?' drong Tilly aan.

'Goed dan…'

Nooit zouden ze de haastige vlucht op die heldere paaszondag vergeten. Als twee landloopsters slopen ze door het oude stadstuintje, waarin de bieslook al uit de grond schoot en de aalbesstruiken lichtgroene blaadjes hadden. Het muurtje moest nog uit de middeleeuwen stammen, het brokkelde af en was begroeid met mos. Toen ze die hindernis overwonnen hadden, zochten ze hun weg door de wirwar van steegjes, de Judenberg af en verder naar de stadsmuur. Ze waren niet de enigen. Overal zagen ze mensen op de vlucht. De mensen droegen kisten en koffers, trokken bolderkarren achter zich aan waarin kleine kinderen zaten, schoven hun have in kruiwagens voor zich uit. Telkens weer schrokken Lisa en Tilly van geweervuur, van salvo's die kort achter elkaar knetterden en dan weer wegebden. Een paar keer meenden ze het geluid van inslaande granaten te horen, doffe explosies, gevolgd door schel gegil.

Bij het Ursulinenklooster staken ze de gracht over en liepen ze over veldwegen het industriegebied in. Het was bitter koud, hun schoenen waren doorweekt, op hun jassen zaten modderspetters. De troepen moesten uitgerekend op paaszondag binnenmarcheren, als de mensen zich mooi gekleed hadden voor de kerk.

Bij de papierfabriek konden ze zich nog net achter een muur verstoppen toen hun een troep ruiters tegemoetkwam. Ze moesten een hele poos in de kou staan en wachten tot ook de laatste achterblijver naar de geplaveide straat richting de stad was gereden. Daarna konden ze pas het laatste stuk van de moeilijk begaanbare weg afleggen.

'Een warm bad,' zei Lisa kreunend toen ze het park van de villa bereikten. 'Auguste moet meteen een bad laten vollopen. Dat is het enige waar ik nu nog aan kan denken...'

Tilly zei niets. Maar ze vond dit het verstandigste wat Lisa vandaag gezegd had.

# 25

*Hamburg, 3 mei 1919*

*Zeer geëerde mevrouw Melzer,*

*Ik schrijf deze brief in opdracht van uw man Paul Melzer, mijn goede vriend en kameraad. We zijn in april van het vorige jaar bij Sebastopol door de Russen gevangengenomen en naar een kamp in Jekaterinenburg in het Oeralgebergte gebracht. De nadere omstandigheden van onze krijgsgevangenschap wil ik verder niet omschrijven, maar ik kan u zeggen dat Paul mij diverse keren heeft bijgestaan en mijn leven heeft gered. Een maand geleden werd ik met andere gevangenen terug naar Duitsland gebracht – waarom juist ik, dat weet ik niet. Maar ik heb mijn vriend Paul Melzer beloofd zo snel mogelijk een bericht aan zijn familie te sturen. Paul houdt de moed erin, de wond aan zijn schouder begint te helen, de koorts zal vast snel zakken. Hij doet u allen de hartelijke groeten, vooral zijn lieve vrouw en de kinderen Dodo en Leo. Als hij weer genezen is en de lange treinrit aankan, zal ook hij weer thuis komen.*

*Ook al kent u mij niet, ik groet u,*
*Julius Lebin*
*Handelaar in koloniale waren in Pinneberg/Hamburg*

'Mijn god,' zuchtte Alicia en ze wreef in haar ogen. 'Het doet me zo goed eindelijk weer eens nieuws te ontvangen. Ook al is dit nieuws niet bepaald reden tot vreugde.'

Marie was het met haar eens. Wat hadden ze lang in het ongewisse verkeerd over Pauls lot! Geen brief, geen kaart meer, alleen een kort bericht van de legerleiding dat de soldaat Paul Melzer in Russische krijgsgevangenschap was. Nu wisten ze meer: hij was gewond en bevond zich bij Jekaterinenburg in de Oeral. Marie had het meteen in de atlas opgezocht; het Oeralgebergte lag ten oosten van Moskou, maar het was nog niet Siberië.

'Wat jammer dat Lisa en Kitty niet voor het ontbijt zijn gekomen, anders hadden ze de brief ook kunnen lezen,' zei Alicia spijtig. 'Ik vind het helemaal niet fijn dat ons gezinsleven uit elkaar valt. Tegenwoordig komt en gaat iedereen wanneer hij maar wil en heb ik het gevoel dat ik in een stationsrestaurant zit!'

Ze had niet helemaal ongelijk. Kitty was al dagenlang bezig met haar expositie in de woning van directeur Wiesler, wat haar zo in beslag nam dat ze zich niet eens een ontbijt gunde. En Lisa bekommerde zich samen met een aantal dames van de welstandsvereniging om de gearresteerde functionarissen van de Radenrepubliek, die op hun proces wachtten.

'Rosa zal zo hier zijn met de drie kleintjes,' troostte Marie haar. 'Dan zal het hier vast heel levendig zijn en heb je geen reden meer om over vervlogen tijden te treuren.'

Alicia glimlachte en zei dat haar kleinkinderen inderdaad een groot geluk waren. Vooral Dodo kletste van 's ochtends tot 's avonds en stelde ontzettend veel vragen, die vaak heel kinderachtig, soms verbazingwekkend diepzinnig, maar meestal behoorlijk intelligent waren. Leo hield tot nog toe niet al te veel van de kunst van het praten, hij beperkte zich tot de dingen die hij per se wilde hebben, maar die hij vervolgens nogal luid benoemde. Henni brabbelde allerlei onverstaanbare dingen die alleen Kitty en Rosa juist konden duiden. Maar zij had weer een ongelofelijk betoverend lachje – van wie zou ze dat geërfd hebben?

'Is papa al in de fabriek?'

Alicia vouwde de brief zorgvuldig op en overhandigde hem aan Marie.

'Ja, hij is er in alle vroegte naartoe gegaan. Als je hem daar ziet, geef je hem dan deze brief? Johann is zeer gesloten als het om Paul gaat. Maar ik weet dat hij al zijn hoop op hem vestigt.'

Marie knikte en pakte de brief aan. Het was een mooi moment om te vertrekken, want ze hoorde de heldere kinderstemmen op de gang. Marie knikte vrolijk naar Alicia en wenste haar een aangename en hopelijk niet al te inspannende ochtend.

Ze moesten nog steeds via de wintertuin naar buiten lopen, maar het lazaret werd bijna opgeheven, wat Elisabeth en vooral Tilly erg jammer vonden. Marie beschouwde het echter als een teken van hoop en een nieuw begin. Vier lange en verschrikkelijke oorlogsjaren waren genoeg, nu konden ze hopen dat de wapens eindelijk zwegen en er geen nieuwe slachtoffers meer vielen. En de krijgsgevangenen zouden snel naar huis terugkeren. Als dat toch eens waar zou zijn!

Op het voorplein kwam ze Humbert tegen, die de motorkap van een van de automobielen opengeklapt had en eronder aan het sleutelen was.

'Een seconde, mevrouw,' riep hij en hij haalde de steun weg om de motorkap te sluiten. 'We zijn bijna klaar.'

Ze maakte een afwimpelend gebaar. Hij hoefde geen moeite te doen, met dit mooie voorjaarsweer wilde ze graag te voet naar de fabriek gaan.

'Vertelt u eens, Humbert,' zei ze en ze liep wat dichter naar hem toe zodat ze zachter kon praten. 'Ik heb iets vreemds gehoord. Waarschijnlijk is het een misverstand, dus ik excuseer me bij voorbaat voor de vraag...'

Hij verstarde en keek haar zo schuldbewust aan dat ze het eigenlijk niet meer hoefde te vragen. Het was dus inderdaad haar huisknecht Humbert Sedlmayer geweest die Ernst von Klippstein in een cabaretvoorstelling had gezien. De jongeman had de voormalige keizer en zelfs de keizerin fantastisch geïmiteerd en daarmee de hele zaal aan het lachen gemaakt. Von Klippstein had verteld dat de dame drie stoelen verderop haast gestikt was van het lachen.

'U treedt dus in het cabaret op?'

Hij was zo verlegen dat hij de motorkap losliet, die met een metaalachtige klap dichtsloeg, wat hem uit zijn verstarring haalde.

'Dat… dat was… een probeersel, mevrouw. Ik wilde het eigenlijk helemaal niet, maar meneer Stegmüller, die het cabaret leidt, zei dat hij wilde weten of ik ook voor publiek kon optreden. En toen… toen… heb ik me… laten overhalen…'

Marie was niet bepaald blij met dit nieuws. Alhoewel, als ze eerlijk was, dan hadden ze van begin af aan al kunnen zien dat er in deze vreemde jongeman buitengewone talenten sluimerden.

'Ik ben niet boos op u, Humbert,' zei ze glimlachend. 'Maar u weet natuurlijk dat een huisknecht die in het cabaret optreedt niet aanvaardbaar is voor de villa. U zult een beslissing moeten nemen.'

Hij slikte een paar keer en stamelde dat hij de familie Melzer oneindig dankbaar was, hij voelde zich hier thuis en kon zich niet voorstellen de villa te verlaten. En dat hij haar vriendelijk verzocht er niets over te zeggen tegen haar schoonouders. Ook juffrouw Schmalzler kon zich beter niet over deze kleinigheid opwinden.

'Voorlopig zal ik erover zwijgen,' zei ze. 'Maar als uw naam in grote letters bovenaan een poster staat, kan ik niets garanderen!'

'Maar nee, mevrouw. Dit was een eenmalige aangelegenheid. Ik zal nooit meer optreden, dat zweer ik u…'

Ze deed alsof ze hem geloofde en liep het pad richting de straat op. Het voorjaar brak nu overal goed door. In april was het nog koud en guur geweest, maar de eerste warme meidagen hadden een waar wonder bewerkstelligd. In de perken bloeiden primula's en viooltjes, overal begonnen groene blaadjes te groeien. Kitty had onlangs beweerd dat je de knoppen van de rode beuken met een zachte 'plop' kon horen openspringen. Gustav en zijn opa waren in de tuin bezig de voorgekweekte plantjes in het perk te zetten.

De aanblik van de fabrieksgebouwen temperde Maries voorjaarsstemming. De hallen, muren en het administratiegebouw waren in de oorlogsjaren nog grauwer en somberder geworden, op diverse plekken viel de pleisterlaag van de muren en de raamkozijnen waren kromgetrokken. Er was nu eenmaal geen geld voor reparaties of een nieuw likje verf. De situatie was niet alleen hopeloos door de regelmatige stakingen, er waren ook nog maar weinig afnemers voor de papieren stoffen, terwijl de katoen en wol die nu weer op de markt werden aangeboden, nog veel te duur waren om daar rendabel mee te kunnen produceren.

'Goedemorgen, meneer Gruber!'

'Een hele goedemorgen, mevrouw Melzer! Meneer de directeur heeft al naar u gevraagd. Hebt u al gezien dat de lelietjes-van-dalen bloeien?'

'Ja, de lelietjes-van-dalen en de paardenbloemen!'

'Die vergaan niet, mevrouw Melzer. Als wij allemaal allang onder de grond liggen bloeien de paardenbloemen nog...'

De oude portier had al jaren geen enkele dag vrij genomen, ook toen er in de fabriek gestaakt werd had hij gewerkt. Marie glimlachte naar hem en liep naar de ingang.

Er werd maar in twee van de zes hallen gewerkt en ook daar stonden de meeste machines stil. Er werden nog een paar bestellingen in orde gemaakt, papieren stoffen waarvan werkkleding genaaid werd, zakken voor aardappelen, wandbekleding voor kantoorruimtes – een idee van Marie dat een tijdlang goed verkocht had. Intussen waren echter alle handelsembargo's opgeheven en werd de Duitse markt overspoeld met goedkope stof uit Engeland en India.

Ondanks de sombere situatie deden ze hun best ten minste een deel van het personeel werk te verschaffen, vooral degenen die uit de oorlog terug waren gekeerd en nu weer hun oude arbeidsplaats terug wilden. Boven in de administratiekantoren stonden echter nog talloze bureaus leeg en de twee secretaresses Hoffmann en Lüders deelden een baan.

'Meneer de directeur verwacht u al, mevrouw Melzer. Ik geloof dat hij een beetje, eh... opgewonden is,' zei de portier.

Johann Melzer was inderdaad knalrood van woede. Hij had voor zichzelf pruimenbrandewijn uit de streek ingeschonken, waarschijnlijk om zichzelf te kalmeren, en hij sloeg die met doodsverachting achterover. Tot overmaat van ramp kwam ook nog het treurige feit erbij dat zijn voorraden Franse cognac en Schotse whisky uitgeput waren.

'Daar ben je eindelijk!' bromde hij tegen Marie. 'Hier, lees dit. Nee, ga eerst zitten, je zult een stoel nodig hebben.'

Hij pakte een getypte brief van het bureau en reikte die haar aan met een gebaar alsof het een smerig lapje was.

'Uit Amerika... Greenville... Waar ligt dat?' vroeg Marie, die braaf was gaan zitten en het briefhoofd bekeek.

'Ergens in het midden van de Verenigde Staten. Textielindustrie sinds vele jaren. Nou? Valt het kwartje bij je?'

Marie begreep er in eerste instantie niets van. De brief was in gebrekkig Duits geschreven, maar de bedoeling ervan was maar al te duidelijk.

*... daarom zijn wij zeer geïnteresseerd te verwerven de patenten voor uw zeer uitstekende machines. Vooral die voor het weven van stoffen met patronen, maar ook selfactoren voor te spinnen verschillende garen.*

*Een paar jaar geleden, sommige van onze vakmensen hadden gehad de gelegenheid zich te overtuigen van de goedheid van de machines. We zijn zeker we zullen vinden een goede overeenkomst. In Duitsland, we weten, is de economische situatie moeilijk, maar wij hebben vertrouwen gauw goede zaken met elkaar te doen.*

*Ondertekend,*
*Jeremy Falk*
*Chief Director*

Johann Melzer was op de rand van zijn bureau gaan zitten en had nog wat van de doorzichtige vloeistof voor zichzelf ingeschonken. Terwijl hij dronk observeerde hij Maries reactie op de brief.

'Ze hebben onze machines beoordeeld?' verbaasde ze zich. 'Wanneer dan?'

'Dat was nog voor de oorlog,' zei hij met ingehouden toorn. 'In de herfst van 1913, als ik me niet vergis. Ja, het was in de tijd dat jij in de villa kwam.'

Ze keek naar hem op en heel even vergat hij zijn boosheid en glimlachte hij. Ze was destijds als keukenmeisje in zijn huis komen wonen, een dun meisje met enorm grote, zwarte ogen. Hij had haar gehaat en gevreesd. Ze had hem naar het randje van de dood gedreven, hem met de donkere kant van zijn karakter geconfronteerd. Hij was niet onschuldig geweest aan het nare einde van haar ouders, een schuld die hij decennialang niet voor zichzelf had willen toegeven. En nu? Nu was ze zijn steun en toeverlaat, de enige die hem begreep, die met al haar kracht aan zijn zijde stond.

'Die Jeremy Falk wil dus de patenten op de constructies van mijn vader kopen?' vroeg ze, en ze kneep haar ogen samen, omdat ze onzeker was. 'Maar... zijn daar wel patenten op?'

Johann Melzer schudde zijn hoofd. De machines waren destijds door haar vader ontworpen en in de fabriek gebouwd. Later had hij allerlei verbeteringen aangebracht en nog meer uitvindingen in zijn ontwerpen opgenomen. Die tekeningen waren jarenlang spoorloos verdwenen geweest.

'Ik weet het, papa. Je had ze weliswaar al die jaren voor je neus, maar kon ze helaas niet zien!'

Hij bromde dat dit niet het moment was om grapjes over hem te maken. In ieder geval had haar vader zijn uitvindingen nooit bij het patentbureau ingediend en hijzelf had, nadat de tekeningen weer boven water waren, ook geen patent aangevraagd.

'Dus in feite kan iedereen zo'n machine bouwen?'

Melzer grijnsde geniepig. Daarvoor moest diegene ten eerste de ontwerpen hebben en ten tweede moest hij die ook kunnen lezen. Want, als hij zo vrij mocht zijn het te zeggen, Jakob Burkard had een beroerd handschrift en zijn tekeningen waren alleen voor vaklieden begrijpelijk.

'Een andere mogelijkheid zou zijn om een paar van de machines uit elkaar te halen om het geheim te achterhalen,' voegde hij eraan toe. 'Het zijn in feite maar kleine verbeteringen, maar die zijn zo geniaal dat ze een enorm effect hebben.'

Marie gaf hem de brief terug en merkte schouderophalend op dat ze niet wist waarom hij zich er zo over opwond. Als de Amerikanen patenten wilden kopen, hadden ze helaas pech gehad. De transactie kon niet doorgaan wegens gebrek aan waren. Punt uit.

Hij staarde haar aan en was teleurgesteld omdat ze er zo gelaten onder bleef. Had ze niet door hoe achterbaks deze arrogante kerels waren? In Duitsland zou de economische situatie moeilijk zijn… Natuurlijk begrepen ze dat ze hier geruïneerd waren en gedwongen waren zich aan elke strohalm vast te klampen. Het was een uiterst gemene chantagepoging.

'Maar we geven niet op, papa! Vergeet het. Ik heb beter nieuws.'

Ze trok de brief van Lebin, de handelaar in koloniale waren, uit haar jaszak en gaf hem aan Johann. Alicia had gelijk gehad – zijn gelaatstrekken ontspanden, alle woede, alle ergernis over de gemene wereld ebde weg. Wat moesten de zorgen om Paul hem gekweld hebben.

'Dat geeft hoop,' zei hij ten slotte.

Meer zei hij er niet over, maar hij stopte de kurk in de fles pruimenbrandewijn en zette zijn geestrijke helper in nood terug in de dossierkast.

Marie stond op en liep naar Pauls kantoor, waar ze intussen haar werkplek had ingericht. Ze had een paar nieuwe ideeën voor de toepassing van papieren stoffen, die nog niet helemaal uitgekristalliseerd waren en waar ze haar schoonvader nog niet over verteld had. Bovendien had een uitvinder haar geschreven, iemand uit Rosenheim die uit de oorlog terug was gekeerd en scheen te weten hoe je van glycerine en een of andere soort hars textielvezels kon maken. Waarschijnlijk was het een fantast. Maar papa had niet helemaal ongelijk, in deze moeilijke tijden moest je je aan elke strohalm vastklampen. Ze had de brief net uit de envelop getrokken om hem nog een keer te lezen, toen juffrouw Lüders op haar deur klopte.

'Mevrouw Melzer? De heer Von Klippstein vraagt of u een paar minuten tijd heeft...'

Ernst von Klippstein had zich maandenlang om de boekhouding van de fabriek bekommerd, maar intussen waren twee van de boekhouders terug op hun post en was zijn vrijwillige hulp niet meer nodig. Vervolgens was hij telkens weer in haar kantoor opgedoken om zijn voorstellen voor het voortbestaan van de fabriek voor te leggen. Het was haar een raadsel waarom hij daar niet mee naar haar schoonvader ging.

'Laat hem maar binnen, juffrouw Lüders.'

Zoals altijd bleef hij even bij de deur staan, met zijn hand op de klink, alsof hij nog de mogelijkheid open wilde houden weer weg te kunnen. Hij keek haar glimlachend aan en onderzocht haar gezichtsuitdrukking om zeker te weten dat hij niet ongelegen kwam.

'U hebt goed nieuws gekregen, Marie?'

Ze was altijd weer verbluft met wat voor een trefzeker instinct hij haar stemmingen kon peilen.

'Inderdaad, dat heb ik,' zei ze. 'Komt u binnen en neemt u plaats.'

Hij sloot de deur en liep naar de fauteuils, maar hij ging pas zitten nadat zij ook plaats had genomen. Hij keek haar vol verwachting aan.

'We hebben nieuws over Paul. Hij zit in een gevangenenkamp bij Jekaterinenburg in de Oeral.'

Was hij opgelucht over dit nieuws? Hij zei in ieder geval dat hij daar heel blij mee was en dat het te verwachten was dat Paul snel thuis zou komen. Daarna zweeg hij even en leek hij bedrukt. Was het de gelukkige uitdrukking in haar ogen die hem van slag maakte? Hij wist toch hoeveel ze van haar man hield. En ze wist zeker dat hij Paul als zijn beste vriend beschouwde. En toch...

'Ik heb de laatste weken veel nagedacht,' zei hij. 'Ik wil u een voorstel voorleggen, Marie.'

Alweer, dacht ze. Wat had hij dit keer uitgebroed, deze ijverige helper? Ze keek naar hem zoals hij daar met zijn benen over elkaar geslagen in de fauteuil zat, met zijn rug tegen de leuning, zijn blik vol verwachting op haar gericht. Niet te vergelijken met de ongelukkige gewonde die twee jaar geleden in het lazaret in de villa gebracht was. Destijds had hij aan haar bekend dat hij geen hoop meer had en alleen nog maar dood wilde. Intussen was de wond genezen, beperkte die zijn bewegingsvrijheid nog nauwelijks, hij had zijn scheiding goed verwerkt en leek vol toekomstplannen.

'Steek maar van wal...'

Hij bleef haar aankijken terwijl hij zijn idee uiteenzette en ze begreep dat hij er niet alleen veel waarde aan hechtte, maar het ook serieus meende.

'Zoals u weet, lieve Marie, heb ik mijn ex-vrouw het landgoed met alle landerijen, gebouwen en ook de paardenfokkerij nagelaten...'

Hij lastte een korte pauze in en Marie merkte zachtjes op dat dit zeer genereus van hem was geweest. Was het landgoed niet oud familiebezit?

'Inderdaad,' zei hij. 'Daarom heb ik ook vastgelegd dat mijn zoon de enige erfgenaam zal zijn. Tot die tijd komen de inkomsten van het landgoed mijn ex-vrouw en haar tweede echtgenoot ten volle toe. Overigens ben ik niet helemaal met lege handen achtergebleven. Ik heb een vrij grote som geld aan mij laten uitbetalen, die ik bij een bank heb gedeponeerd.'

Kijk aan, dacht Marie. Zo edelmoedig als je in eerste instantie zou denken, was de goede Ernst dus toch niet. Nou ja, hij had gelijk. Al het andere zou dom geweest zijn.

Hij ging rechtop zitten, steunde zijn armen op de gecapitonneerde leuningen en sprak ijverig verder.

'Zoals u weet is de economische situatie in ons ongelukkige vaderland niet bepaald rooskleurig. Daarom vrees ik dat mijn vermogen op de bank algauw flink aan waarde zal verliezen. Ik heb erover nagedacht om het zinvol te investeren...'

Ze begreep het. Hij wilde hun geld lenen, misschien zelfs als partner toetreden en de fabriek met fris kapitaal weer op gang brengen. Ze konden katoen en goede wol kopen, de productie verhogen. Scherp calculeren, met creatieve patronen en kleuren nieuwe klanten winnen en de buitenlandse concurrentie verslaan. Ze zou misschien zelfs haar droom kunnen verwezenlijken en een naaiatelier kunnen openen, mode ontwerpen en haar creaties in serie verkopen...

'Daarbij heb ik natuurlijk eerst aan de textielfabriek van Melzer gedacht...'

Hij zei het met een klank in zijn stem die ze zowel sympathiek als enorm aandoenlijk vond. Het klonk als een verlegen verzoek en niet als een aanbod dat in feite een ongelofelijk geluk voor de fabriek was.

'Dat... dat zou hoogst welkom zijn,' stamelde ze overweldigd. 'Overigens zou u zich eerst zeer nauwkeurig in de situatie van de fabriek moeten verdiepen en dan pas beslissen of u het wilt wagen om uw geld bij ons te investeren.'

Hij verzekerde haar dat hij zeer goed op de hoogte was van de situatie van de fabriek, hij kende de boeken en wist dat de huidige onbalans puur veroorzaakt werd door het gebrek aan grondstoffen, wat een gevolg van de oorlog was. Door het vervaardigen van papierstoffen – werkelijk een geniaal idee – hadden ze de fabriek tot nu toe enigszins boven water kunnen houden, maar nu waren nieuwe investeringen noodzakelijk...

'En in welke vorm wilde u investeren?'

Hij leunde weer naar achteren, liet zijn armen nonchalant over de leuningen hangen en verklaarde met een onschuldig gezicht dat hij zich een partnerschap kon voorstellen. Melzer & Klippstein. Of gewoon Melzer & Partner. Misschien moesten ze hierover een jurist raadplegen.

'Ik sta echter in geen geval op bepaalde formaliteiten,' verzekerde hij en hij keek haar met een oprechte gezichtsuitdrukking aan. 'Wat alleen belangrijk voor mij zou zijn, is de nauwe verbinding met de familie Melzer. Een gezamenlijke toekomst, zakelijk en ook privé. Daar hoop ik op.'

Het klonk in Maries oren als een eerlijk aanbod, gebaseerd op vriendschap en sympathie. Maar ze betwijfelde of haar schoonvader erop in zou gaan. Melzer & Klippstein – dat zou hij niet erg leuk vinden...

'Ik wilde eerst met u praten,' zei Ernst von Klippstein op indringende toon. 'Ik hecht er veel waarde aan dat u het met mijn voorstel eens bent. Ik hoop dat u mij niet verkeerd begrijpt. Ik wil in geen geval iets doen wat u mishaagt...'

Zijn blauwe ogen hadden nu een heel andere uitdrukking. Ze drongen tot haar door, zoekend, hopend, met de vasthoudendheid van een man die voor een vrouw had gekozen en haar nooit meer wilde laten gaan. Ineens besefte ze vanuit welke bron zijn genereuze aanbod gevoed werd – en hoe ze daarmee om moest gaan.

'Als ik heel eerlijk mag zijn, beste Ernst...'

Hij trok zijn wenkbrauwen op en spande zijn lichaam. Hij had zich voor dit bezoek bijzonder keurig gekleed, zijn pak was spiksplinternieuw en hij droeg een bloem in het knoopsgat.

'Heel graag, Marie!'

'Goed,' zei ze, en ze haalde diep adem. 'Persoonlijk ben ik tegen uw voorstel. Maar natuurlijk ligt de beslissing niet bij mij.'

'Jawel,' zei hij zachtjes.

Hij hield zich goed. Ze kletsten nog wat over het lenteachtige weer en het vredesakkoord dat nog steeds niet rond was en dat een definitief einde zou maken aan de oorlog. Pas toen hij de deur opende en dacht dat ze niet naar hem keek, zag ze de doffe uitdrukking in zijn gezicht en plaagde haar geweten haar. Ze had haar instinct gevolgd. Daarmee had ze niet alleen een sympathiek persoon ongelukkig gemaakt, maar waarschijnlijk ook de textielfabriek van Melzer schade berokkend.

# 26

'O, IK HAAT HET OM met de tram te gaan,' kreunde Elisabeth toen ze met Tilly bij het Königsplein uitstapte. 'Die stank van teer en viezigheid en dan is het ook nog zo benauwd. En de treeplank is veel te hoog, je breekt bijna je benen...'

Tilly haakte zich bij haar in en vond dat de rit in de tram pure luxe was vergeleken met hun vlucht door het oude centrum en de zompige velden van een paar weken geleden.

'Herinner me daar alsjeblieft niet aan!'

Ze sloegen rechts af de Annastraat in en bleven af en toe voor een spaarzaam versierde etalage staan. Nee, het was nog lang niet zoals voor de oorlog. Toen puilden de winkels uit met allerlei artikelen, waren de etalages in de binnenstad 's avonds bont verlicht en had je overal restaurants en theatertjes. Toen waren er operavoorstellingen en zomerconcerten in het stadspark...

Droefgeestig keken ze naar het enige voorwerp dat in de etalage van een installatiebedrijf stond: een spierwitte, mooi gevormde wc-pot waar al een laagje stof op lag omdat er nog geen koper voor gevonden was. Geen wonder, de prijzen stegen dagelijks, niemand wist waar dat nog toe zou leiden.

'Terwijl vrijwel alles te koop is,' zei Tilly geërgerd. 'Alleen helaas niet voor iedereen. Maar wie genoeg geld heeft, kan op de zwarte markt alles verkrijgen wat zijn hartje begeert.'

Ze slenterden een stuk verder en de aanblik van de hoge bomen, die nu helemaal groen waren, stemde hen wat milder. Ze konden blij zijn dat die ellendige oorlog voorbij was. Net zoals de natuur zich steeds vernieuwde, zou ook het land met zijn bevolking weer opstaan en opnieuw gaan bloeien.

'Sebastian had het anders gewild,' kon Lisa niet nalaten te zeggen. 'Hij wilde gerechtigheid. Niemand mocht verhongeren en niemand mocht in overvloed leven. Daarvoor zit hij nu achter de tralies. Alsof hij een misdaad heeft begaan. Terwijl het de anderen zijn, die met soldaten en kanonnen ons mooie Augsburg binnengevallen zijn.'

Tilly gaf een kneepje in haar arm en maande haar tot kalmte. Het ging er helaas niet altijd rechtvaardig aan toe op deze wereld, maar in ieder geval was de situatie nu stabiel, de troepen hadden zich teruggetrokken.

'Ze zullen hem vast weer gauw vrijlaten, Lisa.'

Elisabeth slaakte een diepe zucht. Ze had een paar keer vergeefs geprobeerd Sebastian Winkler in de gevangenis op te zoeken. Ze had levensmiddelen, kleren en schoeisel voor hem afgegeven. Of hij die spullen ontvangen had, wist ze niet. Ze had zelfs advocaat Grünling naar hem gestuurd, maar die had vervolgens verklaard dat de heer Winkler hardleers was en hij daarom niets voor hem kon doen.

'En zelfs als ze hem eindelijk vrijlaten,' zei Lisa bitter, 'hoe moet hij in de toekomst in zijn levensonderhoud voorzien? Het weeshuis wordt intussen door Maria Jordan geleid.'

Dat was nieuw voor Tilly. 'Jordan als directrice van een weeshuis? Dat is wel een hele onverwachte promotie voor een voormalige kamenierster.'

'Ze is daar volkomen misplaatst, bedoel je,' mopperde Lisa. 'Dan hadden ze net zo goed die feeks, juffrouw Pappert, kunnen houden. Ach, Tilly, Sebastian was een vader voor de kinderen, een beschermer, een liefdevolle opvoeder...'

Tilly kreeg zo langzamerhand genoeg van Lisa's gejammer. 'Wat is er toch met je aan de hand? Je zou je echt geen zorgen om meneer

Winkler moeten maken, Lisa. Ze zijn overal dringend op zoek naar leraren, hij vindt vast wel een baan...'

Lisa zweeg. Tilly had natuurlijk gelijk, in veel beroepen was een tekort aan mannen, ze waren in de oorlog gesneuveld of kreupel teruggekeerd. In de Maximilianstraat zaten ze in rijen op de grond en bedelden ze om een paar pfennig. Sebastian was weliswaar een voet verloren, maar hij kon werken, dat was zijn geluk. Alleen zou hij hier in Augsburg beslist geen baan als leraar krijgen. En haar scheiding was nog steeds niet uitgesproken. Klaus von Hagemann had de laatste oorlogsdagen in een lazaret in Oost-Pruisen doorgebracht, sindsdien had ze geen nieuws meer van hem vernomen.

'Misschien is hij allang dood,' had Kitty schouderophalend gezegd. 'Dan kun je je de scheiding besparen.'

Kitty, haar zusje. Wat was zij in de afgelopen vier jaar veranderd. Van een verwende trien was ze een liefdevolle echtgenote en moeder geworden. En toen na Alfons' dood iedereen dacht dat ze aan de melancholie ten prooi viel, kroop ze als een kleurrijke vlinder uit haar cocon en was ze... een kunstenares. Elisabeth wist niet goed of ze Kitty daarom moest bewonderen of zich eraan moest ergeren. In ieder geval was haar zus in veel dingen ook niet veranderd. Haar harteloze uitspraken bijvoorbeeld, die had ze niet afgeleerd.

'We zijn er bijna, Lisa. Kijk, er staan al drie, nee, vier automobielen. Er komen inderdaad mensen naar Kitty's expositie...'

Lisa verscherpte haar blik en herkende Humbert, die een dame hielp uitstappen. Was dat mama? Nee, het was mevrouw Von Sontheim, de moeder van haar vriendin Serafina. Elisabeths stemming fleurde op. Het was fijn om Fientje weer terug te zien. De arme meid had haar vader en een van haar broers verloren...

'Daar is de onvermoeibare Klippi,' grapte Tilly. 'Wat een lieve man. Hij heeft je ouders en Marie hier met de auto naartoe gebracht.'

Ze ontmoetten elkaar voor de ingang van het grote huurhuis in de Karlstraat en begroetten elkaar hartelijk. Wat een heerlijke lente!

De seringenstruik stond in volle bloei. Dat kon alleen maar goeds betekenen…

'Hebt u de kersenbomen in de velden gezien?' vroeg Von Klippstein en hij bood Tilly zijn arm aan om haar naar de eerste verdieping te begeleiden, waar directeur Wieslers woning lag. 'Het lijkt wel of ze omhuld zijn door wit schuim.'

'Ja,' zei ze lachend. 'Als de bijtjes actief zijn, zullen we een hoop kersen oogsten en kersentaart bakken.'

'Wat heerlijk om een jongedame te treffen die zo veel gevoel voor praktische zaken heeft.'

'Helemaal niet,' zei ze lachend. 'Taarten bakken laat ik aan anderen over…'

Boven in de woning werden ze door mevrouw Wiesler ontvangen. Ze was helemaal in het zwart gekleed en droeg een parelketting. Tilly vond haar vreselijk opgewonden, ze begroette alle bezoekers persoonlijk en zei dat ze bijzonder gelukkig was dat ze zulke lieve en kunstminnende vrienden had. Twee huisknechten – een van hen was Humbert – deelden op een zilveren dienblad champagne uit en Von Klippstein rustte niet voordat Tilly ten minste een half gevuld glas had genomen.

'Op een kunstenares moet je met champagne proosten, lieve juffrouw Bräuer. En uw schoonzus is een echte kunstenares. Ik moet zeggen dat ik enorm enthousiast ben!'

Tilly kende de meeste van Kitty's schilderijen, maar moest toegeven dat ze, nu ze ingelijst waren en verspreid aan de wand hingen, nog indrukwekkender waren. Vooral de silhouetten van de stad met de weidse lucht erboven. Ja, Kitty wist hoe je luchten moest schilderen. Toornachtige, woeste wolkenformaties, lieflijke schaapjes van lichtblauwe nevel, grijze, door de storm gerafelde sluierbewolking, het diepe, verzadigde firmament in donkerblauw…

'Tilly, lieverd! Wat fijn dat je gekomen bent! Heb je je moeder meegenomen? Nee? Ach, wat jammer, ze moet toch ooit eens het huis uit gaan… Mijn hemel, Tilly. Ik heb al drie schilderijen verkocht. En dat terwijl we nog niet eens begonnen zijn... Die jongeman daarginds, die met de rode pukkel op zijn neus en het metalen brilletje, die is van de krant...'

Kitty was beweeglijker en knapper dan ooit. Haar korte haar fladderde bij elke beweging van haar hoofd, af en toe streek ze het met een bekoorlijke beweging achter haar oor, waar het echter nooit bleef zitten. En die smalle rok, o god, die bedekte haar knieën maar net. Schandalig dure zijden kousen en betoverende witte schoenen...

'O, kijk nou!' riep ze opgewonden en ze liep weg. 'Meneer Kochendorf, wat hebben we elkaar lang niet gezien. U bent zijn vrouw? Hartelijk welkom. Wist u dat we hem vroeger "Hongerherman" noemden? Ach, wat waren we toen een stelletje flauwe, domme kinderen...'

Tilly liep langzaam door de ruimtes, met het halfvolle glas in haar hand, en bekeek Kitty's schilderijen aandachtig. Het waren er veel, de Wieslers hadden hun eigen schilderijen van de muren gehaald om deze grote hoeveelheid kunstwerken tentoon te kunnen stellen. Wat waren ze verschillend. De griezelige vissenkoppen – of waren het monsterhagedissen? – waren met een fijn penseel accuraat getekend. Er waren ook kreeften, ratten en op een schilderij kropen griezelige spinachtige wezens door elkaar. Tilly huiverde. Wie zou zo'n schilderij nou kopen? Zoiets hing je hooguit in de eetkamer als er ongenode gasten kwamen. In een latere fase had Kitty die prachtige, in het zonlicht badende landschappen geschilderd. Dat was afgelopen zomer geweest, toen ze met haar schildersezel door het park had gestruind.

'Lieve, zeer geachte gasten en vrienden,' hoorde ze mevrouw Wiesler in de salon zeggen. Tilly kon haar niet zien, maar haar stem drong moeiteloos tot in het uiterste hoekje van de woning door. In tegenstelling tot haar echtgenoot, een zwijgzame intellectueel en rector van het Anna-gymnasium, stond mevrouw Wiesler graag in de belangstelling. Natuurlijk liet ze de gelegenheid niet voorbijgaan om de laudatio voor de jonge kunstenares te houden, zeker omdat ze haar vertrekken zo belangeloos ter beschikking had gesteld.

'... een uniek talent, lieve vrienden, ik zweer u, binnenkort zal in het hele keizerrijk iedereen de naam Katharina Bräuer kennen...'

Tilly moest vanbinnen lachen. In haar enthousiasme was mevrouw Wiesler vergeten dat ze intussen in een republiek leefden. De keizer was in Nederland in ballingschap, naar verluidt kapte hij daar bomen.

'... in een klein zolderkamertje in Montmartre is het begonnen. Ja, in Parijs, toen er nog vrede heerste en de kunst in de straten van de stad gedijde...'

'Niet te geloven,' fluisterde Lisa, die met Serafina naast Tilly was komen staan. 'De kunstenares van Montmartre. Deze vrouw kan werkelijk van stro goud spinnen!'

Serafina von Sontheim begroette Tilly nogal koeltjes en trok Lisa meteen mee naar de kamer ernaast, waar een paar van haar kennissen bij elkaar stonden. Tilly kon zien dat ze met elkaar fluisterden, maar meteen verstomden toen ze haar zagen.

Het deed nog altijd pijn om het onschuldige mikpunt van al die mensen te zijn, die door de ineenstorting van het bankiershuis Bräuer hun geld verloren hadden. Haar moeder ging om die reden nauwelijks nog de deur uit, zelfs de goedbedoelde uitnodigingen van de Melzers sloeg ze af. Het was oneerlijk. Noch zij, noch haar moeder was van de situatie van het bankiershuis op de hoogte geweest. En haar vader was dood. Wilden ze hun dat ook nog verwijten?

'... de geweldige landschappen, door de zon in warm goud gehuld, een levendig vibrerende symfonie van hoop en de uitbundige schoonheid. Kijkt u maar naar de krachtige penseelvoering...'

De bombastische toespraak van mevrouw Wiesler begon Tilly op de zenuwen te werken en ze liep in de richting van de deur, zodat ze in geval van nood de gang in kon vluchten. Daar botste ze bijna tegen Ernst von Klippstein op, die net naar binnen wilde gaan.

'U wilde toch niet al vertrekken?' vroeg hij zachtjes. 'Dat zou heel jammer zijn. Ik had me erop verheugd u in mijn auto mee te mogen nemen. Mevrouw Melzer nodigt ons allemaal uit voor het diner.'

Waarschijnlijk had Marie hem dit opgedragen, zij zorgde immers altijd overal voor. Tilly was er dankbaar voor. Het deed haar goed om te weten dat ze vrienden had die haar trouw bleven.

'Nee, nee, ik wilde alleen even aan de kant gaan,' stelde ze hem gerust. 'Ik sta niet graag in het middelpunt, hier bij de deur voel ik me prettiger...'

Hij bleef bij haar staan, nipte aan zijn glas en zei dat dat ook voor hem gold. Ook hij stond niet graag in de belangstelling, hij trok zich liever terug om anderen voor te laten gaan.

Het kostte Tilly moeite hem te verstaan, want hij praatte zachtjes en mevrouw Wieslers stem vulde nog steeds de ruimte. Ze verbaasde zich dat Klippi haar die middag zo veel aandacht schonk, want iedereen die hem beter kende wist dat hij dweepte met Marie. Zou Marie hem terechtgewezen hebben en had hij daarom plotseling een vervanger nodig? De gedachte amuseerde haar. Arme kerel, hoe kon hij zich op zo'n uitzichtloze hartstocht blindstaren?

'... ik geloof dat het mevrouw Von Hagemann was, die me over uw roeping vertelde, lieve Tilly.'

'Over mijn... roeping?'

Hij glimlachte verlegen, waarschijnlijk was hij bang dat hij iets doms had gezegd.

'Over uw interesse voor de geneeskunde. Er was zelfs sprake van dat u arts wilde worden.'

Zo, zo, wat Lisa niet allemaal vertelde. Terwijl Tilly dacht dat ze die droom voor zich gehouden had.

'Nou ja, dat is helaas niet erg realistisch. Dan zou ik eerst eindexamen moeten doen en dan een studie moeten volgen...'

'En wat houdt u tegen?' vroeg hij argeloos.

Ze wilde hem er net voorzichtig op wijzen dat zo'n opleiding geld kostte en de middelen in huize Bräuer intussen helaas beperkt waren. Maar in plaats daarvan bleef haar blik bij een verlate bezoeker hangen, die op dat moment door de deur naar binnen kwam, en ze zweeg verbaasd.

Waar kende ze die man van? Hij was nogal ongepast gekleed voor deze gelegenheid, hij droeg geen middagkostuum, maar een versleten grijs jasje en een flodderige bruine broek. Een kunstenaar? Gezien zijn wilde, zwarte krullen en korte, volle baard zou dat goed mogelijk zijn. Hij liep nu naar de openstaande vleugeldeuren naar de salon, waar mevrouw Wiesler net de laatste zin van haar lofrede uitsprak. Daar bleef hij staan, hij maakte zich lang om over de gasten die voor hem stonden uit te kijken en pakte een glas champagne van een dienblad dat naast de deur was neergezet.

'Rare vogel,' zei Von Klippstein zachtjes. 'Die is misschien alleen naar boven gekomen om gratis een hapje te eten en een glas champagne te krijgen...'

Het volgende moment dartelde er een tengere gestalte op hen af, die Von Klippstein mee de gang in trok. Aangezien Tilly dicht bij hem had gestaan, werd ze meegetrokken.

'Ik smeek u, Klippi,' fluisterde Kitty opgewonden. 'Hij moet de woning onmiddellijk verlaten. Gaat u naar hem toe en zegt u dat tegen hem. Onmiddellijk. Als papa hem ziet... Of zelfs mama...'

Von Klippstein begreep pas over wie ze het had toen ze met haar vinger naar de vreemdeling wees.

'Maar waarom? Wie is hij dan? Ik kan toch niet zomaar iemand die ik totaal niet ken wegsturen, mevrouw. Zeker niet in de woning van iemand anders.'

'Alstublieft, Klippi! Ik sterf ter plekke als u het niet doet. Ik val dood om, hier op het Perzische tapijt...'

Kitty beefde over haar hele lichaam, het zag er eng uit, alsof ze een zenuwinzinking kreeg. En plotseling begreep Tilly het.

'Komt u,' zei ze zachtjes en ze greep Von Klippsteins arm om hem een paar passen opzij te trekken.

'Maar wat... waarom...'

'Het is Gérard Duchamps. Begrijpt u? Die Fransman met wie Kitty jaren geleden weggelopen is...'

Hij staarde haar aan en keek toen naar de slonzig geklede man die tegen het deurpaneel leunde en champagne dronk.

'Misschien was hij in Duitse krijgsgevangenschap en is hij op de weg terug naar Frankrijk...'

'Lieve hemel,' zei Von Klippstein en hij schraapte zijn keel. 'Wat vreselijk pijnlijk. Maar goed, ik wil de dames niet teleurstellen.'

Hij rechtte zijn rug, gaf de vertwijfeld kijkende Kitty met een kort knikje te verstaan dat hij haar wens zou vervullen en liep de gang door. Ademloos volgden Tilly en Kitty het gebeuren.

Het was niet erg spectaculair. Von Klippstein sprak Duchamps aan en die draaide zich met een vragend gebaar naar hem om. Daarop maakte Von Klippstein een lichte buiging, kennelijk stelde hij zich voor. Ook Duchamps noemde zijn naam, vervolgens luisterde hij rustig naar wat de ander te zeggen had.

'Wat staan ze nou te kletsen?' kreunde Kitty. 'Waarom vertrekt hij niet? O, wat een zenuwtoestand. Klippi is gewoon te vriendelijk. Hij moet hem de deur uitzetten. Nu meteen!'

'Sst, Kitty. Het is toch veel slimmer om geen opzien te baren, of niet soms?'

'Hoe kon hij me dit aandoen?' fluisterde ze huilerig. 'Uitgerekend vandaag, op mijn grote dag, duikt hij op als een kwade geest. Een schaduw uit het verleden. Dat heeft hij expres gedaan. Alleen om mij te kwetsen...'

In de salon waren de mensen in beweging gekomen. Ze applaudisseerden uitgebreid voor de spreekster en hieven hun glas om een toost uit te brengen op de jonge schilderes.

'Mevrouw Bräuer? Waar bent u nou? Waar is de kunstenares?'

Tilly greep Kitty bij haar arm en duwde haar door de deuropening. Op het moment dat Kitty zag dat zo veel mensen naar haar keken, verscheen er een gelukzalige glimlach op haar gezicht.

'Hier!' riep ze vrolijk en ze stak haar wijsvinger in de lucht alsof ze op school zat. 'Hier. Aanwezig. Blij en trots. Voor alle soorten kattenkwaad te vinden... Ach, ik houd van jullie allemaal.'

Geamuseerd volgde Tilly haar triomftocht naar de salon, waar mevrouw Wiesler Kitty tegen haar moederlijke borst trok, tranen van ontroering vergoot en daarna ter ere van haar een toost uitbracht.

'Op onze jonge kunstenares, telg van een Augsburgse familie en dochter van mijn liefste vriendin Alicia...'

Toen Tilly terug de gang in liep, was Gérard Duchamps verdwenen. Ernst von Klippstein stond met een bedrukte gezichtsuitdrukking bij de voordeur en leek blij dat Tilly teruggekomen was.

'Arme kerel,' zei hij. 'Ik vond het vervelend dat ik hem moest verzoeken te vertrekken. Hij heeft inderdaad in gevangenschap verkeerd en is pas onlangs vrijgekomen.'

'Maar wat kwam hij hier doen?'

Hij haalde zijn schouders op. Waarschijnlijk had hij de posters met Kitty's naam erop gezien.

'Hij had duidelijk nog gevoelens voor haar. Stelt u zich voor, Tilly, hij vroeg of het waar was dat haar echtgenoot gevallen was.'

'Ach,' mompelde Tilly. 'En wat zei u toen?'

Von Klippstein liet de vraag onbeantwoord. In plaats daarvan bood hij haar zijn arm aan om met haar naar de salon te gaan.

'Hoe staat het met de champagne, Tilly? We moeten op de kunstenares drinken.'

# 27

DODO HIELD ALLEBEI haar handjes over haar oren en vertrok haar gezicht. In de entreehal van de villa werd getimmerd en geklopt, geruimd en geschoven, geschreeuwd en gevloekt.

'Rooosaaa!' jammerde Henni en ze strekte haar armpjes uit omdat ze opgetild wilde worden. Rosa Knickbein vervulde de wens van het kleintje. Het meisje was extreem gevoelig voor geluiden, het was niet slim geweest om door de hal naar boven te gaan. Maar de regen had het pad door de tuin weer eens overspoeld en dan hadden ze drie paar kinderschoenen moeten drogen en invetten...

'Leo! Kom onmiddellijk hier! Leg die hamer weg. Heb je me gehoord?'

Leo keek boos naar zijn kinderjuffrouw. Logisch dat ze zijn plezier weer moest bederven. Hij tilde de hamer moeizaam op, moest daarbij al zijn kracht gebruiken en verbaasde zich dat de mannen dat zware ding hanteerden alsof het zo licht was als een veertje.

'Leo! Neeeee!'

Rosa was te langzaam omdat ze eerst Henni op de grond moest zetten voordat ze hem kon grijpen. Leo benutte de tijd om de fantastische hamer tegen een van de metalen onderdelen te slaan die tegen de muur geleund stonden. Het effect was heftig. De hamer viel uit zijn handen, het wit gelakte, ijzeren onderstuk van het bed gleed naar voren, gevolgd door nog twee onderdelen, en alles verspreidde zich met een hels kabaal over de grond uit. Twee van de op elkaar gestapelde dozen met beddengoed en wollen dekens wiebelden flink, maar bleven staan.

'Leo! In hemelsnaam! Leo! Waar ben je?'

Rosa kreeg bijna een hartaanval. Was de jongen onder het ijzeren bedframe terechtgekomen? Was hij verpletterd? Dood? Voor de rest van zijn leven verminkt?

Leo zat naast de door hem aangerichte chaos op de grond en blèrde luidkeels. Hij bleef huilen terwijl Rosa hem onderzocht. Ze keek of hij gewond was en vroeg wanhopig waar het zeer deed. Aan zijn hoofd? In zijn buik? Aan zijn voet?

'Bèèèh!'

Twee van de mannelijke helpers waren aan komen lopen, zagen de troep en zeiden dat het jongetje geluk had gehad. Met een paar handgrepen zetten ze de twee kopstukken en het onderstuk weer tegen de muur, en ze raadden Rosa aan beter op het kleintje te passen.

'Hier wordt gewerkt,' riepen ze haar na toen ze met de drie huilende kinderen in de richting van de trap liep. 'Het is hier geen speeltuin.'

Op de brede trap kwam Marie Melzer haar tegemoet, die op weg was naar de fabriek. Vanaf de andere kant kwam Elisabeth von Hagemann eraan, en ook juffrouw Schmalzler kwam eraan gelopen, die geschrokken was van de harde klap en het gehuil van de kinderen.

'Wat heeft hij nou weer gedaan?' vroeg Marie en ze nam haar zoontje op haar arm. Leo duwde zijn betraande gezicht tegen haar fris gewassen witte blouse en stootte klanken uit die niemand verstond.

'Woe… hu… hu… vi… auauau!'

Lisa nam de snikkende Henni op haar armen, haar kleine lieveling, haar suikerpopje…

'Hoe kón u, Rosa!' schold ze boos. 'De kinderen hadden wel dood kunnen zijn!'

'Er is niks gebeurd,' jammerde Rosa. 'Leo huilt alleen omdat hij geschrokken is.'

'Nee,' zei Marie. 'Hij heeft een splinter in zijn vinger. Kijk maar.'

'Ach, gut...'

Juffrouw Schmalzler zei dat elk kind een beschermengeltje had dat het tegen ernstig letsel beschermde. Waar Rosa zachtjes aan toevoegde dat Leo's beschermengel dan dag en nacht in de weer was. Het kostte Marie moeite haar huilende zoontje aan de kinderjuffrouw over te dragen. Pas toen ze zei dat oma boven met honingkoekjes op hem zat te wachten, was hij overtuigd.

'Die aardt naar onze vader!' zei Lisa toen de kinderjuffrouw met de drie kleintjes wegliep.

Marie bekeek de vochtige vlek op haar blouse en zei dat het ook mogelijk was dat Leo wat van haar moeder weg had.

'Ik kan me nauwelijks iets van haar herinneren,' zei ze glimlachend. 'Maar ze zeggen dat ze een ijzeren wil had.'

'O, ook onder de Von Maydorns waren heel wat mensen die zich geen knollen voor citroenen lieten verkopen,' zei juffrouw Schmalzler. 'Ik denk vaak terug aan de tijd dat ik nog op het landgoed in Pommeren woonde en baron Von Maydorn er de scepter zwaaide...'

Lisa was met haar gedachten alweer bij het werk. De houten scheidingswanden waren gelukkig weggehaald, ze waren in stukken gehakt en zouden in de winter als brandstof voor de kachels gebruikt worden. Ze wilde dat de vrachtwagen eindelijk kwam om de bedframes en matrassen op te halen! Ze wilden die over verschillende ziekenhuizen verdelen en de rest gratis aan arme families geven. Het beddengoed en de wollen dekens werden door het Rode Kruis ingezameld, net als talrijke andere voorwerpen zoals emmers, nachtpotten, schalen, inneemkopjes en houten krukken. Al die dingen lagen momenteel op een stapel voor de ingang.

'Het was vruchtbaar werk,' zuchtte Eleonore Schmalzler, die ook de hal in keek. 'Maar nu verlang ik nergens meer naar dan deze mooie hal nog een keer in zijn oorspronkelijke vorm te zien.'

Lisa was het met haar eens. Over een paar dagen zou het zover zijn. Tot die tijd had het personeel echter nog een hoop werk. Alleen al het schoonmaakwerk. De mooie, ingelegde vloer zag er niet uit...

'Wat bedoelt u met "nog een keer", juffrouw Schmalzler?' De huisdame liep nog steeds rechtop, maar was in de afgelopen maanden schrikbarend dun geworden en op haar handen waren dikke, blauwe aders te zien. Eleonore Schmalzler werd bijna zeventig.

De huisdame keek Marie en Elisabeth met haar pientere, grijze ogen aan. Haar blik kon nog steeds diep in iemand doordringen, hoewel Lisa ook vond dat de irissen in de afgelopen maanden vertroebeld waren.

'U hebt een goed oor, mevrouw Melzer,' zei ze en ze glimlachte peinzend. 'Herinnert u zich nog ons allereerste gesprek? Het is bijna vijf jaar geleden dat er een schuchter, mager meisje in de villa kwam om te solliciteren als keukenmeisje. O, ik wist dat er iets heel bijzonders in u zat. En ik had gelijk.'

'Ik had toen enorm veel ontzag voor de machtige huisdame,' zei Marie met een glimlach.

'En nu?' vroeg Eleonore Schmalzler.

'Nu beschouw ik u nog steeds als de grootste steunpilaar van de villa. We zouden haast niet weten wat we zonder u zouden moeten...'

'Nou ja,' zei Eleonore Schmalzler. 'U en ik, we weten allebei dat het tijd is om afscheid te nemen.'

Marie zweeg en Elisabeth ook. Natuurlijk wisten ze het. Ze hadden met Alicia diverse keren over juffrouw Schmalzler gesproken en waren overeengekomen haar bij de villa een plek aan te bieden waar ze van haar oude dag kon genieten. Behalve het huisje waarin Auguste met haar gezin woonde, waren er nog twee kleine gebouwtjes. Een daarvan zouden ze voor haar opknappen, twee kamertjes, een kachel, keuken, zoldertje, tuintje. In geval van nood kon ze vanuit de keuken van de villa verzorgd worden en daar mede aan tafel blijven zitten...

'Een afscheid staat wat ons betreft niet op de planning, juffrouw Schmalzler,' zei Elisabeth.

Juffrouw Schmalzler vond het fijn dat ze aan haar gedacht hadden. Terwijl Marie beschreef wat ze voor haar van plan waren, begonnen haar ogen te stralen van geluk. Ze was de familie ongelofelijk dankbaar, voelde zich nauw verbonden met iedereen, alsof ze haar eigen familie waren…

'Toch heb ik besloten Augsburg te verlaten, lieve mevrouw Melzer…'

Elisabeth keek geschrokken.

'U wilt ons verlaten?' riep ze. 'Maar dat kunt u ons niet aandoen, juffrouw Schmalzler. U was er altijd, zolang ik me kan herinneren!'

'De jaren zijn voorbijgegaan, mevrouw Von Hagemann. Ik ben er niet jonger op geworden.'

'Ach, onzin! U ziet er geweldig uit. Alleen een beetje uitgeput van het werk in het lazaret. Maar daar komt nu een einde aan.'

'Ja, er komt een einde aan,' zei de huisdame vriendelijk. 'Ik ga in de herfst naar mijn neef in Pommeren. Daar waar ik vandaan kom, vlak bij het landgoed van de Von Maydorns. Ik heb wat geld gespaard, waarmee ik het gezin van mijn neef wil steunen. Weet u, ik wil graag terug naar dat landschap. U herinnert het zich vast nog wel. Vroeger hebt u met uw moeder en broer en zus de zomers op het landgoed doorgebracht…'

Lisa wierp Marie een hulpeloze blik toe. Ze wilde naar Pommeren. Maar was dít niet haar thuis, de villa waar ze ruim dertig jaar gewoond en gewerkt had? Bovendien was mama's broer, oom Rudolf, een paar weken geleden overleden, en tante Elvira dacht erover om het landgoed te verkopen.

'Natuurlijk herinner ik me dat,' zei ze. 'Het is heel mooi daar. Toch zou u er nog eens goed over na moeten denken, juffrouw Schmalzler. Het landgoed zal binnenkort niet meer van de Von Maydorns zijn en het gezin van uw neef…'

Ze voelde Maries hand op haar arm en onderbrak zichzelf. Wat kletste ze nou? Juffrouw Schmalzler had een besluit genomen en ze kende de huisdame lang genoeg om te weten dat ze goed over die beslissing had nagedacht.

‘Als u het goed vindt, ga ik nu weer aan het werk,’ zei juffrouw Schmalzler vriendelijk alsof er niets was gebeurd.

‘Natuurlijk, juffrouw Schmalzler…’

Marie slaakte een diepe zucht. Ze moesten binnenkort in de familie overleggen, want er waren meer personeelsleden die de villa wilden verlaten. Humbert was van plan naar Berlijn te reizen en hij wilde Hanna meenemen. Auguste en haar man wilden een stuk van het park kopen en een tuinderij openen. En nu ook nog de huisdame.

‘Het kan toch niet zo moeilijk zijn om nieuwe personeelsleden te vinden,’ zei Lisa.

‘Dat niet,’ zei Marie zachtjes. ‘Het is alleen de vraag of we ze kunnen betalen. De situatie in de fabriek is momenteel allesbehalve rooskleurig. We moeten mama voorzichtig vertellen dat we het in de toekomst waarschijnlijk met minder personeel moeten doen.’

Elisabeth knikte. Arme mama, het zou moeilijk voor haar zijn om de status waaraan ze gewend was op te geven. In ieder geval wilde ze zelf zo snel mogelijk aan een opleiding tot lerares beginnen om niet op haar families zak te hoeven teren.

‘Tot vanmiddag…’ zei Marie en ze liep haastig de trap af. Lisa keek haar na terwijl ze tussen de dozen en bedframes door naar de uitgang liep, even stil bleef staan om een paar woorden met Tilly te wisselen en toen een van de mooie, met houtsnijwerk versierde vleugeldeuren opende.

Er stond een dame buiten. Waarschijnlijk had ze aan de bel getrokken, maar had niemand haar gehoord door het lawaai in de hal. Lisa herkende meteen de ouderwetse zwarte hoed met de reigerveer en het kostuum van donkergroen fluweel. Ook de groene paraplu met de zwarte, kanten rand herkende ze.

Riccarda von Hagemann leek haast te hebben. Ze nam amper de tijd om Marie Melzer te begroeten, maar liep meteen zigzaggend door de hal naar Elisabeth toe.

Elisabeth kreeg een naar gevoel. Ze had haar schoonouders meer dan een jaar niet meer gezien, om precies te zijn, niet meer sinds die noodlottige ruzie met Klaus in haar voormalige woning in de Bismarckstraat. Ze was sindsdien nooit meer in die woning geweest en had ook geen huur meer betaald. Wilde Riccarda von Hagemann haar een gepeperde rekening overhandigen? Elisabeth kreeg angstvisioenen. Moest ze uiteindelijk voor de schulden van haar schoonouders opdraaien?

Riccarda von Hagemann bleef op een paar passen afstand van haar staan, steunde de ingeklapte paraplu op de grond en keek Elisabeth met onverholen minachting aan.

'Het wordt tijd,' zei Riccarda. 'Aangezien je besloten hebt je huwelijksbelofte te verbreken, zou je de nadere omstandigheden met mijn zoon moeten bespreken.'

Elisabeth staarde haar aan. Deze vrouw had iets weg van een onheilsbode, alleen al die verwijtende uitdrukking op haar gezicht! 'Je huwelijksbelofte te verbreken...' Wat ontzettend belerend.

'Dat zou ik graag doen,' antwoordde ze. 'Is hij dan te bereiken?'

'Hij is gisterochtend naar Augsburg teruggekomen en woont voorlopig bij ons.'

'Mooi,' zei Elisabeth koel. 'Dan zal ik mijn advocaat op de hoogte stellen. De heer Grünling zal een afspraak met hem maken...'

'Ik denk dat het beter is als je zelf met Klaus praat!'

Ze leek dat heel belangrijk te vinden want ze knikte erbij, de reigerveer wipte van voor naar achter. Aha, dacht Lisa. Ze hoopt zeker dat haar mooie zoon mij met zijn charme en overredingskracht van mijn plan afbrengt.

'Dat acht ik niet nodig. Ik zal Klaus pas ontmoeten voor de rechter. En dat zal dan ook onze laatste ontmoeting zijn.'

Riccarda's ogen werden smal, ze perste haar lippen op elkaar. Was dat uit woede? Of was er iets anders? Had Elisabeth zojuist haar hoop de grond in geboord?

'Ik wil dat je hem persoonlijk ontmoet, Elisabeth!'

Er was iets in deze uitspraak wat Elisabeth deed opkijken. Wat was deze vrouw koppig. Zou Klaus haar gestuurd hebben? Dat kon Elisabeth zich niet voorstellen. Wat je ook van haar echtgenoot kon zeggen, hij was niet iemand die zijn moeder eropuit stuurde om een probleem op te lossen.

'Het spijt me enorm, beste Riccarda,' zei Elisabeth gemaakt beleefd. 'Maar ik zal je wens niet vervullen. En nu zou ik het zeer op prijs stellen als ik hier niet meer mee lastiggevallen word...'

Riccarda liet heftig haar adem ontsnappen. Beefde ze? De reigerveer trilde in de lucht boven haar hoed.

'Ik... ik smeek je, Elisabeth,' bracht ze uit. 'Alsjeblieft. Ook voor je eigen bestwil. Het zou kunnen dat je ooit zeer veel spijt krijgt van je hardvochtigheid...'

Het klonk verschrikkelijk pathetisch en Lisa was ervan overtuigd dat het pure aanstellerij was. Toch werd ze onzeker. Haar schoonmoeder had haar nog nooit ergens om gesmeekt. Bovendien... Hoe erg kon het nou zijn om Klaus weer te zien? Het zou niets veranderen, maar het gaf haar misschien de kans om vreedzaam tot een overeenkomst te komen.

'Wacht even. Ik haal een jas. En een paraplu.'

De paraplu bleek overbodig te zijn, want Humbert had gemerkt wat ze van plan was en vroeg of hij de dames met de auto moest brengen. Lisa vond dat goed. Ze wist dat hij op een gelegenheid wachtte om onder het vervelende werk in de hal uit te kunnen komen en ze gunde hem de pauze.

'Niet naar de Bismarckstraat. Links afslaan. Daarginds nog een keer links...'

Aha, dacht Elisabeth. Ze hebben de dure woning dus opgezegd en zijn verhuisd. Nou ja, zonder het geld van de schoondochter was het vast lastig om de huur te betalen met hun opgelopen schulden.

Riccarda liet Humbert in de buurt van de Milchberg stoppen en Elisabeth vroeg hem op haar te wachten. Ze was niet van plan lang te blijven.

De nieuwe woning van de Von Hagemanns lag op de tweede verdieping van een smal gebouw dat tussen andere woonhuizen ingeklemd stond. Het was beslist geen woning die paste bij de stand van een adellijke familie, maar waarschijnlijk was dit alles wat ze zich konden veroorloven. Een grijsgevlekte kat sprong in de entreehal op hen af, blies naar hen en glipte langs hen heen een steeg in. In het trappenhuis rook het naar koolsoep en beschimmeld hout. De deur van het toilet op de tussenverdieping stond op een kier en kraakte in de scharnieren. Voor de voordeur op de tweede verdieping moest Elisabeth diep ademhalen, ten eerste vanwege de snelle klim, ten tweede omdat ze walgde van de geur in dit huis. Riccarda von Hagemann trok een sleutelbos uit haar jaszak en maakte de deur open.

'Kom binnen en wacht in de gang tot ik je roep,' instrueerde haar schoonmoeder haar.

Elisabeth kreeg spijt dat ze had toegegeven. Waarom had ze zich laten overhalen hiernaartoe te gaan? Nu was ze in de muffe gang als het ware geparkeerd en moest ze de aanwijzingen van haar schoonmoeder opvolgen. Had ze dit nodig gehad? Ach, ze was een domme kip, die telkens weer in dezelfde val liep…

Vanuit de kamer ernaast, waar Riccarda von Hagemann naar binnen gegaan was, hoorde ze stemmen. Elisabeth kromp ineen. Dat was onmiskenbaar Klaus. Hij was heel rustig, sprak erg langzaam en zijn toon klonk gelijkmoedig. Wat raar. Hij zou zo immers een gesprek hebben met zijn echtgenote, die vastberaden was van hem te scheiden. Ze had wel iets meer opwinding verwacht. Maar kennelijk kon ze hem intussen niets meer schelen. Dan had hij zeker al andere mogelijkheden, misschien wachtte er in België wel een jongedame op de aanstaande verloving…

De deur ging open en Riccarda von Hagemann wenkte haar binnen te komen. Elisabeth keek langs haar heen de kleine salon in, ontdekte haar eigen gordijnen en een mooie commode die ook van haar was. Toen zag ze haar man pas. Hij stond bij het raam met zijn rug naar haar toe.

'Klaus,' zei zijn moeder. 'Kijk eens, ik heb de briefopener gevonden…'

Elisabeth begreep later pas waarom ze dat zei. In de volgende seconden was ze perplex en niet in staat na te denken. Klaus had zich omgedraaid. Zijn gezicht was een paarskleurig masker, doortrokken met donkere lijnen. De mond had geen lippen, de neus was een stompje, de ogen lagen diep in donkere holtes. Ook een deel van zijn hoofd was verbrand, zijn haar was weg, de hoofdhuid was een roze wond.

Het duurde even voordat ze begreep dat zijn moeder hem door een truc zover had gekregen om zich om te draaien zodat zijn bezoekster hem kon zien. Herkende hij haar? Kon hij haar wel zien? Of was hij blind?

'Wat moet dat, moeder? Waarom doe je dit?' zei hij. 'Ik heb je gezegd dat ik niemand wil zien…'

Elisabeth moest tegen de deurpost leunen, ze trilde als een espenblad. Was ze in een gruwelijke nachtmerrie beland?

Hij had zich weer omgedraaid en ze kon zien dat hij zijn verwoeste gezicht achter zijn handen verborg.

'Je kunt tevreden zijn, Elisabeth,' zei hij met bittere ironie. 'Heeft de voorzienigheid mij niet fantastisch gestraft? De mismaakte verleider. De man met het ijzeren masker. Is het niet romantisch? Er schijnen dames te zijn die zelfs op zulke afgrijselijke smoelen als het mijne verliefd worden…'

Zijn schouders schokten. Lachte hij? Of werd hij door elkaar geschud doordat hij hysterisch snikte?

'Houd op…' zei ze. 'Houd op zo cynisch te doen. Ik… ik vind het verschrikkelijk voor je.'

'Bespaar me jouw medelijden, dat heb ik niet nodig. We zien elkaar voor de rechter, mijn schat. En daarna nooit meer. Nooit meer. Precies zoals jij wilt…'

Elisabeth wist niet wat ze moest zeggen. Binnen in haar was het één grote chaos van verbijstering, medelijden, afschuw, schuldgevoel en duizend andere gevoelens. Ze liep wankelend een paar stappen achteruit en stond ineens weer in de gang, sprakeloos, happend naar adem.

'Ik wilde dat je het wist,' zei Riccarda von Hagemann en ze sloot de deur naar de salon. 'En ga nu!'

# 28

MARIE VOELDE ZICH DEZE ochtend geradbraakt. Geen wonder, dacht ze, terwijl ze in de badkamerspiegel de donkere wallen onder haar ogen bekeek. De halve nacht had ze met twee mannen geruzied en vervolgens had ze tot de vroege ochtend wakker gelegen. Ze kamde haar haar en poederde haar gezicht, maar daardoor zag ze er ook niet frisser uit. Waar kwamen die rimpels op haar voorhoofd vandaan? Naast haar ogen zaten er ook een paar. Was ze op haar vierentwintigste al een oude vrouw?

Het is het lange wachten, dacht ze. Die uitputtende zorgen. Een schouderwond. Wondkoorts. Leefde hij nog wel? Of was hij allang… Nee, dat wilde ze niet geloven.

Ze stak haar haar op en bekeek zich weer onderzoekend in de spiegel. Ze was nog steeds knap. Als Paul terugkeerde, zou hij geen verandering aan haar merken en net zo verliefd en teder zijn als hij altijd geweest was. Als hij terugkeerde…

Ze had haar bezwaren tegen Von Klippsteins aanbod opzijgezet en haar schoonvader op de hoogte gebracht. Johann Melzer was meteen enthousiast, hij bleek stiekem al op financiële hulp van Von Klippstein gehoopt te hebben. Alleen diens wens om als partner toe te treden, beviel hem niet erg. Er werd veel geruzied, gisteravond in de herenkamer van de villa. Johann Melzer sprak over een obligatielening, Von Klippstein wenste recht van inspraak bij de leiding van de fabriek. Marie probeerde te bemiddelen. Er werd zelfs gesproken over de mogelijkheid de fabriek om te zetten in een naamloze vennootschap, net zoals andere Augsburgse fabrieken allang deden, maar ten slotte zagen beide mannen in dat zo'n transactie in de huidige rampzalige economische omstandigheden niet erg raadzaam was. De kranten stonden bol van de berichten over de 'schandelijke' vrede, die Duitsland in Versailles opgedrongen was. Waarvoor had al het lijden en sterven gediend? Waarvoor al die slachtoffers? Alle heldenmoed in de strijd voor het vaderland? Alles was voor niets geweest. Degenen die verantwoordelijk waren voor dit onheil, waren lafhartig gevlucht en hadden de mensen in de steek gelaten en in de ellende laten zitten. Er was bijna een volkomen onnodige ruzie tussen haar schoonvader en Von Klippstein ontstaan, want de Pruis bleef ondanks alles trouw aan zijn keizer en de legerleiding, terwijl de fabrikant Melzer woedend verklaarde dat het allemaal domkoppen en misdadigers waren. Ze hadden de mensen oorlogsobligaties aangepraat, hen tot op het hemd uitgekleed, zelfs hun trouwringen afgepakt. Alles zou op een dag met winst teruggegeven worden, hadden ze de mensen voorgelogen. Als de vijanden overwonnen waren en zij herstelbetalingen moesten verrichten. En wie verrichtte nu die herstelbetalingen? De Duitsers. Dat betekende niets anders dan dat het jaren zou gaan duren eer de Duitse economie weer opkrabbelde…

Uiteindelijk was Marie boos geworden. Zaten ze hier nu bij elkaar om te jammeren dat de Duitse economie geen toekomst had? Als iedereen in het land zo zou denken, konden ze maar beter meteen de tent sluiten. Nee, juist nu waren er nieuwe ideeën, moed, ondernemersgeest en fris kapitaal nodig. Ze oogstte bijval, ja, dat was nou precies wat ze van plan waren, ze had het treffend verwoord. Von Klippstein hief het glas en zei dat ze een fantastische vrouw was, zijn vriend Paul kon zich gelukkig prijzen. Johann Melzer verklaarde meesmuilend dat zijn schoondochter koppig was, maar dat haar ideeën tot nu toe goed voor de fabriek hadden uitgepakt. Marie liet ze praten en was blij dat ze nu eindelijk tot een verstandige samenwerking kwamen. De textielfabriek zou de naam 'Melzer' blijven houden, Von Klippstein trad als partner tot de fabriek toe, kreeg salaris en deelde in de winst. De afspraak werd met een handdruk bezegeld, in de komende dagen zou alles schriftelijk vastgelegd en ondertekend worden. Dan konden eindelijk de zo dringend noodzakelijke grondstoffen gekocht worden en zou de productie op gang komen. Natuurlijk had Marie al nieuwe, moderne stofpatronen ontworpen, ze zouden drukwalsen laten graveren en de concurrentie met verfrissende ideeën uit het veld slaan.

Was het maar zo eenvoudig! Nadat Von Klippstein – zoals gebruikelijk met een respectvolle handkus – afscheid van haar genomen had en Johann Melzer naar boven naar zijn slaapkamer was gegaan, begonnen de zorgen in Maries hoofd te malen. Wat als ze de stoffen niet konden verkopen? Wat als de productiekosten hoger waren dan de opbrengst? Wat als de arbeiders bleven staken en steeds hogere lonen eisten?

Ze had net energiek besloten geen negatieve gedachten meer toe te laten, toen Kitty in de gang opdook. Marie wist wel dat haar schoonzus samen met Lisa en Tilly naar een cabaretvoorstelling was geweest, maar Lisa was allang terug.

'Marie?' fluisterde Kitty en ze liep naar haar toe. 'Het is niet te geloven, je bent al wakker. Heb je soms met Klippi en papa geruzied? Arme Marie! Je ziet er bleek en moe uit…'

Kitty droeg haar schoenen in haar hand en liep op kousen, blijkbaar had ze gehoopt ongezien naar haar kamer te kunnen sluipen.

'Ja, we hebben tot laat onderhandeld… En jij? Waarom ben je zo laat?'

'Ik?' vroeg Kitty en ze streek haar korte haar achter haar oor. 'Je weet toch dat ik met Lisa en Tilly naar het cabaret was. O, Marie! Ik zou willen dat je met ons meegegaan was. Het was geweldig! Onze Humbert! Wat een artiest! Je zou het niet geloven, in het begin herkende ik hem niet eens… Hij imiteerde de keizer en onze nieuwe burgemeester… En zelfs Asta Nielsen, dat was helemaal geweldig.'

Marie was eigenlijk te moe om belangstellende vragen te stellen. Bovendien was Kitty volwassen en kon ze op zichzelf passen. Althans, dat hoopte Marie. En wat Humbert betrof, nou ja, het leek erop dat ze hem kwijtraakten. Dat was jammer, want ze waren allemaal aan die eigenaardige jongeman gehecht geraakt. Maar hij moest zijn roeping volgen...

'Was je na afloop nog bij Tilly? Gaat het beter met je schoonmoeder?'

Kitty keek Marie met haar grote, trouwhartige ogen niet-begrijpend aan. Nee, ze was niet bij Tilly geweest. Lisa had Tilly meteen na de voorstelling naar huis gebracht. Omdat haar moeder nog steeds ernstige bronchitis had en last had van haar hart.

Marie zei niets. Haar ogen vielen bijna dicht van vermoeidheid, maar ze besefte dat Kitty haar iets wilde vertellen. Er was iets wat Kitty per se kwijt moest, omdat ze anders niet zou kunnen slapen.

'Ja, stel je voor... ik was na het cabaret nog uit.'

'O ja? Zo laat nog? Waar kun je om die tijd dan nog naartoe gaan?'

Kitty glimlachte engelachtig en legde uit dat er een paar hele leuke barretjes in het centrum waren, waar je ook na middernacht nog koffie of iets anders kon drinken.

'We hebben sekt gedronken. En zelfs champagne...'

'We?'

'Ja, natuurlijk,' zei Kitty zedelijk verontwaardigd. 'Je denkt toch niet dat ik helemaal alleen naar een bar ga?'

Marie werd een beetje duizelig, misschien als gevolg van haar onderdrukte slaapbehoefte. Of misschien kwam het doordat ze zich zorgen begon te maken dat Kitty zich aan een lichtzinnig bohèmeleven overgaf en met vreemde mannen in louche bars verkeerde.

'Kijk niet zo, Marie,' fluisterde Kitty liefdevol en ze streek over haar wang. 'Mijn lieve Marie. Mijn hartsvriendin. De enige die ik vertrouw...'

O god, dacht Marie. Nu kan er alleen maar een verschrikkelijke bekentenis komen. Lag ik nog maar in mijn bed...

'Ik was daar… met Gérard,' fluisterde Kitty.

'Met… met wie?'

Marie begreep het niet. Had Kitty het echt over Gérard Duchamps? Dat kon toch niet waar zijn…

'Je moet niet denken dat ik het bewust heb gedaan, Marie… Het was puur toeval. Hij zat twee plekken verderop in het theater, is dat niet grappig? En hij zag er ook veel beter uit dan onlangs op mijn expositie. Toen zag hij er zo haveloos uit dat hij wel een zwerver leek, het was bijna angstaanjagend…'

Gérard Duchamps had Kitty na de voorstelling aangesproken en voor een kort weerzien in een bar uitgenodigd. Waarschijnlijk was hij haar sinds de expositie bij mevrouw Wiesler niet meer uit het oog verloren. Ongelofelijk hoe vasthoudend hij was. Wat haalde hij zich in zijn hoofd? Hij was een Fransman, dacht hij met open armen ontvangen te worden? Of hoopte hij gewoon op een avontuurtje met de betoverende Kitty?

'Hij is helemaal veranderd, Marie. Ach, hij verkeerde op het randje van de dood in het lazaret en heeft later in de oorlog zo veel ellende gezien. Hij zei tegen me dat het niet te beschrijven was, dat hij het eerst voor zichzelf moest verwerken. En stel je voor, de arme man leeft volledig in onmin met zijn familie. Ze hebben hem onterfd. Hij is helemaal zonder middelen, maar wilde geen geld van mij aannemen, absoluut niet. Hij heeft zelfs de sekt betaald. En nee… er is natuurlijk niets tussen ons gebeurd. Hoe zou dat ook kunnen? Er waren alleen maar tafeltjes en ongemakkelijk zittende pluche meubels in een afgrijselijke rode kleur…'

Marie werd nog duizeliger. Het was nu al genoeg voor vandaag…

'En hoe moet het nu verder? Met jullie tweeën, bedoel ik.'

Kitty glimlachte dromerig en haalde haar schouders op. Ach, de tijd zou het leren.

'Hij zei dat Alfons Bräuer een prachtmens was. Gérard had voor de oorlog af en toe met het bankiershuis Bräuer te maken gehad, daarom kende hij hem.'

Marie nam haar impulsief in haar armen.

'Je bent volwassen, Kitty. Neem je lot in eigen hand. Volg je hart, als je denkt dat je dit moet doen. Maar vergeet niet dat je een familie en een dochtertje hebt. En dat we allemaal heel veel van je houden.'

'Ach, Marie, mijn lieve Marie...'

Kitty vlijde zich snikkend tegen haar schoonzus aan, fluisterde in haar oor dat ze wist dat Marie haar zou begrijpen en liep ten slotte gerustgesteld naar haar kamer.

In de eetkamer zaten Alicia en Elisabeth al aan het ontbijt toen Marie binnenkwam. Aan hun gezichtsuitdrukking te zien was het gesprek tussen hen niet erg plezierig. En juist daarom deden ze hun best om Marie met een vriendelijke glimlach te begroeten.

'Goedemorgen, lieve Marie,' zei Alicia. 'Wat zie je bleek. Hebben de mannen je gisteravond door de mangel gehaald?'

'Nee, integendeel, mama,' grapte ze. 'Toen ik met hen klaar was vielen ze doodmoe in hun bed.'

Elisabeth kopte haar eitje en strooide er zout op. Alicia lachte fijntjes om Maries grapje, maar beweerde dat het nou ook weer niet zo erg geweest kon zijn want Johann had allang ontbeten en was al vroeg naar de fabriek gegaan. Hij had niet eens de tijd genomen om de krant te bekijken.

'Logisch,' zei Elisabeth, terwijl Marie op haar plek ging zitten en het witte stoffen servet uitvouwde. 'Het is niet bepaald opbeurend, wat je momenteel leest. Ze storten zich allemaal als aasgieren op Duitsland.'

'Als je gedacht had dat je ons door deze opmerking van ons onderwerp kon afleiden, moet ik je teleurstellen,' zei Alicia. 'Ik blijf erbij, Elisabeth. Er zijn bepaalde regels waaraan een dame van goeden huize zich dient te houden. Ook in de huidige tijd. Daartoe behoort dat mensen zoals wij niet naar een etablissement als een cabaret gaan. En als we het dan toch doen dan alleen onder begeleiding van een heer.'

Aha, daar ging het over. Marie pakte een van de broodjes, die nu weer verkrijgbaar waren, alleen wel tegen de viervoudige prijs. Alles werd trouwens met beangstigende snelheid duurder. Ernst had absoluut gelijk, je zou je geld in geen geval op de bank moeten laten staan…

'We waren met zijn drieën,' wierp Elisabeth tegen.

'Dat maakt niet uit, Lisa!'

Marie ving een geïrriteerde blik van Elisabeth op en wilde al sussend ingrijpen, toen Lisa ontplofte.

'Als je het dan zo precies wilt weten, mama: ik was er onder begeleiding van een heer. Ben je nu tevreden?'

Ai! Marie sneed haar broodje open en bestreek beide helften met jam. Ze nam een slok koffie en wachtte zwijgend op de vraag die onvermijdelijk zou komen.

'En mag ik weten wie je begeleid heeft? Tenslotte ben je officieel nog met Klaus von Hagemann getrouwd, dat mag je niet vergeten.'

Lisa duwde het paarlemoeren lepeltje in het lege eierdopje waardoor hij rechtop bleef staan.

'Dat vergeet ik zeker niet, mama. Ik denk er dag en nacht aan, voor het geval je het wilt weten. Maar gisteren was ik in gezelschap van meneer Winkler.'

Alicia haalde diep adem, het was duidelijk dat ze hier een hoop over te zeggen had. Maar in plaats daarvan schonk ze koffie in, nam room en suiker en zei geen woord. Marie wist heel goed wat Alicia van Lisa's vriendschap met de leraar Sebastian Winkler vond, die gelukkig weer was vrijgelaten. Niet overeenkomstig haar stand. Als een vrouw zich al van haar adellijke echtgenoot liet scheiden, zou ze niet zo diep moeten afglijden om een eenvoudige schoolmeester haar jawoord te geven. Maar natuurlijk, alles was tegenwoordig anders. De jonge vrouwen hadden 'moderne' denkbeelden, droegen korte rokken en lieten hun haar kort knippen. In hoeverre telden dan nog de opvattingen van een moeder, die – zoals Kitty onlangs zo meedogenloos opmerkte – nog uit de vorige eeuw stamden?

'Meneer Winkler?' vroeg Marie. 'Die het Weeshuis van de Zeven Martelaressen heeft geleid? Ik hoor veel goeds over hem. Heeft hij intussen een nieuwe baan gevonden?'

'Helaas niet. Ze willen hem hier op geen enkele school aannemen. Dat maakt hem erg ongelukkig.'

'Nou ja,' zei Alicia. 'Ook al heeft meneer Winkler, zoals ik gehoord heb, pedagogische vaardigheden, onze staat heeft toch goede redenen om hem een aanstelling te weigeren...'

Elisabeth zei maar niets. Het was zinloos om met haar ouders over politieke ideeën te discussiëren. Een republiek... dat was al erg genoeg. Een Radenrepubliek zou in hun ogen de stellige ondergang van het vaderland betekend hebben.

'Waar is Kitty eigenlijk?' wilde Alicia weten. 'Ik heb haar helemaal niet thuis horen komen. Het meisje is zo stil als een muis.'

'Kitty?' zei Lisa met een onderdrukte glimlach. 'O, volgens mij slaapt ze nog.'

'Ik vind dat het toch wel moet lukken om om halfnegen aan de ontbijttafel te zitten,' zei Alicia misnoegd. 'Zelfs als het de avond ervoor laat is geworden. Marie is toch ook...'

Ze onderbrak zichzelf want in de werkkamer rinkelde de telefoon. Heel even twijfelde ze of ze op moest staan om op te nemen. Maar aangezien op dat moment Humbert binnenkwam om de post te brengen, kreeg hij de opdracht de telefoon op te nemen.

'Zoals u wenst, mevrouw.'

'U was geweldig, gisteravond, Humbert!' riep Elisabeth. 'We lagen krom van het lachen.'

Hij maakte een lichte buiging terwijl hij langsliep, helemaal de ijverige butler. Maar zijn ogen straalden. Succes. Een groot succes. Het publiek had minutenlang geapplaudisseerd, hem telkens weer teruggeroepen. Nu wist hij dat applaus het hoogste geluk betekende, geluk dat verslavend werkte...

'Dank u wel, mevrouw.'

Alicia zuchtte alweer. Terwijl ze de stapel brieven doorbladerde, keek ze veelzeggend naar Marie. Zo ging het niet langer, ze zouden een nieuwe huisknecht moeten aannemen, leek haar blik te zeggen. Wat droevig dat deze jongeman zijn vaste baan zo lichtzinnig op het spel zette om in een cabaret op te treden...

Ze hoorden Humbert in de kamer ernaast aan de telefoon praten en even later verscheen hij weer in de eetkamer.

'Juffrouw Lüders vraagt of u zo snel mogelijk naar de fabriek kunt komen,' zei hij tegen Marie.

'Bedankt, Humbert. Heeft ze verder niets gezegd?'

'Nee, mevrouw. Alleen dat het haast heeft...'

Hadden de twee heren alweer ruzie en hadden ze een bemiddelaarster nodig? Marie stond op en zei voor de grap dat ze niet meer van de geesten af kwam die ze zelf had opgeroepen.

In de gang stond Humbert op haar te wachten en ze begreep dat hij in de eetkamer maar de halve waarheid had gezegd.

'Het is beter als ik u met de auto breng, mevrouw. Er schijnen daar vreemde dingen te gebeuren.'

'Wat is er dan in godsnaam aan de hand?'

'Juffrouw Lüders sprak over een overval. Ze zei dat ze de politie heeft gebeld. En dat meneer de directeur helemaal wanhopig is...'

Marie griste haar hoed van de garderobestandaard en nam niet eens de tijd om een jas aan te trekken. Dat was ook niet nodig, want het was augustus en broeiend heet.

'Een overval, zeg je? Maar dat kan toch niet!'

Alweer een staking van de arbeiders? Waren ze tot in het kantoor van haar schoonvader doorgedrongen? Bedreigden ze hem? Maar Von Klippstein was er toch? Was hij niet een man die met dat soort situaties overweg kon?

Bij het hek van het park moesten ze een poosje wachten tot ze de straat op konden rijden, omdat er een aantal vrachtwagens langskwamen die in de richting van de stad reden. Gele stofwolken stoven van de uitgedroogde straatranden op en omhulden de vrachtwagens.

Humbert moest hoesten. Ze reden een poosje door het opgewaaide stof, daarna werd de fabriek die voor hen lag zichtbaar.

'Wat gebeurt daar allemaal?' fluisterde Marie.

De fabriekspoort stond wijd open. Links voor de oprit stonden vier vrachtwagens, die blijkbaar gereed stonden om ingezet te worden. Op het rechterrijspoor stonden reeds ingeladen voertuigen klaar om het fabrieksterrein te verlaten.

'Stop achter de vrachtwagens, Humbert...'

'Ik kan ook het terrein op rijden, als u wilt, mevrouw!'

'Nee, ik stap hier uit.'

'Wacht, ik ga met u mee.'

Niemand lette op hen. Toen ze, gehuld in stofwolken, naar de poort gingen, denderde er een volgeladen vrachtwagen langs hen heen. Bij de poort brulde iemand wat ze hier te zoeken hadden.

'Dat is mevrouw Melzer,' hoorde ze de verschrikte stem van de portier. 'Die leidt de fabriek...'

De vrachtwagen achter hen werd gestart en reed langs hen heen het fabrieksterrein op. Wat daar gebeurde, was zo ongelofelijk, dat Marie in eerste instantie dacht in een nachtmerrie beland te zijn.

Een legertje arbeiders sleepte met metalen onderdelen en tilde ze op de laadoppervlaktes. Grote en kleine, zware die door een aantal mensen gedragen moesten worden, klein spul dat ze in emmers verzameld hadden. Glanzende zwengels, tandraderen, staven waarop apparaten gemonteerd waren, glimmende stangen, kettingen, kokers die onder de olie zaten. Het duurde een poos voordat Marie begreep dat ze bezig waren selfactoren en weef- en drukmachines in afzonderlijke onderdelen op de vrachtwagens te laden.

'Ze... ze stelen uw machines...' stamelde Humbert. 'Dat kan toch niet... Dat mag niet...'

Marie probeerde in het gewemel individuele mensen te herkennen. Was dat niet Von Klippstein, daar voor de ingang van het administratiegebouw? De man die met zijn rug naar haar toe stond en opgewonden op iemand inpraatte?

'Kom!' beval ze Humbert en ze baande zich een weg tussen de arbeiders door. Hij volgde haar op de voet, bezorgd dat haar iets kon overkomen en tegelijk doodsbang dat hij zelf in een gevecht of iets dergelijks verzeild zou raken. Hij was geen held, allesbehalve dat.

Nog voordat Marie de twee mannen bereikt had, kreeg ze een vermoeden. Was het mogelijk? Op legale wijze in ieder geval niet. Wat had Lisa ook alweer gezegd? Als aasgieren…

'Dit is in strijd met de wet!' hoorde ze Von Klippsteins boze stem. 'U hebt niet het recht deze machines te demonteren. Er zijn afspraken. Bedrijven zijn contractueel beschermd.'

'*We don't care, Mr. Klichen… You lost the war, so you will pay the debt…* U betaalt… want u hebt verloren deze oorlog… Zo is het leven, *my boy.*'

'De politie zal zich over de zaak ontfermen!'

'*We are not afraid of the German police…* Wij hebben gekocht machines… Met contract… *Signed by Mr. Melzer…*'

'Dat kan alleen een vervalsing zijn. Directeur Melzer zou zijn machines nooit aan u verkopen…'

'Dat kan ik bevestigen!' riep Marie luid. 'Ik kan er zelfs een eed op afleggen!'

De man die met Von Klippstein stond te ruziën droeg een vreemd model pak en een hoed met een deuk, die hij scheef over zijn bezwete voorhoofd had getrokken. Hij was dik en zijn gezicht glom van de hitte.

'*Who are you?*'

'Dit is Mr. Jeremy Falk uit Amerika, uit Greenville,' zei Von Klippstein tegen Marie, woedend over de onbeschoftheid van de Amerikaan. Daarna wendde hij zich tot Falk.

'Mevrouw Marie Melzer, schoondochter van de directeur en plaatsvervangend leidster van het bedrijf.'

'*I am very sorry, Mrs. Melzer,*' zei de dikke man zonder Marie op de een of andere manier te begroeten of zelfs zijn hoed af te nemen. '*The game is already over…* Jammer, maar alles al klaar…'

Op dat moment klonk er een kreet. Luid, ongeremd, hulpeloos, wanhopig.

'Nee! Jullie rotkerels gaan niet mijn machines meenemen. Niet de machines die Jakob gebouwd heeft. Niet mijn machines… Niet mijn…'

'In hemelsnaam,' fluisterde Marie. 'Vader! Waar is hij?'

Von Klippstein rende weg, rende dwars door het gewemel de binnenplaats op. Daar had zich intussen een mensenmenigte gevormd, arbeiders waren blijven staan, drongen samen, praatten, zetten hun last neer, wezen met hun vinger.

'Een dokter! Haal een dokter!' schreeuwde iemand.

Marie duwde de mannen opzij, trok aan hun mouwen, benutte haar ellebogen om het midden van de groep te kunnen bereiken. Daar knielde Von Klippstein naast een gestalte die op de grond lag, met uitgestrekte armen en vreemd gekromde handen. Marie herkende het lichtgrijze zomerkostuum, de grijze veterschoenen, het zilveren polshorloge met het bruine leren bandje waar haar schoonvader zo trots op was geweest.

Ze kwam dichterbij, knielde naast hem neer, zag zijn bleke gezicht, zijn halfopen mond waaruit een straaltje bloed stroomde.

'Hij ademt nog,' hoorde ze Von Klippstein zeggen. 'Waar staat de auto? We moeten hem naar het ziekenhuis brengen…'

Marie ving een blik op in de bijna gesloten ogen van Johann Melzer. Het was slechts een opflikkering, misschien een vage herkenning, misschien ook alleen een reactie van de iris op de dood die zich in zijn lichaam verspreidde.

'Humbert!' riep Von Klippstein opgewonden. 'Humbert! Waar bent u nou? Rijd de auto hiernaartoe. Snel.'

Zijn woorden werden overstemd door motorgeruis, de chauffeur van de dichtstbijzijnde vrachtwagen had de motor gestart.

'*I'm so sorry, Mrs. Melzer,*' zei iemand vlak naast Marie. '*We didn't touch him. He just fell down…*'

Ze nam het nauwelijks waar. Ze legde voorzichtig haar hand op

Johann Melzers gezicht, streek met een teder afscheidsgebaar over zijn voorhoofd en sloot zijn ogen. Ze huilde. Maar in het algemene gewoel, in het geschreeuw en het lawaai van motoren merkte niemand dat.

# 29

'EEN TIJDPERK KOMT TEN einde,' zei mevrouw Wiesler met bevende stem. 'Mijn oprechte deelneming, mijn liefste…'

Ze omhelsde Alicia Melzer en moest toen snel met een zakdoek haar ogen deppen. Directeur Wiesler gaf Alicia zwijgend een hand en knikte een paar keer, alsof hij zijn medeleven al had geuit en het alleen nog maar hoefde te bevestigen. Alicia glimlachte uitgeput en bedankte hem, waarna ze zich meteen tot de volgende bezoeker wendde die kwam condoleren. Steeds dezelfde woorden. Hartelijk dank. Wat fijn dat u gekomen bent. Ik dank u hartelijk. Ja, het is een harde klap voor ons allemaal. Ja, het gebeurde volkomen onverwacht. Hartelijk dank. Geeft u de bloemen alstublieft aan Humbert. Ja, vanmiddag, meteen hierna…

Johann Melzer lag in de hal van de villa opgebaard. Daar troonde de open kist op een zwarte katafalk in blauwachtig schemerlicht, geflankeerd door acht kaarsen in zilveren kandelaren. Dikke gordijnen verhulden de glazen deuren naar het terras, ook had Alicia geïnstrueerd om alle spiegels met donkere doeken af te dekken. Johann Melzer rustte met een strenge gezichtsuitdrukking op wit kant, de handen zorgzaam gevouwen, omringd door een zee van bloemen.

'Dit zijn wij onze vrienden schuldig,' had Alicia gezegd. 'De Melzers hebben in Augsburg wat te zeggen, dat vond Johann altijd belangrijk. Iedereen zou moeten komen om afscheid van hem te nemen.'

Het verbaasde Marie hoe beheerst Alicia de dood van haar echtgenoot aanvaardde, aan wiens zijde ze zo veel gelukkige, maar ook moeilijke jaren had gekend. Alicia zou zichzelf zeer zeker de vervreemding verwijten, die in de laatste jaren van het huwelijk was opgetreden en die misschien met iets meer begrip vermeden had kunnen worden. Marie wist dat Alicia van haar man gehouden had. Nu, op het ogenblik van het diepste verdriet, was Alicia Melzer sterk. Ze troostte haar dochters die buiten zichzelf waren van verdriet, sprak met de personeelsleden, regelde samen met Marie de begrafenis.

Mr. Falk was zelf van het ongeluk geschrokken. Na wat heen en weer gepraat had hij geïnstrueerd dat ze de bewusteloze man zo voorzichtig mogelijk op het laadvlak van een van zijn vrachtwagens legden. Alleen Marie wist op dat moment al dat Johann Melzer allang in het rijk der doden verkeerde, maar ze had zich niet tegen Falks aanwijzingen verzet. Later, toen de artsen in het ziekenhuis het overlijden van de patiënt hadden vastgesteld, belde ze Alicia op. Kitty moest in de stad, waar ze boodschappen deed, gezocht worden, Lisa vonden ze in het weeshuis bij Sebastian Winkler.

Alicia wilde per se in de nacht voorafgaand aan de begrafenis de dodenwake bij haar echtgenoot houden, zoals gebruikelijk was. Niemand weersprak haar. Weleerwaarde Leutwien voltrok het rouwceremonieel en bleef lang voor de kist staan, verdiept in gebed. Later wisselden Kitty, Elisabeth en Marie elkaar af, ze zaten naast Alicia op oncomfortabele stoelen, staarden naar het vreemde gezicht van de overledene dat wel van was leek en voelden de duisternis van de grote hal in hun rug. Ook juffrouw Schmalzler en Fanny Brunnenmayer namen deze taak een paar uur op zich, later zorgden zij ervoor dat er regelmatig koffie, thee en water werd aangevoerd. Slechts weinig bewoners van de villa sliepen die nacht, zelfs de drie kinderen waren onrustig en huilden.

Om elf uur de volgende dag verschenen de eerste bezoekers om te condoleren: notabelen uit de stad, vrienden en kennissen, evenals arbeiders en personeelsleden van de fabriek. Degenen die de familieleden gecondoleerd hadden en hun boeketten hadden afgegeven, liepen naar de eerste verdieping om daar kennissen te begroeten en een kleine versterking te nuttigen.

Humbert was onafgebroken in de weer, hij schikte de bloemen voor de kist, droeg talloze dienbladen met koffie en hapjes naar de verschillende vertrekken, vond vergeten brillen en handtasjes en probeerde daarbij ook nog tientallen vragen te beantwoorden.

'Wat ze niet allemaal willen weten,' klaagde hij beneden in de keuken, waar de kokkin met Augustes hulp gevulde eitjes en boterhammen met ham op een schaal legde. Hanna en Else moesten afwassen, ze hadden een enorme hoeveelheid kopjes, glazen en kleine bordjes nodig.

'Ja, de alcohol,' zei Humbert met de zangerige stem van een oude vrijster, 'meneer Melzer zaliger hield wel van een glaasje cognac!'

Vervolgens ging hij met de lage stem van de wethouder verder. 'De fabriek is nu zeker helemaal failliet, of niet?'

En direct daarna deed hij mevrouw Von Sontheim na: 'Ik snap niet waarom mevrouw Von Hagemann niet allang gescheiden is.'

Else depte haar ogen met de keukenhanddoek. Wat konden mensen gemeen zijn! De fabriek failliet! Dat zouden ze wel willen.

'Ach, als we geweten hadden waarvoor we de hal zo goed moesten vegen en poetsen… Nu ligt hij daar stijf en zwijgend in zijn kist. En maandagochtend riep hij me nog na dat ik mijn voeten moest optillen en niet zo moest sloffen…'

Juffrouw Schmalzler, helemaal in het zwart gekleed en met een rouwband in haar haar, kwam de keuken binnen. Ze had poeder en een beetje rouge gebruikt, zodat ze er na de doorwaakte nacht niet zo bleek uitzag. Ze glimlachte bemoedigend naar de vrouwen in de keuken. Net als in haar beste tijden.

'Het loopt allemaal op rolletjes. Mevrouw Melzer is zeer tevreden dat er zo veel bezoekers zijn gekomen. We doen allemaal ons best om het aanzien van de villa hoog te houden. Ook nu, in dit droevige uur. Juist nu, mijn lieve…'

'Au!' schreeuwde Auguste en ze stak haar bloedende wijsvinger in haar mond. 'Jezus, mevrouw Brunnenmayer, uw messen zijn zo scherp als scheermesjes.'

'Je bent ook zo onhandig.'

Juffrouw Schmalzler wendde zich tot Humbert. 'De burgemeester, meneer Von Wolfram en zijn vrouw zijn zojuist gearriveerd. Boven in de salon komen we glazen tekort en we hebben een karaf water nodig.

'Komt eraan, juffrouw Schmalzler.'

Humbert glipte langs de huisdame heen en kreeg het voor elkaar om de glazen zonder dat er ook maar één rinkelend geluidje te horen was de personeelstrap op te dragen. Hij was veel eerder boven dan de eetlift, die toch vol zat met vuile vaat.

Tegen één uur nam de stroom bezoekers wat af, veel families aten op dat tijdstip. Het was benauwend zwoel, wat verlammend werkte op lichaam en geest. De aarde was uitgedroogd door de langdurige hitte, op sommige plekken waren zelfs scheuren ontstaan, een paar beekjes stonden droog en alleen de oude bomen in het park waarvan de wortels diep in de grond zaten, trotseerden de droogheid zonder één geel blaadje.

'De lucht is betrokken,' zei Von Klippstein tegen Marie. 'Hopelijk gaat het niet onweren.'

'Ach,' zei Kitty verbitterd. 'Papa zou het leuk gevonden hebben om bij bliksem en donder begraven te worden. Hij zou zich kostelijk vermaakt hebben als alle mensen drijfnat zouden worden…'

'Dat is goed mogelijk,' zei Marie en ze legde haar arm om Kitty. 'Maar laten we dit keer in ieder geval onze paraplu's meenemen, vind je niet?'

Kitty knikte en vlijde zich tegen Marie aan. Ze had het grootste deel van de afgelopen nacht bij haar schoonzus op de kamer doorgebracht, had onafgebroken gepraat, gehuild, gejammerd en dan weer flauw gegiecheld. Ach, papaatje. Dat het zo snel was gegaan. Dat ze niet eens afscheid van hem had kunnen nemen.

'Ze moeten die Amerikaan opsluiten! Hoe heette-ie ook alweer? James Fork of zo? Nou ja, maakt niet uit. Een vervloekte klootzak. Een ellendige moordenaar...'

'Sst, Kitty,' fluisterde Marie in haar oor. 'Niet nu. Niet hier...'

'Hoezo?' snikte Kitty. 'Papa zou het wel bevallen. Als hij gekund had, had hij die vent met zijn vuist tegen de grond geslagen. Zo en niet anders moet je met deze lui omgaan, die kennen toch alleen het brute geweld daarginds in het Wilde Westen...'

Marie wist dat het niet veel zin had Kitty tot de orde te roepen, daarom aaide ze haar teder over haar haar en gaf ze haar een kus op de wang. Ernst von Klippstein stond er met een bedremmeld gezicht naast – Kitty's verwijt had hem diep geraakt. Hij verweet zichzelf dat hij niet krachtiger was opgetreden toen Jeremy Falk zich toegang tot de fabriek had verschaft. Hij had op de politie vertrouwd die door de secretaresse gebeld was. Hij had een escalatie willen vermijden. Hij had simpelweg gefaald.

'Kijk, Kitty,' zei Marie. 'Daar komen Tilly en haar moeder. Wil je hen begroeten?'

'Ach, ja,' zuchtte Kitty. 'Dat is een stuk aangenamer dan die zwarte kraaien van het stadsbestuur die alleen maar met krassende stem "mijn oprechte deelneming" zeggen.'

Von Klippstein bleef naast Marie staan.

'Wat ik u nog wilde zeggen, Marie,' zei hij met gedempte stem. 'Aan mijn besluit om als partner toe te treden tot de fabriek, is niets veranderd. Ik houd me aan mijn woord. En ik zal als bedrijfsleider aan uw zijde staan. Juist nu, Marie.'

'Ik dank u zeer.'

Ze verborg haar onbehagen achter een vriendelijke glimlach. Het was voorspelbaar hoe de dingen zich nu zouden gaan ontwikkelen. Zonder de autoriteit van Johann Melzer, die weliswaar niet altijd gewillig, maar uiteindelijk wel achter haar had gestaan, zou ze de fabriek niet kunnen leiden. Ze had Von Klippstein nodig om door de personeelsleden en arbeiders geaccepteerd te worden. Ze had ook zijn geld nodig, zodat de fabriek kon blijven voortbestaan. Maar zou hij zich op de lange termijn naar haar wensen voegen? Haar beslissingen naar buiten toe verdedigen? Haar helpen om nieuwe en moedige ideeën in de praktijk te brengen? Misschien zou hij dat zelfs doen. Maar vroeg of laat zou hij daar zijn loon voor opeisen.

Paul. Kwam hij nou maar eindelijk terug! Ze voelde zich zo verschrikkelijk uitgeput, zo weerloos, zo moedeloos en zonder hoop. Maar ze moest sterk zijn. Wie was er anders nog over die voor het voortbestaan van de fabriek kon vechten? Alleen zij. Alle verantwoordelijkheid rustte op haar schouders.

Tegen twee uur had de drukkende atmosfeer een hoogtepunt bereikt, de lucht was bedekt met vale wolkenslierten en in de verte klonk de rollende donder. Er waren zes sterke, in het zwart geklede heren in de hal verschenen die de begrafenisonderneming gestuurd had. Ze zouden de voormalige heer des huizes uit de hal en door het park naar de straat dragen. Daar stond een ouderwetse paardenwagen klaar om de kist naar de Hermanbegraafplaats te brengen, waar Johann Melzer al jaren geleden een familiegraf had gekocht.

Het was een indrukwekkend moment toen de heren de nu gesloten kist optilden en die met langzame, plechtige passen door de hal naar de deur droegen. Marie had uit voorzorg haar arm om Alicia gelegd. Kitty en Elisabeth hielden elkaars hand vast, Tilly steunde haar moeder voor wie deze begrafenis zeer aangrijpend was.

'Wat plechtig. Zelfs de burgemeester is gekomen. En al die ophef… en jouw arme vader hebben we in alle stilte moeten begraven,' fluisterde Gertrude Bräuer.

'Alsjeblieft, mama…'

'Het is toch zo, of niet soms?'

'Sst!'

Toen ze met de kist langs haar heen liepen, zei Gertrude hoorbaar:

'Hij was een oude knar, maar een goede vriend… De beste die we ooit hadden.'

Daarna begon ze luid te snikken en het kostte Tilly veel moeite haar tot bedaren te brengen.

De donder was steeds duidelijker hoorbaar, in het westen leek een zwarte doek boven de stad te hangen en er schoten enkele flitsen door de lucht. Af en toe was er een warme windvlaag, die stof en verwelkte blaadjes op deed dwarrelen en boven de paden van het park wervelende spookfiguren voortdreef die vervolgens weer in elkaar stortten. Een lange stoet in het zwart geklede mensen liep langzaam en plechtig achter de kist aan, de meesten in diepe rouw verzonken, slechts een enkeling keek telkens bezorgd naar de lucht. Humbert, die als laatste achter de stoet aan liep, had de voordeur van de villa zorgvuldig op slot gedaan. Er was niemand achtergebleven, alle personeelsleden volgden hun baas op zijn laatste weg, ook Rosa en de drie kinderen liepen mee tot aan het hek.

Elisabeth en Kitty liepen naast hun moeder en Marie, direct achter de dragers, en Lisa had het gevoel dat Alicia een stukje kleiner was geworden. Terwijl ze nog steeds rechtop liep, met een rechte rug en opgeheven kin – zoals ze het als kind op het landgoed van de Von Maydorns had geleerd. Lisa benijdde haar moeder om haar beheerste houding. Zijzelf had zich in haar kamer opgesloten omdat het verdriet haar had overweldigd. Het was niet haar aard iemand in vertrouwen te nemen, zoals Kitty deed, die Marie om de hals vloog. Lisa had eenzaam in haar kussen gehuild. Er was niemand in de villa die haar had kunnen troosten. De enige die daartoe in staat zou zijn geweest, die ze toegestaan zou hebben om haar troost en moed toe te spreken, was niet welkom in haar familie.

Ze had Sebastian vandaag maar heel even gezien, toen hij – gekleed in een geleend pak – naar haar toe was gekomen en gepast beleefd zijn medeleven had geuit. Een heel kort ogenblik hadden ze het risico gelopen dat ze zich lieten gaan. Ze had gezien dat zijn armen trilden, dat hij haar in zijn armen wilde sluiten, maar dat niet durfde. En ook bij haar had het niet veel gescheeld of ze had zich tegen hem aan gestort. Maar de conventies waren sterker geweest en het was bij een eenvoudige handdruk gebleven.

Nu liep hij ver achteraan in de stoet, waar de personeelsleden en fabriekswerkers hun plek hadden. Zou hij dat ogenblik ook zo gevoeld hebben? En als dat zo was, wat dacht en voelde hij nu?

Ze schoof deze gedachten opzij en probeerde zich op de serieuze ceremonie te concentreren. Hemel, daar in de kist lag haar papa. Ze was hem verloren… voor altijd verloren. Hij zou nooit meer in zijn werkkamer zitten. Nooit meer met hen ontbijten en knorrige grapjes maken. Nooit meer zijn arm om haar heen leggen…

Een luide donderklap deed iedereen ineenkrimpen. Direct daarna lichtte de bliksem als een felle zigzaglijn de hemel op en de mensen keken bezorgd. Een windvlaag waaide door de oude bomen en de bladeren ruisten, twee hoeden waaiden weg, rolden over het stoffige pad en werden weer opgepakt.

'We zijn bijna bij de poort,' zei iemand. 'Godzijdank! Hier onder de bomen kun je gemakkelijk door de bliksem getroffen worden.'

In Lisa's hoofd was het een enorme wirwar. Wanneer was het geweest? Vorige week? Of langer geleden? Waarom kwam juist nu dit gesprek, dat ze met haar vader had gevoerd, in haar hoofd op?

'Hij heeft niets, Lisa. En ik kan je niet voor de tweede keer een bruidsschat geven.'

'Wat maakt het uit? We zullen werken.'

'Als hij een baan vindt…'

'Dan werk ik voor ons allebei!'

'Zodra je je opleiding voltooid hebt. Wanneer begin je daaraan?'

'Binnenkort!'

'Dan wens ik jullie geduld!'

'Bedankt!'

'Waarom ben je zo koppig, Lisa? Je bent toch een slim meisje. Wat is er mis met mijn voorstel?'

'Alles, papa!'

De dragers waren bij de poort aangekomen en de stoet loste zich langzaam op. Angstige mensen haastten zich naar huis, anderen keken naar de mannen die met moeite de kist op de paardenwagen tilden. Dat was lastiger dan gedacht, want door het onweer waren de paarden extra onrustig waardoor de wagen heftig wiebelde.

Rosa en Else gingen snel met de kinderen terug naar de villa, de overige personeelsleden wachtten tot de paardenwagen zich in beweging zette en gingen toen ook terug.

De familie en de nauwste vrienden gingen op weg naar de Hermanbegraafplaats. Lisa zat naast haar moeder op de achterbank van de auto die door Humbert bestuurd werd, andere auto's volgden hen op de langzame rit naar de begraafplaats. Direct achter hen reed Klippi, met Tilly en Gertrude Bräuer in de auto, evenals juffrouw Schmalzler en dokter Greiner. Wie in de andere auto's zat, kon Lisa niet zien, maar Sebastian Winkler zou vast door niemand meegenomen zijn. Zou hij de lange weg naar de Hermanbegraafplaats te voet afleggen? Hij had immers maar één voet en droeg een prothese. Misschien ging hij nu wel terug naar het weeshuis.

Papa had gelijk, dacht ze bezorgd. Hij bezit niets en niemand respecteert hem. Op deze wereld is het niet voldoende als je een fatsoenlijk mens bent...

De lange ceremonie was een kwelling. Ongelofelijk dat mama zo sterk was en alles verdroeg. Al die mensen die naar de begraafplaats waren gekomen om van Johann Melzer afscheid te nemen. De schichtige paarden die aan de wagen trokken waardoor de kist op een haar na uit de handen van de dragers gleed. En dan het gerommel van de donder, de door de lucht schietende bliksems en de zwarte wolken die zich boven de begraafplaats samenpakten.

Ze versnelden de ceremonie om die hopelijk af te kunnen ronden voordat het begon te regenen. Met bijna onwaardige haast droegen de mannen de kist door de poort van de begraafplaats, waarbij ze bijna een oude vrouw omverliepen die met haar gieter op weg was naar de fontein. Ze zetten hun last op de planken die over het open graf gelegd waren. Lisa voelde Kitty's ijskoude hand die zich in de hare schoof en ze omsloot de vingers van haar zus. De wind trok aan het lange gewaad van de dominee. Toen hij zijn armen hief, had Lisa het gevoel dat hij als een vogel wilde wegvliegen. Ze zag dat Marie haar beide armen om Alicia sloeg en hoorde Kitty luid snikken. De planken werden weggehaald en de kist zakte aan twee touwen langzaam in de grond.

Het begon te regenen terwijl ze aan het open graf stonden en Alicia een handjevol aarde op de kist gooide. Eerst vielen er een paar dikke druppels, daarna stortte het water als een zondvloed op hen neer. Gelukkig had Klippi uit voorzorg een paraplu meegenomen. De wolken leken wel rotsen van graniet die openbarstten, felle lichtscheuten lichtten de grafstenen secondelang zo fel op dat elke letter leesbaar was. Direct daarna was alles weer in een grauwe, door de regen gestreepte duisternis gehuld.

'Blijft u dicht bij me,' hoorde ze Klippi zeggen. 'Mijn auto staat vlak bij de poort van de begraafplaats.'

Het kon Lisa niet schelen dat ze nat werd. Om haar heen renden, haastten zich en vluchtten de bezoekers naar de uitgang. Er zweefden paraplu's langs haar heen, evenals hoeden en jassen die beschermend boven kapsels gehouden werden. Ineens herkende ze vaag drie personen die in de tegengestelde richting liepen. Dat kostte hun moeite, ze moesten telkens uitwijken voor de mensen die haastig wegvluchtten en op het gras stappen om niet omvergerend te worden.

'Lisa!' riep Kitty opgewonden. 'Waarom blijf je staan?'

Ze reageerde er niet op. Ze volgde de drie bezoekers door de stromende regen, zonder precies te weten waarom.

Riccarda von Hagemann en haar man stonden voor het open graf van Johann Melzer, hielden elkaars hand vast en staarden in het graf. Ze zag dat Christian von Hagemann iets tegen zijn vrouw zei, Riccarda knikte. Klaus stond direct achter zijn ouders, hij had zijn hoed ver over zijn gezicht getrokken en stak nu ten overvloede zijn paraplu op.

Ze hadden Elisabeth niet verwacht en tilden verbaasd hun hoofd op toen ze hen aansprak. Klaus draaide zich opzij, hij wilde niet dat ze zijn verminkte gezicht zag.

'Je hebt deze woorden vast al heel vaak gehoord,' zei Riccarda tegen haar. 'Maar er zijn niet veel manieren om te zeggen wat je op zo'n moment voelt. We vinden het heel erg voor je, Elisabeth.'

Ze bedankte hen, schudde de handen die haar gereikt werden. Ten slotte draaide ook Klaus zich naar haar om. Hij hield zijn hand aan de rand van zijn hoed, alsof hij de hoed dieper over zijn gezicht wilde trekken.

'Er is veel gebeurd, Lisa,' zei hij. 'Ik wilde vaak dat ik nog een keer helemaal opnieuw kon beginnen. Maar het is te laat.'

Ze wist niet goed hoe serieus hij die woorden meende. Zeker omdat er op dat moment een krachtige donderklap boven hen was, alsof de hemel haar wilde waarschuwen.

'Ik heb een voorstel, Klaus. Luister rustig naar me. Daarna heb je de tijd om erover na te denken en een beslissing te nemen.'

# 30

KITTY LIEP TERUG NAAR haar kamer omdat ze haar handtas was vergeten. Ze rommelde erin, pakte wat geld uit het geheime vakje van haar bureau en stopte dat in haar portemonnee.

'Rosa? Trekt u haar laarsjes aan. En de witte jas met de bontkraag. De wollen muts...'

'Neeeeee,' verzette Henni zich. 'Niet de wollen muts, mama. Die jeukt zo!'

'Maar het sneeuwt...'

'Ik doe de kraag omhoog. Net als jij.'

Kitty zei dat ze een warme sjaal mee moest nemen. Jeukende wollen mutsen kon ze zich nog maar al te goed uit haar eigen jeugd herinneren. Het ergste waren de lange wollen kousen geweest. Voor Henni kocht ze daarom alleen katoenen kousen.

Ze nam haar dochter bij de hand en liep met haar de trappen af. De hal was al versierd met dennentakken en gouden papieren sterren die de kinderen geknutseld hadden. Kerstmis stond voor de deur, eindelijk een kerst zonder oorlog, maar zoals het ernaar uitzag ook zonder Paultje. Er was nog steeds geen teken van leven van hem, niemand kon hun vertellen of hij gezond was en wanneer ze hem eindelijk naar huis lieten gaan. Mama had een keer zachtjes gezegd dat het een slecht teken was dat hij helemaal niet meer schreef. Maar mama was sinds papa's overlijden in een sombere stemming, een echte pessimist, ze verwachtte altijd het ergste.

'Krijgen we een kerstboom, mama?'

Kitty betwijfelde of mama de rompslomp goed zou vinden, slechts enkele maanden na papa's overlijden. Aan de andere kant zou het voor de kinderen geweldig zijn, want in de afgelopen jaren hadden ze vanwege het lazaret geen grote boom kunnen neerzetten. Ach, wat was het vroeger fantastisch geweest als Gustav en zijn opa de dennenboom uit het park naar binnen brachten en ze met zijn allen de boom opgetuigd hadden. Wat had de grote kerstboom er schitterend uitgezien. De hele hal rook dan naar dennengeur en op kerstavond hingen Auguste en Else de zelfgebakken kerstkoekjes aan de groene takken.

'Ja, ik geloof het wel, Henni. En hij zal reusachtig zijn. Bijna tot aan het plafond...'

'Tot aan de hemel!' jubelde haar dochter en ze huppelde de treden naar de voordeur af.

Humbert wachtte op het voorplein op hen. Hij had de sneeuw van de automobiel geveegd en wreef met een doek de voorruit schoon.

'Alstublieft, mevrouw,' zei hij en hij deed elegant het portier open.

'Maar u moet op de achterbank bij Henni gaan zitten.'

'Maakt u zich geen zorgen, mevrouw. En heel zachtjes optrekken. Niet te veel gas. Met gevoel...'

Kitty nam achter het stuur plaats, zonder op Henni's protestgeschreeuw te letten. Sinds enkele weken leerde Humbert haar autorijden, wat niet eenvoudig was, want Kitty had niet veel technisch inzicht. Maar ze hield stug vol, Lisa had het tenslotte ook geleerd.

'Mama mag niet rijden,' jammerde Henni, die op de achterbank op Humberts schoot zat. 'Ik ben bang!'

'De starter... de koppeling... eerste versnelling... heel goed. Rustig schakelen... Op laten komen... rustig... rustig...' De eerste poging mislukte. De auto schokte, Henni gilde en klampte zich aan Humbert vast. De tweede poging ging al beter. Kitty kreeg de auto met moeite in de eerste versnelling en het lukte haar de auto in beweging te krijgen. Langzaam reden ze over de met sneeuw bedekte oprijlaan door het park in de richting van de poort. Het lukte haar zelfs zonder nog meer catastrofes naar de tweede en de derde versnelling te schakelen. Alleen lukte het haar niet om voor de poort te remmen, de auto schoot naar rechts en belandde in het gras. Maar dat was de schuld van de sneeuw.

'Dat ging al heel aardig, mevrouw. Nog een paar dagen en u rijdt als een gek. Graag de handrem aantrekken.'

'O ja, dat was ik bijna vergeten.'

Ze wisselden van plek. Humbert stuurde de wagen weer de weg op en reed met gemak naar de stad. Sneeuwvlokjes bleven aan de ruit plakken, Humbert moest telkens weer de ruitenwisser bedienen om beter zicht te hebben.

'Je mag niet autorijden, mama,' mopperde Henni. 'Dan hobbelt het zo.'

'Maar, schat, ik moet het leren, want Humbert gaat in januari naar Berlijn. Of moeten we dan allemaal te voet gaan?'

'Dan moet tante Lisa autorijden.'

Kitty zweeg geërgerd. Het viel helaas niet te ontkennen dat Lisa rustig en zelfverzekerd reed. Maar Lisa had rare plannen, niemand wist of ze de villa niet gauw zou verlaten.

'Zet u ons maar in de Maximilianstraat af, Humbert. Het laatste stuk gaan we lopend. Het sneeuwt zo mooi...'

'Zoals u wenst, mevrouw.'

Ondanks de moeilijke economische situatie bereidde de stad zich op het kerstfeest voor. Op de brede boulevard waren een paar houten, met dennentakken versierde kraampjes opgebouwd, waarin handelaren hun koopwaar aanboden. Houten speelgoed, kaarsen, kleurrijk suikergoed en gepofte kastanjes, en één kraampje verkocht zelfs glanzende engelen van klatergoud, notenkrakers in paradeuniform en allerlei blikken speelgoed dat opgewonden kon worden. Groepjes kinderen in versleten, veel te grote kleren schaarden zich om de kraampjes met speelgoed, keken verlangend naar de metalen autootjes en porseleinen poppen en werden telkens weggejaagd door de verkopers.

'Snoepjes, mama! Ze hebben daar frambozensnoepjes!'

Kitty kocht een papieren zakje vol felgekleurde, kleverige snoepjes en waarschuwde haar dochter dat ze dit keer voorzichtig moest zuigen. Onlangs had Henni per ongeluk een frambozensnoepje doorgeslikt en was ze er bijna in gestikt.

Onder de jaloerse blikken van de kinderen die geen geld hadden, stopte Henni een snoepje in haar mond en volgde ze haar moeder door de sneeuw naar Sibelius Grundigs atelier. Kitty haatte het om langs de vele bedelaars en invalide mensen te moeten lopen, maar juist in de periode voor kerst zaten ze overal. Sommigen zaten zelfs in de sneeuw, op een deken en met een versleten doek om hun schouders. Kitty zocht haar kleingeld bij elkaar en verdeelde het – de arme kerels waren de oorlog in gestuurd en nu zaten ze hier, kreupel, blind of doof. Dat was nou de dank van het vaderland. Men had iedereen bedrogen.

Stel dat Alfons als invalide bij haar teruggekomen was? Ach, ze wilde er liever niet aan denken.

Het belletje rinkelde toen Kitty de deur van Grundigs fotostudio openduwde. Binnen waren bijna alle meubels weggehaald, in de lege ruimte verspreidde de kleine potkachel een aangename warmte. Kitty zag dat haar schilderijen nog verpakt tegen de muur leunden, er was dus een hoop te doen.

'Daar ben je! En je hebt de kleine Henni meegebracht!'

Tilly kwam uit het nevenvertrek en tilde Henni, die op haar afrende, op. De begroeting was hartelijk, Tilly was Henni's lievelingstante.

'Oef, wat heb jij een plakkerige wangetjes,' zei Tilly lachend.

'Frambozensnoepje,' zei Henni haast onverstaanbaar.

'Wil je ons helpen?'

Dat wilde Henni wel. Ze mocht het doosje met de spijkers vasthouden terwijl haar moeder en Tilly de schilderijen uit de doeken haalden waarmee ze tijdens het transport beschermd waren.

'Papierstof uit de fabriek,' zei Kitty lachend. 'Ze konden dat spul niet meer verkopen, daarom heb ik het meegenomen. Het is uitstekend geschikt als beschermlaag.'

Tilly vouwde de bruine stof zorgvuldig op en keek toe terwijl Kitty haar schilderijen langs de muren zette. Het waren vreemde combinaties van bloeiende landschappen en gezichten, Tilly had zoiets nooit eerder gezien. Het waren de gezichten van soldaten, je zag de helmen en petten. Ze waren allemaal grijs of blauwachtig, de ogen lagen diep in de holtes, de monden waren meestal vertrokken.

'Ik vrees dat niemand deze schilderijen zal willen kopen,' zei Kitty. 'De mensen vinden ze wel geweldig, maar dat wil niet zeggen dat ze zo'n schilderij boven de bank zouden hangen. Ze willen iets waar ze blij van worden. En bovendien moet het qua kleur bij het interieur passen... Houd dit eens omhoog, Tilly... nog hoger... verder naar links... ja, zo is het goed.'

Er werd een ladder gehaald en Tilly pakte een spijker uit het doosje. Henni keek nieuwsgierig toe terwijl Tilly op de ladder klom en de spijker met een paar klappen met de hamer in de muur sloeg.

'Perfect,' riep Kitty. 'U bent geweldig, dokter Bräuer!'

'Roep dat maar niet te hard, Kitty. Ik heb nog een lange weg te gaan.'

'Het gaat je lukken, Tilly. Eerst je eindexamen en dan in München medicijnen studeren. Ik help je, dat heb ik je beloofd.'

'Ach, Kitty... Het is niet makkelijk voor me om op jullie zak te leven.'

'Praat niet zo'n onzin... Achteraf kun je ons allemaal gratis genezen, dan besparen we een hoop geld.'

Tilly zuchtte en pakte het schilderij dat Kitty haar aanreikte aan om het aan de spijker te hangen. Ze studeerde momenteel voor haar eindexamen, dat ze in het voorjaar als externe scholiere aan het jongensgymnasium St. Anna wilde afleggen – op dat moment de enige mogelijkheid voor een vrouw om eindexamen te doen. Als alles goed ging zou ze in de winter van het komende jaar aan haar studie kunnen beginnen. Dat kon echter alleen als de Melzers haar financieel steunden, want zoals ze al vermoed hadden, waren zij en haar moeder alles kwijtgeraakt. Dat ze in het huis in de Frauentorstraat konden blijven wonen hadden ze te danken aan Kitty, want Alfons had het huis direct na hun bruiloft op haar naam laten zetten. Kitty vroeg geen huur van haar schoonzus en haar moeder, ze gaf hun zelfs af en toe een klein bedrag dat ze met de verkoop van haar schilderijen verdiend had. Officieel was het geld voor renovatiewerkzaamheden.

'Mevrouw Bräuer?'

Mevrouw Grundig stak haar hoofd om de hoek van de deur, wierp een kritische blik op Kitty's schilderijen en ontdekte toen Henni. Er verscheen een warme glimlach op haar gezicht.

'Ach, u hebt de kleine meegebracht. O, dat zal Elise leuk vinden. Mag ze meekomen?'

'Als ze dat wil...'

Henni nam niet graag afscheid van het doosje met de mooie spijkers en Kitty wist dat ze Elise een beetje eng vond met die griezelige ogen, ook al was ze lief en vouwde ze van papier bootjes en vogels voor haar.

'Er is iemand die u even wil spreken, mevrouw Bräuer.'

Mevrouw Grundig zei die zin zachtjes en op een samenzweerderige toon. Ze nam Henni mee het huis in en liet de deur achter zich open. Tilly klom van de ladder en twijfelde even wat ze moest doen. Toen zei ze dat ze aan de overkant in de ijzerwarenhandel een paar metalen haakjes wilde kopen. Ze trok haar jas aan en liep naar buiten.

Kitty bleef met gemengde gevoelens achter. Wat was dit pijnlijk. Op klaarlichte dag. En dan ook nog in een winkel, waar de mensen haar door de etalageruit konden zien. Heel even had ze de neiging gewoon weg te lopen, maar het was al te laat.

'Een paar minuten maar, Kitty,' zei Gérard. 'Ik wilde niet vertrekken zonder jou adieu te zeggen.'

Hij trok de deur achter zich dicht en bleef staan, onzeker hoe ze op deze onverwachte ontmoeting zou reageren. Kitty staarde hem met grote ogen aan.

'Je wilt teruggaan naar Frankrijk?'

'Het heeft geen zin om hier langer te blijven.'

Ze zweeg onthutst. Natuurlijk had hij gelijk. Maandenlang hadden ze elkaar stiekem ontmoet, meestal in het kleine café aan de rand van de stad waar maar twee tafeltjes en vier stoelen stonden. Het waren vluchtige ontmoetingen geweest, veel te korte uurtjes waarin ze over allerlei onzinnige dingen gepraat hadden en nooit hadden gezegd wat hun op het hart lag. Vaak ontmoetten ze elkaar ook in het park of op straat, liepen ze een stukje naast elkaar, kletsend over onbenullige dingen en gingen ze met een vrolijke groet weer uit elkaar. Kitty dacht dat het allemaal onbeduidend was – een paar ontmoetingen met een oude bekende, een goede vriend. Zeker geen liefdesaffaire of zoiets. Die tijden waren voorbij. Maar nu besefte ze ineens dat ze zijn aanwezigheid zou missen.

'Dat... dat is heel jammer,' zei ze en ze wist meteen dat dat niet was wat ze voelde.

'Het kan niet anders, Kitty. Het zou me anders verscheuren.' Hij waagde het een paar stappen in haar richting te zetten en ze moest zich beheersen om rustig te blijven staan. Ze had wel honderden keren tegen zichzelf gezegd hoe dom ze was. Wat was er aan hem dat ze niet al kende? Destijds in Parijs hadden ze elkaar dagelijks bemind, meerdere keren zelfs, ach, wat hadden ze voor idiote dingen met elkaar gedaan... Maar toen was ze nog half kind geweest en nu was ze een volwassen vrouw en had ze zelf een kindje.

'Nee!' riep ze opgewonden. 'Niet verder... In geen geval... Geen stap!'

Hij bleef gehoorzaam staan, keek haar twijfelend aan, daarna glimlachte hij.

'Je hoeft niet bang voor me te zijn, Kitty,' zei hij zachtjes. 'Ik ben niet meer degene die ik vroeger was. Mijn wilde jaren zijn voorbij. Kijk...'

Hij ging met zijn hand door zijn krullen en toonde haar de lichte strepen bij zijn slapen. Hij had inderdaad een paar grijze haren gekregen, terwijl hij pas midden dertig was. Kitty had niet het gevoel dat hij daardoor minder aantrekkelijk was, nee, integendeel.

'We zijn allebei volwassen geworden,' zei ze en ze knikte ernstig.

Hij bleef haar glimlachend aankijken. Ze voelde zich niet gemakkelijk onder zijn blik, want ze had steeds meer moeite zich te beheersen. Natuurlijk miste ze het om door een man omarmd te worden. Maar dat was het nict. Het was veel meer wat haar tot hem aantrok. Het was een zeldzame vertrouwdheid, het verlangen om op een plek te komen waar ze lange tijd vergeefs naar gezocht had. Thuis...

'Ja, we zijn volwassen,' zei hij. 'Maar we zijn vooral veranderd door de oorlog. We hebben allebei nare dingen meegemaakt...'

Tijdens hun ontmoetingen hadden ze af en toe over Alfons gesproken en later ook over haar vader. Gérard had troostende en meelevende dingen tegen haar gezegd, maar ze hadden zelden over zijn eigen lot gepraat. Ze wist alleen dat de zijdefabriek van zijn ouders eveneens failliet was en dat ze de Duitsers grenzeloos haatten voor alles wat ze in Frankrijk hadden aangericht.

'Wat ga je nu doen?' vroeg ze. 'Terug naar je familie?'

Ja, dat was hij hun schuldig. Ondanks de ruzie zouden zijn ouders blij zijn om hem gezond en wel terug te zien. En voor de rest moest hij afwachten hoe het ging. Hij had hun al geschreven en zijn komst aangekondigd.

Kitty wist daar niet veel op te zeggen. Hij keek er vast niet erg naar uit om zijn ouders terug te zien, anders was hij niet maandenlang in Augsburg gebleven maar was hij meteen naar Frankrijk teruggegaan. Hoe hij in deze periode in zijn levensonderhoud had voorzien, was haar een raadsel. Ze had hem een of twee keer geld aangeboden, maar dat had hij geweigerd aan te nemen.

'Dus...' Ze moest kuchen omdat ze ineens een brok in haar keel had. 'Dus dan zien we elkaar nu voor de laatste keer?'

Haar stem klonk erg zwak, bijna zielig. Zijn zwarte ogen leken wijder te worden, zogen haar helemaal op, liefkoosden haar, kusten haar, fluisterden iets over liefde en verlangen tegen haar...

'Wil je dat, Kitty?'

Ze slikte, ging met haar hand door haar haar, daarna over haar gezicht. Maar het was onmogelijk zich uit de macht van zijn zwarte ogen te bevrijden.

'Nee,' fluisterde ze. 'Ik zou willen dat je hier bleef, Gérard...'

Het onvermijdelijke gebeurde. Twee passen en ze lag in zijn armen, omhelsde hem, snikte tegen zijn borst, smeekte hem haar niet te verlaten en zweeg pas toen hij haar lippen omsloot. Zijn kus was nog intenser dan ze zich in haar dromen had voorgesteld. Hij was nieuw en vreemd, vol hartstocht en tegelijk beheerst, bitter en oneindig teder.

'Het gaat niet, mijn liefste,' zei hij in haar oor. 'Ik was nooit dichter bij je dan nu, Kitty. Ik heb nooit meer van je gehouden dan in de maanden dat je onbereikbaar voor me was. Maar we hebben geen kans. Niet nu, nu de oorlog de geest van onze volken met haat vergiftigd heeft...'

Ze vlijde zich tegen hem aan, ademde zijn geur in, die zo vertrouwd en tegelijkertijd zo nieuw voor haar was. Ze ging met haar handen door zijn haar, trok zachtjes en teder de lijn van zijn wenkbrauwen na.

'Onzin,' weersprak ze hem. 'Niemand in mijn familie zou er moeite mee hebben dat je Frans bent. Zeker niet Marie, die samen met Klippi de fabriek leidt. Je hebt verstand van zijden stoffen. Kom erbij...'

Ze voelde zijn lichaam schudden. Hij lachte haar uit. Terwijl ze het serieus meende. Was het geen fantastisch idee? Gérard als tweede directeur van de textielfabriek van Melzer.

'Je bent een dromer,' mompelde hij en hij kuste haar. 'Nee, mijn liefste. Als het mogelijk is, zal ik onze fabriek in Lyon weer opbouwen en met onze zijden stoffen de markt op gaan.'

Kitty zag even een aantal gezichten aan de andere kant van de etalage – een paar kinderen duwden hun neus plat tegen de ruiten. Maar omdat ze alleen grote schilderijen zagen, verloren ze algauw hun belangstelling en ze liepen weer weg.

'Nou, goed dan,' zei Kitty en ze snoof beledigd. 'Als je dat per se wilt, dan zeg ik je vaarwel. Ik had gehoopt dat je op mijn voorstel in kon gaan.'

Hij trok haar dichter tegen zich aan en hoewel ze deed alsof ze zich verzette, liet ze het toe. Ach, ze wilde hem niet laten gaan. Als hij eenmaal in Frankrijk was, zou ze hem nooit meer terugzien. Werd er niet gezegd dat de grens voor Duitsers gesloten was?

'Niet nu en niet zo, liefste,' zei hij zeer ernstig. 'Je hebt je tot een kunstenares ontwikkeld en ik bewonder je enorm. Maar wie ben ik? Ik ben niemand. Een vrijgelaten krijgsgevangene die met kleinschalige handel op de zwarte markt zijn hoofd boven water houdt. Een man die de vrouw van wie hij houdt niet in het openbaar mag aanspreken. Met wie ze zich nergens kan vertonen… Wil je nog meer horen?'

Ze schudde heftig haar hoofd en legde haar handen op haar oren. Hij had niet geluisterd, zei ze kwaad. Als hij eenmaal directeur van de textielfabriek van Melzer was …

'Sst, liefste,' fluisterde hij teder. 'Zeg me liever of je op me wilt wachten. Ook al duurt het maanden, misschien zelfs jaren.'

'Jaren?' herhaalde ze verbijsterd.

'Je bent mijn enige, mijn grote liefde, Kitty. Toen en nu, daar is niets aan veranderd. Je hebt al mijn gedachten beheerst toen ik dacht dat ik moest sterven. En als ik nu terugga, doe ik dat alleen om te zorgen dat ik op een dag om je hand kan vragen.'

Een schelle kreet onderbrak zijn woorden, een kreet uit Henni's keel, die zich blijkbaar verveelde en haar mama riep. Gérard glimlachte en kuste Kitty ten afscheid op haar neus.

'De arme Tilly staat voor de ijzerwarenhandelaar te kleumen van de kou,' zei hij half als grapje, half uit medelijden. 'Het wordt tijd dat ik ga.'

Kitty voelde de kilte toen hij zich van haar losmaakte. Ze probeerde zijn blik vast te houden. Nog heel even…

'Ik wacht op je,' fluisterde ze. 'Schrijf me.'

'Ik zal het proberen.'

Het belletje van de winkeldeur rinkelde toen hij naar buiten liep. Ze liep naar de etalageruit en zag hem zich als een schim door de dwarrelende sneeuwvlokjes weghaasten.

# 31

ALICIA STOND GLIMLACHEND bij de leuning van de grote trap naar de eerste verdieping en keek toe terwijl Gustav met een zaag en snoeischaar de opgestelde dennenboom een mooie, piramideachtige vorm probeerde te geven.

'Ik ga zo naar boven naar Kitty,' zei Marie. 'Ik wil alleen nog even snel naar de fabriek bellen.'

'Je zou vandaag echt niet naar de fabriek moeten gaan, Marie,' berispte Alicia haar. 'Morgen is het kerstavond en we willen vanmiddag de boom optuigen. De kinderen zijn al helemaal opgewonden.'

Marie beloofde niets, maar liep met een vriendelijk lachje de trap op om in de werkkamer te gaan telefoneren.

'Zeg tegen meneer Von Klippstein dat we hem op kerstavond en ook met de kerstdagen graag te gast hebben,' riep Alicia haar na. Daarna draaide ze zich naar Elisabeth om, alsof haar plotseling iets belangrijks te binnen geschoten was.

'O, ja... Die leraar zit op je te wachten, Lisa. Ik heb hem in de herenkamer plaats laten nemen en gezegd dat we tegen één uur eten.'

'Meneer Winkler? Mijn hemel, waarom heb je dat niet meteen gezegd, mama!'

Alicia zuchtte en zei met een licht verwijtende klank in haar stem dat ze dit bezoek nogal ongepast vond. Het maakte geen goede indruk als publiekelijk bekend zou worden dat de familie Melzer contacten onderhield met een gestrafte socialist en voormalig lid van de Radenrepubliek.

Elisabeth trok snel haar jas uit, zette haar hoed af en haastte zich naar boven. Voor de deur naar de herenkamer moest ze even blijven staan om op adem te komen. Dit was het beslissende moment. Ze moest rustig blijven. Vriendelijk. Ze zette zich gewoon in voor een vriend. De helpster in nood...

Hij was in een van de fauteuils gaan zitten en had een krant opengeslagen. Zodra hij haar zag wierp hij de krant op de tafel en stond hij op. Wat zag hij er nog steeds mager uit! Die stomme Jordan liet hem wel in het weeshuis mee-eten, maar van die maaltijden raakte een volwassen man amper verzadigd. En waarschijnlijk knaagden de zorgen over zijn toekomst aan hem. Misschien ook de liefde voor een vrouw die onbereikbaar was...

'Sebastian! Het spijt me dat u moest wachten. Mijn schoonzus en ik waren op het station.'

Hij begreep het meteen. Natuurlijk had hij ook gehoord dat er krijgsgevangenen uit Rusland zouden terugkeren. En uit haar bezorgde gezichtsuitdrukking maakte hij op dat Paul er niet bij was geweest.

'Blijf hoop houden, Elisabeth,' zei hij. 'Er zullen nog meer treinen volgen. En wat mij betreft, het gaf niet dat ik moest wachten. Ik maakte me alleen zorgen dat ik uw moeder tot last was...'

Hij sprak langzaam en pauzeerde af en toe om over de volgende zin na te denken, hij koos zijn woorden zorgvuldig uit. Elisabeth hield van zijn bedachtzame aard en van de verlegen glimlach die op zijn gezicht lag zonder dat hij zich daarvan bewust was. En ze bewonderde zijn vastberadenheid die achter deze onopvallende manier van doen schuilging.

'Mama is een beetje in de war,' zei ze luchtig. 'De voorbereidingen voor kerst kosten haar veel hoofdbrekens. Maar laten we daar maar niet op letten, Sebastian. Laten we gaan zitten.'

'Graag.'

Hij wachtte tot ze was gaan zitten en nam toen tegenover haar plaats. Elisabeth voelde dat ze het warm kreeg. Het was niet fatsoenlijk, wat ze met hem van plan was. Nee, dat was het absoluut niet. In diverse opzichten niet…

'Ik heb een poos nodig gehad om over uw aanbod na te denken,' begon hij aarzelend. 'Het kwam als een verrassing voor me en ik vreesde dat ik u misschien schade zou berokkenen als ik het aanneem. Dat was mijn grootste zorg, Elisabeth. Ik zou het mezelf nooit kunnen vergeven als door mij uw reputatie ook maar enigszins beschadigd zou worden…'

Wat was hij aandoenlijk. Ze had zo graag zijn hand gepakt om die te strelen. Haar armen om zijn nek geslagen… Maar dat soort vertrouwelijke dingen zouden hem nu alleen maar in de war brengen.

'Wat dat betreft kan ik u geruststellen,' zei ze. 'Niemand zal het te weten komen. En Pommeren is ver weg…'

Hij glimlachte en knikte instemmend. Hij leek echter niet gelukkig te zijn. Maar dat moest hij ook niet zijn. Hij moest diep ongelukkig zijn, haar Sebastian. Ze stuurde hem weg.

'U zegt het, Elisabeth,' ging hij verder en hij pakte een zakdoek om zijn voorhoofd te wissen. 'Pommeren is ver weg. Maar ik heb niet beter verdiend.'

Hij zat voorovergebogen en liet zijn hoofd hangen. Nu keek hij verdrietig naar haar op en ze voelde haar hart tekeergaan. Maar ze moest sterk blijven. Hij zou dit spel nooit vrijwillig meespelen. Ze moest hem met een list naar zijn geluk leiden.

'Ik dacht dat u het leuk zou vinden om de omvangrijke bibliotheek van mijn tante te ordenen,' zei ze hoopvol. 'Mijn opa heeft die samengesteld en alle latere generaties hebben de collectie verder uitgebreid. Er liggen daar schatten begraven, Sebastian…'

Ze wist dat hij gek op boeken was, maar hij was niet erg enthousiast. Nou ja, het landgoed van de familie Von Maydorn lag erg afgelegen, om Kolberg te bereiken moest je drie uur met de paardenkoets rijden. En de post werd een keer per week bezorgd…

'Als ik die baan aanneem, Elisabeth, dan doe ik dat voornamelijk omdat ik op een dag de goed geordende bibliotheek aan u wil overdragen.'

Haar hart maakte een sprongetje. Ze had gewonnen.

'U accepteert de baan dus?' vroeg ze ademloos.

'Hoe zou ik zo'n goed en onbaatzuchtig aanbod kunnen afslaan?'

Hij deed zijn best een glimlach te produceren, maar voelde zich terneergeslagen. Zijn vonnis was getekend, hij werd de woestenij in gestuurd. Naar Pommeren, aan het einde van de wereld. Elisabeth kampte met haar slechte geweten, maar zei tegen zichzelf dat ze het ook allemaal in zijn belang deed.

'Daar ben ik heel blij mee, Sebastian,' zei ze met een diepe zucht. 'Ik verwacht natuurlijk regelmatig bericht over de voortgang van uw werk.'

Dat was een aanbod om een briefwisseling te voeren en dat scheen hem goed te doen want hij keek haar dankbaar aan. Meteen daarna werd zijn blik star en hij staarde voor zich uit.

'Er waren tijden, Elisabeth, dat ik allerlei idiote plannen in mijn hoofd had. Dromen van een wereld waarin een rijke fabrikant en een arme leraar elkaar op ooghoogte konden ontmoeten. En ik heb echt geloofd dat ik mijn lot met het uwe zou mogen verbinden...'

Hij schudde zijn hoofd, alsof hij achteraf niet kon begrijpen dat hij zo naïef had kunnen zijn.

'Ook ik had zulke dromen, Sebastian,' zei ze zachtjes. 'Maar de werkelijkheid heeft ons ingehaald. De wereld is zo, zoals hij nu eenmaal is, en het is niet slim om ons daartegen te verzetten. De meest recente gebeurtenissen vormen weer eens het bewijs daarvoor.'

Deze bekentenis werd beloond met een lange blik. Wat kon zijn blik warm en diep zijn. Plotseling werd ze overvallen door twijfel, was het wel zo'n goed plan? Kon ze dit van hem verlangen? Hij was zo'n fatsoenlijk mens. Een man met moraal. Zou ze zijn liefde niet verspelen?

'U hebt nu toch besloten niet te scheiden, nietwaar?' vroeg hij onverwachts.

Ze had dit slechts één keer kort genoemd, maar wist heel goed dat dit nieuws hem bezighield.

'Ja,' gaf ze toe en ze bedacht wat ze mocht zeggen. 'Mijn echtgenoot heeft in de oorlog zeer ernstig letsel opgelopen, waardoor ik niet meer de moed had om de scheiding te verlangen. Wij vrouwen zijn nu eenmaal wezens die snel medelijden hebben. Ik zal aan zijn zijde blijven, ook al betekent dit huwelijk voor mij slechts kilte en eenzaamheid.'

Ze zag aan hem dat hij de neiging had haar in zijn armen te nemen. Haar troost en warmte te bieden, alle tederheid die ze zo erg miste. Maar hij durfde het niet en ze deed niets om hem aan te moedigen.

'Juffrouw Schmalzler, onze huisdame, zal ook in januari naar Pommeren gaan om daar haar oude dag door te brengen. Misschien kunt u samen met haar reizen.'

Hij knikte gelaten en zei dat dat zeker zeer praktisch was, aangezien de dame de omgeving kende. Toen pakte hij zijn hoed, die hij op de stoel naast zich had neergelegd en stond op.

'Ik sta geheel tot uw dienst, Elisabeth,' zei hij met een lichte buiging. 'Ik zal alles doen wat vòor u aangenaam en nuttig kan zijn.'

'Lieve mensen...'

Alicia pauzeerde even en schraapte haar keel omdat ze ontroerd raakte. Het was de eerste keer dat zij de kersttoespraak hield. In alle voorbije jaren had Johann die taak op zich genomen.

'Mijn lieve gasten,' ging ze verder en ze keek om zich heen naar het feestelijk geklede gezelschap aan de mooi gedekte tafel. Kon ze niet blij zijn, in de kring van haar grote familie? Zeker, ze moest God dankbaar zijn. Ook al ontbraken er een hoop geliefde personen.

'Het stemt mij zeer gelukkig u allen op deze kerstdag om mij heen te zien. We willen het eerste kerstfeest na de nare oorlogsjaren aandachtig en dankbaar vieren, en daarom...'

Ze werd onderbroken door een boze kreet. Aan de andere tafel, waar Rosa met de kinderen zat, viel een vork op de grond en ze hoorden Rosa opgewonden fluisteren.

'Henni, liefje, laat dat. Alsjeblieft! Geef Leo zijn lepel terug. Henni, doe dat nu alsjeblieft. Anders is oma verdrietig...'

'Neeeeeee! Ik wil hem hebben!'

De volwassenen begonnen te fluisteren en schudden hun hoofd. Tante Helene zei dat ze de kinderen beter boven hadden kunnen laten. Kitty stond op en tilde haar dreinende dochtertje op.

'Stil nu!' zei ze boos tegen het kleintje. 'Anders breng ik je naar bed!'

Henni snoof nog een paar keer, maar omdat ze op mama's schoot mocht zitten, gehoorzaamde ze. Aan de andere tafel hield Leo triomfantelijk zijn succesvol verdedigde dessertlepel in zijn vuist.

Alicia had de scène met een frons op haar voorhoofd gevolgd. Hoe kwam het toch dat de kinderen tegenwoordig zo recalcitrant waren? Ach, ze misten hun vaders.

'Jezus Christus is geboren,' zei Alicia plechtig. 'Laten we dit nieuwe begin allen gezamenlijk vieren. Moge hij ons en alle mensen vrede op aarde brengen, alle wonden helen en een betere tijd inluiden...'

Iedereen applaudisseerde voor haar en Von Klippstein boog zich naar voren en riep haar toe dat ze precies onder woorden had gebracht wat iedereen hier aan tafel voelde. Kitty vond dat een beetje overdreven, maar mama had wel echt haar best gedaan. Papa's toespraken waren korter en pregnanter geweest, en hij had aan het eind vaak een grapje gemaakt. Ze sloot heel even haar ogen om het opkomende verdriet te onderdrukken. Papa, wat miste ze hem. Zijn kort aangebonden, mopperige aard. De onhandige manier waarop hij over haar wang streelde. Vorig jaar kerst had hij nog naast mama gezeten. Wie had toen kunnen vermoeden dat het de laatste keer zou zijn...

Humbert had naast de deur gestaan en net als de gasten geapplaudisseerd. Op Alicia's teken begon hij de soep te serveren. Runderbouillon met ei. Ze hadden alles bij elkaar gelegd om dit copieuze kerstmaal op tafel te krijgen. In de fabriek ging het namelijk voorlopig nogal slecht. Die schoft, die Amerikaan, had een paar van de beste machines uit elkaar gehaald en meegenomen, en noch de politie, noch justitie interesseerde zich ervoor. De schade voor de fabriek was enorm. Voor zover Kitty begrepen had misten ze de gedemonteerde machines en konden die niet meteen door andere vervangen worden.

O, wat was het toch ergerlijk dat Gérard zo koppig was. Wat moest hij in Lyon? Hier in Augsburg hadden ze hem goed kunnen gebruiken. Het was immers duidelijk dat er in de fabriek een man miste. Iemand die verstand had van stoffen en garens en overwicht op de arbeiders zou hebben.

'Dat maakt mij niet uit.' Ze werd uit haar gedachten opgeschrikt door Gertrude Bräuers stem. 'Wat mij betreft hadden ze hem rustig mogen uitleveren. Zo iemand moeten ze in een toren opsluiten. Op water en brood!'

Ze oogstte heftige tegenspraak. Vooral Klippi liet van zich horen, die verbijsterd was door haar woorden.

'Een keizer kan niet naar volkse maatstaven gemeten worden, mevrouw Bräuer. Ook al is er sprake geweest van een vergissing… Wilhelm II is en blijft de Duitse keizer en ik ben enorm opgelucht dat de Nederlanders hem niet aan de geallieerden zullen uitleveren…'

Er ontstond een discussie over dit thema, want Alicia was van mening dat de republiek, die nu opgericht was, niet stand zou houden. Klippi was het met haar eens. De zogenaamde democraten kwamen overal bij elkaar, sloten bondgenootschappen en richtten partijen op waardoor je volkomen het overzicht kwijtraakte. Communisten, spartakisten, socialisten… ze schoten als paddenstoelen uit de grond.

'Alsof ons arme land al niet genoeg te verduren heeft,' zei hij. 'De hele handelsvloot hebben we moeten afstaan. We zijn alle koloniën kwijtgeraakt. Hoe kunnen we er ooit weer bovenop komen als we niet eens een fatsoenlijke regering hebben? Een sterke persoonlijkheid, een man die ons naar de toekomst leidt…'

Elisabeth had tot nu toe weinig gezegd, maar mengde zich nu ook energiek in het gesprek.

'Ons land heeft geen vloot en ook geen koloniën nodig,' zei ze en ze keek Von Klippstein strijdlustig aan. 'Wat ons land nodig heeft, is een goede verdeling van de eigendommen.'

O jee, dacht Kitty. Ze praat nu al als een socialiste. Dat heeft ze van die meneer Winkler overgenomen, waar ze stapelverliefd op is. Wat een geluk dat ze tenminste dat idiote idee heeft laten varen om als lerares in haar levensonderhoud te voorzien.

Het ging er intussen heftig aan toe, Lisa's opmerking had de gemoederen verhit. Met name mama en Klippi spraken elkaar heftig tegen. Tante Gertrude vond ook dat Elisabeth wel erg vreemde dingen zei en oom Gabriel durfde te beweren dat ze de keizer terug moesten halen omdat anders alles bergafwaarts ging. Alleen Marie en weleerwaarde Leutwien kozen partij voor Lisa en vonden dat men de republiek een kans moest geven; in Amerika werkte het immers ook.

'Laten we het vredig houden, lieve mensen,' zei Alicia, die de discussie wat te heftig vond worden. 'Alsjeblieft... Het is kerst!'

# 32

NA KERST BEGON HET TE dooien. De sneeuw op de grasvelden in het park van de villa smolt tot kleine eilandjes. Nadat ook die verdwenen waren, trotseerden alleen nog de drie sneeuwpoppen die de kinderen hadden gemaakt de warme temperaturen. Toen begon het te regenen en de volgende dag waren van de grimmige mannetjes alleen nog een paar steentjes over die als mond en ogen gediend hadden.

'Een ongeluk komt zelden alleen,' zei Alicia aan de ontbijttafel. 'De Lech staat al hoog door het smelten van de sneeuw en nu regent het ook al sinds dagen.'

Marie zei dat de Proviantbeek op sommige plekken al buiten de oevers was getreden, er was echter geen gevaar voor de fabriek.

'Je moet alleen niet op de grasvelden lopen,' zei ze lachend. 'Dan zak je weg in de modder.'

Elisabeth pakte de koffiekan en schonk voor iedereen nog een kopje koffie in. Alweer moutkoffie – na het overvloedige kerstmaal moesten ze nu weer zuinig aan doen in de villa.

'Vandaag zou je sowieso nergens moeten rondlopen,' zei ze en ze wees naar het raam. 'Je ziet geen hand voor ogen.'

Het park en de paden waren in een dichte mist gehuld, die blijkbaar ook de postbode van zijn taak afhield, want er was nog geen post gekomen.

'In ieder geval regent het niet meer,' zei Marie. 'De bagage wordt dus niet nat. Maar het zou natuurlijk wel kunnen dat de trein vertraging heeft.'

Lisa smeerde surrogaatboter op haar broodje en benijdde Kitty die op dit moment nog knus onder de dekens lag. Ook de kleine Henni behoorde tot de langslapers, alleen de tweeling was al wakker en hield Rosa in de badkamer bezig.

'Wees niet boos op me, meisjes,' zei Alicia en ze hield de rug van haar hand tegen haar voorhoofd. 'Maar ik moet even gaan liggen, ik ben bang dat ik koorts krijg. Waarschijnlijk een verkoudheid, geen wonder bij dit vochtige weer.'

Lisa en Marie zeiden allebei dat ze maar snel naar bed moest gaan.

'Ik stuur Else met kamillethee naar je toe,' zei Elisabeth. 'Of wil je liever melk met honing?'

'Nee, nee,' zei Alicia. 'Vlierbloesemthee is het beste, ik moet de verkoudheid eruit zweten.'

'Ik zal dokter Greiner even bellen,' bood Marie aan, maar Alicia vond dat er veel te veel ophef gemaakt werd. Bovendien hadden ze het geld niet voor een bezoek van de arts.

Marie gaf Lisa een teken dat ze er niet op in moest gaan. Ze zou de arts toch informeren. Alicia hoestte al sinds dagen, straks kreeg ze nog een longontsteking.

'Moet ik met je mee naar boven gaan, mama?' vroeg Lisa bezorgd toen Alicia opstond.

'Nee, nee, meisje. Ik denk dat jullie op tijd moeten vertrekken. Eleonore is niet gewend om te reizen, ze is bang dat ze de trein mist.'

Marie keek haar na terwijl ze met langzame passen de eetkamer uit liep. Pas bij de tweede poging lukte het haar de deur achter zich te sluiten.

'Het gaat haar na aan het hart,' zuchtte Elisabeth. 'Juffrouw Schmalzler was meer dan dertig jaar hier in de villa. Ik begrijp niet waarom ze per se naar Pommeren wil. Als ze daar maar geen spijt van krijgt.'

Marie wilde een ironische opmerking maken, maar hield die voor zich. Elisabeths besluit om uiterlijk in het voorjaar het landgoed in Pommeren over te nemen was minstens zo dubieus. Zeker, er waren een paar argumenten die deze beslissing ondersteunden. Tante Elvira was heel blij dat ze de verantwoordelijkheid voor het landgoed in 'deskundige handen' kon geven. Zeker omdat ze zich haar hele leven weinig om het besturen van het landgoed bekommerd had. Voor Klaus von Hagemann was het ronduit een gelukstreffer, want na de ernstige verwonding zag zijn toekomst er somber uit. Het moest voor de Von Hagemanns een hemels geschenk zijn om op een landgoed te mogen leven. Tenslotte waren ze hun eigen land jaren geleden kwijtgeraakt. Aan de andere kant twijfelde Marie er enigszins aan of Lisa het landleven op den duur niet zat zou worden. En dan die kwestie met die bibliothecaris… Nee, het was totaal niet naar Maries zin. Maar Lisa was volwassen en moest zelf weten wat ze deed.

Else duwde de deur open en stootte toen ze binnenkwam met een houten dienblad tegen het deurpaneel.

'Pardon, mevrouw… In de hal is zojuist meneer Winkler aangekomen. Hij zei dat het in de stad niet zo mistig is als hier.'

Ze ging aan de slag om Alicia's niet-gebruikte bord en bestek af te ruimen, daarna vroeg ze of ze nog koffie moest brengen.

'Dank je wel, Else. We zijn klaar. Kitty en de kinderen komen er zo aan…'

'Zoals u wenst, mevrouw Melzer.'

Het porselein rinkelde toen ze het dienblad optilde. Weer stootte ze het blad tegen het deurpaneel, precies tegen dezelfde kerf.

'Waarschijnlijk is het beter om Hanna te laten serveren,' zei Lisa met een zucht. Marie was het niet met haar eens, maar wilde er niet over in discussie gaan. Hanna moest een opleiding tot naaister gaan volgen, dat was een goede mogelijkheid om vooruit te komen. Ze was te goed voor het werk dat ze als keukenhulp en manusje-van-alles moest doen.

Lisa stond op, keek uit het raam en rilde.

'Poeh, wat een dichte mist! De trein heeft vast en zeker vertraging. Ze zullen allemaal eindeloos op het perron moeten wachten en het verschrikkelijk koud hebben.'

'Wat aandoenlijk dat meneer Winkler door de mist naar de villa is gelopen,' zei Marie. 'Jullie hadden hem toch ook in het weeshuis kunnen ophalen?'

'Hij heeft de afgelopen dagen ergens anders gelogeerd,' zei Lisa met onderdrukte woede. 'Juffrouw Jordan was van mening dat zijn aanwezigheid in het weeshuis haar goede reputatie zou kunnen schaden.'

'Kijk eens aan,' was Maries commentaar. 'Dat bedenkt ze dan wel erg vroeg.'

Ze knikte naar Lisa en liep naar de tweede verdieping om naar de tweeling te kijken. De kinderen renden op haar af, slechts gekleed in een hemdje, maar tenminste gewassen en zo goed en zo kwaad als het ging gekamd.

'Rosa heeft onze oren gewassen. Heel stevig. Met zeep!'

'En ik moet steeds wollen kousen aantrekken!'

'En onze sneeuwpoppen zijn weggelopen...'

Marie beloofde om 's middags, als ze uit de fabriek kwam, met hen te spelen en ook uit het nieuwe boek voor te lezen.

'Maar alleen als jullie speelgoed is opgeruimd!'

De kinderen keken niet blij. De fantastische kerstcadeaus hadden een keerzijde, want Rosa stond erop dat elk schroefje, elk potje, elk poppenlepeltje 's middags weer keurig opgeruimd was.

'Wat moet papa niet denken als hij thuiskomt en jullie zo'n rommel hebben gemaakt?'

'Pfff.'

Dodo schoof haar onderlip naar voren, Leo draaide zijn ogen naar het plafond.

'Papa! Die bestaat helemaal niet!'

'Sst!' Dodo gaf hem een por. 'Dat mag je niet zeggen, Leo!'

Beneden op het voorplein startte iemand een automobiel. Marie wilde ze net berispen, maar stelde het uit. Het was moeilijk om ze te laten blijven geloven dat hun vader zou terugkeren. Ze konden zich Paul niet meer herinneren.

In de entreehal stonden de drie reizigers bij elkaar. Ze zouden alle drie de trein naar Berlijn nemen. Juffrouw Schmalzler en Sebastian Winkler waren van plan daar een nacht in een hotel door te brengen, terwijl Humbert zijn bestemming dan bereikt had.

'Nou, kom hier,' riep de kokkin naar Humbert. 'Hier. Ik heb brood voor jullie klaargemaakt. Doe voorzichtig met de flessen, daar zit koffie met melk in. En in het zakje zitten hardgekookte eieren...'

Marie bleef bij de trap staan en voelde dat ook zij geraakt werd door de sfeer van afscheid nemen. Fanny Brunnenmayer had als een moeder voor Humbert gezorgd, ze zou het vast moeilijk vinden dat hij nu wegging. Maar ze was niet iemand die haar verdriet openlijk toonde en voor zover Marie wist, had ze Humbert zelfs aangemoedigd deze stap te wagen.

'Mevrouw Von Hagemann heeft gezegd dat jullie nu naar beneden moeten gaan omdat de motor al draait. En ze wil de bagage ingeladen hebben...'

Else had een rode blos op haar wangen en vond zichzelf heel belangrijk, want door het vertrek van Eleonore Schmalzler was zij nu degene die het langst in de villa werkte. Marie wilde binnenkort met Alicia overleggen hoe ze de taken van het personeel in de toekomst het beste konden verdelen. Maar Alicia was nu ziek en Marie zou daar waarschijnlijk zelf over moeten beslissen.

'Nou, het is zover,' zei Eleonore Schmalzler en ze liep naar Marie toe om haar ten afscheid een hand te geven. 'Ik wens u al het geluk van de wereld, mevrouw Melzer. Ik weet immers hoezeer het wel en wee van de villa op uw schouders rust. Ik denk aan iedereen die ik liefheb en zal voor u bidden...'

Marie hield haar koele, gerimpelde hand in de hare en zei iets wat ze zich later niet meer kon herinneren. Wat zag de voormalige huisdame er vreemd uit in haar grijze reismantel en met de ouderwetse hoed op. Gisteravond had ze van Alicia afscheid genomen. De twee vrouwen hadden zachtjes en vol genegenheid een laatste gesprek gevoerd, Marie wist niet waarover ze hadden gepraat.

Bij de ingang van de keuken omhelsden Humbert en mevrouw Brunnenmayer elkaar, Auguste stond ernaast en hield een zakdoek voor haar gezicht. Ook Hanna stond bij hen.

'Dat je niet met me mee wilt gaan,' zei Humbert tegen haar en het leek wel alsof hij haar hand niet meer los wilde laten. 'Maar wie weet. Ik schrijf je en misschien kom je dan toch. Dat zou ik fijn vinden, want dan ben ik niet zo alleen...'

Sebastian Winkler stond met een bezorgde gezichtsuitdrukking tussen alle afscheidnemende mensen en aangezien niemand hem aandacht schonk, pakte hij alvast Eleonore Schmalzlers koffer om die naar de auto te dragen. Hij had niet eens een winterjas, dacht Marie vol medelijden. En zijn hele bagage bestond uit een samengeknoopte plunjezak.

Maar hij was een sympathieke man. Hopelijk ontwikkelden de dingen zich zo dat hij tevreden en misschien zelfs gelukkig werd.

'Wat is er aan de hand?' hoorde ze Lisa's geïrriteerde stem. 'Willen jullie de trein halen? Dan moeten jullie nu eindelijk beneden komen!'

Humbert liep snel naar Marie toe om ook van haar afscheid te nemen, pakte toen zijn koffer en de tas met reisproviand en liep naar beneden.

Marie liep langzaam naar de voordeur en keek toe terwijl ze de bagagestukken in de auto verdeelden, plaatsnamen en de deuren dichtsloegen. Ze zag juffrouw Schmalzler zwaaien toen de wagen wegreed, daarna werd het beeld onscherp, de mist vervaagde de contouren van de donkere auto, deed hem grijs lijken en steeds bleker worden en slokte hem uiteindelijk helemaal op.

'Weg zijn ze!' zei Auguste, die ook samen met Else en Hanna bij de voordeur stond.

'En ze komen nooit meer terug,' zei Else met een grafstem.

Vanuit de keuken hoorden ze mevrouw Brunnenmayer schelden. Waar bleef Hanna nou? Ze moest de uien snijden. En de aardappelen schillen.

Marie moest glimlachen. De kokkin ging door met haar werk, dat was de beste methode om het verdriet te verdrijven.

'Hanna, zeg tegen mevrouw Brunnenmayer dat meneer Von Klippstein vanmiddag met ons mee-eet. En ga even bij mijn schoonmoeder kijken, die is op bed gaan liggen. Als het goed is komt aan het eind van de ochtend dokter Greiner langs, ik bel hem vanuit de fabriek.'

'Dat zal ik doen, mevrouw Melzer.'

Ze liep de treden af naar het voorplein, Auguste sloot de deur achter haar. Het zou vandaag geen aangenaam wandelingetje naar de fabriek worden. Ze had uit voorzorg stevige laarzen aangetrokken, maar er waren zo veel plassen dat het toch niet zeker was dat ze droge voeten zou houden. De mist was erger, die lag als een dikke, grijze wolk boven het park en de paden en wilde maar niet optrekken. Marie liep langzaam over de brede oprijlaan naar de uitgang van het park en verzette zich tegen het gevoel dat de kale bomen met hun knoestige takken spookfiguren konden zijn die haar vanuit de nevel aanstaarden. Af en toe was er een zwakke windvlaag die grijze slierten voortdreef en er zweefden versluierde nevelvrouwen over de weg. Marie zag heel even een grasveld, een bank en een blauwachtige ceder. Ze probeerde vooral naar de weg te kijken om de diepe plassen en stroompjes te vermijden zodat ze straks niet met natte voeten op kantoor zat.

Veel was daar helaas niet te doen, want de productie stond stil. Ze hadden wel een paar wagonladingen ruwe katoen weten te krijgen, maar de selfactoren die ze nog hadden vielen telkens uit. Ernst von Klippsteins voorstel om in nieuwe machines te investeren was zeker verstandig. Maar welke? Ze hadden immers de constructietekeningen van haar vader, volgens welke ze een moderne ringspinmachine zouden kunnen laten bouwen. Alleen waren die tekeningen lastig te ontcijferen; behalve Paul en haarzelf was dat tot nu toe niemand gelukt.

Ze bleef staan en draaide zich om. De villa was bijna helemaal in de mist verdwenen, alleen een stukje van het grijs gedekte dak was zichtbaar en de zuilengalerij tekende zich heel zwak af. Op de tweede verdieping brandde achter drie ramen licht, dat was waarschijnlijk Kitty die aan het werk ging. Ze had binnenkort een expositie in München en werkte ijverig aan haar creaties. Ach, wat was Kitty gelukkig, dat ze zo onbezwaard haar talent kon ontplooien!

Weer werd Marie overvallen door een sombere stemming. Het kwam vast door het weer. Die afschuwelijke mist. De sfeer van afscheid nemen in de hal. In het voorjaar zou ook Lisa de villa verlaten en niemand kon weten waar Kitty op een dag terecht zou komen. Dan zou zij, Marie, alleen met Alicia en de tweeling achterblijven.

Houd op, zei ze boos tegen zichzelf.

Wat er ook gebeurde, ze zou de fabriek voor haar kinderen behouden. Dat was haar levenstaak en die zou ze vervullen.

Ze keerde haar rug naar de villa en liep met vastberaden tred door in de richting van de poort. Rechts en links waaiden zwarte boomspoken langs, ze rekten hun takken in de mist en leken eveneens over het trieste weer te klagen. Marie had nu haast, ze was laat en Von Klippstein zou waarschijnlijk algauw naar de villa bellen en vragen of hij haar met de auto moest komen ophalen.

Eindelijk, daarginds was de poort. De brede, smeedijzeren deuren van het hek stonden wijd open. Gustav was veel te veel met zijn eigen plannen bezig om de poort weer te sluiten nadat er een auto doorheen gereden was.

Ze bleef staan omdat er een mannelijke gestalte bij het hek stond. Donker, gehuld in de mist, stond hij midden op de weg, alleen zijn silhouet was zichtbaar. De postbode? Nee, hij had geen posttas. Misschien een arbeider die iets wilde vragen? Ja, dat was goed mogelijk. Hij droeg een pet en – voor zover ze kon zien – geen mantel, maar een jas.

'Goedemorgen!' riep ze luid, om haar angst te verbergen. 'Kan ik u helpen?'

Hij kwam met langzame passen op haar af, zonder op de plassen te letten. Marie kreeg een akelig gevoel want de vreemdeling bewoog stijf, als een slaapwandelaar. Tegelijkertijd leek deze gestalte echter vreemd vertrouwd. En toch ook niet...

'Marie...'

Ze verstarde. Geen droom. Haar hart ging tekeer. Laat het alsjeblieft geen droom zijn.

Zijn gezicht dook uit de mist op. Bleek en mager. Diepliggende ogen. En toch die vertrouwde grijns.

'Paul...' fluisterde ze. Later vertelde hij haar dat ze keihard geschreeuwd had. Dat ze het in de villa hadden kunnen horen. Als hij haar niet snel in zijn armen had genomen, was vast en zeker de politie gekomen.

Zijn mond, zijn warme lippen, zoute tranen, lachen, snikken. Gestamelde woorden. Onzinnige dingen. Koosnaampjes die alleen zij kenden. En telkens weer tranen. Zijn armen om haar heen, de geur van zijn haar, zijn huid. Paul. Haar geliefde. Haar echtgenoot...

'Waar kom je nu vandaan? Waarom heb je niet gebeld? Zeg me, ben je gezond? Je schouder? O, mijn god, wat zal mama gelukkig zijn...'

Hij zei weinig, hield haar alleen vast, begroef zijn gezicht tegen haar schouder. Later legde hij zijn arm om haar heen en ze liepen langzaam over het pad naar de villa. De zwarte boomspoken vormden een erehaag voor hen, bewaakten plechtig de intocht van het paar als een delegatie oude krijgers.

Toen de omtrek van de villa zichtbaar was, hoorden ze heldere kinderstemmen. Rosa stond op het voorplein, in een wijde mantel gehuld, waardoor ze zo rond leek als een omgedraaid koffiekopje. Naast haar stonden Dodo en Leo, die ruziemaakten om een rode bal en natuurlijk in alle plassen stapten. Toen ze dichterbij kwamen konden ze het water zien opspatten.

'Zijn dat soms… onze kinderen?'

De laatste keer dat hij zijn kinderen had gezien, konden ze alleen kruipen en brabbelden ze de eerste woordjes. Nu waren ze bijna vier, ze renden en sprongen, gooiden de bal naar elkaar.

Marie moest glimlachen toen ze zag hoe verbaasd hij keek. Hij schudde zijn hoofd en observeerde tegelijkertijd dolgelukkig en trots het spel van zijn kinderen. Ach, er waren zo veel dingen die vreemd en nieuw voor hem zouden zijn, maar zij was aan zijn zijde. Ze zou hem voorzichtig in het nieuwe, oude leven leiden, tot hij sterk genoeg was om daar zijn draai in te vinden.

'Die is van mij!'

De rode bal was voor Pauls voeten gerold en hij raapte hem op. Hij keek grijnzend naar de twee kinderen die hem geschrokken aanstaarden.

'Wie vangt hem?' riep hij en hij gooide de bal hoog in de lucht.

Leo sprong iets hoger dan zijn zus en wist de bal te vangen. Dodo pruilde.

'Wie ben jij?' vroeg ze aan de man die onverwacht met mama gekomen was.

'Jouw papa!'

Marie hield haar adem in. Wat zou er gebeuren? Zouden ze schrikken? Vol ongeloof zijn? Bang? Koppig?

Dodo legde haar hoofd schuin en keek haar broer vragend aan. Die trok zijn neus op en hield de rode bal stevig vast.

'Doe je mee?' vroeg hij weifelend.

'Tuurlijk…'

'Nou, hup, vangen!'